BADISCHER TOTENTANZ

Eva Klingler arbeitete als Dozentin in der Erwachsenenbildung, als Journalistin und Bibliotheksleiterin. Seit vielen Jahren ist sie freiberuflich als Autorin tätig, ihre zahlreichen Veröffentlichungen reichen von Krimis über Romane und Satiren bis hin zu Sachbüchern. Eva Klingler lebt mit Mann, Katze und Hund in Karlsruhe.

EVA KLINGLER

BADISCHER TOTENTANZ

Kriminalroman

emons:

Bibliografische Information der Deutschen Nationalbibliothek
Die Deutsche Nationalbibliothek verzeichnet diese Publikation in der Deutschen Nationalbibliografie; detaillierte bibliografische Daten sind im Internet über http://dnb.d-nb.de abrufbar.

MIX
Papier aus verantwortungsvollen Quellen
FSC® C083411
FSC
www.fsc.org

Umschlagmotiv: shutterstock.com/Be Yourself Stock Photos
Umschlaggestaltung: Franziska Emons-Hausen, nach einem Konzept von Leonardo Magrelli und Nina Schäfer
Umsetzung: Tobias Doetsch
Gestaltung Innenteil: César Satz & Grafik GmbH, Köln
Lektorat: Hilla Czinczoll
Druck und Bindung: CPI – Clausen & Bosse, Leck
Printed in Germany 2018
ISBN 978-3-7408-0295-0
Originalausgabe

Ich bedanke mich bei meinen Ideenratgeberinnen
Loralie Kuntner und Maike Nigora Barth
sowie bei meiner ungarischen Freundin Edith Perczel.

Sie riskierte den Tod ihrer kleinen Tochter für ihre unstillbare Reiselust.
Sie war eine kühle Ehefrau.
Sie verstieß ihre einstige Lieblingsnichte.
Sie war besessen von ihrer Figur.
Sie ließ ihre verzweifelte Schwester eiskalt im Stich.
Sie verachtete hässliche Menschen.
Sie wünschte sich ein Irrenhaus zum Geburtstag.
Sie musste immer und überall die Schönste sein.
Sie flirtete, ohne ihre Versprechen einzuhalten.
Sie ist tot.
Sie hieß Sissi.

Seespinnen in den Haaren und Würmer in den Augen, so stellte sich Kaiserin Elisabeth von Österreich, allgemein bekannt als Sissi, den Tod vor, doch von alldem war nichts zu sehen, als der mörderische Stich sie am Genfer See unerwartet mitten ins Herz traf.

Es kann tödlich sein, auszusehen wie eine Prinzessin.
Oder wie eine Kaiserin …
Dies sollte Sissi erfahren, als man sie heraustrug aus dem Schlossgarten von Karlsruhe, an einem warmen Junitag des Jahres 2017.

Der erste Puzzlestein

E-Mail vom 10. April

Lieber Hagen,
gib es ruhig zu, du sturer Bulle: Ich bin die schönste Frau, die du jemals geliebt hast.
Ja, du liest richtig. Swentja Tobler lässt sich dazu herab, dir eine E-Mail zu schreiben. Eigentlich hätte ich dich ja längst vergessen, doch du hast mir tatsächlich eine neue Erfahrung beschert: Dass mich (!) ein Mann verlässt, grenzt an ein Wunder.
Briefe kann man ungeöffnet zerreißen, E-Mails ungelesen löschen oder gar nicht erst erhalten. Vielleicht hast du deine Adresse vorsorglich geändert, damit du nie wieder von jener Frau hörst, die vor deiner Nase Kriminalfälle gelöst hat, obwohl du es ihr streng verboten hattest.
Ja, ich bin es, Swentja Tobler, der untergegangene Stern der mittelbadischen Gesellschaft.
Doch keine Sorge. Ich bin immer noch schicker als die meisten da draußen und immer noch jemand, der lieber sterben würde, als einen C&A oder einen s.Oliver-Shop zu betreten. Nein danke! Dann lieber in einem gut geschnittenen Kartoffelsack herumlaufen.
Also: Wenn es dich wirklich nicht interessiert, wie es mir geht, so lösche doch die Mails, die ich dir von nun an gelegentlich schicke! Ich schreibe dir natürlich nur, wenn mir mein gesellschaftliches Leben dafür Zeit lässt. Du bist noch interessiert? Also gut, unterhalten wir uns weiter.
Weißt du eigentlich, welches mein Lieblingsroman ist? Genau. »Vom Winde verweht«! Wie oft habe ich mir vorgestellt, dass Rhett reuig zu Scarlett zurückkehrt, denn er kann keinesfalls ohne diese wunderbare, vitale Frau leben. Und du, Hagen? Willst du etwa mit irgendeiner Ingrid

oder Petra glücklich werden, die sich nachts aus einem Schiesser-Höschen schält? Dann erinnere dich an mich in La Perla!
Mails, die ich dir schreibe, könnten ein allerletztes hauchdünnes Band zwischen uns sein, dessen Ende ich noch lose in der Hand halte. Eine Ewigkeit würde ich an deiner Stelle allerdings nicht warten, um mir zu antworten. Tolle Frauen sind nicht lange auf dem freien Markt. Und tatsächlich habe ich bereits einen neuen Freund. Sein Name ist Tom.
Der frisch verliebte Mann in meinem Leben passt mitsamt dem knappen Namen übrigens wunderbar zu seinem sportlichen Hobby, dem Boulespiel, bei dem ich ihm ab und zu zusehe. Beide sind in gewissem Sinne ruhig und sachlich, minimalistisch. Glück ist sowieso nicht an Dinge geknüpft, sagt Tom, sondern an Tugenden wie Pflichterfüllung, Treue und Bemühen.
Ich bin mir ja in dem Punkt nicht so ganz sicher, denn in diesem Falle wären du und ich nicht glücklich gewesen. Wir waren nämlich bedenkenlos, pflichtvergessen und untreu. Wir haben nicht das hauchzarte, edle, hehre Glück genossen, es war stets ein lustvoller Kampf, manchmal einfach nur köstliche Sünde.
In der Hoffnung, dass nicht allzu viele Mörder in Mannheim deinen Weg kreuzen mögen, wünsche ich dir alles Gute. Fahrraddiebstähle müssen auch aufgeklärt werden.
Bis demnächst in diesem Computer
Swentja!

***

Die Badener erlebten gerade einen strahlenden Frühling. Bald würden pralle heimische Erdbeeren und schlanke Spargel auf den Märkten auftauchen und die Straßenfeste beginnen und das Leben in Karlsruhe sich auf den glyziniengeschmückten Balkons mediterran anfühlen.

Ich wohnte inzwischen wieder in Sichtweite meiner alten Heimat Ettlingen, von der ich trotz dem unschönen Ende meiner Ehe und dem Ruin meines gesellschaftlichen Rufs offenbar nicht ganz lassen konnte.

Diesmal hatte es mich in den bildhübschen Ort Weingarten verschlagen, in dem ich in einem Haus mit nur drei Parteien eine komfortable Wohnung gefunden hatte, die fast an mein altes Leben als eine sorglos im warmen Wasser des Wohlstandes einherschwimmende Dame der Gesellschaft erinnerte.

Das moderne Apartmenthaus, verschachtelt gebaut, lag etwas erhöht an einem mit Wein bepflanzten Hang oberhalb dieser reizenden Kleinstadt, die wie ein einziges aufgeblättertes Bilderbuch wirkte. In der Mitte eine Kirche, daneben ein Nobelrestaurant, dazwischen plätscherte ein frisches Bächlein. Nette Geschäfte, in denen man Dinge, die man eigentlich nicht brauchte, kaufen konnte, gruppierten sich heiter um das idyllische badische Ensemble, das getrost mit Wohlstand zu überschreiben war. Kleine gewundene Straßen streckten sich wie Ärmchen aus und umarmten Platz und Fluss sowie Bänke, kleine Grünflächen und Blumenampeln.

»Sind Sie schon verheiratet, oder kann man noch hoffen?«

So hatte er mich damals angesprochen, als ich in Weingarten an ebenjenem Fluss stand und so wie andere Schaulustige auch mehrere fette Nutrias beobachtete, die sich unbekümmert an dem Bachlauf tummelten. Eigentlich sehen die Viecher aus wie Ratten, aber weil sie Nutrias heißen, findet jeder sie putzig.

»Nun, es ist an sich nicht ganz üblich, eine Konversation so zu beginnen.«

»Hoffen also?«

Typisch Tom. Sein einsilbiger Name war Programm. Alles, was er tat, war kurz und prägnant. Ein großer Mann mit starken Knochen, sandfarbenem Haar, graublauen Augen und guten Zähnen.

Eigentlich hatte ich kein besonderes Interesse mehr an Männern. Einiges war gründlich schiefgegangen in letzter Zeit. Dass ich Hagen, meine stürmische, streitbare und absolut nicht standesgemäße Liebe, ebenso verloren hatte wie die Sicherheit, die mir mein wohlhabender, aber indifferenter Ehemann geschenkt hatte, war nicht allein meine Schuld gewesen.

Gott sei Dank konnte man mir eines nicht nehmen, und das war mein guter Geschmack. So trug ich an jenem Nachmittag einen leichten Blouson von Lacoste zu schlichten Marc-Cain-Jeans und einem dunkelblauen kurzärmeligen Kaschmirpulli, den ich bei McDougals im schottischen Inverness hatte stricken lassen. Mein blondes Haar mit den kunstvoll hineingefärbten dunkleren Strähnen hatte ich zu einem Pferdeschwanz gebunden.

Tom, geschieden, hatte nicht lange gezögert, in mir seine Nummer zwei anzupeilen. Die Wahl einer Frau schien bei ihm wie ein Tagesordnungspunkt, und das hatte auch etwas angenehm Sachliches: »Sie gefallen mir. Sie sind eine sehr schöne Frau. Und ein bisschen Köpfchen scheint auch noch dabei zu sein.«

Er wies auf die Nutrias, die eifrig schnüffelnd umherliefen. »Seltsam, dass man vor einer Ratte davonläuft und diese hier niedlich findet. Das Böse und das Ekelige schafft es auf unsere Handyfotos, wenn es nur schön verpackt ist.«

Er hatte also das Gleiche gedacht wie ich. Das erschien mir als ein gutes Zeichen. »Oder auf unseren Kragen. Hat man sie nicht früher zu Pelzen verarbeitet?«

»Hat man. Tote Tiere körpernah. Hoffen also?«

Ich lachte: »Also gut. Ich bin nicht verheiratet und derzeit nicht gebunden, wenn Sie auf einer Antwort bestehen. Aber –«

»Das Wort ›aber‹ gibt es nicht in der Welt der Wissenschaft. Licht ist entweder an oder aus.«

Tom arbeitete als Physiker am KIT, Karlsruhes hochgelobtem Zusammenschluss von Hochschule und Forschungszentrum. Was er ganz genau da tat, wusste ich nicht. Lediglich, dass es mit der Entwicklung von feinmechanischen Werkzeugen zu tun hatte, die von einer Art künstlichem Gehirn gesteuert wurden, und diese Dinger konnten ohne jede menschliche Beteiligung selbstständig ein Uhrwerk oder einen Staubsauger zusammenschrauben. Seine Arbeit verrichtete Tom offenbar überwiegend allein oder im Zusammenspiel mit ebenso schweigsamen und ruhigen Kollegen. Sein bester Kumpel war jedenfalls ein Computer.

Knapp erläuterte er mir einige Zeit später, dass er sich Hoffnungen auf den Posten des Institutsleiters machen könne. Eine Einladung des Rektors zu einem privaten Grillfest sei für den Herbst angekündigt worden. »Ich bin sicher, du weißt jetzt schon, was eine Frau zu solch einem Anlass trägt. Persönlicher Eindruck ist immer wichtig und eine schöne Partnerin an der Seite des Prätendenten stets ein Vorsprung.«

Aha, wir waren also ein wenig ehrgeizig. Mir im Grunde recht. Männer, denen egal ist, ob was aus ihnen wird, hasste ich. Als Vorzeigeobjekt zu dienen machte mir ebenfalls nichts aus, denn ich war es gewöhnt. Eher machte mir Sorge, wie es sein würde, wenn meine äußerlichen Reize verblassten und nur noch die Persönlichkeit zählte. Reichte das?

Tom war jedenfalls ein ruhiger Typ, er schien ausgeglichen. Die Aura des Einzelgängers verfolgte ihn wie ein Schatten, und auch unsere erotische Beziehung war noch nicht weit gediehen. Taumelnde Leidenschaft würde man vermutlich in seinen Armen sowieso nicht erleben, aber berechenbare Sicherheit bot er allemal.

In seiner Freizeit grübelte er im Winter stumm über Schachproblemen. Im Sommer spielte er Boule, und das immerhin im Verein.

»Boule habe ich mir ausgesucht, weil es anatomisch eine sehr exakte Sportart ist«, erläuterte er ernst. »Jede kleine Abweichung von der richtigen Handhaltung wird sich rächen. Leider kann man es nicht alleine spielen. Und nur mit Leuten, die zufällig dazukommen, macht es keinen Sinn. Sie entwickeln keine langfristige Strategie. Deshalb der Verein für einen eingefleischten Nicht-Vereinsmeier.«

Zu seinem Bouleverein am Rande des Karlsruher Stadtwaldes nahm er mich manchmal mit. Dann saß ich, sportlich gekleidet mit einer ganz einfachen Armani-Jeans und meinem

Lieblings-Ringel-T-Shirt der preiswerten Marke Opus (man will ja nicht gleich als Modezicke auffallen), auf einer Bank und betrachtete mit einiger Langweile, wie seine bodenständig wirkenden Vereinskollegen auf dem Platz die Köpfe zusammensteckten und endlos lange betrachteten, wie sich die ausgeworfenen silbernen Kugeln um ein farbiges Kügelchen gruppierten.

»Tom, schau mal von hier auf das Kugelbild. Wenn du auf die vordere kommst und die Sau geht mit, ist das ein Wurf für drei!«

Aha. Vereinschinesisch. Ich lächelte verbindlich, wie ich es gelernt hatte, doch wünschte ich mich weit weg, etwa vor meinen Kleiderschrank. Da gab es immer was zu tun, vor allem, seit ich mir vorgenommen hatte, meinen Grundbestand auf nur dreißig besonders edle Teile zu reduzieren. Mit meinen Kleidern konnte ich mich stundenlang beschäftigen.

Dennoch schienen die Leute auf dem Platz das Spiel sehr zu genießen. Alle waren konzentriert und liefen um den Haufen Kugeln am Boden herum, als tanzten sie um das Goldene Kalb.

Einer der Mitspieler, ein schwerer, freundlich wirkender Mann von etwa fünfzig, der unter seinen buschigen graublonden Augenbrauen schwitzte, setzte sich oft neben mich. »Willst du nicht mal mitmachen? Ich bin übrigens der Geert.« Er wischte sich mit einem nicht ganz sauberen Tuch über die Stirn. Seine kurzen dunkelblonden Haare, die sich leicht kräuselten, schimmerten feucht. Im Gegensatz zu Tom, der niemals nach irgendetwas roch, umgab ihn eine Aura gesunden Schweißes.

»Kann ich mal versuchen«, erwiderte ich widerstrebend. »Ich glaube, ich habe aus der Zeit, als meine Tochter klein war, noch ein paar bunte Kugeln. In der englischen Oberschicht, in der sie sich jetzt bewegt, wird sie sie kaum mehr brauchen. Da triumphieren die Golfschläger.«

Er verneinte vehement. »Nein, nein. Irgendwelche Kugeln funktionieren hier nicht. Es müssen schon vom Verband zugelassene Kugeln sein.«

»Und wo kriegt man die?«

Er wischte sich wieder mit dem Handtuch über die Stirn. »Am Schloss in Karlsruhe ist ein verrückter Laden namens ›Fantasia‹. Spezialgeschäft für ausgefallenes Zeug. Zwei absolute Kenner für Spiele aller Art betreiben ihn. Ich kenne die beiden ein bisschen. Tut nichts zur Sache, woher. Er, der Chef, war mal Meister im Motoball. Beneidenswert sportlicher Typ, Sportlehrer halt, aber in der Schule hielt es ihn nicht. Der brauchte seine eigenen Träume.«

Ich schwieg betroffen, wie immer, wenn von den Visionen anderer die Rede war.

Eigene Träume, außerhalb meines perfekten Zuhauses, meines Kleiderschrankes und ein paar schicken Urlauben mit teuren Drinks an der Bar, hatte ich nie gelebt.

Der Mann fuhr fort: »Sie verkaufen Zaubereiutensilien, ausgefallene Spiele, Jonglierbedarf, Bumerangs und eben auch Boulekugeln. Fast der einzige Laden dieser Art hier in der Umgebung. Ansonsten musst du nach Frankreich fahren. Etwa nach Lauterbourg.«

Ich schüttelte den Kopf. »Nun, ich fahre zwar gerne zum Einkaufen nach Frankreich, aber nicht unbedingt, um eiserne Kugeln zu kaufen. Da bevorzuge ich Chanel N° 5.«

»Jeder das Ihre!«, grinste er gutmütig. »Doch ich bin Spielführer von unserem Verein und verantwortlich für den Nachwuchs, auch wenn dieser hübsche Nachwuchs hier seit ein paar Jahren den Kinderschuhen entwachsen ist. Irgendwann gehen wir mal zusammen in dieses Wundergeschäft und suchen dir passende Kugeln aus. Ich bekomme da zwanzig Prozent.«

Na und?, dachte ich. Ich konnte mir alles auch zu hundert Prozent leisten, und zweifelhafte Komplimente über mein Alter schätzte ich gar nicht.

»Dass so ein Lädchen noch geht, heutzutage!«

Er hob die Hand. »Oh, stell dir keinen verwunschenen Kramladen vor. Die beiden Besitzer, wunderbar gegensätzlich – einmal fürs Schauspiel geboren, einmal sachliche Buchhaltung –, haben sich da ein schickes Imperium aus Sachen, die man eigentlich nicht braucht, aufgebaut, und die Kundschaft kommt von weit her. Wenn es Harry Potter gäbe, würde er dort und nirgends sonst einkaufen.«

Der Mann hatte immerhin Humor. Ich musterte ihn neugierig von der Seite. Bemerkte teure Turnschuhe von Nike und ein Lacoste-Shirt, das eine Spur zu eng war. Er hatte meinen Blick gesehen.

»Schick, nicht wahr? Ja, Boule ist die kleine französische Schwester von Golf! Was machst du beruflich?«, fragte er mich, bevor ich ihn fragen konnte.

Ich zuckte die Achseln. »Im Moment nichts. Ich verdiene mein Geld als Geschiedene.«

Er musterte mich schelmisch. »Wie heißt du? Tobler? Ach, du bist die Ex vom Steuer-Tobler?«

Kühl stand ich auf und strich meine Hose glatt. Eine vollkommen unnötige Geste, die aber meine perfekten Oberschenkel betonte. »Wenn man es so verkürzt sehen will, ja. Und du?«

»Ich bin Staatsanwalt am Landgericht.«

Das brachte mich zum Schweigen. Nicht vor Bewunderung. Vor Ratlosigkeit. Warum kreuzten sich meine Wege immer wieder mit Leuten, die mit Recht und Unrecht zu tun hatten?

»Geert Vermeer. Ich bin übrigens ein guter Freund von Tom. Man könnte sagen, wir vertrauen einander – fast – alles an. Er ist ja mehr der Typ Auster, aber ich rede gern. Bei meinem Job schramme ich manchmal hart am Disziplinarverfahren vorbei, wenn ich ihm was erzähle, aber gelegentlich brauche ich einfach Toms kühlen Verstand und den chaotischen Wirrkopf meiner Schwester.«

Er betrachtete mich: »Ich glaube, Tom ist mächtig stolz, dich erobert zu haben.«

Erobert!

Erstens war der spröde Tom nun wirklich kein Eroberer, und selbst wenn, wäre ich eine leichte Beute gewesen. Frauen wie ich lebten nicht gerne allein. Ich brauchte einfach jemand, der den männlichen Part in meinem Leben spielte. Ich konnte meinen Champagner selbst bezahlen, doch ich liebte es, wenn es jemand für mich tat.

Tom war mir gerade zur rechten Zeit zugelaufen. Er stellte etwas dar, er verdiente gut und bewohnte ein schönes Haus in Leopoldshafen in der Nähe des Rheins. Nur eine Frage der Zeit war es, bis wir zusammenziehen und vielleicht sogar heiraten würden. Es versprach eine ruhige Beziehung zu werden. Und wir würden vielleicht etwas haben, das ich noch mit keinem Mann hatte: ein gemeinsames Hobby. Von mir aus dieses komische Spiel mit den Kugeln.

»Irgendwann können wir vielleicht in diesen fabelhaften Laden gehen. Ich muss es mir aber noch überlegen. Das mit eurem Boule sieht nach einer ziemlich ernsthaften Sache aus.«

Geert streckte sich zufrieden. »Das ist es auch. Wie immer, wenn sich sieben Leute Verein nennen. Wenn es nicht strafbar wäre, gäbe es in den meisten deutschen Vereinen mehr Mordopfer als am Hauptbahnhof von Dortmund, dessen Umfeld angeblich der gefährlichste Ort Deutschlands ist.«

»Gehen wir?« Tom, der niemals schwitzte, vielleicht weil er sich niemals wirklich verausgabte, stand vor mir, und seine sehnige Gestalt spendete wenig Schatten. »Zwei Doubletten gewonnen. Das reicht erst mal.«

»Doublette heißt auf gut Deutsch: Zwei Fanatiker spielen gegen zwei andere«, übersetzte Geert grinsend für mich. Seine kleinen goldmetallfarbenen Locken, verschwitzt und unordentlich, hingen in die Stirn. »Wie werdet ihr zwei Turteltauben nur die Zeit überstehen, wenn Tom und ich im Juni vierzehn Tage auf dem Bouleturnier mit anschließendem Kursus bei unseren französischen Nachbarn weilen?«

»Ihr wollt vierzehn Tage in ein Boulecamp?« Das schien mir ganz unglaublich. Zwei Wochen Kugeln werfen, wer machte denn so was?

»*Why not?*«, gab Tom knapp zurück. »Es gilt, sich stets fortzuentwickeln. Unsere höchstpersönliche Evolution. Gehen wir, Swentja?«

Als wir zum Auto liefen, spürte ich Geerts Blicke in meinem Rücken. Und irgendwie war ich doch froh, dass ich meine Magie für Männer noch nicht ganz verloren hatte.

Ich dachte an seine letzten Worte, und fast hätte ich mich gefragt: Welche Turteltauben meint er?

***

Wenn ich sagte, dass ich nicht arbeitete, so stimmte das nicht ganz.

In der Nähe des Staatstheaters in der Karlsruher Südstadt hatte im Januar ein neuer Secondhandladen eröffnet. Die Besitzerin, Yvonne Krause, war interessanterweise die ehemalige Geschichtslehrerin meiner Tochter, die ich bei einem Routinebesuch in dem Laden wiedererkannte. Wir boten uns gegenseitig das Du an und befreundeten uns überraschend schnell.

Frau Dr. Krause, im Grunde recht beliebt bei ihren Schülern, hatte ziemlich bald nach dem Referendariat ihren Job entnervt geschmissen, um ihrer eigentlichen Neigung, dem Schneidern, nachzugehen. Gelernt hatte sie diese Fertigkeit in Wochenendkursen bei einem gewissen Horst, der als junger Schneider zu uns ins Haus gekommen war, um Ballkleider abzuändern.

Mein Mann, der sich einen Beruf, in dem man mit einer Nadel im Mund vor einer Frau kniete, nicht einmal in seinen schlimmsten Alpträumen vorstellen konnte, warf damals einen misstrauischen Blick auf den gut aussehenden und sehr männlich wirkenden Horst, von dem wir später erfuhren, dass er Eckert hieß und schwul war.

»Der Kerl wirkt doch ganz normal. Man hat ihm gar nichts angesehen.« Mein Mann war ob dieser Tatsache fast beleidigt gewesen.

»Was soll man ihm denn ansehen? Er ist normal. Normal schwul eben!«, hatte ich damals gesagt.

Meine Lieblingsdesigner waren selbstverständlich Schwule. Doch tatsächlich gab es in unseren sogenannten Kreisen keine Horsts. Das heißt, es gab sie natürlich, aber sie versteckten sich geschickt hinter unglücklichen Ehen und Kindern, die im Internat erzogen wurden. Horst jedenfalls heiratete später den sensiblen, ein wenig nervösen Jos, einen schönen Mediziner aus

Luxemburg, gab seine Stelle als Gewandmeister am Badischen Staatstheater auf und zog weg.

Yvonne, inzwischen Schneidergesellin, bekam durch seine Protektion eine Teilzeitstelle am Theater. Sie wohnte jetzt allein in einer schönen Wohnung in der Kreuzstraße, umgeben von ihrer geliebten Sammlung historischer Teekannen und den zahllosen Biografien bedeutender Menschen der Geschichte, die ihr Hobby waren. »Es beruhigt mich einfach, wenn ich lese, was für ein mieses Leben etwa Liselotte von der Pfalz hatte!«, sagte sie einmal. Nachdem wir uns wiederbegegnet waren, hatten wir uns schnell angefreundet. Dann hatte ich begonnen, in ihrem Laden zu arbeiten.

Sie war ansonsten ein sehr ruhige, sehr ernste Person. Ich hatte sie noch niemals lachen sehen, seit ich sie kannte. Höchstens ironisch schmunzeln. Sie war blass, graublond, mit einem länglichen Kinn, und das Eigenartige war, dass ich ihr Gesicht immer wieder vergaß, bis ich es aufs Neue sah und dachte: Aha, das ist also Yvonne!

Yvonne interessierte sich für vieles und bewies eine bemerkenswerte Disziplin dabei, alle ihre Gedankenflüsse zusammenzuführen. Nur ihr Projekt der Secondhandboutique in der Südstadt, für die sie bereits eine Ausnahmegenehmigung zum Freitagnachtverkauf besaß, konnte sie aus Zeitgründen nicht mehr regelmäßig betreuen.

»Swentja, übernimm du das doch für mich«, hatte sie vorgeschlagen. »Nur freitagabends. An den anderen Tagen kann ich zumindest stundenweise dort sein. Freitag ist der verkaufsstärkste Abend der Woche, und du bist die Beste! Ich *muss* freitags im Theater sein. Da haben so viele Kollegen frei, und immer reißt irgendein Gewand und muss in der Pause schnell genäht werden.«

Da Mode bekanntlich zu meinen absoluten Steckenpferden gehört, hatte ich mich gern bereit erklärt, den Nachtdienst bis etwa zehn Uhr für Yvonne Krause zu übernehmen. Das war eine lustige Sache, die meiner Vorstellung von Arbeit ziemlich entgegenkam. Nette Frauen kamen noch spät herein, tranken erstaunlich viel Sekt, knackten Nüsschen, plauderten, probierten bei Kerzenschein an, hörten Musik, gaben Details über ihr Liebesleben preis und … kauften ein.

Übrigens waren es überwiegend mollige Frauen, was mir manchmal zu denken gab. Trauten sie sich tagsüber nicht in die angesagten Läden, in denen bei Größe vierzig Ende der Kleiderstange war? Ich wusste es nicht. In meiner früheren Welt, der Welt der schicken Frau Tobler, hatte es fast nur schlanke Damen gegeben – als hätten ihre Chefarzt- und Managerehemänner sie maßgeschneidert in einem Konfektionsgeschäft eingekauft. Mit Umtauschrecht.

Um etwa halb elf abends schloss ich meistens müde und ganz zufrieden den Laden. Und an einem dieser Abende im April sah ich *sie* das erste Mal.

Es war schon dunkel, und ich lief gerade zu meinem Auto, das ich nahe der Schauburg in der unteren Marienstraße geparkt hatte. Bewusst hatte ich ein knallig rotes Gefährt gewählt, weil man es unter den vielen blauen und grauen Karossen leichter wiederfand. Außerdem passte es zu meiner geliebten Kelly Bag, einer Spezialanfertigung in einer Art Karmesinrot.

Da Auto und Tasche preislich nicht allzu weit auseinanderlagen, wusste man nicht, wer eigentlich wen farblich ergänzen sollte. Das nur am Rande.

Ich also lief zum Auto, da eilte auf der anderen Straßenseite parallel zu mir eine kostümierte Gestalt entlang, wie aus einem Traum. Ihre Erscheinung verwandelte die ganze Straße. Beinahe war das Wesen schon an der Baumeisterstraße angekommen und dann um eine Ecke verschwunden, als es auf seinem hohen Absatz ausglitt und stolperte. Ich überquerte die Straße und fragte, ob ich helfen könne.

Die Gestalt richtete sich auf, und ich sah sie nun aus der Nähe und von vorne. Und war verblüfft. Vielleicht hätten die meisten Leute zunächst an einen Scherz geglaubt oder einen Transvestiten vermutet, doch da es sich bei der Gestalt um eine meiner fünf historischen Lieblingsfiguren handelte, sah ich ziemlich schnell, spätestens, als sie sich aufrappelte, wen ich da vor mir hatte.

Sehr schmale Taille, bestimmt nicht mehr als sechzig Zentimeter. Ein weißes weites Kleid mit nachtblauem Samtmieder, ein kleines Stück über den Knöcheln endend, damit sie eilen konnte, wenn Eile geboten war, ein Kreuz als einziger Schmuck um den Hals, um die Schultern eine weiße Stola. Das Kleid hatte ich schon auf Abbildungen gesehen.

Das dichte braune Haar zu einem mächtigen Kranz gewunden, ein Samttäschchen in der einen Hand und ein Fächer in der anderen. Vor dem Gesicht ein kurzer weißer Schleier, durch den hindurch man undeutlich die schön angemalten Züge sah. Es waren die ungefähren Züge der Kaiserin Elisabeth von Österreich, allgemein Sissi genannt. Dichte Augenbrauen, ein schöner Mund, eine gerade Nase. Die Augen waren zu zwei ausdrucksvollen dunklen Monden geschminkt.

Unglaublich. Ich starrte die Erscheinung an, doch die beabsichtigte wohl, eine flüchtige zu sein, und klappte den Fächer vollständig vors Gesicht und vor ihre aufgerissenen Augen.

»Geht es wieder, haben Sie sich verletzt?«

»Nein, es ist alles gut. Danke, dass sie mir geholfen hat!«

Aha. Man spricht Österreichisch, und man spricht adlig. Und auch in dem angeblich für Sissi typischen leisen, heiseren Ton.

»Gerne. Ich arbeite in der Boutique ›Zweites Leben‹ in der Winterstraße/Ecke Marien. Besuchen Sie mich doch gerne einmal. Immer freitags …«

»Um Himmels willen!« Ein verächtlicher Blick traf mich. »Vergelt's Gott!«

Dann strebte die Frau mit dem kraftvollen Schritt der bekanntermaßen athletischen Kaiserin davon, Richtung Theater. Ich starrte der Erscheinung nach. Vielleicht eine verspätete Schauspielerin, die sich beeilen musste, um rechtzeitig zur Vorstellung zu kommen. Aber jetzt noch? Ich durchforstete meine schwache Erinnerung an den diesjährigen Spielplan. »Antigone«. »My Fair Lady«. »Macbeth«. Nirgends eine Spur von Sissi.

Als ich sie immer kleiner werden sah im dunklen Straßenbild, bemerkte ich, dass ich offenbar nicht die Einzige war, die sich für die Person interessierte. Aus einem Türrahmen in meiner Nähe trat ein Schatten und folgte ihr in einer Art merkwürdigem Zickzack. Zuerst dachte ich, es sei ein Hund, doch es war ein Mensch, und bevor ich genauer hinschauen konnte, waren beide Wesen verschwunden.

Verwirrt sah ich mich um. Niemand sonst schien die Szene beobachtet zu haben. Langsam lief ich auf meinen roten BMW zu, der mir vorkam, als habe er sich in das falsche Jahrhundert verirrt.

Die gottgleiche, wunderbar schöne, elegante Sissi, Kaiserin von Österreich, unterwegs in der Südstadt. Unfasslich. Andere hätten sie vielleicht gar nicht gleich erkannt, aber ich habe mich in langen einsam-reichen Anwaltsgattinnenstunden ausgiebig mit Lady Diana, Sissi, Marie Antoinette, Grace Kelly und ihren modernen Nachfahrinnen beschäftigt, mit Kleidern, Frisuren und Stil.

Es war doch von mir im Wesentlichen das Gleiche erwartet worden wie von ihnen: immer schön zu sein! In etwa kannte ich Sissis Kleiderschrank, und vor allem vergaß ich niemals ihre geschnürte Wespentaille von unglaublichen sechsundvierzig Zentimetern und ihre grazile Figur bei etwa einem Meter zweiundsiebzig Körpergröße.

Ich war ihr vorhin recht nah gekommen. Zufrieden nickte ich. Auch das stimmte mit den Vorlieben der echten Sissi überein: Keine Parfümwolke, höchstens die Erinnerung an einen schwachen Duft von Haarwasser hatte sie an diesem ziemlich warmen Frühlingsabend umgeben.

Als ich langsam nach Hause fuhr und an die Frau zurückdachte, beschlich mich ein merkwürdiges Gefühl. Sie hatte bei aller Schönheit so seltsam ausgesehen. Wie ein Reh, das zum Fliehen bereit war. Nein, anders: Ihr kurzer Blick war so verstörend gewesen. Es hatte eine Welt voll Unsicherheit darin gelegen. Oder war es die stärkere Schwester der Unsicherheit gewesen, und ich hatte Angst in ihren Augen gesehen?

***

Am anderen Tag, einem heiteren Apriltag mit Wolken am Himmel, die sich wie bei Theaterkulissen immer wieder gegeneinander verschoben, besuchte ich Tom in seinem großen, schönen und unglaublich gepflegten Zuhause nahe Karlsruhe.

Er hatte zum Abendessen einen griechischen Salat geplant und die Arbeitsanweisung ausgedruckt; mit einer Folie zugedeckt lagen alle Zutaten neben seinem Arbeitsplatz in kleinen Schüsselchen. Oliven, Zwiebeln, Schafskäse, Paprika, Mais und ein hart gekochtes Ei.

Ich lehnte mich gegen sein blau-weißes Küchenmöbel und beobachtete ihn, wie er Olivenöl abmaß.

»Tom, ich habe gestern Nacht Sissi gesehen!«

Tom hob die blassen Augenbrauen, die ebenso sandfarben wie sein Haar, seine Haut und wahrscheinlich auch sein Gemüt waren. Ich betrachtete ihn und dachte, dass er wie eine Figur aus »Downton Abbey« aussah. Dort konnte er glatt den Hausherrn spielen. Oder den Butler. Jedenfalls jemand Seriöses im Hintergrund.

»Wie bitte, Swentja?«

»Eine Person, die wie Sissi aussah. Bis ins Kleinste so hergerichtet. Du weißt, Sissi, die uns als Zuckerl immer an Weihnachten beschert wird.«

Er viertelte eine Tomate, so wie niemand, außer einer Maschine, eine Tomate vierteln konnte.

»Sissi? Du meinst also Romy Schneider.«

»Die auch. Aber eigentlich meine ich die echte Sissi.«

Tom hielt tadelnd inne in seinem Tun. »Also sprechen wir von der Kaiserin Elisabeth von Österreich? Da muss man natürlich unterscheiden.«

Ich betrachtete ihn nachdenklich. Sogar seine Fingernägel waren sandfarben. Ein reines biologisches Wunder.

»Ja, wie die!«

»Und wohin ging diese Figur, die du meinst gesehen zu haben?«

»Keine Ahnung.«

Zu Hause blätterte ich in dem Buch über gut angezogene Herrscherinnen, das ich mir irgendwann einmal gekauft hatte. Ich liebte solche Bücher über schöne Frauen der Vergangenheit und ihren Stil. Die frühen Königinnen Marie Antoinette und Elisabeth I. in ihren ausladenden Roben, die aussahen, als könnten in ihnen glatt noch zwei Leute wohnen, konnte man aber erst einmal überblättern.

Ja, da war sie. Die erste wirkliche Ikone der Neuzeit. Gerade, schlank, schön. Und in fast genau dem Märchengewand, in dem ich sie in der Südstadt gesehen hatte. Es handelte sich sogar um ein Krönungskleid, und das samtblaue Mieder stellte eine Reverenz an Ungarn dar. Unglaublich, dieses Prunkstück. Man brauchte einen guten trägerlosen BH und verdammt perfekte Schultern, um es zu tragen.

Und doch war da etwas gewesen, auf der Schulter der Gestalt, als die Stola verrutscht war. Etwas wie ein Fleck. Ich runzelte die Stirn. Musste ich bei Gelegenheit mal nachlesen, ob Sissi ein großes Muttermal hatte oder nicht.

Ach, diese reich gekleideten Damen in diesem herrlichen Buch! Ich blätterte mich genüsslich durch bis zu Kate. Miss Immerperfekt Kate. Wenn sie gerade mal nicht schwanger war. Und beschloss, mir morgen ein neues Sommerkleid zu kaufen, und zwar in Baden-Baden. Da, wo man ein Glas Champagner gereicht bekommt, wenn man anprobiert. Das brauchte ich jetzt.

Und anstatt eines gesunden griechischen Salates würde ich mir im Leo's, wo schon Bill Clinton gespeist hatte, eine sündhaft teure Hummersuppe gönnen, in der eine fette weiße Garnele herumschwamm.

***

Lieber Hagen,
du siehst, ohne jeglichen Mord und Totschlag führe ich ein angenehmes Dasein. Es dreht sich in ruhigen Bahnen um mich, meinen Kleiderschrank und den mir verbliebenen Rest gesellschaftlichen Lebens sowie um Tom

mitsamt seinem unaufgeregten Hobby. Angenehm heißt nicht ausgefüllt. Das zumindest habe ich in den letzten Jahren gelernt. Manchmal wünsche ich mir, es würde etwas passieren.

So wie seit Neuestem bei Marlies. Du erinnerst dich noch an meinen Watson, meine biedere Freundin Marlies Rubenbauer? Sie hat einen ungeheuerlichen Plan geschmiedet. Ab nächster Woche werden ihre verwöhnten Kinder und ihr Mann selbst kochen, einkaufen und den Hund ausführen müssen, während sie als sogenannte Au-pair-Granny in Los Angeles bei einer Familie Kinder betreut. Wie findest du das? Nicht dass ich etwa für andere Leute arbeiten wollte, um Himmels willen, du kennst mich, ich habe meinen Stolz. Und schon gar nicht als Oma, ich sehe noch zu jung aus, was du ja leider nicht mehr siehst, aber noch mal ein neues, spannenderes Leben anfangen, das hätte schon was! Es muss ja nicht gleich ein Mord geschehen. Aber ein kniffliges kriminalistisches Rätsel würde mir gefallen. Ich war doch gut als Detektivin, oder? Und stets passend gekleidet.

Vielleicht ist Sissi, die nachts die Südstadt unsicher macht, ein solches Rätsel. Denn wohin ging sie, derart gekleidet? Weit konnte es nicht sein. So kann man nicht durch die halbe Stadt laufen. Ich finde es raus und schreib es dir.

Swentja

***

Am nächsten Tag holte ich Tom wieder vom Boulespielen ab. Sieben Leute bevölkerten den Platz. Geert saß auf einer Bank in der einfach zusammengenagelten Vereinshütte und stöhnte: »Bin fertig für heute!«

Ich setzte mich neben ihn und beobachtete Tom, wie er sich hinkniete, die Lippen spitzte, sie schürzte, das Ziel fixierte, ausholte und seine Kugel sich dann mit scharfer Präzision der kleinen roten Kugel näherte.

Geert trank einen Schluck Bier aus der Flasche. »Na, aus dem wird noch was. Ich kenne ihn noch, als er versucht hat, Fußball zu spielen. Hat nicht geklappt. Elf Leute im Team, das war für ihn zu viel. Der Mann kämpft lieber für sich. Aber ein verbissener Fighter, das ist er schon.«

Ja, dachte ich, das stimmt.

Geert stellte die Flasche ab. »Komm, Hübsche, wir zwei üben dahinten ein bisschen.« Er drückte mir eine der schweren Eisenkugeln in jede Hand, steuerte mich zum hinteren Teil des Platzes und warf eine fröhlich-bunte kleine Kugel auf den Kies. »Da liegt sie, die Sau. Und jetzt versuch mal, deine Kugel möglichst in die Nähe des Tierchens zu werfen.«

»Ein Kinderspiel!«, erklärte ich überheblich. Dass sich erwachsene Menschen mit so etwas abgaben. Mit Kugeln auf Kügelchen werfen.

Ich holte aus, schleuderte mehr, als dass ich warf. Meine Kugel rutschte aus der Hand, verschwand irgendwo im Kies und stieß dann an ein Mäuerchen.

»Das«, feixte Geert, »nennt man gestorben. Deine Kugel ist tot. Komm, probier noch mal.«

Zwanzig Mal warf ich. Neunzehn Mal lagen das Schwein und die Kugel meterweit auseinander. Das ärgerte mich. Ich probierte und probierte, kam mit jedem Wurf näher, und schließlich kuschelte meine Kugel nach etwa zwanzig Minuten mit dem bunten kleinen Bällchen.

»Na also!«

Geert klopfte mir mit einer großen, warmen Hand auf die Schulter. »Du bist beinahe ein Naturtalent. Demnächst besorgen wir dir eigene Kugeln, und dann wirst du endlich Vereinsmeierin.«

»Oh Gott, nein!«

»Und jetzt schau mal, was dein Tom da macht …«

Tom holte aus und zielte schärfer und härter als sonst auf die gegnerische Kugel, die mit einem metallischen Klang davonspritzte, während seine liegen blieb. Während die anderen jubelten, blieb er kühl.

»Carreau. Vortrefflich. Das, was er da macht, nennt man Schießen, aber wir sind friedliche Schießer. Nicht dass du denkst, bei uns geht es kriminell zu. Noch hatten wir keinen Toten zu beklagen.«

Ich musterte ihn von der Seite. »Wieso sagst du das?«

»Nun, es eilt dir ein gewisser Ruf voraus, aber ich, der große, allmächtige und sehr sympathische Geert Vermeer, habe beschlossen, dass es in diesem Frühjahr keine mörderische Untat in Karlsruhe gibt. Dazu ist das Wetter zu sonnig und das Leben zu schön!«

Er lachte, streckte die Hand aus, und ich schlug ein.

Doch die Stimmung schlug um. Es war seltsam.

Als ich nach oben sah, hatte sich eine dunkelgraue Wolke vor die giftig gleißende Sonne geschoben, tauchte den Platz unvermittelt in einen kalten Schatten und färbte den Wald fast schwarz. Alles wirkte plötzlich schärfer und akzentuierter.

Ich betrachtete nun Tom, wie er siegte. Und wie er die nächste Kugel verschoss. Wie böse er wurde. Wie schnell das ging. Dass sich alles veränderte.

»Keine Untat!«, wiederholte ich leise.

»Keine Untat!«, lachte Geert.

Wir sollten uns beide täuschen.

Der zweite Puzzlestein

Der April hatte sich verabschiedet, der schönste badische Monat, der Mai, war gekommen. Heute, am 5. Mai, lag bei schönem Wetter Vorfreude auf den Frühsommer über einer blühenden Stadt.

Es war wieder Freitagabend. Erneut hatte ich meinen Dienst im Laden versehen und ein paar Frauen mit Secondhandkleidchen versorgt, die sie sich bei Tageslicht wahrscheinlich nicht gekauft hätten. Vor allem nicht, wenn sie sich von hinten darin sahen.

Sorgfältig schloss ich ab, schlenderte wie immer in Richtung meines Autos, und als befänden wir uns in einer Zeitschleife, sah ich Sissi wieder. Diesmal kam sie aus der Luisenstraße, einer der typischen Südstadtstraßen mit Kneipen, dem halbwegs bürgerlichen Solo-Hotel, einigen türkischen Cafés und einem eher schmuddelig wirkenden Supermarkt. Sie ging auf meiner Straßenseite ein Stück vor mir her, und wieder bewunderte ich ihren aufrechten und raschen Gang. Sissi war extrem sportlich gewesen, und offenbar tat es ihr diese Frau hier auch in diesem Punkt nach.

Ich lief schneller. Ich wollte wissen, wohin sie ging. Diesmal trug Sissi ein dunkles, durchgeknöpftes Samtkleid, ihr Reisekleid, wenn ich mich recht erinnere, das düster, ja melancholisch wirkte und nur durch den gefältelten weißen Kragen aufgehellt wurde. In ihrem zum Zopf geschlungenen Haar glänzte einer der Sterne, die ein Markenzeichen von ihr waren. Eigentlich war es Edelweiß. Um die Schultern trug sie wieder eine Stola; wahrscheinlich ihre bekannte Straußenfedernboa.

»Entschuldigen Sie?«, rief ich der eilenden Gestalt hinterher. »Wo haben Sie diese tollen Kostüme her? Sie sehen so originalgetreu aus.«

Die Figur hielt kurz an, wandte sich zu mir um, den Fächer – typisch für Sissi – vor dem Gesicht, und dann schüttelte sie nur den Kopf. Leise sagte sie abweisend: »*No comment!*«, und eilte weiter.

Sie hatte den gleichen energischen Schritt, den man auch der echten Elisabeth nachsagte. Hätte mich nicht gewundert, wenn die Frau in ihrer Maske auch eine gute Reiterin war.

No comment, hatte sie gesagt. Wie alle Adeligen hatte sicher auch Sissi mehrere Sprachen gesprochen, und da sie, wie ich irgendwo gelesen hatte, oft auch in England geritten war, so beherrschte sie auch das Englische. Etwas ratlos sah ich ihr nach.

Langsam ging ich zu meinem Auto und kam mir abgefertigt vor wie eine Frau aus dem Volke. Ein Gefühl, das ich nicht besonders schätzte, da hochmütige Arroganz eigentlich mein eigenes Privileg war.

Zu Hause angekommen, schenkte ich mir nervös ein Glas Wein ein und sortierte trotz der vorgerückten Stunde meine grünen Pullover neu. Pulloversortieren war eine todsichere Methode, mich zu beruhigen. Ich stellte dabei fest, dass ich drei Stücke in ähnlichen Grüntönen besaß, und rangierte zwei davon vorübergehend aus. Kaschmir durfte bleiben.

Dabei grübelte ich: Woher hatte diese Sissi-Kopie nur diese herrlichen Kostüme? So was kaufte man nicht im Kaufhaus.

Ich streichelte meine Kaschmirpullover zärtlich und erinnerte mich daran, dass ich beim Vorüberfahren in der Ludwig-Erhard-Allee ein etwas heruntergekommenes Gebäude bemerkt hatte, an dem in grellen Lettern »Playhouse« geschrieben stand und darunter die Worte »Kostüme, Masken, Zubehör« oder so ähnlich. Vielleicht hatte die Kaiserin dort eingekauft. Ich würde mir den Laden morgen früh mal ansehen.

Das Geschäft lag in einem absoluten Sanierungsgebiet, wo sich die Expansionslust Karlsruhes austobte. Lediglich der danebenliegende jüdische Friedhof verhinderte, dass jeglicher Baum aus diesem Viertel verschwand. Zwischen schäbigen Dönerbuden und heruntergekommenen Altautolagern wirkte der Glitzerladen unpassend und irreal. Die gesamte Szenerie erschien ein wenig unheimlich, und früher wäre ich hier niemals allein herumgelaufen.

Zwei kleine Treppenstufen nach oben, dann empfingen mich im Inneren eines nackten Verkaufsraumes wahllos herumstehende Schaufensterpuppen, deren Gesichter von glitzernden Halbmasken bedeckt waren, Revolverhelden mit Patronengürteln und Feenwesen mit Flügeln. Im Hintergrund waren einfache Regale aufgebaut und standen Kisten auf dem Boden oder auf Paletten.

Ich trat zögernd einen Schritt hinein in die kühle Halle, als ich ein Geräusch hinter mir hörte. Ich fuhr herum und stieß unwillkürlich einen Schrei aus. Vor mir stand ein Mann im Pelzmantel mit langen Locken, einem Schnauzbart und einer Art Kappe, auf der ein fremdartiger Stern eingenäht war.

»Guttteen Taagg!«, rollte er mit Akzent, und als er lächelte, sah ich rechts und links zwei gelbliche lange Zähne, an denen etwas Rotes klebte, das zweifellos Blut sein sollte. Ich wich zurück, Richtung Eingangstür.

»Sie brauchään keine Angst zu haben, ich bin doch nur Vlad, der wahre Graf Dracula.«

»Oh! Nur Vlad. Na dann …« Ich wurde nervös und suchte die Halle schnell mit den Augen ab. Warum waren hier keine anderen Kunden?

»Ja, Dracula heiße ich, weil ich mich in Rumänien um den Drachenorden verdient gemacht habe. Ich hasse die Türken, denn sie haben meinen Bruder Mircea lebendig begraben. Deshalb habe ich alle Osmanen pfählen lassen, als sie mein Land erobern wollten, und –«

»Es reicht, danke. Ich habe verstanden. Sie hatten kein leichtes Leben.« Ich zog mich Richtung Tür zurück. »Sie vermieten und verkaufen Kostüme?«

Jetzt änderte er die Stimmlage. »Ja, wer mechten Sie denn gerne sein? Wie wärrre äs mit meine Ehefrau, die sich von den Zinnen meiner Burg in den Tod gestierrzt hat?« Er näherte sich mir.

»Vielleicht etwas Netteres.«

Der Akzent verschwand wieder. »Dann gebe ich Ihnen unseren Prospekt mit. Snow White und Frankenstein sind im Angebot.« Blitzschnell hielt er einen Flyer in der haarigen Hand, die ein fetter Ring mit einem Stein in Gestalt einer Kröte zierte.

»Danke. Sehr interessant. War eigentlich einmal eine Person bei Ihnen, die Sissi darstellen wollte? Sie wissen schon ...«

Sein dunkles Gesicht verschloss sich. »Sissi. Sehr passend. Sissi!« Er lachte dumpf. »Kann sein, kann nicht sein. Kommen Sie, ich beiße Ihnen in den schönen Hals!« Er lachte fast gutmütig.

Ich begriff jetzt, dass er in seinem scheußlichen Kostüm die beste Werbung für seinen eigenartigen Laden war. »Danke, nein. Heute nicht.«

Beleidigt bleckte er die Blutzähne. »Ich beiße gern schönen Frauen in den Hals.«

»Das kann ich mir vorstellen. Haben Sie Sissi auch in den Hals gebissen?« Flüchtig dachte ich an die dunkle Stelle in ihrem Nacken.

Seine Miene verdüsterte sich. »Hören Sie, der Spaß ist jetzt vorbei. Ich bin ein normal veranlagter Blutsauger. Ich höre so einiges aus der Cosplay-Szene. Mit solchen Leuten will ich nichts zu tun haben. Die leben doch immer gefährlich. Also, brauchen Sie jetzt was oder nicht?«

Ich beschloss, erst einmal nichts zu brauchen, und verabschiedete mich.

Draußen sah ich zwei junge Rabbiner mit ernster Miene zu ihrem jüdischen Friedhof schreiten. Sie lösten das Schloss an dem alten Tor und betraten den grünen Park mit den verwitterten Grabsteinen, die unter hohen Bäumen Frieden gefunden hatten.

Ich ging zu meinem Auto und grüßte freundlich durch das Tor hindurch. »Es ist ein schöner Ort, den Sie hier für Ihre Toten gefunden haben!«

Der Rabbi, ein gut aussehender Mann mit leuchtend blauen Augen, sah mich an: »Wirklich tot sind nur die, an die sich niemand erinnert.« Dann drehte er sich um, nicht unfreundlich, aber endgültig.

Ich dachte, was ich so oft gedacht hatte: wie viel bunter das Leben außerhalb meines ehemaligen luxuriösen Designerhauses in Ettlingen in bester Wohnlage war, als mich nur die Gattin von Dr. Sowieso und die Tochter von Professor XY zum Brunch besucht hatten.

Der Rabbiner hatte recht. Sissi war nicht tot.

Denn jemand erinnerte sich an sie.

Doch seltsamerweise hatte ich kein gutes Gefühl dabei.

***

Geert hatte zu meinem Leidwesen nicht vergessen, mich mit eisernen Kugeln ausstatten zu wollen. Wir trafen uns ein paar Tage später also vor dem Karlsruher Rathaus und bahnten uns unseren Weg mühsam durch Baustellenzäune und Bauwagen entlang dem Blumenstand bis zum sogenannten Zirkel, der mit seinen klassizistischen Gebäuden Karlsruhes südliche Innenstadt umschließt.

Das Geschäft, das Boulekugeln vertrieb, hatte ich mir trotz Geerts Beschreibung ganz anders vorgestellt. Ein bisschen bunt und chaotisch mit dem Charme eines französischen Jahrmarktes. Doch dieser Laden war in einem sehr modernen Gebäude in ausgesuchter Lage untergebracht. In der Nähe befanden sich zwei teure Galerien. Ein durchaus nobler Standort für Zaubereiartikel und Jonglierbedarf.

In den blitzblanken Schaufenstern leuchteten mit LED-Lämpchen die Worte »Magic and Wonder« auf, darunter schwenkte eine Art moderne Kasperlefigur eine badische Fahne, auf der »Event« und »Fun« und »Kids« geschrieben stand.

Im Inneren erwartete uns ein überaus buntes Sortiment an Dingen, die ich zumindest in dieser Zusammenstellung noch niemals gesehen hatte. Da gab es Keulen aller Art, zum Jonglieren offenbar, Bälle jeder Größe, darunter auch solche, die schlaff an der Wand kleben blieben, wie mir Geert demonstrierte. Dann Wurfscheiben, Kreisel, Kasperletheater, Zauberstäbe, herumkullernde Augäpfel sowie schimmernde Dinge, deren Sinn ich nicht zu erkennen vermochte.

»Fidget Spinner«, sagte Geert und lachte. »Mit nix Geld machen, prima!«

Ich sah mich um. Es war wirklich ein Harry-Potter-Universum mitten in Karlsruhe.

Eine sehr schmale, fast dürre Frau mit kurz geschnittenem dunklen Haar, schwarzen Knopfaugen und spitzer Nase kam mit dem typischen fragenden Blick der Verkäuferinnen auf uns zu. »Kann ich helfen?«

»Wir möchten für diese nette Dame hier Boulekugeln kaufen. In der Hoffnung, dass sie süchtig wird.«

»Bitte kommen Sie mit!« Kein Lächeln veränderte die Züge der Dürren. Sie sah etwas zu verkniffen aus, um in einem Laden zu bedienen, der pures Vergnügen versprach.

»Ein interessantes Geschäft«, bemerkte ich. »So ungewöhnliche Dinge. Sind Sie die Inhaberin?«

Sie verzog ein wenig die Mundwinkel und sah zu Geert hinüber. Der nickte ihr aufmunternd zu. Offenbar kannten sich die beiden. »Nein«, sagte sie kurz. Das »leider« schwang ungesagt mit.

»Der Laden gehört ja meinen Chefs, Leonie und Stefan Buchmüller. Wir, vielmehr sie, haben ihn gemeinsam aufgebaut. Manchmal nehmen sie sich beide frei, und dann darf ich ›Haribo‹ sein.« Und ganz unpassenderweise intonierte sie falsch: »Kinder und Erwachsene ebenso!« Es klang aus ihrem Munde eher wie ein Hexengesang. Es war wohl besser, sie wurde nicht auf Kinder losgelassen.

Geert und ich starrten sie erstaunt an. Schließlich räusperte ich mich. »Und das funktioniert? Ein Ehepaar, das einen Laden gemeinsam führt?«, erkundigte ich mich.

Ich hätte mit keinem der Männer in meinem Leben zusammen arbeiten wollen. Außer vielleicht mit Hagen, der Seiten und Leidenschaften in mir geweckt hatte, von denen ich nicht gewusst hatte, dass es sie gab. Zu einem bestimmten Zeitpunkt unserer Beziehung hätte ich alles mit ihm gemacht.

»Die Buchmüllers sind kein Ehepaar. Sie sind Geschwister.« Sie warf einen kurzen Blick in Geerts Richtung, als sei er für diese Tatsache verantwortlich.

»Dann mag es gehen«, meinte ich, doch auch da hatte ich meine Zweifel. Das, was ich aus meinem früheren Leben über Geschwister wusste, gehörte eher zum Familientherapeuten als in eine gemeinsame Firma.

»Es liegt den beiden im Blut. Das Milieu, meine ich. Ihr Vater war ein ... eher unbekannter Schauspieler, und die Mutter hat auch gesungen und geschauspielert. Auf kleinen Bühnen.«

Trotz ihres leicht abfälligen Tons sah ich eine bunte Kindheit vor mir. Dennoch würde ich an Buchmüllers Stelle nicht unbedingt wollen, dass meine Mitarbeiterin jedem erzählte, aus welchem Stall ich kam.

»Interessant.«

Die Dürre zuckte die Achseln. »Nicht immer leicht, denke ich. Sie sind bei einer Tante in Beiertheim aufgewachsen. Sie wollten den Laden sogar erst nach ihr benennen. Teller's. Aber das hört sich nicht gut an. Klingt nach Kneipe.«

Sie kam hinter der Theke hervor und streifte dabei eine Pinnwand, wie sie mit Urlaubsfotos der Mitarbeiter bestückt häufig in Büros hängen. Ich hatte das immer irgendwie traurig gefunden. So wie Leben-nur-einmal-im-Jahr. Eine Karte mit viel Schnee darauf segelte herunter.

»Moment ...« Die Dürre bückte sich. »Die Chefin verbringt den Februar jedes Jahr im österreichischen Fieberbrunn. Den Skiurlaub gönnt sie sich einmal im Jahr. Und immer schreibt sie uns. Das ist die diesjährige Ansicht.« Ohne echte Begeisterung hängte sie die Karte wieder auf.

Wir gelangten in eine entlegenere Ecke des Ladens. Neben Softbällen und Tischtennisschlägern sowie einem elektronischen Dartboard war ein Regal für Boulezubehör reserviert. Die Frau zog eine Schublade auf. Geert blickte hinein, und seine Augen leuchteten, als habe er ein Angebot mit knappen Spitzendessous vor sich.

Jetzt fand eine fast exotische Prozedur statt. Meine widerstrebende, leicht feuchte Hand wurde von ihrem sehr trockenen, energischen Griff in eine Plastikschablone gelegt. »Nein, richtig reinlegen! Moment, ich hab mich am Daumen verletzt, ich nehme die andere Hand.«

Jetzt sah ich, dass sie ein Pflaster am rechten Daumen trug. »Geschnitten?«

»Nein, ein Rosendorn. Wie im Märchen.«

Sie beugte sich über meine Hand und studierte die Linien und Zahlen auf der Schablone, die sie lautlos ablas. Und schweigend, wie bei solchen Herrschaftswissen voraussetzenden Prozeduren üblich, begab sie sich zu einem Schrank, in dem glänzende Kugeln lagen.

»Ich würde sagen, eine siebzig. Und eine sechshundertneunziger.«

Mein Begleiter nickte. Ich nickte auch, obwohl ich kein Wort verstand. Nur, dass die Kugeln achtzig Euro kosteten, was sie als Grundausstattung für ein sportliches Hobby recht preiswert erscheinen ließ. Zumindest wenn ich es mit den Investitionen verglich, die mein erster Mann und ich für die gesellschaftlich relevanten Sportarten wie Golf, Tennis oder Reiten ausgegeben hatten. Allein die passende Kleidung hätte einen Kleinwagen finanziert. Unbequeme Hosen, affige Polohemden, teure Schuhe.

Als die Dürre die Rechnung schrieb und einen Garantieschein ausstellte, sah ich mich noch einmal genauer in dem Laden um. Wäre er nicht in einem solch modernen Gebäude untergebracht gewesen, hätte man wirklich meinen können, die Schüler eines Zauberinternates würden hier ihre Unterrichtsmaterialien erstehen.

»Haben Sie viel Kundschaft?«, fragte ich beiläufig.

»Oh ja. Wir haben in Karlsruhe und Umgebung eine Marktlücke gefüllt!«, erklärte uns die Verkäuferin mit mehr Stolz, als die Frage erforderte. »Außerdem veranstalten wir häufig Zauberpartys und Spielenachmittage für Kinder, Ballnachmittage mit Jonglieren und so weiter, auch für die KSC-Nachwuchstalente. Über Arbeit können wir uns nicht beschweren. Wir haben einen guten Ruf.«

Es war offensichtlich, dass sie den Laden liebte. Man konnte nur hoffen, dass ihr das Engagement gedankt wurde. Ich dachte an Yvonne und den Nacht-Secondhand. Und beschloss, trotz der Sympathie für meine gebildete Freundin bald dort aufzuhören. Es war nie gut, Energie in etwas zu stecken, das einem nicht gehörte.

»Interessanter Ort«, meinte ich, als wir draußen auf der Straße standen.

Geert lachte. »Ja, ein überflüssiges Hohelied der Freizeitgesellschaft. Gehen wir noch einen Kaffee trinken?«

»Ich hätte eigentlich Hunger.«

»Oh, das hatte ich gar nicht zu hoffen gewagt. Pizzeria an der Stephanskirche. Man sitzt so schön. Und die Schickeria vom Ludwigsplatz ist weit weg.«

Wir fanden einen Platz, und wie immer bestellte ich mir einen Salat. Wie immer hätte ich das Dressing besser machen können.

Als ich fertig war und auch Geert seine Pizza vernichtet hatte, schob ich den Teller von mir weg und hin zu der ersten Wespe des Jahres.

»Und das ist also der einzige Boulekugelladen in Karlsruhe?«

Geert sah schuldbewusst drein. »Nein. Es gibt tatsächlich noch einen in Durlach.«

»Das wäre für mich näher gewesen. Schwindler.«

»Ja …« Er schien zu überlegen. Dann ging ein Ruck durch seinen kräftigen Körper. »Aber der gehört nicht meinem ehemaligen Schwager.«

»Wie bitte?«

»Meine Schwester Antje war mit Stefan Buchmüller verheiratet. Sie sind seit drei Jahren geschieden, aber noch gute Freunde.«

»Ach so.« Wer's glaubt.

»Ja, meine Schwester ist Übersetzerin für Niederländisch. Liegt uns irgendwie im Blut. Irgendein Vorfahr kam von dort. Vermeer, Sie verstehen? Stefan und Antje haben sich schon in der Tanzstunde kennengelernt Es war eine Jugendliebe, doch dann hat –«

»Er sie betrogen!«, stellte ich sachlich fest. »Sportlicher, gut aussehender Sportlehrer, nette Kollegin, und sie hockt mit den Kindern zu Hause …«

»Leider Fehlanzeige. Sie hat *ihn* betrogen. In einer Sommernacht in Amsterdam. Sie hatte einen Kunden dort besucht. Abends war sie in einem riesigen, anonymen Hotel untergebracht. Antje ist sehr ängstlich und anlehnungsbedürftig, aber da hat sie sich abends an der Bar wohl einmal zu eng angelehnt. Eine Affäre für eine Nacht. Sie hat es Stefan gebeichtet, und für ihn war Ende. Er ist sehr stolz. Ich glaube, sie hat dieses kleine Techtelmechtel oft bereut.«

»Wie gut ich das verstehe! Kinder?«

»Ein Sohn. Der Lukas blieb zunächst bei ihm, befindet sich aber zurzeit als Gastschüler in Frankreich. Stefan hat damals nicht mit sich reden lassen. Er ist extrem stur, aber ich mochte ihn eigentlich immer gerne. Er spielte gern und hatte einen guten Humor, musste er ja schon rein beruflich, und konnte, wenn er sich danach fühlte, mit viel Spaß den Clown geben.«

»Clowns können bekanntlich auch weinen«, sagte ich achselzuckend.

Er seufzte. »Doch man kann hoffen. Stefan und Antje nähern sich gerade wieder an.«

Ich warf einen Blick auf meine kleine Breitlinguhr. »Zahlen wir?«

»Darf ich dich einladen?«

Ich stand auf, raffte meine FredsBruder-Tasche zusammen und lächelte auf Geert hinab. »Ich hatte nichts anderes erwartet.«

***

Tom musterte meine neuen Kugeln nur flüchtig. »Ich persönlich glaube nicht, dass Boule der richtige Sport für dich ist«, sagte er, und wie immer klangen seine Sätze ein wenig wie abgeschlossene Denkprozesse, was sie ja wohl auch waren.

»Und warum nicht?«

Ich stand wie eine Statistin in seiner superordentlichen und natürlich höchst funktionalen Küche, die an ein Labor erinnerte. Irgendwann hatte ich einmal einen Topf mit blühendem Rosmarin mitgebracht. Angeblich hatte er ihm gefallen. »Du bringst Farbe in mein Leben, Swentja!«, hatte er die Gabe kommentiert. Doch nach zwei Wochen war der Topf samt Grün verschwunden. Ich hatte nicht gefragt, warum und wohin. Aber mit ihm war auch die Farbe verschwunden.

»Weil Boule Konzentration erfordert. Keine Geselligkeit. Man steht da und fixiert sein Ziel. Ganz alleine. Das kannst du nicht. Dafür bist du zu flatterhaft.«

Ich sagte nichts dazu. Frauen, die genauso gut rechnen können wie sie, machen Männern nämlich Angst. Doch könnte ich nicht denken, nicht fixieren und nicht rechnen, säße Tom gewiss nicht hier mit mir.

Er schälte den Spargel mit einer beneidenswerten Präzision. Ich beobachtete seine geschickten Hände und wie sie das Schälmesser hielten. Er hätte damit jemanden sezieren können.

»Ich bin gespannt, ob ich diese Sissi-Gestalt wiedersehe«, bemerkte ich, um die Unterhaltung in Gang zu bringen.

»Swentja, du solltest dich da heraushalten«, sagte er ernst. »Karlsruhe wirkt an der Oberfläche so bieder, doch auch hier gibt es, wie soll ich sagen, Gruppen, die nachts ein schillerndes Leben führen.«

Ich sah ihn erstaunt an. Ausgerechnet er sprach über schillerndes Nachtleben. »Was denn für Gruppen, Tom?«

Er schien verlegen. »Was weiß ich … Schwule, die in Leder gehen. Paare, die zu Streichelpartys unterwegs sind. Leute, die sich als Kaiserinnen verkleiden, können ebenso gut verrückt sein. Denk an diese Horrorclowns zu Halloween. Ich halte so etwas für gefährlich. Möchte keinem nachts begegnen.«

Ich sah zwar nicht, wie Sissi mich zu Tode erschrecken sollte, außer vielleicht mit ihrer perfekten Figur, aber ich wertete seine Worte als Zeichen seiner Sorge um mich.

Yvonne nahm es gelassen hin, dass ich spätestens im Sommer aufhören wollte, in ihrem Laden zu arbeiten. »Ich verstehe dich. Mal schauen, ob ich jemanden finde, sonst sind die Freitagabende eben gestorben.«

Sie schenkte sich Tee ein, zündete eine Räucherkerze an, setzte sich mit verschränkten Beinen in einer Weise hin, die ich mir für mich niemals vorstellen könnte, und lud mich ein, mit ihr im Hier und Jetzt zu sein. Sie war authentisch in dem, was sie tat, und sie bekam mir gut.

Der dritte Puzzlestein

Am 12. Mai versah ich wieder meinen Dienst in der Mitternachtsboutique. Zwei mollige Kundinnen räumten praktisch die gesamte Reihe der Zweiundvierziger-Sachen leer. Fünf Blusen, alle mit ähnlich floralem Muster, Röcke, lang und kurz, Hosen, drei Jacken, Sweatshirts, Pullover.

Die Damen schienen wie in einem Rausch zu sein. Das meiste von dem, was sie kauften, stand ihnen nur mittelmäßig gut oder überhaupt nicht. Keines der Stücke war ein Klassiker oder schien wie für sie gemacht.

Lieblos warfen die Frauen die Sachen, die sie sich ausgesucht hatten, auf einen Haufen. »Können wir das morgen abholen? Und dann auch gleich bezahlen?«

Ich nickte und war überzeugt davon, dass sie wahrscheinlich niemals wiederkommen würden. In der Nacht hatten sie sich gefallen in lila Kleidern mit Strass, in Jeans mit aufgestickten Papageien und mit Tigerleggins. Sie waren für einen Moment wild und frei gewesen. Am Tage würden sie sich dafür schämen. So wie Sissi?, fragte ich mich.

Um Viertel vor elf schloss ich an diesem Freitagabend ab. Draußen herrschte jene flirrende Maiwärme, die das Zubettgehen schwierig macht. Überall summte es in den Biergärten von Stimmen und Gelächter. Bald würde dieser Klangteppich des badischen Frühlings unter der drückenden Schwüle der Sommermonate ruhiger werden, doch jetzt erwachte das Leben, und auch ich würde noch irgendwo etwas trinken gehen.

Die kleine Bar an der Baumeisterstraße hatte noch spätabends geöffnet. Lange vorbei die Zeit, als ich mich nicht ohne Begleitung in ein Lokal gesetzt hätte, weil es mir unendlich peinlich gewesen wäre, auszusehen wie eine Frau auf Suche. Alleinstehend, das hatte geklungen wie sitzen geblieben, Restposten.

Ich trat ein, und da sah ich sie wieder. Sie saß an einem Tisch, allein. Diesmal war sie sehr bürgerlich und unauffällig gekleidet, ein schmales schwarzes Kleid mit einer Tournüre, das wie ein Nachmittagskleid für den gehobenen Kaffeeklatsch aussah. Vor ihr stand eine Art Fruchtsaft in einem hübsch verzierten Glas mit zartem Stiel.

Sie trank das Glas aus, stand auf, legte Geld auf die Bar und schritt hinaus, ohne mich zu beachten. Der Schleier bedeckte ihr Gesicht nur halb, ich sah im Vorübergehen den schönen vollen Mund, dezent geschminkt. Sissis süßer Mund.

»Irre, was?«, sagte der schnöselige junge Barkeeper, der bemerkte, wie ich der Gestalt nachsah. »Die bestellt immer Paradiesapfelsaft oder so ähnlich. Ist wohl ausländisch für Tomatensaft. Sie hat einen komischen Akzent. Und die feinen Klamotten. Sie selbst redet ja kaum was, aber andere von denen haben mir gesagt, die ist eine Königin oder so was. Ich kenne mich da nicht so aus.«

»Das ist die Kaiserin Elisabeth von Österreich!«, erwiderte ich streng. »Auch bekannt als Sissi.«

»Kenn ich nicht.«

»Kennen Sie denn Romy Schneider? Das ist ja praktisch dasselbe.«

Verzeih mir diese Worte, Romy, dachte ich. Ich war ein Fan dieser charmantesten aller Frauen gewesen. Natürlich wusste ich um ihre Kämpfe, das Heile-Welt-Image der Sissi loszuwerden. Bis nach Paris, in Alain Delons Arme, war sie gerannt, um von den deutschen Hausfrauen wegzukommen, die in ihr die kitschige Erfüllung ihrer Nachkriegsträume gesehen hatten.

»Hab ich von gehört. Französische Schauspielerin, nicht wahr? Na ja, die hier ist nicht die einzige Königin, da sind noch mehr so seltsame Typen unterwegs, und einige glühen bei uns vor oder richten die Perücken. Haben es dann nicht mehr weit zu ihrer Tanzerei.«

»Ist das hier in der Gegend?«

»Ja, die gehen zu einem komischen Ball. Moment …« Er schob ein gezapftes Bier über den Tresen. Ein älterer Mann nahm es ausdruckslos in Empfang.

»Die nennen es Convent oder so ähnlich. Da sind lauter Könige und Leute mit Perücken und langen Kleidern. Irre. Auch die, die damals in dem Tunnel gecrasht hat, Lady Di. Die war auch mal da, aber die hat so viel geschwätzt, dass ich dachte, mir fällt das Ohr ab. Ich glaube, es gibt noch so eine alte Königin. Was Französisches. Dachte ja, die haben sie alle hingemacht, damals.«

»Nun, Napoleon hat sich ja selbst –«

»Den kenn ich. Immer die Hand so …« Er steckte die Hand in sein Sommerhemd und lachte unfroh. »Also, dieses Event ist meistens freitagabends. Manchmal alle vierzehn Tage, manchmal jede Woche. Die gehen in eine Halle, dahinten, hinter dem griechischen Restaurant ist doch der Rote Saal, und veranstalten etwas wie einen Ball. Erwachsene Leute verkleiden sich und reden geschraubt daher. Wie Fasching, nur das ganze Jahr!«

»Erwachsene Leute?«

»Ja. Und die benehmen sich wie die Leute früher. Ehrlich gesagt find ich es ein bisschen unheimlich. Aber wenn es eben Mode ist. Manchmal kommen sogar welche in Kostümen von auswärts, mal sind diese Kostümierten nur unter sich. Und manche trinken eben vorher was bei uns. Vielleicht servieren die dort ja nur Vampirblut.«

Er lachte dünn, während ich mit unbehaglichen Gefühlen an meine seltsame Begegnung im Playhouse dachte. Ich sah den Burschen fragend an.

Er wienerte energisch mit einem Lumpen die Kaffeemaschine und hinterließ dabei glänzende Schlieren. »Es waren schon ein paar Vampire hier, die dahinwollten. Mehr so junge Leute, die drauf waren. Aber die lassen heute nur Von-und-zus rein. Vampire sind Vons, hat einer gesagt. Der kannte sich anscheinend aus.«

Möglicherweise war auch Vlad, der wahre Dracula, bei diesen Bällen unter den Gästen? Wie seltsam er reagiert hatte, als ich ihn auf Sissi ansprach.

Der Barmann war noch nicht fertig. »Und da gibt es eine, die hat sich immer Wein bestellt, die hieß wie ein Essen. Spätzle?«

»Wie bitte? Spätzle?«

»Mensch, die hieß Maultasche. Nee, anders. Maultasch. Ohne e«, rief die jugendliche Bedienung, Typ Studentin mit Pferdeschwanz. Sie fasste ein paar Colagläser am Rand und positionierte sie auf einem Tablett. »Das war eine Königin aus Tirol. Von der hatten wir mal auf 'ner Stadtrundfahrt in Meran gehört. Als ich noch mit Peter und Trix in Urlaub war.«

Sie sah mich auffordernd an, als erwarte sie einen Kommentar. Ich tat ihr den Gefallen. »Mit ihren Freunden?«

»Nee, Peter und Trix sind meine Eltern.« Komisch, wie ein Satz genügte, und man fühlte sich uralt.

»Kümmere dich jetzt um deine Tische, Angie. Die war keine Königin, nur Prinzessin. Aber es stimmt, die hieß Maultasch, und die war so hässlich, Mensch, die sah aus wie ein Gespenst. Wie man so was schminken kann! Geil. Und die andere da, die Schöne, die Königin, hat sie am Eingang mal zur Seite gestoßen, und da sagt diese Maultasch, warum machen Sie das, ich bin auch adelig.« Der Kellner beugte sich vor und prustete vor Lachen.

»Und dann sagt diese Königin da, diese Lissy, Sie sind mir zu hässlich. Ich hasse hässliche Menschen. Sie und Victoria – keine Ahnung, wer das jetzt wieder war – sind so hässlich, dass mir übel wird.«

»Hat die echt gesagt!«, freute sich Angie und räumte mein Glas weg. »Noch was? Nicht? – Find ich aber nicht besonders freundlich von der Kaiserin.«

Der Barkeeper war der gleichen Ansicht. »Freundlich war diese Lissy nicht. Die Maultasch, also über den Namen komm ich heut nicht weg, also diese Maultasch hat geschaut, als könnte sie sie umbringen.«

»Und hat sie was geantwortet?« Unglaublich, was für Dramen sich in einer normalen Cafébar in Karlsruhe zutrugen, wenn man nachts nur lange genug aufblieb.

»Ja, das Spätzle hat gesagt, ich hab wenigstens was *im* Kopf und nicht nur drauf. Echt fette Ansage.« Der Barkeeper lachte wieder. »Und dann, und dann, hihihi, sagt diese Lissy, dass sie, also die Maultasche, eine dämonische Witwe wäre und ihren Mann und ihren Sohn umgebracht hätte. Glaubst du so was?«

»Und dann?«

»Dann sagt diese hässliche Lady, na dann passen Sie mal auf, dass ich Sie nicht auch erwische. Hey, stark. Und dann sagt diese Sissy, jetzt hab ich's, gell, sagt also, passen *Sie* mal auf, und dann kam echt ein harter Satz, den hab ich mir voll gemerkt, dann sagt die nämlich: Ich tanze gern auf Leichen. Irre, was? Das hab ich direkt hier gespeichert.« Er deutete auf seinen Kopf als Speichermedium.

Angie zuckte die Achseln. Ihr historisches Interesse war erschöpft.

»Dass Sie sich daran noch erinnern«, bewunderte ich ihn und meinte es sogar ehrlich.

»Oh, ich bin gut bei auswendig. Ist nämlich kein Zufall, dass ich hier bedien. Ich hab bald 'ne Chance, drüben in die Theaterkantine zu kommen, und dann lern ich Regisseure kennen. Ich will Schauspieler werden. Hab einmal vorgesprochen sogar, war 'ne kleine Rolle, ich sollte einen Kater im Weihnachtsstück spielen, einen Kater, bisschen blöd, gut, dass meine Freunde mich nicht sehen, denke ich, sonst machst du dich lächerlich, aber ich hab die Rolle sowieso nicht gekriegt. Aber ich tät auch 'ne Nonne spielen oder sonst ein Weib, Hauptsache, Bühne.«

Ein paar junge Leute vom Typ schicke Nachtschwärmer stürmten jetzt die Bar. Sie verlangten nach der Cocktailkarte und gleich danach nach Cocktails. »Zwei Sex on the Beach und dreimal Willenlos!«

Ich verabschiedete mich und ging heim. Im Dunkeln schloss ich unten die Tür zu meinem Apartmenthaus auf. Sorgsam drehte ich den Schlüssel zweimal im Schloss. Meine Mietmieter waren ängstlich. Und das hier, in der badischen Idylle.

Ich dachte dabei jetzt zurück an die Bar in der Baumeisterstraße und die seltsamen Geschichten. In unserer ordentlichen badischen Stadt gab es also erwachsene Frauen, die sich geradezu perfekt als K.-u.-k.-Kaiserinnen, englische Königinnen und hässliche Prinzessinnen aus dem Tiroler Mittelalter inszenierten und das Ganze anscheinend verdammt ernst nahmen.

So ernst, dass sie einander mit Mord drohten!

Gott sei Dank war es nur ein Spiel, was diese Leute da spielten.

***

»Du hast gestern Sissi in der Südstadt herumlaufen sehen?«

Ich saß am Nachmittag in der Kreuzstraße in Yvonnes bunter, fröhlicher Küche mit den zusammengewürfelten Möbeln. Der Unterschied zu meiner früheren Designerküche hätte nicht größer sein können. Und doch fühlte ich mich wider Willen wohl in dem warmen Durcheinander. Vor uns lag das Buch mit den Abrechnungen des gestrigen Freitags.

»Ja. Es war Sissi. Ich kannte das Kleid. Aus dem Film und vor allem von den Bildern in meinen Büchern. Aber ich konnte ihr Gesicht nicht sehen.«

»Natürlich nicht.«

»Wieso natürlich?«

Yvonne schmunzelte. »Ich glaube, dein historisches Wissen ist ein bisschen zu sehr an Äußerlichkeiten orientiert. Hört alle zu, die ehemalige Geschichtslehrerin spricht: weil sie als erwachsene Frau immer ihr Gesicht verbarg und sich möglichst anonym herumtrieb. Irgendwann, müsste ich nachschauen, es war achtzehnhundertirgendwas, ging sie in Amsterdam auf dem Weg zum Arzt durch die Straßen, glaube ich, und ein junger Mann schlug ohne offenkundige Ursache mit seinem Regenschirm auf ihren Fächer ein. Dieser war übrigens eine Spezialanfertigung aus Leder und sollte sie vor der Welt abschirmen. Sie wollte sogar als Leiche anonym bleiben. Wörtlich sagte sie, sie wolle nach dem Tod verschwinden wie ein Atom im Weltall.«

»Gaga«, murmelte ich. »Die hatte wirklich einen Flirt mit dem Sensenmann. Den Fächer hatte sie gestern auch in der Hand. Und der Schleier war aus Stoff und Spitze. Alles dabei, um sich zu verstecken. Warum war sie so?«

»Sie verbarg sich hinter den Schleiern, Fächern und Sonnenschirmen und lief zackig wie ein sportlicher Kerl durch die Städte ihrer damaligen Welt. Aber die Fächer waren auch ein Schutz, denn Sisi mit einem s, wie sie eigentlich hieß, war eine todunglückliche Frau. Zwei Kinder verloren, eine missratene Ehe, ständig damit beschäftigt, ihre Schönheit zu wahren. Hungerkuren, rastloses Reisen.«

»Nun ja. Jedenfalls scheint diese Person sie minutiös nachstellen zu wollen. Wozu nur?«

»Hast du nie davon gehört? Man nennt das Cosplay«, belehrte mich Yvonne. »Noch Tee? Nein? Ich weiß das noch aus der Zeit, als ich Lehrerin in der Schule war. Da kam das gerade auf. Bei mir im Haus wohnt unten ein junges Mädchen, sie macht, glaube ich, auch Cosplay.«

»Das Wort hat Dracula auch genannt ...«

Yvonne sah mich erstaunt an. »Dracula? Swentja, ich hoffe, du bewegst dich nicht in den falschen Kreisen?«

»Keine Sorge. Der ist immerhin von Familie. Yvonne, was ist das? Betreiben das nur Kinder oder Jugendliche?«

»Weiß ich nicht. Wusste gar nicht, dass es so eine lebhafte Szene in Karlsruhe gibt. Komm, wir gehen mal einen Stock tiefer, und ich frage Maija, so heißt sie ... Mal sehen, ob sie da ist.«

Undenkbar in meinem gehobenen Wohnviertel früher in Ettlingen. Einfach irgendwo bei einer anderen Familie klingeln. Komplizierte Terminabsprachen wären für einen *social call* notwendig gewesen, und sowieso wäre meist nur die Haushälterin an die Pforte gekommen.

Maija hingegen öffnete die Tür selbst, im Hintergrund erschien ihre Mutter, eine kleine, unauffällig aussehende Erscheinung, die einen Turban auf dem Kopf trug und die laut Türschild Tanja hieß. Maija sah mich mit ihren schrägen Augen über hohen Wangenknochen aufmerksam an und wusste tatsächlich Antwort auf meine Frage.

»Cosplay ist geil. Wir stellen meist Figuren aus Trickfilmen oder Videospielen nach. Ich hab Bluse, Rock, Krawatte, Ärmel und Gürtel der Vocaloid Hatsune Miku! Scharf.«

»Aha!« Ich muss ratlos ausgesehen haben.

»Anscheinend gibt es aber jetzt auch Erwachsene, die so was wie unser Cosplay betreiben. Haben es uns abgeguckt, aber die machen es anders. Sie ziehen sich an und benehmen sich so wie historische Leute aus dem Kino oder Fernsehen. Elvis Presley und so. Es gibt aber auch Motto-Cosplays. Alle sind als Karl Lagerfeld angezogen, und der Beste gewinnt was, oder alle sind als Germanier verkleidet ...«

Elvis Presley als historische Figur! Kaum jemals fühlt man sich älter, als wenn man einer Sechzehnjährigen gegenübersteht. Und dann noch die German*ier*.

»Und diese Mitspieler treffen sich regelmäßig?«

»Ja, wie bei uns. Auf sogenannten Convents. Also, wir stellen ja meistens Mangas nach. Aus den Anime-Filmen. Da geht's echt ab. Keine Ahnung, wie es bei denen ist.«

Vor meinem geistigen Auge erschienen glupschäugige Figuren mit Riesenköpfen. »Dass man so aussehen will wie japanische Zeichnungen ...«, bemerkte ich.

Yvonne und Tanja grinsten. Maija musterte mich ohne jegliches Verständnis.

»Jeder macht, was er will. Das ist halt Fantasy. Es gibt auch welche, die die Identität wechseln, wenn sie Bock haben. Wir haben einen Typ bei uns, der geht in die Elfte am Max-Planck-Gymnasium, der ist voll schräg drauf, spielt immer den Tod. Läuft rabenschwarz rum, mit langen Haaren und so Ringen unter den Augen. Scheußlich. Aber meine Freundin, die Sunny, tanzt voll gern mit ihm. Wir haben einen Butler, paar Lolitas, zwei Engel und dann ab und zu das Unheimliche Kind und zwei Katzen, die wo richtig Fell haben ...«

»Aha. Wie reizend.«

»Was die Erwachsenen machen, weiß ich echt nicht. Aber ich hab gehört, die treffen sich voll gestylt, stecken richtig Kohle in die Klamotten, dann gibt es einen Ball und einen Empfang, und das beste Kostüm wird wie bei uns prämiert. Sie schminken sich noch perfekter als wir.«

»Wie das?«

Sie zog an ihren Fingern, bis sie knackten. Normalerweise machen das nur ältere Leute, die Arthrose haben.

»Es gibt die passende Theaterschminke im Internet zu kaufen. Und Anleitungen, wie man sich älter macht oder jünger oder schöner. Das geht alles. Muss man halt bisschen üben.«

Knack. Die andere Hand kam dran.

»Bei uns tut's Faschingsschminke. Ist aber alles Fun. Cosplay-Gruppen aus anderen Städten kommen, und man fährt dann auch mal dorthin. Es ist ein ziemlich geiles Hobby. Wir gucken halt, dass wir uns auch wirklich benehmen und so leben wie diese Figuren. Sonst bräucht man das ja nicht machen.«

»Verstehe. Könnte ich, nur als Beispiel, auch einmal zu solch einem Convent gehen?«

»Weiß nicht, wie das bei den Erwachsenen ist. Bei uns muss das Kostüm echt geil sein, und man muss mehr Eintritt bezahlen, wenn man noch nicht Member in einer offiziellen Cosplay-Gruppe ist. Musst du halt mal fragen.«

Das würde ich tun. Irgendwie fand ich die Idee faszinierend, eine andere Identität anzunehmen, in der man sich zu Hause fühlte, weil man sie immer schon bewundert hatte. Nicht nur einfach verkleiden wie an Fasching, sondern die Figur *sein*! Immer wieder und regelmäßig. Einen eigenen Lebensroman neu schreiben. Und ich wusste auch schon ganz genau, *wen* ich darstellen würde, weil ich immer schon mal so sein wollte wie *sie* …

Maijas Zwillingsbruder, trotzig und verschlossen aussehend, betrat die Szene. Die Zwillinge befanden sich, so hatte mir Yvonne erzählt, seit etwa fünfzehn Jahren in einem schwierigen Alter.

»Wisst ihr«, bestätigte Mutter Tanja jetzt, »früher habe ich die beiden mit einer Schaufel oder einem Ball in den Hof geschickt, und es war fünf Minuten Ruhe. Jetzt muss ich nicht nur das Innere ihrer Schultasche, sondern auch das Innere ihrer pubertären Köpfe kontrollieren. Als ich gestern nach Hause kam, hat Johannes Kekse gebacken …«

»Das ist doch schön!«, sagte Yvonne herzlich und nickte

dem Jungen zu. Der warf einen raschen Blick in die Runde, zog mit Ironie einen nicht vorhandenen Hut, verbeugte sich und veschwand. Seine Mutter blickte ihm mit einem resignierten Blick nach.

»Haschkekse, meine Liebe, hat er gebacken. Und den passenden Stoff dazu hatte er von einem Handwerker, der in unserer Wohnung einen Fensterladen repariert hat. Während der Handwerker auf Ersatzteile wartete, sind sie ins Gespräch gekommen, und der Handwerker hatte zufällig noch was im Auto. Sagt Johannes.«

Ich verkniff mir nicht nur ein Lächeln, sondern auch einen wehmütigen Gedanken. Meine Tochter wäre niemals auf solche Gedanken gekommen. Sie war ihres Vaters Kind und hat sich immer konform verhalten. Wir waren uns nicht mehr nahe.

Ich spendete Trost: »Nun, Tanja, wenigstens backt er und verweigert sich damit der traditionellen Männerrolle.«

»Oh, die hat er immer schon verweigert. Johannes hat sich schon als Kind lange vor dem Spiegel gekämmt und verschiedene Outfits ausprobiert, wohingegen unsere Tochter in ein paar alten Jeans mit dem Fahrrad irgendwohin verschwunden ist.«

»Er ist aber nicht ... ich meine, nicht dass es schlimm wäre, aber es wäre eben ... nun ... anders«, sagte ich mit etwas bemühter Toleranz.

Tanja lachte. »Nein. Natürlich haben wir auch diese Sorge gehabt. Wenn man es Sorge nennen will. Aber der Kinderarzt hat uns gesagt, es ist vollkommen normal, dass Jungs weibliche Seiten ausleben, wenn man diese nicht früh schon unterdrückt. Und umgekehrt. Manche Menschen kämmen sich nun mal gerne oder probieren Klamotten aus.«

»Tatsächlich!«

»Andere fahren Fahrrad und prügeln sich. Wir stopfen die Kinder zu früh in die passenden Ecken. Nein, nein, unser Johannes schaut schon ziemlich intensiv nach Mädchen.«

Mochte ja sein, doch ich meinerseits hatte niemals eine männliche Seite gehabt und hätte sie auch nicht ausleben wollen. Wozu auch? Im Shoppingtempel Engelhorn & Sturm in Mannheim gibt es für Männer nur ein einziges Stockwerk, während Frauen vier Etagen zur Verfügung haben. Männer werden selten von Frauen zum Essen in ein Sternerestaurant eingeladen, Männer *müssen* arbeiten gehen. Frauen *können* arbeiten gehen …

Ich hörte im Geist Hagens bissigen Kommentar: »Verwöhntes Oberschichtsgerede. Es gibt jede Menge Frauen, die arbeiten müssen. Nur atmen die anscheinend nicht die gleiche Luft wie unsere elitäre Frau Tobler! Sind wir vielleicht ein wenig altmodisch?«

***

Lieber Hagen,
ich muss dir heute Abend einfach schreiben. Also, diese Sissi-Geschichte fand ich ziemlich interessant. Erwachsene, die sich anspruchsvoll verkleiden. Ich meine, das niveauvolle Kostümieren ist ja leider aus der Mode gekommen. So wie die Maskenbälle früherer Zeit, als sich die erste Gesellschaft verkleidete, weil man Zeit und Muße für so etwas hatte. Und mit Verkleiden nicht einfach meinte, sich eine rote Nase aufzusetzen. Es bedeutet eigentlich, sich mit der Person, die man darstellt, auseinanderzusetzen und so weit wie möglich mit ihr zu verschmelzen. Oh Hagen, ich wüsste ganz genau, wen ich darstellen würde. Würdest du mich an meinen Sehnsüchten erkennen auf einem solchen Ball?
Jedenfalls nehmen die Gäste, die freitags zu den Bällen in Karlsruhe gehen, die Sache auch ziemlich ernst. Jemals von einer hässlichen Prinzessin namens Maultasch gehört? Da sieht man, dass diese Leute nicht logisch nachdenken. Die Maultasch vom Ball hasst Sissi offenbar, doch wie soll das gehen? Sie haben doch in verschiedenen Jahrhunderten gelebt. Oder hassen und lieben sie sich nur innerhalb des geschlossenen Systems des Ballsaales, und die Zeit ist

dort außer Kraft gesetzt? Es ist wie … ja, als seien sie alle gestorben und liefen sich im Himmel nochmals über den Weg. Oder in der Hölle. In der ganz privaten Hölle jedes Einzelnen!
Seltsam. Warum habe ich jetzt so negative Gedanken? Es ist doch nett: eine Frau, die sich wie Sissi kleidet und benimmt. Eigentlich ist das doch ein harmloses Vergnügen. Und dennoch läuft mir ein Schauer über den Rücken, wenn ich an sie denke. An den kurzen Blick, den ich von ihr erhaschte. Er war so … voll Angst. Und er war irgendwie traurig. Besser, ich vergesse das Ganze. Nicht dass etwas passiert … man weiß nie …

***

Bei bestem Wetter befand ich mich am Dienstag einmal mehr auf dem staubigen kiesigen Bouleplatz und sehnte mich zurück nach dem vertrauten Golfspiel. Auf dem Golfplatz kämpft jeder, auf Wunsch mehr oder weniger unsichtbar für die anderen, für sich allein mit der Zahl seiner Schläge und den Hügeln des Geländes. Hier saßen die Mitspieler wie die Sperlinge auf einer Bank und beurteilten mich gnadenlos.

»Hand gerade. Hand bitte gerade halten!« Tom schüttelte den Kopf. »Wenn du die Hand immer beim Abwurf drehst, kann die Kugel überhaupt nicht geradeaus laufen, Swentja. Das ist doch logisch. Sie wird immer einen Linksdrall haben.«

»Wie geht das mit dem Geradehalten?«

Tom zuckte die Schultern. »Das muss man sich eben angewöhnen! Du musst dir deine natürliche Körperhaltung abtrainieren und dir eine andere zu eigen machen.«

Na wunderbar.

Geert trat jetzt hinter mich. Seine große, schwere Hand griff mit einer eher väterlichen Geste nach meiner. »Hier, mit drei Fingern führst du die Kugel, nach hinten ausschwingen …«, er bewegte meinen Arm wie den Schwengel einer Pumpe nach hinten, »dann nach vorne und so lange wie möglich halten, dann über die drei Finger abrollen lassen. Wie als wolltest du Adieu sagen.«

»Danke«, sagte ich, schmiss die schwere silberne Kugel irgendwohin und warf Tom einen gekränkten Blick zu. »Und adieu für heute! Ich gehe jetzt in der Vereinsgaststätte etwas trinken, die Herren. Und – ehrlich gesagt – weiß ich nicht, ob ich diesen Sport wirklich lernen will. Murmeln habe ich als Kind gespielt, aber jetzt bin ich erwachsen!«

Warf einen finsteren Blick auf die rosa schimmernde »Sau« und begab mich hocherhobenen Hauptes in die griechische Vereinsgaststätte, in der mich der nicht mehr ganz junge Wirt mit den schütteren dunkelbraunen Locken wehmütig ansah und mir die Speisekarte wortwörtlich ans Herz legte. Es gibt halt nicht mehr viele Naturblondinen.

Nach dem Spiel, bei Tom zu Hause, stritten wir.

»Boule vergleichst du mit Murmeln, aber diese albernen Kostümbälle mitten im Jahr sind also interessant? An Fasching lasse ich mir das gerade noch gefallen. Offenbar haben die Leute zu viel Zeit. Also wirklich, Swentja!«

»Tom, die Idee, mit Identitäten zu spielen, ist keineswegs neu. Ich habe es interessehalber gegoogelt. Im Berlin der zwanziger Jahre erlebten Bälle wie diese eine Blütezeit. Etwa im Eldorado, das war ein berühmter Club, gab es spektakuläre Travestieshows, die sogar ausländische Touristen nach Berlin lockten. In ›Cabaret‹, diesem Film mit … fällt mir gerade nicht ein, ist das verewigt.«

»Swentja, das waren doch Schwulenlokale und Schwulenshows!« Das klang abfällig.

»Na und? Ich denke, da war einfach buntes Leben in der Stadt. Eine Luft wie Champagner. Und sie hieß übrigens Liza Minnelli.«

Tom sah mich an, als sei ich ein anderer Mensch geworden.

Er saß mir gegenüber auf seinem grauen Sofa, mit dem er fast verschmolz, vor sich ein Glas Apfelsaftschorle. Ja, Tom war Wissenschaftler durch und durch, und sich außerhalb von

Fasching (und wahrscheinlich nicht mal da) als jemand zu verkleiden, der nicht mehr lebte, war für ihn undenkbar.

»Hast du noch nie von Cosplay gehört?«

»Nein. Was soll denn das sein?«

»Junge Leute, also überwiegend junge Leute, die sich als Mangafiguren verkleiden und sich auf speziellen Veranstaltungen treffen, um die Kostüme zu präsentieren.«

Tom musterte mich freundlich, aber eindeutig spöttisch. »Du siehst dank deiner schwarzen Seife und dieser sündhaft teuren Kaviarcremes, die ich sehr wohl im Bad bemerkt habe, ja, hinter dem Shampoo, natürlich sehr gut aus, für dein Alter sowieso, aber als ›junge Leute‹ gehst selbst du nicht mehr durch.«

Jetzt wurde ich wütend. »Tom, man kommentiert die Hautcreme einer Frau nicht. Du wirst es nie lernen, meine Geheimnisse geheim sein zu lassen.«

Er erschrak. »Ich finde es sehr gut, wenn Frauen sich pflegen, Swentja. Ich bewundere Frauen, die schön und makellos sind. Und du siehst jünger aus, als du bist, was auch ein Grund ist, warum ich mit dir zusammen bin, aber nicht mehr wie ein Teenie, der Mangas nachspielt.«

Ich beschloss, über seine Worte später, nicht jetzt, nachzudenken. Zu verstörend kamen sie mir vor. Mein Aussehen war der Funke, der seine Liebe entzündet hatte, aber was war mit meiner schönen Seele?

»Ich will natürlich kein Manga sein, Tom. Aber diese Verkleidungsspiele der Erwachsenen haben einen historischen Hintergrund. Bei den Mottopartys sind nur bestimmte Figuren zugelassen, und berüchtigte gekrönte Häupter sind offenbar besonders begehrt. Manche Berühmtheiten kennt man aus Filmen. Ich habe im Internet geschaut. Es gibt herrliche Kostüme für Katharina die Große, Napoleon und Kleopatra.«

»Katharina die Große passt schon eher zu dir.« Das kam als allzu mattes Kompliment und zu spät.

»Wenn überhaupt, so würde ich als jemand ganz anderes zu einem dieser Bälle gehen.«

»Und als wer?«

»Rate mal!«

Tom seufzte. »Wenn ich an deine Vergangenheit denke: Mata Hari?«

»Falsch! Du solltest mich besser kennen. Außerdem ist die nicht adelig.«

Er wurde jetzt wieder mürrischer. »Ich bin Wissenschaftler. Ich spreche nicht gerne über Dinge, die keine empirische Grundlage haben und auch nicht eintreten werden. Lass uns jetzt lieber gute Musik hören. Etwas Leichtes. Mir ist heute nach Mozart.«

Mir nicht, dachte ich. Drei Worte habe ich in der Schule nicht gemocht und als Begleiterin meines Mannes gehasst. Mozart. Goethe. Shakespeare.

Bildungsbürgertum zum Gähnen.

Das sollte sich bald ändern. Ich wusste es nur noch nicht.

***

Am Mittwochmorgen saßen wir in Yvonnes wunderbarer Altbauwohnung und frühstückten. Das ist der Vorteil der Leute vom Theater. Sie haben tagsüber Zeit.

Yvonne hatte ihr Leben genauso eingerichtet wie ihre Behausung. Bunt und individuell, wie es ihr gefiel. Als habe sie ein Stück Theater nach Hause transportiert und spielte hier die Hauptrolle. Ein Kronleuchter im Schlafzimmer war mit ihrem Schmuck behängt und funkelte dadurch noch mehr. Ihre Tücher lagen in einem schwarzen Pappmascheesarg. »Aus ›Titus Andronicus‹. In der ersten halben Stunde schon fünfzehn Morde. Gruslig! Nach der Pause war das halbe Publikum weg. Shakespeare wusste, wie man mordet.«

Und dann überall Bücher. Biografien vor allem. »Geschichte!«, hatte sie einmal gesagt, »ist meine große Leidenschaft, denn frühere Zeiten sind doch eine einzige herrlich romantische, grausame und bunte Realityshow. Und deshalb wollte ich es nicht mehr unterrichten. Wer hat es schon gerne, wenn ein Haufen Fünfzehnjähriger gefühllos auf etwas herumtrampelt, das einem das ganze Leben lang wichtig gewesen war.«

Wir saßen in ihrem Salon, der auch voller Huldigungen an ihre Welt des Theaters war. Auf einem beigefarbenen Messingbett mit schönen Ornamenten nahm eine Schaufensterpuppe den Besuchern den besten Platz weg, und eine Goethe-Büste entpuppte sich als Kerze, denn den Kopf zierte ein Docht.

Yvonne, in einer knackigen schwarzen Jeans und einer Art Trachtenjacke fast fremdartig wirkend, sah mich verblüfft an, als ich meine Bitte aussprach. Ihre wasserfarbenblauen Augen blinkten. »Ich soll dir aus unserem Fundus am Theater ein Kostüm als Scarlett O'Hara zusammenstellen? Und das auch noch bis übermorgen?«

»Ja, das kann nicht besonders schwer sein. Ein Kleid im Stil des 19. Jahrhunderts. Bessere Gesellschaft, Sommer. Was hat Scarlett noch mal gleich zu ihrem ersten Ball in Twelve Oaks getragen? Ein hellgrünes Musselinkleid, in dem sie für die Tageszeit zu viel Busen zeigte. Schau mal, ob ihr nicht so etwas habt. Und dann einen Hut mit Schleifen und spitze Schuhe, vielleicht in Weiß. Meine Haare soll mir Gilbert entsprechend frisieren. Vielleicht muss ich sie nur für den Abend ein wenig dunkler tönen.«

»Das alles wegen eines einzigen Balles? Swentja von heute, ich sehe gerade die Swentja von früher vor mir. Die feine Dame aus Ettlingen-Vogelsang.«

»Vogelsang liegt lange hinter mir. Doch so ein Kostümball könnte Spaß machen. Diese Events finden regelmäßig statt. Und ich habe einige lange Abende zu füllen.«

Yvonne fingerte an ihren Hornknöpfen herum. Ich musterte sie spöttisch. »In der Jacke siehst du aus wie eine Inkarnation von Florian Silbereisen. Und das als hübsche Frau in den besten Jahren.«

»Oh, das Outfit ist ein Überbleibsel aus einem Stück von Horváth, das in Österreich spielte. Ich liebe es, mich in einen Mann zu verwandeln. Das macht aber nur so lange Spaß, bis ich zum Klo gehe. Dann komm ich durcheinander. Du hast also lange Abende? Was ist mit deinem Tom?«

Für viele Leute ist die Existenz eines Partners stets gleichbedeutend mit »nie mehr allein«. Doch aus dieser Illusion war ich in den letzten Jahren gründlich aufgewacht.

»Ja, ich habe Tom. Aber auf einem Maskenball mitten im Jahr kann ich ihn mir beim besten Willen nicht vorstellen. Und ich glaube auch nicht, dass er eine andere Identität annehmen will als die, die er bereits hat. Mit der ist er nämlich ganz zufrieden.«

»Warum also ausgerechnet Scarlett O'Hara?«

»Oh, ich bewundere diese Frau. Sie wusste, was sie wollte, behielt immer ihr Niveau, und vor allem konnte sie mit Männern umgehen.«

Yvonne zog die Stirn kraus. »Na ja, nicht mit Rhett. Der hat sie letztlich bekanntlich sitzen lassen, und sie war ziemlich fertig. Vor allem, weil sie es – so wie du auch – verstanden hat, sich mit jedem aus ihrem alten Leben zu überwerfen. Und zum Schluss war sie alleine.«

Da musste ich widersprechen: »Margaret Mitchell hat einfach nur zu früh mit dem Schreiben aufgehört. Scarlett hätte mit Sicherheit wieder einen anderen Mann gefunden. Wetten?«

Meine Freundin rieb sich die zarte Nase. »Wahrscheinlich hast du recht. Sie war jedenfalls ein Biest. Warum möchtest du denn unbedingt ein Biest anstelle eines Engels sein?«

Eine Frage, die sich mir eigentlich nicht stellte, denn ich war jahrzehntelang ein Biest gewesen und sehnte mich manchmal nach der Zeit zurück.

»Sagen wir mal so. Das Leben scheint mir nicht gerecht. Unsere Mütter haben uns nicht die Wahrheit gesagt: Gemeinheit und Zickentum führen nicht automatisch zum Untergang. Die Bösen und die Biester, die ihre Strafe bekommen haben, waren meistens selbst schuld.«

»Inwiefern denn?«

Ich dachte an die Verbrecher zurück, die meinen Weg gekreuzt hatten. »Yvonne, ihr größter Fehler war natürlich, dass sie sich haben erwischen lassen. Sonst hätten sie vielleicht eines Tages das gleiche brave Ende gefunden wie irgendein Gutmensch. Doch sie wussten nicht, wann sie aufhören mussten. Wann noch Zeit gewesen wäre abzuhauen. Weit weg, nur nicht am Tatort bleiben, wo alles scheinbar so ruhig war und so gut für sie lief, wo sie uns an der Nase herumgeführt hatten, und dann sind sie doch in das unsichtbare Netz geraten. Für einen Mörder ist das nämlich ein Spiel mit zu vielen Unbekannten. Die Täter haben ihre Gegner auf der anderen Seite nicht gut genug gekannt, haben sie in ihrer Anmaßung unterschätzt und sich schlauer gefühlt, als sie waren; nur weil es ihnen gelungen ist, ein Lebewesen auszutilgen.«

Yvonne hatte mir geduldig und aufmerksam zugehört. »Jemand töten, der einen wütend macht, ist keine Kunst. Ihn aushalten ist die Kunst.«

Ich nickte. »Gut gesagt!«

Yvonne seufzte. »Also gut. Ich schau bei uns im Fundus, ob ich etwas finde. Garantieren kann ich es nicht. Ausgerechnet Scarlett O'Hara …«

***

Lieber Hagen,
schade, dass wir getrennt sind. Schade vor allem für dich. Ganz bestimmt würdest du mich gerne als leidenschaftliche und egozentrische Südstaatenschönheit sehen, oder? Ich gehe als Scarlett O'Hara, weil ich ihren Mut zum Unsympathischsein immer bewundert habe. Ich habe diesen Mut auch besessen, aber er hat mich nur getragen, solange ich einen Mann hatte, dessen Geld und Stellung dafür sorgten, dass es mir keiner heimzahlte. Du weißt das und hast es mir oft gesagt.
Ich denke, man verkleidet sich als eine Figur, die etwas mit dem eigenen Leben zu tun hat. Selbst wenn man das nicht auf den ersten Blick merkt. Wer würde die Identität von jemandem annehmen, den er langweilig oder unin-

teressant findet? Ich bin deshalb einigermaßen gespannt, warum sich die Leute auf dem Ball als das verkleiden, was sie darstellen. Was reizt jemand daran, so hässlich zu sein wie diese Maultasch, oder ist es eine Befreiung, endlich hässlich sein zu dürfen? Ich habe mich, ja, jetzt staunst du, eingelesen, und tatsächlich war die historische Maultasch schlauer, als ihre Zeit erlaubte. Die gute Dame war eine Täuschung. Und Sissi? Dahinter verbirgt sich vielleicht eine Frau, die als perfekt gilt, es aber überhaupt nicht ist …

***

Auf dem Bouleplatz gab es an diesem Mittwoch Neuigkeiten. Alle beugten sich aufgeregt über einen Prospekt, der in Französisch gehalten war.

Geert lachte: »Demnächst. Oh Gott. Fast zwei Wochen. Nur Boule, nichts als Boule. Und das in Frankreich mit Hotel und Vollpension. Meine Güte, da werden wir selbst zu Boulekugeln oder zu Schweinchen.«

»Es ist jedenfalls die Möglichkeit, sich zu verbessern, und man muss ja nicht jede Mahlzeit mitmachen. Ich jedenfalls werde viel wandern.« In seinem weißen T-Shirt und seinen schicken Trainingshosen hätte Tom auch auf dem Tennisplatz eine gute Figur gemacht. Er war ein attraktiver Mann. Und Geert war ein netter Mann.

Ich saß wie immer am Spielfeldrand und sah den Menschen zu, die sich langsam wie in einem gemessenen Tanz auf dem Gelände bewegten.

Tom setzte sich kurz neben mich. »Swentja, wir spielen am Freitag ein Nachtturnier. Magst du zuschauen oder sogar mitmachen?«

Ich schüttelte den Kopf und log, ohne rot zu werden. »Würde ich gerne. Aber wenn ich freitags bei Yvonne im Laden war, bin ich kaputt. Nächstes Mal vielleicht.«

Er sagte nichts und nahm es gleichmütig hin. Müsste er nicht ein bisschen um mein Kommen buhlen? Außerdem fragte ich mich, wieso ich ihm nichts von dem Maskenball erzählte, zu dem ich am Freitagabend zum ersten Mal gehen wollte. Nein, es war eigentlich kein Maskenball. Ich hatte das Gefühl, es war ein Ball der Schattenmenschen.

Ich lehnte mich entspannt zurück. Die Bäume, die die Aschenbahn umgaben, wiegten sich leicht wie Bambus unter einem fast makellosen Maihimmel. Hinten, auf dem Sportplatz, sprangen die Beachvolleyballer wie graziöse Federn auf und ab. Sie spielten auf Sand, und allein dadurch schon brachten sie südliche Urlaubsstimmung auf den Platz.

Bei uns auf dem Spielfeld war jetzt Geert an der Reihe. Er fixierte eine gegnerische Kugel, die sich frech neben das Schweinchen gelegt hatte. Er kniff die Augen zusammen, holte aus, atmete schwer und … warf daneben.

»Scheiße!« Er stampfte mit dem Fuß auf und schmiss seine Kappe auf den Boden. Es machte ihn sympathisch.

Nicht jeder verliert gern und schön.

Der vierte Puzzlestein

Am 19. Mai schloss ich den Laden abends schon um zehn. Eine verschlafen aussehende Kundin kaufte noch schnell ein grelles rosa T-Shirt mit einem aufgestickten Papagei aus Pailletten, in dem ich persönlich nicht mal tot gesehen werden wollte, und verzog sich, nachdem sie mehrfach vorwurfsvoll auf die Uhr gesehen hatte. Ich ignorierte das. Ginge es nach meinen kaufwütigen Kundinnen, müsste ich bleiben bis zum Morgengrauen.

Ich vergewisserte mich, dass die Schaufensterbeleuchtung ausgeschaltet war, zog mich in die kleine Umkleidekabine im ersten Halbstock zurück und packte einen raschelnden Traum in Grün aus. Gut, es war ein etwas dunkleres Grün als Scarletts Kleid. Aber es fühlte sich an wie Musselin, war oben eng geschnitten, zeigte ziemlich viel Busen und hatte hinten eine große hellgrüne Schleife. Ebenso zierte den Hut eine Schleife aus starrer Spitze.

Ich quetschte mich in kleine zierliche Schuhchen in einem verschlissenen Moosgrün. Einen Beutel aus Samt in einem warmen Braunton hatte ich in Yvonnes Fundus hier im Laden gefunden, ich glaube, man nannte so etwas Pompadour. Das moderne Smartphone nahm sich eigenartig anachronistisch darin aus.

Ein Blick in den Spiegel neben der Kasse zeigte mir, dass ich keinen wirklich strengen Scarlett-O'Hara-Test bestehen würde. Ich war älter, und ich war geschminkt.

Viel hatte die junge Belle damals nicht zur Verfügung gehabt, um sich noch mehr zu perfektionieren. Ich entsann mich entsprechender Stellen im Buch. Sie hatte sich in die Backen gekniffen, um rotwangiger zu erscheinen, und sie hatte vielleicht ein wenig Kohle gehabt, um die Augenbrauen zu betonen. Das hatte gereicht, da sie jung und schön war. Egal. Das hier war ein Spiel der Kostüme und der Masken, nicht der realen Menschen. Ich freute mich darauf.

Die Straße war leer, als ich den Laden verließ. Irgendwo hörte ich ein leichtfüßiges Trippeln, wie das eines größeren

Hundes oder eines Kindes. Ich drehte mich um und spähte in alle Richtungen bis hoch zum Grünstreifen, der die Südstadt durchschnitt. Es war windstill, doch schien sich einer der Büsche, die fast an der Straße wuchsen, zu bewegen. Ich runzelte die Stirn. Eine Katze vielleicht. Ein Marder. Die Südstadt ist nachts fast ein Biotop. Ich wandte mich um und strebte eilig in meinem seltsamen Aufzug die stille Straße entlang. Kein Mensch unterwegs. Es wäre mir nämlich durchaus peinlich gewesen, als Südstaatenschönheit erkannt zu werden.

Erst kurz vor der Baumeisterstraße und in der Nähe des Theaters liefen Menschen umher. Paare und scherzende Gruppen strebten den Restaurants und Discos zu. Doch sie beachteten mich kaum. Vielleicht hielten sie mich für eine Schauspielerin, die in der Pause schnell irgendwo etwas getrunken hatte.

Ich näherte mich dem griechischen Restaurant, dessen Fassade nichts davon verriet, dass sich in seinem Hinterhof etwas Besonderes abspielte. Der sogenannte Rote Saal war bekannt für eher ausgefallene Konzerte, für Folkloretanz- und gelegentliche Wahlkampfveranstaltungen der Partei der Linken.

»Zum Ball?« Stumm winkte mich ein griechischer Kellner durch, der sich seitlich an ein Mäuerchen gedrückt eine hastige Zigarette gönnte. Durch einen Seiteneingang und einen schmalen Gang, der mit Plakaten und Spiegeln gesäumt war, folgte ich dem Geräusch von Musik und Stimmen in den Saal.

Als ich den Raum betrat, fühlte ich mich wie eine der Heldinnen in einem dieser Kinderbücher, die von Zauberei erzählen. Man verlässt den wirklichen Raum, durchschreitet einen Vorhang und befindet sich in einer anderen, irrealen Welt. So ging es mir.

Ich kannte die Räume von früher, von einigen volkstümlicheren Veranstaltungen wie Fasching oder Konzerten, doch da gab es keine Ähnlichkeit mehr. Der Saal, den ich als hallenartig und nicht besonders schön erlebt hatte, sah jetzt aus wie ein Film-Ballsaal. Die normalerweise nackten Wände waren mit Leinwänden bespannt, die Szenen wie auf alten belgischen Gobelins zeigten. Reiter mit Hunden, offenbar auf der Jagd, musterten das Gelände mit hocherhobenem Haupt. Schlösser, französische Gärten, Springbrunnen und Lauben mit zierlichen Tischchen und Stühlchen, alles aufgemalt. Wolken zogen, und Sonnenstrahlen blitzten.

Die Säulen, die den großen Raum unterteilten, waren immer bekrakelt gewesen von Kinderhänden, jetzt waren sie bespannt mit rotem Tuch oder hatten goldene Muster aufgemalt. Die hölzerne Bühne war auch nicht mehr erkennbar. Angesichts von blauem Samt und Kerzenleuchtern, die überall herumstanden, sowie einem echt aussehenden vergoldeten Thron wähnte man sich irgendwo, aber bestimmt nicht in Karlsruhe. Auf dem Boden lagen orientalische Teppiche, nur die Tanzfläche war frei. Sie war mit einer Art Holzspäne bedeckt, die wohl das Ausrutschen hochhackiger Schuhe verhindern sollte. Livrierte Diener liefen mit Tabletts umher, auf denen langstielige Champagnergläser standen.

Wer den Saal hier Woche für Woche so rasch und bis zur Unkenntlichkeit umgestalten konnte, war ein echter Meister seines Fachs.

»Madame?«, sagte ein Diener, und als ich das Glas nahm, verbeugte er sich.

Ich musste zugeben, dass mir das zusagte. Gute Manieren haben mir stets gefallen. Man spricht ja immer davon, was für edle Charaktere sich in der Unterschicht finden lassen, doch mich irritierte stets, dass diese edlen Charaktere leider unter einem Wust an schlechtem Benehmen nicht erkennbar waren.

Ich nippte an dem Glas. Ein weiterer Herr, der hier offenbar angestellt war, gewandet in einen schwarzen Anzug mit einem badischen Wappen darauf und gelb-roten Aufschlägen an den Ärmeln, näherte sich mir. »Sie sind neu, Madame?«, fragte er überaus höflich. »Ich sehe keine Schleife an Ihrem schönen Kleid.«

Obwohl ich Schleifen über und über an meinem Kleid trug, war die Schleife, die er meinte und die mich zur Teilhabe an diesem Tanzvergnügen zuließ, offenbar nicht dabei. »Nein. Ich bin neu.«

»Sie sind auf Empfehlung hier?«

»Ja, vielmehr nein. Indirekt. Sissi hat mich hierhergeführt, wenn man mal so will.«

»Sie meinen Ihre Kaiserliche Hoheit Elisabeth von Österreich?«, korrigierte er mich streng, und ich sah, dass ich bereits einen Minuspunkt gesammelt hatte. »Sie kennen Ihre Kaiserliche Hoheit persönlich?«

Ich suchte den Raum ab. Noch war es mir nicht gelungen, die vielen Personen und Kostüme auch nur andeutungsweise zu erfassen. Manche kannte ich nicht, andere wirkten vertraut. Mir schien irgendwo dahinten, wo die Toiletten waren, ein Goethe umherzuflanieren. Den sah man ja immer und überall auf Bildern, deshalb war er leicht auszumachen. Klar, dass der Wichtigtuer hier nicht fehlen durfte.

»Kennen wäre etwas zu viel gesagt. Ich bin ihr mehrfach begegnet.«

Der livrierte Angestellte drehte sich um und sagte andächtig: »Dort steht unsere Kaiserin der Herzen.«

»Diana?«

»Diana? Nein. Mylady ist zwar auch anwesend, aber ich meinte Elisabeth!«

Ein jüngerer Page mit stoppeligen Haaren und einer kecken Stupsnase kam jetzt herangewieselt. In seiner Hand hielt er ein kleines Tablett mit Petit Fours. »Reden Sie von *ihr*?«

Der Ältere musterte den Pagen streng. »Du bist nur mehr eine Aushilfe. Misch dich nicht in Gespräche von Ballbesuchern ein. Und die Kaiserin ist für einen wie dich sowieso tabu. Hinfort!«

Der Page verschwand in der Menge wie ein geschickter Tänzer, der keine Hindernisse kennt. Doch sogar sein Rücken strahlte Trotz aus. Selbst schuld. Wieso konnte er sich nicht an die »Die oben, ich unten«-Regeln halten! Mir gefiel es diesbezüglich ausnehmend gut hier im Roten Saal. Im Grunde war ich immer sehr für die Klassengesellschaft zu haben.

Auch der ältere Bedienstete war zufrieden, dass er jemanden hatte tadeln können. »Dieser impertinente Bursche. Die Kaiserin musste ihn bereits einmal in die Schranken weisen, als er zu vertraut wurde. Und er hat Widerworte gegeben. So etwas geht nicht. Unsere Gäste sind alle besondere Menschen. Er hat Glück, dass er noch hier arbeiten darf. Also, das da ist die kaiserliche Majestät.«

Ja, da stand sie. Groß, schlank, schwarz gekleidet, den Schleier vor dem Gesicht, den schönen geschminkten Mund zu einem verbindlichen Lächeln verzogen.

»Wunderbare Erscheinung.«

»Nicht wahr? Und ein herrliches Kleid. Wir haben noch eine hochgestellte Frau zu Gast. Kaiserin Eugénie von Frankreich, die Gattin Napoleons. Auch eine sehr stilsichere Dame, wenn sie auch etwas mehr Bein zeigt. So ist das nun mal in Paris.«

»Ich dachte, diese Kaiserin hieß Joséphine oder so ähnlich.«

»Ich sprach von der Gattin Napoleons III.! Sie fühlt sich wohl in unserem blühenden badischen Land. Sie weilt oft in Baden-Baden«, korrigierte der Zerberus mich streng.

Diesen Napoleon kannte ich nur dem Namen nach, und von seiner Gattin hatte ich noch nie gehört. Aber gut. »Kann ich also bleiben? Heute und vielleicht auch ein weiteres Mal?«

Er musterte mich. Schien zu überlegen. Sein Blick wanderte zu meinem Pompadour und blieb an meinen teuren grünen Saphirohrringen, ein Geschenk meines Mannes, hängen. Die Musterung schien positiv auszufallen.

»Angesichts der vielen Menschen, denen es seit Neuestem beliebt, sich zu derartigen Bällen zu begeben, haben wir, die Cosplay Convents, Sektion Karlsruhe, eine Art Zugangsbeschränkung erhoben: Die Menschen, die zu uns kommen, sollten bereits verstorben sein.«

»Hm. Das sollte sich machen lassen. Also, ich bin jedenfalls tot.« Ich kniff mir rasch in den Arm, um sicherzustellen, dass ich noch am Leben war.

»Niveau und Ernsthaftigkeit sind unser Markenzeichen.« Er blieb skeptisch. »Es gibt andere Cosplays, die Filmfiguren oder Helden aus Comics darstellen, doch das ist nicht unsere Welt. Wir hier in unserem Kreis sind eigentlich auf den Adel beschränkt. Oder auf Menschen, die so weit über dem normalen Alltag stehen, dass man sie adelig nennen kann. Wie etwa *er*!«

Er wies auf einen quirligen kleinen Mann mit weiß gepuderter Perücke, der dabei war, ein Serviermädchen anzubaggern, indem er ihr in den Po kniff. »Mozart!«, sagte ich trocken.

»Genau. Oder natürlich unsere Madame Schneider.«

Madame Schneider? Irgendeine Frau Schneider wurde angenommen und ich nicht, die fabelhafte Madame Tobler-O'Hara? Da kannte er mich schlecht, der Domestike.

»Gut, also wenn das so ist, mein Bester!« Ich richtete mich hoch auf und funkelte ihn an. »Mein Vater mag Ire gewesen sein. Doch so teile ich Ihnen hiermit mit, dass meine Mutter eine Robillard war. Beziehungsweise ist. Und zwar von den Charleston Robillards. Direkt aus Frankreich. Dort hießen sie de Robillard. Alte Familie, doch dann …« Ich machte eine dramatische Pause.

»Guillotine?«, fragte der Zerberus mitfühlend.

Ich senkte anmutig das Köpfchen.

Es war geschwindelt, aber es hörte sich sehr gut an. Ich hörte Tom mit ernstem Gesicht sagen: »Wie du lügen kannst, Swentja. Ich brächte das niemals fertig. Dann schwiege ich lieber!«

Soll er schweigen.

»Gut, Miss. Sie sind zwar keine belegte historische Figur, aber sie sind eine der berühmtesten Frauen der Welt und repräsentieren ein berühmtes Schicksal. In solchen Fällen machen wir Ausnahmen. Und wenn sich das mit Ihrer Frau Mama so verhält, dann gewähren wir vorübergehend Zugang. Wenn Sie mir also bitte ins Büro folgen, Miss O'Hara!«

In einem Seitenraum musste ich stolze fünfzig Euro für den Ball heute Abend und meinen vorläufigen Mitgliedsausweis bezahlen, erhielt aber eine Karte für den nächsten Abend in einer Woche, nachdem ich bereit war, weitere siebzig Euro zu überweisen.

»Alles anonym!«, sagte der Zerberus. »Wir erheben keine Kontodaten und löschen alles sofort. Sie können auch eine Bareinzahlung machen. Die Menschen, die zu uns kommen, schätzen ihre Privatsphäre, denn sie möchten sich ohne Beschränkungen vergnügen. Wenn Sie verstehen, was ich meine.«

Hörte sich an wie im Puff. »Ja, natürlich!«

»Nächste Woche ist Grand Bal mit Kostümprämierung, und außerdem erwarten wir da eine Gastgruppe aus Wissembourg. Ein Abt und drei Mönche vom Kloster. Da geht es natürlich besonders feierlich zu.«

»Ein Abt?«

»Ja, wie der Abt aus Signore Ecos Roman. Äbte waren praktisch immer aus dem Adel, da die jüngsten Söhne aus hochgestellten Familien ins Kloster gingen. Wir bemühen uns, hier im Wesentlichen Personen zu verkörpern, die man aus den Geschichtsbüchern, aber auch aus historischen Filmen kennt. Dann hat man eine genauere Vorstellung von den Kostümen, denn man sollte schon ziemlich genau wissen, wie die bedeutenden Herrschaften gekleidet waren. Und wir freuen uns an jeder gelungenen Darstellung. Natürlich gibt es gewisse Grenzen. So haben wir leider den Führer abweisen müssen.«

»Den Führer?«, fragte ich.

Der verantwortliche Aufseher zog die Augenbrauen vielsagend hoch. »Sie wissen schon. Adolf H… also, der kann bei uns nicht dargestellt werden.«

»Da würde man auch erschrecken!«, sagte ich. »Wenn solch ein Monster plötzlich vor einem stünde.«

Er sah mich erstaunt an. »Welches Monster meinen Sie jetzt?«

Ich schwieg. Ich war schließlich nicht zum Staatsbürgerkundeunterricht da. Politische Aufgeregtheiten hatten mich nie interessiert. Wenn aber mein Kaschmirkleid bei dreißig Grad einging … das war wirklich schlimm.

Er kramte in einer Schatulle aus gelbem Samt herum. »Der Führer war leider nicht adlig. Und hatte auch nicht mit dem Adel zu tun, so wie etwa Mozart, der ja vom Hofe zu dem gemacht wurde, der er war. Wir konnten selbst bei längerer Suche keinen Aristokraten in des Führers Vorfahrenreihe finden. Obwohl wir sonst so einiges gefunden haben.« Er zwinkerte.

»So, hier ist Ihre Schleife mit einer Nummer. Bitte jedes Mal anheften, damit wir Teilnehmer des Balles von Leuten, die zufällig hereinlaufen, unterscheiden können. Sie ist übrigens nicht übertragbar.«

»Ich hatte nichts anderes erwartet!«, sagte ich und heftete die 211 an meinen Busen.

Doch es musste sich wohl unabsichtlich ein etwas spöttischer Ton in meine Stimme geschlichen haben, denn er ruckelte sich in seiner Uniform zurecht, sodass die Litzen krachten, und erwiderte gemessen, fast streng: »Nun, ich möchte vielleicht darauf hinweisen, dass die Personen, die bei uns zu Gast sind, in dem Moment, da sie dieses Tor durchschreiten, genau *die* Person sind, deren Kleider sie tragen. Und das ist kein Spaß. Hier haben unsere Teilnehmer eine andere Identität! Sie lieben anders als draußen, wenn Sie verstehen, Sie hassen anders als draußen. Sie leben in dieser Welt hier in ihrer Gegenwart und mit ihrer Vergangenheit, nur die Zukunft liegt immer mit einem gewissen Abstand, nämlich bis zum nächsten Convent, vor ihnen.«

Er hielt inne. Dann etwas sachlicher: »Unsere Gesellschaftssprache hier ist übrigens Deutsch, so wie auch unser Verhaltenskodex und unsere Normen.«

»Oh, wie beruhigend«, antwortete ich kühl. »Um meinen Verhaltenskodex brauchen Sie sich keine Sorgen zu machen. Ich verstehe das System hier sehr gut. Im Grunde genommen fühle ich schon mein ganzes Leben wie Scarlett O'Hara.«

»Nun, das ist schön«, gab er zurück, und jetzt erst sah ich, dass er ein kleines Namensschild trug, das ihn als Joseph auswies.

Er machte eine kleine Pause. »Wo waren wir stehen geblieben? Also nicht übertragbar. Obwohl wir das nicht in jedem Fall überprüfen können. Doch haben wir hier eine durchaus gehobene Klientel.«

»Wie Frau Müller? Oder war es Frau Schneider?«

Er sah mich an wie ein waidwundes Reh. »Wir sprechen von La Schneider. Madame Romy Schneider. Adelig qua Darstellungskraft.«

Jetzt schwieg sogar ich respektvoll. Romy zählte zu meinen großen Vorbildern; einem der wenigen, die selbst für mich unerreichbar geblieben waren.

»Für unsere Freunde hier sind diese Abende todernst!«, schloss Joseph.

Wie *tod*ernst, sollte ich schon bald erfahren.

Ich wurde in den Ballsaal entlassen und hatte endlich Zeit, mich umzusehen. Es war tatsächlich, als befände man sich in einem Museum der gekrönten oder zumindest der gehobenen Häupter der Weltgeschichte. An eine Säule gelehnt stand jetzt wieder Goethe da, der seinen arroganten Blick durch den Raum schweifen ließ und bei den jungen Mädchen hängen blieb, die in engen Röckchen servierten.

Ich sah ein kleines und pummeliges Wesen mit zurückgekämmtem Haar, das sich zum Dutt formte, in einer reich verzierten schwarzen Robe und mit einem weißen Witwenschleier sowie missmutigem Gesicht. Das konnte nur Queen Victoria sein. Als ich meine Tochter in England besucht hatte, stand deren Bild auf den Kaminsimsen der Oberschicht herum.

Wie ein Hauch tanzte eine funkeläugige Person an mir vorüber. »Marie Antoinette!«, sagte ein Herr hinter mir.

Ich drehte mich nicht um, aber sein Atem berührte meine Schulter, als sei sie eine Wunde, als er wisperte: »Ich werde die leichtsinnige kleine Französin erobern, denn die beste Zeit, eine Frau zu verführen, ist, wenn sie sich mit ihrem Manne überworfen hat. Das ist ein Zitat von mir. Und ihre Ehe ist nicht der Rede wert. Sexuell unerfüllt wird sie auf der Guillotine sterben. Dabei sehnt sie sich nach einem richtigen Mann. ›Schwachheit, dein Name ist Weib.‹ Auch ein Zitat.«

»Mag sie tanzen«, sagte ich, immer noch ohne mich umzudrehen, »solange sie den Kopf noch auf dem Halse hat!«

Ich hörte ein leises Lachen. Erst als er ging, sah ich mich um. Ein gerader Rücken. Wenig Haare, dunkel. Eine Tracht wie im späten Mittelalter, ein samtenes Wams, gefältelter Kragen, eine Art Kniebundhose. Wer war das?

In einer Ecke stand eine unglaublich hässliche Person und beobachtete uns missgünstig. Ihr Gesicht hing seltsam nach unten. Das musste die Maultasch sein. So eine Fratze konnte man kaum schminken. Ich fragte mich, wie die Frau in Wahrheit aussah. Wahrscheinlich genauso. Nur hatte sie hier wenigstens einen Adelstitel und ein spannendes Leben.

»Scarlett?«, rief jemand. Ich betrachtete die Gestalt vor mir. Altmodischer Anzug, dichter Bart, dunkler Typ, traurige Augen, ein bisschen ungepflegt. »Ich bin politisch nicht immer Ihrer Meinung, Sie alte Sklavenhalterin, aber ihr Südstaatlerinnen seid einfach zu hübsch.«

Ich kannte den Mann. Der Staatsfeind Nummer eins im Leben meines geschiedenen Mannes.

»Karl Marx? Wie kommen denn ausgerechnet *Sie* auf einen Adelsball?«

»Ich bin mit einer Jenny von Westphalen verheiratet! Und man weiß schließlich zu leben. Sozialismus bedeutet nicht automatisch Darben.«

»Die da, hübsch? Na ja, wer den Typ mag!«, sagte neben mir eine blonde, einfältig dreinschauende Person, die ich aufgrund ihrer Frisur jetzt eindeutig als Lady Diana identifizierte. Sie trug eine ihrer klassischen One-Shoulder-Robes, lang und rot mit schwarzen Rosen.

»*Ich* bin nämlich bekanntlich die Prinzessin der Herzen. Ich habe zwei Söhne, die mich ständig im Fernsehen loben. Ich habe sehr, sehr viel Gutes getan. Ich bin als Ikone in einen Tunnel in Paris eingefahren ... Mit einem Wort: Ich bin Englands Rose! Hat auch dieser schwule Sänger gesagt.«

»Sie spricht von Elton John«, kam es mokant von dem Mann im Samtjackett. »In meinen Stücken wäre sie schon längst im Tower gelandet!«

Ich musterte Lady Diana. »Mag sein, dass Sie kurz aufgeblüht sind, aber Sie sind eine reichlich zerknitterte Rose. *Meine* Männer finden mich unwiderstehlich! Sie sind geradezu verrückt nach mir, und vor allem betrügen sie mich nicht schon in den Flitterwochen«, sagte ich kühl. »Und Sie, meine Beste, habe ich sowieso immer für etwas überschätzt gehalten. Haben Sie überhaupt einen Schulabschluss, Sie gelernte Kindergärtnerin?«

Diana schnappte nach Luft. Ihre knochigen Schultern bebten. Hinter Diana baute sich jetzt ein Mann mit gepflegtem dunklen Bart und Uniform auf. Diana wandte sich um. »Komm, Franzl, tanzen wir. Ich mag ältere Männer, und mächtige Männer mit Geld sowieso.«

Franzl? Kaiser Franz Joseph, Sissis Mann? Sollte er nicht eher mit seiner Frau tanzen, anstatt sich von dieser gefärbten Blondine abschleppen zu lassen? Vielleicht war auch Néné irgendwo, die damals so peinlich abgelehnte Schwester, und wartete auf eine zweite Chance. Hier war tatsächlich die Gelegenheit, die Geschichte neu zu schreiben.

In den Armen des Begründers des Kommunismus drehte ich mich ein wenig mühsam. Der beste Tänzer war er nicht gerade. »Produktionsmittel sind das Geheimnis, meine Beste. Deshalb hat der alte Süden in den Staaten abgebaut, Miss O'Hara. Sie hatten nach dem Wegfall der Sklaverei keine Produktionsmittel mehr und haben sie auch nie wieder erworben.«

»Tatsächlich!«

Vor meinen Augen wirbelten ein Sir Lawrence Olivier und die hässliche Person namens Maultasch vorbei. Es war unglaublich.

Nur einen kurzen Moment fragte ich mich, wer all diese vielen Leute eigentlich in Wirklichkeit waren. Was trieb sie an, in die Haut eines längst verstorbenen Adeligen zu schlüpfen, anstatt wie alle anderen in einer Disco im modernen Glitzerlook abzutanzen?

Marx schwenkte mich herum. »Guck mal, der hässliche Kerl da drüben, der fette Hitchcock. Wurde von der Queen zum Sir gemacht. Man glaubt es nicht. Heute sind gar nicht so viele Gäste da. Warte mal, nächste Woche, Scarlett. Da kann es gut sein, dass du auf alte Bekannte triffst, die dir ans Leder wollen. Wie wäre es mit einem Farbigen? Manche von ihnen sind auch adelig. Schwarzer Adel, was sagste dazu?«

»Nun, mein Herr, eine wahre Dame weiß mit Schwarzen

umzugehen!«, sagte ich. »Sie sind wie Kinder. Wir Ladys aus Georgia haben das im Blut.«

Scarlett hätte das gesagt und hatte das gesagt, doch fühlte ich mich etwas aus der Zeit gefallen mit dieser Aussage.

Gerade als ich mir überlegte, ob es nicht doch politisch korrekter, wenn auch modisch reizloser wäre, als Lady Florence Nightingale zu gehen, entdeckte ich eine erstaunliche Gestalt. Sie tanzte mit einem Mann, den ich für Sir Roger Moore hielt, der ja nun auch tot war. Es handelte sich tatsächlich um Romy Schneider, die hier aussah, wie ich sie aus ihrer schönsten Erwachsenenrolle kannte. Sie glich der Prostituierten Lili aus »Das Mädchen und der Kommissar«. Typisch das locker fallende seidige Haar und das Halsband aus Samt sowie das enge schimmernde Kleid. Die Gestalt wies eine verblüffende Ähnlichkeit mit der echten Romy auf, auch im wirklichen Leben musste das eine eindrucksvolle Person sein, denn so perfekt konnte man sich nicht umschminken. Leichter Neid machte sich in Scarlett und mir breit. Spieglein, Spieglein an der Wand, wer ist die Schönste …?

Vielleicht würde nächste Woche ein Dr. Freud hier sein, den ich zu diesem Thema befragen konnte. War der überhaupt adelig? Als Jude? Auch wieder überhaupt kein korrekter Gedanke … Mein Gott, hier waren überall Fettnäpfchen aufgebaut.

»Sind Sie neu, Scarlett? Ich wusste nicht, dass Sie von Familie sind«, erkundigte sich die Frau, die Romy spielte, im Vorbeitanzen mit einer angenehmen warmen Stimme und einem leichten Akzent.

Mein Partner und ich verfielen in einen Wiegeschritt, damit ich Zeit für eine Antwort fand. »Ja. So adelig wie Sie. Und ich bin überrascht, dass es Romy quasi zweimal gibt.«

Sie wandte sich um, dahin, wo die Kaiserin noch immer an einer Säule stand. »Ach, die! Bisschen verrückt. Sie spricht mit niemandem. Eingebildet, diese Wittelsbacherinnen! Schaut auf uns herunter, dabei war ihr ältester Bruder mit einer Schauspielerin verheiratet, und es gibt mehr als einen in der Sippe, der nicht recht bei Trost war.«

»Eine seltsame Situation«, murmelte ich.

»Ja, wirklich!« Romy lachte. »Aber der Hauch der wunderbaren, feinen Sissi ruht auch auf mir. Hören Sie gut zu, was ich erzähle.«

Und plötzlich sprach sie ganz laut, sodass ihre Worte bis zu der regungslosen Sissi-Gestalt hinüberdrangen: »Meine Großmutter Rosa Albach-Retty befand sich im Urlaub in Bad Ischl mit der Kutsche und machte Rast in einem Gastgarten, wo eine in schwarze Trauer gekleidete Frauensperson saß. Sie erkannte in ihr Sissi. Die schaute sekundenlang vor sich hin, griff dann mit der linken Hand nach ihrem Gebiss, nahm es heraus, hielt es seitlich über den Tischrand und spülte es blitzschnell mit einem Glas Wasser ab. Ist das nicht eine lächerliche kleine Episode. Ein Gebiss!«

Sissi straffte sich und löste sich von ihrem Platz. Sie ging direkt auf Romy Schneider zu. »Sie Alkoholikerin. Sie Hure!«, zischte sie leise durch ihren Schleier hindurch.

Die beiden Frauen sahen einander an wie Katzen, und es knisterte Hass in der Luft.

»Meine Güte«, flüsterte ich. »Die spinnen ja!«

»Was Große tun, beschwatzen oft die Kleinen«, kam es von dem Mann mit dem dunklen Haarkranz und dem Wams. »So klein wollen wir doch nicht werden, oder!«

Er verbeugte sich vor mir. »Master Shakespeare. Der unerreichte Lehrmeister des Herrn von Goethe.«

Alle lachten. Nur Goethe nicht.

Der stand im Hintergrund und fixierte einen hübschen Pagen, hinter dem sich mit Sicherheit ein Mädchen versteckte. Wahrscheinlich hatte man bei Cosplay Convents nicht genügend junge Männer gefunden, die sich für diesen Mummenschanz hergaben, und die Geschlechter durcheinandergemischt.

Jetzt wachte unser Dichterfürst mit dem fleischigen Gesicht, dem sinnlichen Mund und dem vollen Seitenhaar auf. »Ich bewundere Sie in der Tat, Herr Schüttelspeer oder wer Sie auch immer sind. Historisch ist das ja nicht geklärt, ob Sie wirklich der sind, den Sie darstellen. Aber Sie haben recht nette

Stücke verfasst. Und vor allem Ihre Todesarten fand ich anregend. Einige verendeten durch Gift, manche krepierten an gebrochenem Herzen, Ophelia ertrinkt, und Cordelia aus dem ›Lear‹ stirbt an einem Schlangenbiss. Doch die meisten Ihrer unsterblichen Helden starben durch Erstechen. Nicht wahr, Elisabeth von Österreich?«

Elisabeth lachte ein heiseres Lachen und drehte sich weg.

Die Atmosphäre schien sich wieder zu bessern. Ich trank noch ein Glas Sekt und suchte die Toilette auf. Die eher schlichten Waschräume waren ebenfalls ganz nett umgestaltet, mit kleinen Handtüchern mit Krönchen drauf und Höckerchen vor den Spiegeln, auf die man sich setzen konnte.

Aus einer der Toilettenzellen kam eine Frau, die Sissi ziemlich ähnlich sah. Wer ist das jetzt wieder?, dachte ich leicht erschöpft. Das hier war wie ein lebendiges Geschichtsbuch.

»Scarlett O'Hara!«, sagte die Frau und kullerte mit den Augen. »Die wäre ich auch, wenn ich nicht gerade Sophie wäre.«

»Sophie?«

»Sissis Schwester.« Sie verzog das Gesicht. »Nein, nicht Néné. Sophie!«

Erstaunt betrachtete ich sie. »Und wieso spielen Sie ausgerechnet die? Die kennt doch keiner.«

Die Frau sah sich etwas unsicher um. »Das darf man hier nicht sagen. Das mit dem Spielen. Die denken doch, sie *sind* all diese Leute. Ach, ehrlich gesagt, ich hatte ja gar nichts am Hut mit dieser Verkleiderei. Aber mein Freund schwärmt total für die Kostümbälle. Er ist hier Ludwig II. von Bayern. Das war der mit den Schlössern. Er ist ganz vernarrt in diesen Kini, wie er ihn nennt. Hat alles gelesen. Und er hat all diese Schlösser gemalt. Er gehört zu den, Moment mal, ich sprech das immer falsch aus: Urban Sketchers.«

»Ludwig II. ist Ihr Freund?«

»Ja, seit Kurzem. Und er geht immer nach Bayern in Urlaub, da haben wir uns auch kennengelernt, er malt die Schlösser als Skizzen und verkauft sie an Fans, meistens Touristen. Wir leben noch nicht zusammen. Er wohnt in Bruchsal, ich bin aus Karlsruh. Er hat dann von diesen Bällen gehört und …«, jetzt flüsterte sie, »er sagt, ich soll diese Sophie spielen. Er ist ganz versessen darauf, es törnt ihn an. Wenn ich angezogen und geschminkt bin, haben wir immer den geilsten Sex. Und er ist sauer auf Sissi. Sie sei nicht gut zu ihrer Schwester gewesen. Habe sie im Stich gelassen. Und ich soll es ihr eines Tages heimzahlen.«

»Hm. Nicht gerade ein christlicher Grundgedanke. Und mögen Sie die Rolle?«

»Geht so. Ich mache das nicht mehr oft. Dann ist mein Urlaub vorbei, und ich hab wieder Schichtdienst. Ich weiß gar nicht viel von dieser Sophie. Die Kleider haben wir aus einem kleinen Wittelsbachmuseum in Bayern, das zugemacht hat. Sophie war mit Ludwig verlobt, aber aus der Sache ist nichts geworden. Weiß nicht, warum. Jedenfalls ist das hier alles lustig, nicht wahr?«

Ich wollte gerade widerwillig sagen, dass ich es auch recht lustig fand, da sah ich das *Kind*. Es kam aus einer der Toilettenzellen, sah uns, krähte in unsere Richtung wie ein böses Baby und huschte in kleinen glänzenden Spangenschuhen und mit schwerfälligen Bocksprüngen davon. Auch wir verließen die Toilette, und ich sah ihm nach.

Das falsche Kind war klein, aber kein Zwerg. Es war so herausgeputzt gekleidet, wie man es von alten Aufnahmen von Kindern aus dem 19. Jahrhundert kannte, und wirkte deshalb wie ein grotesker unfertiger Erwachsener. Das Wesen trug ein knielanges weißes Kleid mit einer Samtbinde, die hinten in einer kleinen Schleife endete. Das glatte Haar war in einem Topfschnitt gehalten. In der Hand hielt das Geschöpf eine Rassel, die traurig und leise rasselte. Der Anblick des eher alten Gesichts, umrahmt von Kinderkleidung, mutete unheimlich an.

Sophie, Sissis Schwester, war meinem Blick gefolgt. »Komisch. Möchte wissen, wer das ist! Auf der Tanzfläche hab ich den nicht gesehen. Na ja, wer tanzt schon mit einem Kind?«

»Hier scheint alles möglich.«

»Das stimmt. Sogar gewisse Dinge. Ich hab gesehen, dass

sie ... sagen wir, sich miteinander vergnügen. In diesen Separees dahinten. Deshalb komm ich überhaupt nur mit. Ich will nicht, dass mir mein Freund mit einer von diesen Leichen fremdgeht.«

Ich schwieg und suchte den Saal mit den Augen nach diesen Separees ab. Neben der Toilette war ein Pfeil: »Bar intim«.

Sophie fuhr fort. »Dieses Geisterkind klebt immer an Sissi, hab ich bemerkt. Wie ein Schatten. Scheußlich. Würde mir Angst machen. Ich hab bei dieser ganzen Tanzerei sowieso ein ungutes Gefühl. Und ich bin vom Fach.«

Ich sah sie erwartungsvoll an. »Ich bin Politesse!«, sagte sie schließlich fast trotzig.

Wieder fiel mir nichts ein. Wie bemerkenswert. Sissis jüngste Schwester war eine Frau, die im richtigen Leben Strafzettel verteilte.

Als ich in den Ballsaal zurückkehrte, war Romy anscheinend auf das Kleid von Sissi getreten, der Saum war etwas abgerissen. Man sah einen durchtrainierten Fuß, als sie davonhinkte. Die echte Elisabeth war eine passionierte Sportlerin gewesen. Alles passte. Hier war jemand nicht erst seit gestern in Sachen Sissi unterwegs, sondern hatte die Geschichte der Kaiserin über lange Zeit ganz tief eingeatmet.

»Trampel!«, sagte Sissi im Fortgehen noch.

»Tuss!«, erwiderte Romy. »Ich finde Marie Antoinettes Kostüm übrigens besser. Sie ist auch allgemein hübscher.«

»Die? Die hat eine lange Nase!«

Marie Antoinette schoss aus dem Hintergrund heran. »Wer hat eine lange Nase?«

Franz Joseph wiegte den Kopf. »Nun, nun, Contenance, meine Damen. Meine Kaiserin ist fast die Ranghöchste hier. Eine wahre Herrscherin. Und eine vollkommene Schönheit. Ich denke, sie hat gute Chancen auf den ersten Preis. Warten wir es ab!«

»Das werden wir ja sehen«, erwiderte Romy kühl. »Das werden wir sehen. Ich kenne mindestens eine Kaiserin im Saal, die ihr das Wasser reichen kann.«

Marx hatte mich schon wieder geschnappt. Durch seinen hässlichen dichten Bart wisperte er mir zu: »Diese Romy ist immer hier. Ich weiß, dass ihre Mutter die Schneider persönlich gekannt hat. Sie ist wirklich gefangen von ihr. Aber die beiden Damen, das Original und die Rolle, mögen sich gar nicht. Ich warte von Ball zu Ball auf Mord und Totschlag.«

Ich seufzte und dachte an mein Vorbild, das verwöhnte Mädchen aus Georgia. »Mein Herr, Sie langweilen mich, und Sie tanzen auch keineswegs besonders gut. Ihre Ideen gefallen mir gar nicht. Ich liebe es, Geld zu verdienen und reich zu sein. Umverteilung schätze ich nicht, außer in meine Richtung. Lassen Sie mich nun gehen, ja?«

Verblüfft ließ er mich los.

Ich tänzelte zum Buffet, überlegte, was Scarlett gegessen hätte, und wählte Hühnchen, denn Hühnchen war ein echtes Südstaatenessen. Es fehlten nur die Süßkartoffeln als Beilage. Vor Butter triefende Bataten. Lecker.

Durch die Menge drängte sich jetzt ein Fotograf, ein großer, schlaksiger Typ mit braun gebranntem Gesicht, einer glänzenden, gepflegten Glatze und langen Fingern, die seine Kamera schützend umfingen. »Darf ich?«

Ich sah ihn überrascht an, er knipste und drückte mir eine Visitenkarte in die Hand. »Wenn Sie das Bild haben wollen, melden Sie sich bei mir! Das machen alle Herrschaften so.«

Ja? Ich aber nicht, dachte ich. Und warf die Karte, ohne sie anzusehen, in den nächsten Abfallkorb.

Der Kerl wandte sich um und schmeichelte Sissi. »Sie sind stets ein wunderbares Motiv, Gnädigste. Erlauben Sie mir doch eine Aufnahme, und sei es nur von Ihrem wunderbaren Haar …«

Es war bekannt, dass Sissi stolz auf ihre unglaublichen Haare gewesen war, und die rätselhafte stumme Schönheit schien auch diese Eigenschaft mit ihr zu teilen. Erst wollte sie abwehren, doch dann lüftete sie ihren Schleier, nur ganz kurz, zeigte für einen Sekundenbruchteil ihr perfekt geschminktes Gesicht und drehte dem Fotografen ihre mächtige Haarkrone aus zwei mehrfach ineinander geschlungenen Zöpfen zu. Dann ließ sie den Schleier wieder fallen, schüttelte erneut den Kopf und wedelte ihn hochmütigst hinfort.

Mit einem marinierten Flügelchen in der Hand näherte ich mich Sissi, um die sich hier alles zu drehen schien. »Es ist schön hier. Interessant. Kommen Sie oft her?« Sie antwortete mir nicht. Ich schluckte. »Eure Kaiserliche Hoheit kommen öfters her?«

»Oh ja«, sagte sie kurz und leise, »es ist recht angenehm. Und jetzt gehe sie und lasse mich in Ruhe.« Sie sprach mit rauer Stimme. Ein kleines Hüsteln folgte.

Ich runzelte die Stirn. Wenn man erkältet war, blieb man in meiner Welt zu Hause und kurierte sich aus.

Dann fiel es mir wieder ein. Dies hier war nicht meine Welt, sondern eine eigene, in der keine Sonne aufging, kein Mond schien, sondern nur Kristalllüster Licht spendeten. Diese Welt endete an der Tür nach draußen.

Die historische Sissi hatte bekanntlich an Asthma gelitten. Wir alle wussten, dass sie mit ihrer Mutter in Madeira gewesen war und sich dort erholt hatte. Deshalb sprach sie mit erkälteter Stimme.

Sissi ging und ließ mich einfach stehen. Wie schon in der Südstadt umgab sie auch heute kein Parfümduft. Wunderbar.

Ich kann bekanntlich ein Biest sein, und ich bin es gerne, aber eines habe ich immer bewundert. Wenn sich Frauen inszenieren können und dabei auch riskieren, sich unbeliebt zu machen. Und das schien dieser Dame hier ausnehmend gut zu gelingen. Ich wette, dass es in diesem Saal mehr als drei sogenannte Adelige gab, die Sissi nicht ausstehen konnten.

Obwohl Lesen nun wirklich nicht zu meinen Lieblingsbeschäftigungen zählt, beschloss ich, in nächster Zeit nachzulesen, wie Sissi denn so mit ihrem gekrönten Umfeld ausgekommen war. Schwach entsann ich mich, dass sie mit dem sonderbaren König Ludwig II., den ich nur als Helmut Berger in Erinnerung hatte, befreundet gewesen war. Jedenfalls war diese Frau hier genial in ihrer Rolle … Sie stellte Sissi nicht nach, sie *war* Sissi.

Von irgendwo, aus Sissis Richtung, hörte ich jetzt ein schwaches Pfeifen. Ich drehte mich einmal um die eigene Achse, um zu schauen, woher es kam. Ein adeliger Seeräuber vielleicht, mit einem Papagei auf der Schulter, der ihr einen unsittlichen Antrag machte? Ich entdeckte niemand dergleichen. Stattdessen sah ich den Karlsruher Stadtgründer Karl Wilhelm von Baden-Durlach mit seiner wallenden Perücke und seinem leicht schwammigen Gesicht, den hierzulande jedes Kind kennt, grüßte ihn, er grüßte huldvoll zurück, und so vergaß ich das Pfeifen.

Und machte damit einen entscheidenden Fehler.

Die Luft war geschwängert von vielen verschiedenen Parfüms. Ich sah Dekolletés jenseits aller Schamgrenzen. Ich sah gefältelte Kragen. Über einem davon steckte das kluge, eiförmig längliche Gesicht von William Shakespeare. Das konnte man nicht schminken, außer man trug eine Gummimaske. Der Mann musste auch im richtigen Leben Ähnlichkeit mit dem englischen Genie haben.

»Amüsieren Sie sich?«, fragte er. Spöttischer Blick aus weisen Augen. Der Mann hatte was!

»Es ist seltsam. Ich getraue mich nicht, mich zu amüsieren. Ich habe Angst, dann platzt der ganze Luftballon hier.«

»›Die ganze Welt ist eine Bühne und Frauen und Männer bloße Spieler!‹«

»Zitat von Ihnen? Ich bin Scarlett O'Hara, oberflächlich und egoistisch. Ich lese nicht viel«, sagte ich. »Alles, was mich interessiert, ist, einen reichen Mann zu heiraten und dadurch meine Plantage Tara zu retten. Und ich hasse die Leute aus dem Norden. Ich bin so echt wie all die anderen hier.«

Er schmunzelte. »›Oh wie viel mehr die Schönheit uns erfreut, wenn sie der Wahrheit reine Glorie schmückt.‹«

»Was wollen Sie denn damit sagen? Dass es hier Unwahrheiten gibt?«

»›Ich lehr euch selbst den Teufel meistern. Und ich lehr euch den Teufel frisch verhöhnen, durch Wahrheit.‹«

»Teufel? Sind Sie denn überhaupt adelig?«

Das intelligente, spöttische Gesicht meines Gegenübers wurde ernst. »Meine Mutter war eine Arden. Englischer Landadel.«

»Ich dachte, Sie stammen aus einfachen Kreisen. Deshalb wird gemunkelt, Sie haben die Stücke gar nicht geschrieben.«

»Machen Sie sich selbst ein Bild.«

»Ist das auch ein Zitat?«

»Nein. Aber wenn ich es irgendwo aufschreibe, wird es flugs eines.«

Er berührte leicht die Bändel meines Hutes. »Sie sind ein hübsches Ding. Und schlauer als die meisten hier. Wir werden sehen, was passiert.«

Irgendwann erschien an meiner Seite erneut die Kopie von Markgraf Karl Wilhelm. Ob er sich gefreut hatte, dass man ein frisch geborenes Nilpferd im Zoo nach ihm benannt hatte? »Du hättest dich gut als Tulpenmädchen in meiner Sammlung gemacht«, wisperte er. »Lust, mich mal näher kennenzulernen?«

»Falsche Zeit. Ich bin aus dem 19. Jahrhundert«, sagte ich. »Und ich komme aus Amerika.«

Er schüttelte den Kopf. »Das zählt hier nicht. Wenn wir diesen Saal betreten, sind wir alle auf der gleichen Zeitebene. Wir leben alle nebeneinander.«

»Wie praktisch.«

»Ja. Und ich bin ein richtig feiner Herrscher. Ich habe damals jedem christlichen Bürger ab 1715 gratis Bauholz gewährt, damit er sich ein Haus bauen konnte. Dadurch wuchs meine Stadt. Und sogar«, jetzt flüsterte er, »Juden durften sich hier niederlassen. Ist das was, hm?«

»Danke. Trotzdem. Kein Interesse.«

»Aha, bist also auch eine Zicke wie die da«, sagte er jetzt ziemlich aggressiv und deutete auf die unnahbare Sissi, die noch immer kühl den Saal musterte. »Hab es bei ihr versucht. Man weiß ja, sie hat wenig Interesse an Sex gehabt. Aber hatte vielleicht nur nicht den richtigen Kerl, der es mit Frauen verstand. Einen wie mich!«

»Ich dachte, sie steht auf Ungarn und ungarische Männer?

So wie der dahinten.« Ich deutete auf den feurig aussehenden Mann mit Schnauzbart in einer grün-roten Uniform mit Troddeln.

»Ja, dieser Graf da mit dem komischen Namen. Auffallender Typ. Wenn man auf so was steht. Ist auch immer mal da. Könnte sein, dass der bei ihr landet. Na ja, frag ich mal Eugénie. Hab sie aber heute noch gar nicht gesehen. Die Französinnen wissen, wie's geht. Wir sind schließlich auch hier, um Spaß zu haben.«

Er tätschelte meinen Po, und als ich mich umdrehte, um ihm eine herunterzuhauen, war er schon verschwunden und versuchte sein Glück bei Marie Antoinette ...

Ich lehnte mich an eine Säule. Graf Andrássy oder wie auch immer dieser Ungar hier heißen mochte, kniete jetzt vor Sissi, eine Rose im Mund. Sie lachte kurz, zumindest sah ich, wie sich unterhalb ihres Fächers der geschminkte Mund verzog. Dann nahm sie die Rose, küsste sie und steckte sie ihm wieder zurück in den Mund. Er sprang auf und wollte sie in die Arme ziehen, doch sie trat zurück. Keine Berührung, schien sie zu sagen.

Ich drehte mich um. Am anderen Ende stand die Figur des Kaisers Franz Joseph, und sein Gesicht war wie versteinert. Ich seufzte. Sie trugen alle tolle Kostüme und Perücken und waren professionell geschminkt, aber unter den Kostümen schlummerten die gleichen Bedürfnisse wie unter einer modernen Jeans.

Irgendwo im Hintergrund hörte ich eine Rassel, die vermutlich dem Unheimlichen Kind gehörte. Ich konnte es aber nirgends sehen, und ebenso wenig konnte ich das hohe, helle Pfeifen zuordnen, das ich erneut von ferne hörte.

Ludwig II. tauchte neben mir auf. Er roch schwach nach Pomade. Seine Sophie, die dann doch nicht die Seine wurde, sah ich nirgends.

»Sie sind einsam. Traurig. Sie beobachten?«

Ich suchte nach einer Antwort. Nicht nötig. Mit leichtem bayerischen Akzent gab er sie selbst. »Sie sind neu hier. Sie wagen es nicht, zu tanzen? Sie wohnen wohl noch nicht ganz in Ihrem kostümierten Körper?«

Er beugte sich vor und wisperte: »Ich persönlich hasse meinen Körper, denn er will andere Dinge als das, was sich gehört. Ich bin ein unartiger Junge. Sie verstehen.«

»Nein.«

»Ich hab sie enttäuscht, die schöne Elisabeth von Possenhofen. Und jetzt ist sie mir gram, die schönste Cousine. Ich muss versuchen, sie wieder zu versöhnen. Wir sind verwandt. Seelenverwandt.«

Und dann deklamierte er in singendem Ton:

»Ein Jüngling liebt ein Mädchen,
Die hat einen Andern erwählt;
Der Andre liebt eine Andre
Und hat sich mit dieser vermählt.

Das Mädchen heiratet aus Ärger
Den ersten besten Mann,
Der ihr in den Weg gelaufen;
Der Jüngling ist übel dran.

Es ist eine alte Geschichte,
Doch bleibt sie immer neu;
Und wem sie just passieret,
Dem bricht das Herz entzwei.«

Und er zog von dannen, in konzentrischen Kreisen um Sissi schwebend, die sich zwischen Kunstblumen und Säulen herumdrückte. Der Saal wurde jetzt abgedunkelt. Man vernahm eine Tanzmusik mit einer altertümlich klingenden barocken Melodie.

Hörte ich wieder das leise Rasseln in der Nähe?

Der schöne Ungar in seiner Phantasieuniform näherte sich mir jetzt. Was war ich hier? Die Beute des Abends? Er wäre der einzige Mann gewesen, für den ich vielleicht eine Ausnahme gemacht hätte, denn normalerweise gilt für mich: keine Ausländer. Aber er war vielleicht gar kein Ausländer.

»Wen beobachten Sie?« Mit einer Stimme wie Öl gab er selbst die gefühlvolle Antwort. »Ach, natürlich unsere Sissi. Meine geliebte Landsmännin.«

»Wieso? Die Sissi da ist doch Österreicherin.«

War ich das, die das sagte? Die Frau war vielleicht aus Graben-Neudorf oder Rastatt.

»Österreicherin. Dem Namen nach. Sie hat ungarisches Blut. Feuer. Leidenschaft und unsere Musik klingen in ihr! Ich spüre das, und ich höre das«, sagte der Phantasiemagyar. »Sie sagt es nur nicht.« Er verbeugte sich schon wieder und entschwand.

Neben mir machte es sich eine Dame in schwarzem Rollkragenpullover und einem einfachen schwarzen Wollrock gemütlich. Ihr dunkles Haar war zu einer schlichten Krone frisiert und gab ein nachdenkliches Gesicht mit fragenden Augen frei. Ich hätte sie nicht erkannt, wenn sie sich nicht vorgestellt hätte: »Simone de Beauvoir!«

»O'Hara.«

»Ich weiß. Ashley Wilkes' kleine Freundin. Dabei waren Sie doch gar nicht dumm. Sie haben sich nur nicht getraut, es zu zeigen. Hübsches Anhängselchen. Hat sich nicht viel für die Frauen getan seither.«

Sie holte eine Zigarette mit entsprechender Spitze hervor. »Aber Sissi hat ihr eigenes Leben geführt und sich dem lästigen Sex mit ihrem Mann entzogen. Geistige Beziehungen, wie ich sie mit Monsieur Sartre hatte, sind sowieso viel angenehmer. Ich wünsche der Kaiserin, dass sie nächsten Freitag einen Preis für ihre wunderschöne Toilette erhält, aber sie hat natürlich Konkurrenz. Meine Landsmännin, die Kaiserin Eugénie, und sie teilen sich den gleichen Damenschneider. Mister Worth. Und die lächerliche Streitfrage, wer die schönste Regentin Europas ist? Als ob es keine anderen Probleme gäbe.«

Ich sah beleidigt vor mich hin. Und was war ich hier? Das hässliche Entchen? Ich wollte auch prämiert werden für meine Figur, mein Kleid, meine Grübchen. Ich, Scarlett O'Hara, von heißem irischen Blut.

Halt, Swentja, merkst du was? Du schlüpfst in eine Haut, die es gar nicht gibt.

»Ich weiß, dass sie einander nicht ausstehen können. Sissi nennt die andere nur die ›Zigeunerin‹, und das bedeutet in diesen Kreisen nichts Gutes.«

»Wo ist Eugenie heute?«

»Ich habe sie bisher nicht gesehen. Aber ich mag sie nicht. Ich finde, sie ist intrigant. Ein Weibchen eben. Sie hat kein Niveau und ist deshalb gefährlich.«

Simone tippte mich kurz mit ihrer Zigarettenspitze an. »Ich besorge mir noch einen Rotwein. Man sieht sich.«

Neben mir lachte Master Shakespeare sein feines Lachen. »Oh Scarlett, Sie werden es schon noch erleben. Katzen schleichen und können warten. Männer sind Hunde dagegen. Angriff. Vorher kläffen. Ausnahmsweise kein Zitat!«

Je später es wurde, umso mehr flirrte die Luft vor Erotik. Ich sah im Gang Paare auf die Straße verschwinden. Paare, die im richtigen Leben wohl kaum je zueinandergefunden hätten, saßen enger beisammen, als es sich gehörte.

So machte sich Marx etwa an Sissis Schwester zu schaffen, und Shakespeare stand jetzt mit einer eleganten Frau an der Bar, deren geblümtes Schnittmusterkleid sehr hübsch aussah und deren kühle Aura mich an Grace Kelly erinnerte, auch wenn diese Frau etwas molliger war als die Fürstin und nicht so schön. Als sie aufstand und zur Toilette ging, sprach ich den Mann mit den klugen Augen an.

»William, was finden Sie denn an der?«, fragte ich und erschrak selbst über den eifersüchtigen Unterton in meiner Stimme. Als Swentja hätte ich mich niemals so verhalten, als Scarlett, die sich niemals an die Regeln gehalten hatte und wie ein Kind gewesen war, erlaubte ich es mir.

»›Sie ist hochmütig. Und jedes Ding wird mit mehr Genuss erjagt als genossen!‹«, sagte er und verneigte sich. »Zitat.«

Um Mitternacht erklang, um allem die Krone aufzusetzen, das Badnerlied. Karl Wilhelm als badischer Stadtgründer sang mit. Von irgendwo erklang ein helles Kinderstimmchen. Ich sah mich nach dem Unheimlichen Kind aus der Toilette um, doch ich konnte es nirgends sehen.

Sissi schien von allem unbeeindruckt. Sie tanzte einmal mit ihrem Mann, dann ließ sie Franz Joseph mittendrin stehen, um sich dem schönen Ungarn zuzuwenden. Franz Joseph sah angesichts dieser Rochade alles andere als begeistert aus. Er sagte leise etwas zu ihr, und sie zischte ein paar Worte als Antwort. Er zuckte zurück.

Mir näherte sich nun wieder der elegante Ludwig II. »Sie sind schön. Ich bin schön. Tun wir uns doch für die Nacht zusammen. Ich habe ein bequemes Apartment nicht weit von hier gemietet. Sie könnten mich kurieren und für die Frauenwelt gewinnen.«

»Nein, danke!«, sagte ich. »Auf Tara mochten wir keine Männer, die sich affig kleiden und mit Schwänen flirten. Ich bin mehr für kernige Typen, die man nicht erst kurieren muss. Außerdem sind Sie doch in Begleitung hier.«

Er zuckte die Achseln. »Und wenn!«

»Tut mir leid!«

Er machte sich nicht allzu viel aus meiner Zurückweisung und wandte sich einer Frau mit Hochfrisur zu, die ein bisschen orientalisch aussah. Wer war das denn nun wieder?

Ich sah, wie an der Bar Küsse getauscht wurden, sah Hände unter Reifröcken und in Dekolletés verschwinden. Was war das hier wirklich? Ein grell geschminkter Vorwand zum Fremdgehen?

Als ich tatsächlich ging, es war inzwischen nach zwei Uhr, sah ich, wie sich Elisabeth einen Weg durch die tanzende Menge bahnte. Dabei rempelte sie Romy höchst unsanft an und schob sie zur Seite. Ich sah, dass Romys Partner sie davon abhielt, Sissi am Arm zu packen. Als Sissi davonschritt, achtete ich nicht auf sie, sondern auf Romy. Und erschrak, denn ich sah blanken Hass in ihren schönen Augen.

Und dies war keine Verkleidung. Es war echter Hass.

Der fünfte Puzzlestein

Wir saßen bei einem späten Brunch auf meiner kleinen Terrasse. Ich war noch ziemlich müde und hatte mit einiger Mühe die schlimmsten Spuren der Nacht aus meinem Gesicht getilgt. Tom schien es nicht zu bemerken. Doch als ich das zweite Mal hintereinander gähnte, zog er die hellen Augenbrauen nach oben.

Ich entschied mich für die Wahrheit. »Entschuldige, Tom, aber ich hatte es dir vorher nicht gesagt, weil ich nicht ganz sicher war, ob ich wirklich hingehen würde. Ich war gestern Abend bei einem dieser Maskenbälle, du weißt, wie sie regelmäßig in Karlsruhe stattfinden.«

Tom ließ sein Vollkornbrot sinken. Er achtete auf seine Linie und bestrich es deshalb stets sorgfältig von Rand zu Rand mit Quark. Er trug heute Morgen ein kurzes Hemd, und als er hereingekommen war, hatte er mich flüchtig umarmt. Wie immer roch er nach nichts.

»Man glaubt es nicht, wenn man es nicht gesehen hat. Ganz normale, na, sagen wir, einigermaßen normale Leute stellen berühmte Personen tatsächlich originalgetreu nach. Sie verhalten sich auch wie ihre Vorbilder. Meistens sind es Adelige, die man so aus den Geschichtsbüchern kennt, aber auch Romanfiguren, die allerdings ebenfalls adelig sein müssen.«

»Wie? Das verstehe ich nicht«, sagte Tom ungehalten. »Warum warst du da?«

»Weil mich die Atmosphäre interessiert hat und was wohl das Besondere an diesen Abenden sein mag. Ich habe dir schon erzählt, dass die jugendlichen Cosplay-Teilnehmer üblicherweise eher alberne Figuren aus Comics darstellen. Bestenfalls noch bekannte Helden wie Superman. Und für einen Abend tauchen sie spielerisch mal in die eine, mal in die andere Rolle ein. Kostüme für solche Zeichentrickfiguren findet man ja auch preiswert im Internet.«

Tom schüttelte den Kopf.

»Bei den Erwachsenen läuft das offenbar anders. Sie suchen sich ein historisches Vorbild, das sie bewundern, kleiden sich entsprechend und leben mehr und mehr wie diese Figur. Das fasziniert mich. Endlich mal eine *elegante* Parallelwelt.«

Tom stand ungeduldig auf und deutete vorwurfsvoll aus dem Fenster. »Swentja, hast du mal nach draußen geschaut. Die Bäume blühen. Es ist Mai. Karneval ist im Winter. Es ist schlimm genug, wenn irgendwelche Proleten am 11.11. damit beginnen.«

Ich betrachtete meinen Freund. Man konnte ihn sich wirklich nicht mit einer Luftschlange um den Hals auf einer Bierbank vorstellen.

»Nein, Tom, keine Sorge, es geht auf diesen Veranstaltungen niveauvoll zu, nicht volkstümlich. Du kennst mich. Teure Kostüme, perfekte Ausstattung. Und die Leute, die dorthin gehen, suchen sich anspruchsvolle Idole aus, deren Verhalten sie offenbar genau studieren. Das hat durchaus Klasse.«

Was für eine Art Vorbild mochte Sissi für irgendeine heutige Karlsruherin wohl sein, um sie einen derartigen Aufwand treiben zu lassen? Wollte sie so schön sein wie sie und einen Kaiser geheiratet haben? Oder einen frühen, gewaltsamen Tod sterben?

»Swentja, dafür habe ich kein Verständnis. Neumodisches Zeug aus Japan für Leute, die nicht wissen, was sie mit sich anfangen sollen. Oder ist das Ganze nur ein Vorwand für Partnertausch und Sexspiele?«

Ich dachte an so manches Paar in der letzten Nacht. »Aber nein!«, log ich und lächelte begütigend. »Sex spielt da wirklich keine Rolle. Auch Sissi flirtet ein bisschen, aber ganz harmlos. Noch Brot, Tom?«

Ich reichte ihm den Brotkorb und dachte, dass er nicht einmal gefragt hatte, als welche Figur ich den Ball besucht hatte.

***

Lieber Hagen,
jetzt habe ich dir in meiner vorigen Mail diese bizarre Cosplay-Szene geschildert. Mit Tom kann ich darüber nicht sprechen. Er ist einfach zu rational und zu wenig neugierig auf andere Lebensformen. Aber ich war schon beeindruckt. Dieser Ball gestern Abend hatte etwas Märchenhaftes.
Doch wir beide wissen, nicht wahr, dass Märchen auch grausame Züge haben und gelegentlich unschön enden.
Und doch hat es mich fasziniert. Es ist, als befändest du dich mitten in einem Film mit vertrauten Gestalten in prachtvollen Kostümen, deren einzige Gemeinsamkeit ist, dass sie schon tot sind.
Aber wer ist hier wer im richtigen Leben? Was für ein Mensch steckt etwa hinter diesem grässlichen Kind? Ist Marie Antoinette in Wahrheit die Zeitungsfrau oder die Sekretärin meiner Scheidungsanwältin? Versteckt sich meine dürre ältliche Steuerberaterin hinter der Kopie von Kleopatra? War es immer schon ein Traum des braven Familienvaters Hans oder Otto, als Iwan der Schreckliche umherzugehen?
Das alles wäre nur ein harmloser Zeitvertreib, wenn ich nicht gestern Abend das bedrohliche Gefühl gehabt hätte, dass die Mitspieler ihre Rollen todernst nehmen. Und dass sie vielleicht nicht mehr zwischen den Welten unterscheiden können, in denen sie wandeln. Welch wunderbare Gelegenheit, jetzt jene Abneigungen gegen ihre Feinde auszuleben, die ihre toten Vorbilder verstecken mussten. So wie Romy, die das Image der ewig süßen Märchenprinzessin um jeden Preis loswerden wollte. Dabei hat gerade sie dafür gesorgt, dass Sissi in unser aller Wahrnehmung ewig jung bleibt.
Ich werde den Ball jedenfalls noch einmal besuchen, denn für ein paar Stunden eine andere Welt zu betreten hat einen merkwürdigen Reiz. Außerdem war da einer … na ja, dir kann ich es ja sagen, weil zwischen uns nichts mehr

ist. Also, ein Mann war da, der mir gefiel. Ich verrate aber nicht, welcher.
Deine Swentja

***

Ich stand auf dem Bouleplatz, mit den anderen in einer Reihe, und wir warfen alle gleichzeitig auf die sogenannte Sau, um die Paarungen auszulosen.

»Cochonette«, murmelte ich in Toms Richtung, »hört sich netter an.«

»Wieso denn das?«, fragte er zurück. Und dann folgte eine typische Tom-Antwort. »Man soll die Dinge nennen, wie sie sind.«

»Ich gebe dir recht, Swentja«, feixte Geert auf der anderen Seite. »Manchmal tut es schon ein kleiner französischer Hauch, und die Sache hört sich besser an. Ich würde lieber ein Cochonettesteak essen als ein Schweinesteak. Aber dazu haben wir im Juni bei unserem Boulekurs in Frankreich ja bald Gelegenheit. Ich freu mich schon.«

Wir warfen also, und ich zog den schmächtigen Wolfgang, was Pech war, denn er und ich waren beinahe gleich schlecht.

Wie im richtigen Leben finden sich auch beim Boulespiel die jeweils Besten zusammen. Das Leben ist nämlich entgegen anderslautender Anschuldigungen gar nicht unfair, sondern es ist glasklar und berechenbar. Das hatte ich bereits als junges Mädchen festgestellt. Egal, wie geistreich, wie intelligent, wie nett und wie hilfsbereit – in der ersten Runde der Partnerfindung ging es nur und ausschließlich um die Attraktivität der Frau und die Zukunftsaussichten und den finanziellen Hintergrund des Mannes.

Ich höre schon die Feministinnen, inklusive natürlich deren Urzelle Simone de Beauvoir, schreien. Ihnen hier zum Trost: Nach der ersten Scheidung, im zweiten Durchgang, sieht die Sache anders aus. Hat eine Frau eine reiche Scheidung hinter sich, kann sie wählen.

Wir spielten also Boule, und ich kapierte, dass ich, wenn ich schon nichts traf, mit meinen schlechten Kugeln wenigstens vor der sogenannten Sau bleiben sollte. »Vorne bleiben, dann hat der Gegner weniger Chancen. Kugeln dahinten sind nicht viel wert.«

»Ich verstehe! Ein Strategiespiel. Ich habe schon beim Schach kläglich versagt.« Warum müssen Deutsche aus jedem Spaß ein Unterrichtsfach machen? Ich hatte mich schon beim Tennis immer gelangweilt und beim Bridge erst recht.

»Du, Swentja«, Geert schenkte sich später auf der Terrasse des Vereinsrestaurants ein Bier ein, »ich habe ein kleines Anliegen.«

Er beugte sich vor, sprach leiser und ein wenig hastig: »Meine Schwester hat furchtbare Probleme mit ihrem Kleiderschrank. Sie sagt, er ist voll bis oben hin, und trotzdem hat sie nie etwas zum Anziehen. Dauernd kauft sie etwas, und dann gefällt es ihr nicht mehr. Sie fragt, ob du mal kommen und sie beraten würdest. Ich finde, sie ist immer ganz nett angezogen. Zumindest hat sie immer etwas anderes an. Also daran kann es nicht liegen. Antje meint, sie macht etwas falsch.«

Ich nippte verlegen an meinem Sektcocktail. »Nun, meine Versuche, andere Frauen beim Anziehen zu beraten, haben für alle Beteiligten eher unerfreulich geendet. Wenn sie also mutig ist, kann ich irgendwann einmal zu ihr kommen …«

Im Geiste wusste ich bereits in etwa, was ich Hagen heute Abend mailen würde.

»Ich werde es mir überlegen, Geert. Ich melde mich und gebe dir Bescheid.«

***

Lieber Hagen,
weißt du noch, wie grauenhaft damals mein erster Arbeitstag als Modeberaterin geendet hat? Mit dem Tod meiner Kundin in einer Umkleidekabine einer vornehmen Ettlinger Boutique. Und wie wir beide uns kennen-

gelernt haben bei dem Versuch, ihren Mörder zu finden. Wie du meine ganze geordnete Welt durcheinandergeschüttelt hast mit deiner Frechheit und deiner Weigerung, dich standesgemäß zu benehmen. Eigentlich will ich diese Modeberatungen nicht mehr machen. Stilbewusstsein kann man nicht lernen. Und, mein Gott, ich hätte nie gedacht, dass ich das einmal schreibe: Es gibt Wichtigeres im Leben.

***

Heute war Dienstag, der 23. Mai, und nur noch vier Tage blieben mir bis Freitag. Der Ball mit den Prämierungen war auf den 26. Mai angesetzt, und so musste ich mich zunächst mit meiner eigenen Kostümfrage beschäftigen.

Noch einmal das Musselinkleid zu tragen kam natürlich weder für Swentja noch für Scarlett in Frage. Ich durchforstete mein zerzaustes Exemplar von »Vom Winde verweht« und wurde fündig: in der Szene, in der Scarlett sich ein Kleid aus Vorhangstoff, wohl eine Art Samt, schneidert, um Rhett im Gefängnis zu besuchen und ihm Geld abzuschwatzen. Er soll nicht sehen, wie schlecht es ihr geht.

Ein Kleid aus dunkelgrünem, schwerem Samt musste also her.

Tom, mit meinem Problem konfrontiert, verstand die Welt nicht mehr.

Oder sagen wir, er verstand *seine* Welt durchaus, an die hatte er keine Fragen, aber meine Welt blieb ihm ein Rätsel.

»Sei mir nicht böse, Swentja, aber du hast eine ungute Neigung, seltsame Leidenschaften auszuleben. Du warst nun einmal auf einem solchen Ball, hast die Frau gesehen, von der du mir erzählt hast, also die, die sich als Sissi verkleidet, das reicht doch eigentlich.«

»Ja, aber ich möchte mir Sissi noch einmal ansehen. Die Frau hat etwas seltsam Autistisches. Sie spricht mit niemandem. Sie ist schön, aber sie zeigt ihr Gesicht fast gar nicht.«

»Wird ein verkleideter Kerl sein.«

Ich dachte nach über das, was ich über Cosplay wusste, was ich im stets hilfreichen Internet nachgelesen und was ich an verrückten Kostümen gesehen hatte. »Nein. Das glaube ich nicht. Das ist keine Show für Transsexuelle. Die, die sich da verkleiden, bleiben schon in ihrem Geschlecht. Sonst könnten sie die Figur nicht so authentisch darstellen.«

»Vielleicht leben sie kein Geschlecht, sondern einen Komplex aus«, sagte Tom kühl. »Wir bewegen uns in einer Welt von Verrückten.«

Was sollte ich dazu sagen?

Wie würde sich Tom entwickeln, wenn er älter wurde? Zum Grantler?

Ich war jedenfalls enttäuscht, dass er so wenig Verständnis hatte für etwas, das mir Spaß machte.

Auch Yvonne streikte. »Ein dunkelgrünes Kleid aus schwerem Samt, Swentja. Was bin ich, deine Hofschneiderin? Und das bereits zweimal in so kurzer Zeit?«

»Yvonne! Bitte!«

»Sag nicht Yvonne in diesem Ton zu mir und schau mich nicht so an. Ich bin ein Mädel. Es zieht einfach nicht bei mir.« Sie seufzte. »Oder vielleicht doch? Ich schau, was ich habe. Eventuell grünen Brokat.«

»Ich will sofort als Scarlett erkennbar sein. Rhett hat ihr aus Paris einen Hut mitgebracht, bei dem sie nicht wusste, wie herum sie ihn tragen sollte. Mit grünen Samtschleifen. Erinnerst du dich an die Szene? Den lass ich mir machen. In der Südstadt gibt es noch eine uralte Hutmacherin. Die kann bestimmt was umarbeiten oder hat ein passendes Stück in ihrem riesigen Fundus.«

»Wie gut, dass die ganze Welt sofort springt, wenn Swentja Tobler ruft«, sagte Yvonne. Sie tat es mit einem Augenzwinkern, doch es war ernst gemeint. Nur Frauen, die erreicht haben, was sie wollten, haben die Größe, andere Frauen zu bewundern.

Ich hob den Kopf mit meiner stolzesten Geste. »Ja«, sagte ich. »Und genau so ist es richtig.«

»*Yes, Missus Scarlett!*«

***

Tom fand nicht viel Zeit, mich zu meinem Freitagabendvergnügen zu befragen. Er war jetzt schon dabei, einen mittelgroßen Koffer für den bevorstehenden Bouleurlaub immer und immer wieder neu zu packen, damit er bei Reisebeginn perfekt wäre.

»Fast wie ein eitles Weib!«, lachte ich.

Er war empört. »Wir brauchen nun mal Poloshirts für den Unterricht. Abends geht man essen, also formelle Kleidung. Wir sind schließlich in Frankreich. Mittags haben wir frei und auch den einen oder anderen Abend, glaube ich, also werde ich Besichtigungs- und Wanderkleidung brauchen. Nicht einfach.«

Ich beneidete ihn nicht. So perfekt mein Kleiderschrank immer gewesen war, so schwer war mir das Packen gefallen. Ich hatte mich immer bei den Teilen entschuldigt, die zu Hause bleiben mussten.

»Du willst also wirklich noch einmal auf diesen Ball gehen!«

»Ja. Das letzte Mal. Diesmal ist Prämierung, und ich bin gespannt, was diese Eugénie tragen wird. Bei den Männern favorisiere ich ja Napoleon Bonaparte, bei den Frauen schwanke ich zwischen Sissi und mir selbst.«

Tom fand das nicht lustig, obwohl ich es nicht ernst gemeint hatte. Man müsste nicht immer und überall die Erste sein, kam es belehrend.

»Oh, du kannst beruhigt sein. Ich will gar nicht die Erste sein. Diese gekrönten Damen nehmen das nämlich sehr ernst. Ich möchte nicht mit einer Nagelschere im Herzen gefunden werden.«

Ich lachte über meinen eigenen Scherz, doch das Lachen sollte mir bald im Hals stecken bleiben.

Der sechste Puzzlestein

Das Wetter spielte mit am Freitag, dem 26. Mai, dem Tag des großen Balles mit Kostümprämierung. Er fand diesmal nicht wie bei den üblichen Tanzvergnügen im Roten Saal statt, sondern in dem schönen, ebenerdig gelegenen Gartensaal des Karlsruher Schlosses, der über eine wunderbare Terrasse hinaus in den Park verfügte.

Das Ambiente hätte nicht passender sein können. Die Zufahrt zum Vorplatz des ausladenden Barockschlosses mit seinen Wasserspielen und allegorischen Figuren war von zahllosen LED-Lichtern gesäumt, die sich in den Büschen und auf dem Rasen verbargen und für einen fast unheimlichen grünlichen Schimmer sorgten.

Das Schloss selbst stand würdig im Abendlicht und schaute mit seinen vielen Fenstern auf den Straßenfächer der Stadt Karlsruhe, deren Keimzelle es war. Die vordere Freitreppe sowie der steinerne Eingangsbereich waren von Kandelabern erleuchtet. Seitlich führten ebenfalls von kleinen Lichtchen erhellte Wege in den großen Schlosspark hinter dem Gebäude. Das Museum, das tagsüber Touristen lockte, war bereits geschlossen, doch manche Fenster und der Turm schienen noch erhellt.

Der gepflegte Gartensaal mit seinen Nebenräumen im Erdgeschoss war sowohl vom Restaurant als auch vom Schlosseingang und vom Park aus erreichbar. Überall vor dem Palast drängten sich bereits prachtvoll gekleidete Menschen, und heitere Stimmen klangen durcheinander. Aus dem großzügigen Parkgelände, das hinter dem Schloss mit Wegen, Büschen, Seen und großen Rasenflächen zur Porzellanmanufaktur Majolika führte und dann in den Hardtwald überging, zog frische, kühle Luft heran.

Hier im Grünen vor dem Schloss promenierten kleine Grüppchen von Kostümierten. Schirmchen wanderten zierlich neben ihren Herrinnen her, Spazierstöcke wirbelten in der

Hand der Herren mit Zylinder. War das Bismarck? Und neben ihm irgendein preußischer Kaiser?

Rechts neben dem Portal sah ich eine Gestalt auf einem hohen alten Rad sitzen, neben ihm trabte eine weitere Gestalt. Ein Streitgespräch schwappte von ihnen zu uns herüber. »Pferdestärke? Lächerlich!«, hörte ich eine von ihnen sagen.

»Das sind Freiherr Drais von Sauerbronn und Carl Benz, der eigentlich auch adelig war. Zwei meiner besten Untertanen. Sie streiten darüber, wie man sich in Zukunft fortbewegt. Drais bezweifelt, dass es ohne Menschenkraft funktionieren wird, und Pferdestärken findet er rückschrittlich«, raunte mir unser Stadtgründer zu.

»Wenn der wüsste!«, erwiderte ich.

»Sie belieben?«

»Na, Autos. Viele, viele Pferdestärken.«

»Autos?«, fragte Karl Wilhelm. »Was ist das?«

Ich seufzte. »Ganz recht. Was rede ich da?«

Neben mir duftete es aufdringlich nach Parfüm.

»Nun, Schöne, immer noch kein Interesse an einem kleinen Stelldichein, dahinten bei der Wiese …«, raunte mir Mozart ins Ohr. »Euer Markgraf verfügt immer über so nette Mädchen.«

Seine Perücke streifte mein Ohr. Ich wich zurück. »Danke. Ich eigne mich nicht als Tulpenmädchen. Ich bin eine Rose.«

»Entzückend. Ich werde Ihnen eine kleine Sinfonie schreiben. An die Rose!«

Diener standen neben Brenntöpfen, in denen Fackeln hell aufloderten, vor dem Eingang, und tatsächlich parkte eine echte Kutsche vor dem Schlosstor. Wer kam denn da mit der Kutsche angereist, mitten durch die moderne Technologiestadt Karlsruhe?

Niemand, sollte sich herausstellen.

Der Veranstaltungsfotograf lauerte lediglich unweit des Eingangs, und wer Interesse hatte, mochte die Kutsche von der einen Seite besteigen und auf der anderen wieder aussteigen und sich bei ebenjenem Vorgang fotografieren lassen. Erinnerungen an englische Hochzeiten kamen auf. Und tatsächlich sah ich, wie die alberne Lady Diana in einer schönen cremefarbenen Robe mit einem kurzen Jäckchen zweimal hinein- und wieder hinausstieg. »Ist es gut? Ist es gut?«, rief sie. »Erkennt man mich?«

Etwas, das die echte Lady Diana gewiss niemals getan hätte. Oder vielleicht doch.

Jetzt kletterte ein feister kleiner Kirchenmann in die Kutsche, und auf der anderen Seite purzelte er wieder hinaus. Das musste der versprochene Abt aus Wissembourg sein. »Magnifique«, rief er und schnürte eilends hinter Diana her.

Da Scarlett, wie ich aus Film und Buch wusste, wenige positive Erinnerungen an Kutsche und Pferde auf ihrer Technicolor-Flucht durchs brennende Atlanta hatte, verzichtete ich auf das Schauspiel.

Scharen von festlich verkleideten Personen drängten von überall herein. Autos aus Pforzheim, Stuttgart und Mannheim suchten vorn an der Absperrung, wo mehrere Catererwagen standen, noch nach einem Parkplatz, drehten um und fuhren in die Tiefgarage. Vor mir eilte eine Frau, in der ich Marie Antoinette erkannte, barfuß in den Saal, ihre Schuhe in der Hand. Eine dürre Mary Poppins, als altmodische englische Erzieherin wohl heute zugelassen, blickte streng und spitznasig um sich. Überall wuselten Bedienstete umher.

Am Eingang zum Schloss stand natürlich hoch aufgerichtet jetzt einer der Gastgeber, Karl Friedrich, der erste Großherzog von Baden, neben ihm die hierzulande berühmte Karoline Luise, seine erste Frau, Kunstsammlerin und Mäzenin, intelligent und stattlich. Beide waren viele Jahre nach dem schlichten Stadtgründer Karl Wilhelm geboren, doch das störte nicht. Sie alle überwanden hier und heute die biografischen Daten in ihrem Stammbaum und feierten gemeinsam.

Inzwischen war ich im Park hinter dem Schloss angelangt, in dem man sich zwischen Büschen und Bänken ergehen konnte. Überall waren Kerzen und Kandelaber und kleine Tischchen mit Pflanzenarrangements sowie Erfrischungen aufgebaut, und hier trug sich plötzlich eine unpassende Szene zu.

»Meine Mutter war immer ein Fan von Ihnen, geben Sie mir

doch bitte heute mein Autogramm! Es ist mein letzter Dienst hier. Ich muss dann zum Studium.«

»Mache er, dass er wegkomme!« Die leicht heisere Stimme der Kaiserin zischte bösartig.

Ich schlich die paar Schritte ins Halbdunkel der Grünflächen, wo die Lichter spärlicher wurden. Im Hintergrund, am Ende des Schlossparks, bogen sich sanft die alten hohen Bäume im Wind, die schwarz in den nächtlichen Himmel ragten. Der mir bereits bekannte junge livrierte Diener stand da und versperrte Sissi den Weg. Beide standen voreinander wie Ringer, bereit zum Angriff. Sissis Körperhaltung war die einer kraftvollen Kämpferin, und in dieser Pose bot sie einen geradezu überwältigenden Anblick.

Die Robe, die sie heute Abend trug, kannte ich von einem berühmten Bildnis von ihr. Es war das sogenannte Sternenkleid; eine Kreation aus Seide und Tüll, bestickt mit winzigen Sternchen, von denen ich ja wusste, dass es Edelweiß war. Schultern und Dekolleté waren frei, die Ärmel endeten in einem leichten Puff. Sissis Haare waren ebenfalls perfekt. Die Mähne hatte sie in einer »Steckbrieffrisur« gebändigt, und ich schätzte, dass eine solche mit Sternchen durchsetzte Kreation mindestens drei Stunden Arbeit gekostet hatte. Mehr denn je fragte ich mich, wer diese Frau im richtigen Leben war. Wer hatte diese Perücke entworfen? Sie musste einigen Wert besitzen.

Mit dem herrlichen Haar so wunderschön zu dem imposanten Kunstwerk aufgesteckt, sah ich nun zum ersten Mal ihr Gesicht, und das war auch perfekt zur Sissi geschminkt. Ich dachte an Toms Worte und lächelte. Das hier war eindeutig eine Frau, und ich konnte mir denken, dass sie auch im richtigen Leben nicht ganz unattraktiv war.

»Verschwinde er.« Ihre Erkältung, ob gespielt oder echt, schien abgeklungen. Sie sprach sogar mit schneidender Stimme und einem leichten bayerischen Akzent, der für mich sehr gut klang.

»Aber ich habe doch nur gefragt. Meine Mutter verehrt Sie schon seit Langem ...«

»Was geht mich eine Frauensperson aus dem Volke an. Ich werde mich über ihn beschweren. Ab!« Ihr Busen bebte unter ihrer Wut. Vor lauter Empörung vergaß sie nun gänzlich ihre Heiserkeit. Man hörte eine klare Frauenstimme. Die blütenweißen, makellosen Schultern zuckten.

Jetzt wurde aus dem Spiel wieder das richtige Leben.

»Blöde Zicke! Du wirst noch mal was erleben«, hörte ich, dann verschwand der junge Mann wutentbrannt irgendwo in den Büschen, die, so weit das Auge reichte, geradezu zum Verweilen einluden.

Ich wandte mich um und fühlte als verwöhnte Scarlett mit der Kaiserin Sissi. Was regte er sich auf, der Kretin! Ein Diener legte sich schließlich nicht mit einer Kaiserin an, als sei sie eine Fischverkäuferin auf dem Markt.

Sie kam auf mich zu wie ein Rausch aus Stoff und Spitze.

»Was sich diese Leute erlauben«, erklärte ich tadelnd.

Sie sah mich geradeheraus an. »Meine Gute, ich wäre Ihnen wirklich dankbar, wenn auch Sie mich nicht einfach ansprechen würden. Wer sind Sie noch mal gleich?«

»Scarlett O'Hara. Wir haben uns bereits einmal gesehen.«

»Ach ja, ich entsinne mich. Die Tochter des kleinen Iren, nicht wahr?«

»Aber meine Mutter war eine französische Robillard«, gab ich zurück. »Von den Charleston Robillards!«

Sie lächelte mokant. »Was ist schon ein Robillard?«

»Nun ja, Ihr Vater, Max in Bayern, war auch nicht gerade Hochadel, und was war mit Ihrem seltsamen Großvater? Man hört von ihm nichts Gutes. Und auch sonst …«

Sie musterte mich und schüttelte den Kopf. Dann ging sie in ihrem stolzen geraden Schritt davon. Das Sternenkleid rauschte wie ein Wald im Hochsommer, wenn der Wind hindurchging.

Hoffentlich war die Gute in ihrem richtigen Leben ein bisschen angenehmer.

Der abgewiesene Page trat unterdessen hinter einem Gebüsch hervor, hinter dem er offenbar hastig eine wahrscheinlich verbotene Frustzigarette geraucht hatte. Jedenfalls flog etwas

Brennendes in hohem Bogen davon. Ich hörte unweit ein leises Kichern. Wie das eines Kindes.

War das Unheimliche Kind, das wie ein verwachsener Schatten umherstreifte, wieder in der Nähe?

»Wenn die mich noch mal anmacht, kann sie was erleben!«, sagte der Diener mehr zu sich selbst als zu mir. »Arrogantes Weib. Hat mich schon mal abfahren lassen. Es wäre der größte Wunsch meiner Mutter, ein Foto von mir und der da zusammen oder halt ein Foto von ihr. Mama hat Weihnachten immer vor den Filmen gesessen und geheult. Als sie noch sitzen konnte. Aber bitte, dann eben nicht.«

Der junge Mann war böse und verbittert und mit seinem wütenden Trotz nicht gerade ein Sympathieträger.

»Arbeiten Sie hier?«, fragte ich.

Er betrachtete mich unfreundlich. »Als Aushilfe. Schräger Job, oberschräge Leute. Ich bin Student. Maschinenbau. Ich muss mir mein Studium ziemlich mühsam verdienen. Soll Sekt an euch feine Leute ausschenken. Aber«, er grinste, »so fein sind diese Leute gar nicht. Und die superfeine Sissi erst recht nicht.«

»Was meinen Sie damit?«

»Nichts. Die können heute sogar heiraten, obwohl ich das nicht gut finde. Und eine Kaiserin sollte keine solche sein.«

»Was denn für eine?«

»Wenn Sie mich so fragen, ich glaube, die ist eine Lesbe. Ich hab gesehen, wie sie die Frauen anstarrt. Und wenn ein Mann ihr mal einen Kuss geben will, dann nichts wie weg. Ich will gar kein Autogramm mehr von der. Wer sind Sie denn überhaupt?«

»Scarlett O'Hara!«

»Kenn ich nicht.«

Es schien mir sinnlos, es ihm zu erklären. Ich wandte mich um, um in den eigentlichen Ballsaal zu gehen, wo sich schon die Vertreter der Weltgeschichte zu einem langsamen Foxtrott drehten. Das leise Pfeifen, das wieder von ferne von der Luft hereingetragen wurde, überhörte ich. Beinahe. Es nistete sich irgendwo hinten in meinem Unterbewusstsein ein.

Eines Tages würde ich daran denken. Doch dann würde es fast zu spät sein.

In dem geräumigen, schönen Festsaal mit seinen echten Kronleuchtern, seinen Spiegeln und seinen getäfelten Wänden herrschte ein summendes, festliches Treiben. Inmitten der Tanzenden fiel eine Frau besonders auf. Sie stand, einen Fächer wedelnd, neben einem Brunnen, aus dem Sekt sprudelte, und hatte eines der schönsten Kleider des Balles an: eine weiße Robe mit lila Schleifen, die ihr Gegenstück in dem Kopfschmuck, einem entzückenden Florentinerhut, fand. Neben ihr ein Mann im schwarzen, förmlichen Gehrock mit einer Anstecknadel in den französischen Nationalfarben.

Erst jetzt merkte ich, dass ich hungrig war. In einem kleinen Nebenraum war ein überschaubares Buffet aus Canapés aufgebaut. Mit einem kleinen Brot in der Hand stellte ich mich an die offen stehende Flügeltür zum Ballsaal.

»Wer ist das?«, fragte ich William Shakespeare neben mir und deutete auf das tanzende Paar. Auch er knabberte an einem Canapé. Er trug das gleiche Wams wie letzte Woche, nur der für die elisabethanische Epoche typische Kragen schien mir frisch geplättet.

»Das? Kaiserin Eugénie und ihr Gatte Napoleon III. Die sichere Gewinnerin des Kostümwettbewerbs, schauen Sie sich die herrliche Robe an, die ihr jemand geschneidert hat. Außer man kürt Sissi zur Gewinnerin. Ja, ja …« Er lächelte amüsiert. »Dann haben wir vielleicht hier plötzlich eine zu allem entschlossene Lady Macbeth … Wie ihrem Manne einst die Kleider des ermordeten schottischen Königs passt ihr vielleicht das Festgewand nicht.«

»Was wollen Sie damit sagen?«

»Nur, dass nicht jedem das Gewand passt, das er trägt. Manchmal ist es zu groß. Ich zitiere mich selbst: ›Die Kappe macht den Mönch nicht aus.‹«

Der Mann war eindeutig zu gebildet für mich, und zwar sowohl für Scarlett O'Hara, die ja bekanntlich nur an sich selbst interessiert gewesen war, als auch für Swentja Tobler, der es ähnlich ging.

»Man darf jedenfalls gespannt sein.«

»›Ja, das gift'ge Schrei'n der eifersücht'gen Frau wirkt tödlicher als tollen Hundes Zahn …‹«

»Sie sind unglaublich!«, sagte ich.

»Sie auch«, entgegnete er lächelnd.

Ich fand den Mann interessant. Genau deshalb ließ ich William Shakespeare stehen, denn nichts ist schlimmer als eine Frau, die ihr Interesse zu deutlich zeigt, und begab mich in den Ballsaal.

Die österreichische Kaiserin drehte sich diesmal in jenen Armen, in die sie eigentlich gehörte. Die des Kaisers Franz Joseph. Sie hatte für kurze Zeit ihren Schleier abgenommen, man sah ihr Gesicht, geschminkt natürlich, sie bog den schönen Hals zurück und lächelte.

Eugénie drehte sich mit ihrem Napoleon.

Jetzt löste sich Sissi mit einer charmanten Geste von ihrem Mann und sprach eindringlich eine Weile mit dem Fotografen, der den Kopf schüttelte. Neidisch bemerkte ich, dass er trotzdem noch ein Bild von ihr machte. Ich begab mich an die Bar.

»Ihr Hut sitzt nicht ganz gerade.« Eine farbige Dame half mir, den Hut zurechtzurücken. »Shirley Bassey«, stellte sie sich vor. »Oder sprechen Sie nicht mit mir, weil ich schwarz bin?«

Ich wusste nicht recht, was ich dazu sagen sollte. Vielleicht hätte ich mir trotz Begeisterung für Scarlett doch nicht ausgerechnet eine Rassistin als Rollenmodell aussuchen sollen. Ich hatte die Frau beim ersten Ball nicht gesehen. Aber sie war wirklich perfekt zurechtgemacht.

»Plaisir!«, sagte sie und reichte mir ihre Hand.

Mir war es peinlich, dass ich ein wenig schwitzte. Ihre Hand war trocken, fast rau, der Daumen etwas dicker, doch sie lächelte aus ihrem schwarz gefärbten Gesicht heraus recht freundlich, und ich entspannte mich.

Auf der Tanzfläche wirbelte die europäische Geschichte umher, und es waren wieder herrliche Kostüme zu sehen. Natürlich gab es zwei Frankensteins, und es gab einen Nero sowie ein paar Leute, die ich nicht zuordnen konnte.

»Game-of-Thrones-Personal!«, wisperte mir Shakespeare zu, der sich als äußerst anhänglich erwies. »Fernsehserie. Folgen angeblich meinen Vorbildern. Dieses Fernsehen hat die Bühne ersetzt. Bei meinen Stücken kamen noch die Massen ins Theater, vor allem, wenn es um Mord und Totschlag ging. Drama geht immer. Auch heute Abend. Viele hassen hier viele, und eine schießt den Vogel ab.«

»Aber dies ist nur ein Kostümball! Nicht Wirklichkeit. Eine Illusion.«

Er legte sich den Finger auf den Mund. »Psst! Das dürfen Sie nicht sagen. »Im ›Sommernachtstraum‹, Sie kennen mein Stück gewiss, gibt es drei Welten. Die Geister halten Traum und Illusion für Wirklichkeit, die Höflinge schöpfen ihre Wirklichkeit aus der Illusion, und die Handwerker machen aus der Illusion eine groteske Wirklichkeit! Und was ist hier und heute Traum und Illusion?«

Ich sah ihn verlegen an. Ich hatte den »Sommernachtstraum« im Theater gesehen, doch kaum eine Erinnerung daran.

Er zuckte mit den Schultern. »Und sag einem guten Schauspieler, dass das, was er so inniglich fühlt, nur gespielt sei. Er wird dich nicht verstehen. Nein, wer hier liebt, liebt echt, und wer hasst, auch.«

Ich dachte an meine Boulespieler und wie sie sich über einen schlecht gelegten Ball erregen konnten. Sie verzweifelten an einem verlorenen Punkt, schoben sich grollend gegenseitig die Schuld zu. Der Platz mit der Sandbahn war ihre eigene kleine Realität, in der Alter und Beruf bedeutungslos waren – für ein paar Stunden. Und hier war es ebenso. Jemand, der außerhalb vielleicht im Supermarkt Regale auffüllte, konnte heute Abend die Begehrteste sein, so wie ein Staatsanwalt auf dem Sportplatz nur ein bemitleidenswert schwacher Mitspieler.

Der Ball kam in Fahrt. Eine Art Menuett wurde gespielt, gefolgt von Johann-Strauß-Melodien. Die mir bereits bekannte Frau, die sich schlicht als Sissis Schwester Sophie vorgestellt hatte, aber von der ich jetzt wusste, dass sie immerhin eine verehelichte Herzogin von Alençon war, tanzte sehr nahe an Sissi vorbei und rempelte sie scheinbar versehentlich an.

»Lass das!«, kam es zischend aus dem Mund der Kaiserin. »Du hast genug Unheil angerichtet. Wenn ich auspacken würde, du kleine Schlampe, mit wem du es alles getrieben hast, man würde dich von diesem Ball davonjagen.«

Die angelernte Sophie machte nur eine Schnute: »Du hast mich, hast uns, Ludwig und mich, im Stich gelassen. Ich hasse dich.« Und tanzte allein mit einem Glas Schampus in der Hand von dannen.

Nachdenklich sah ich ihr nach. Sie, ein schlichtes Geschöpf, ging auf diese Bälle, um ihrem sichtlich fanatischen Freund, der noch dazu ein Filou war, einen Gefallen zu tun, und sprach gelernte Texte. Was würde sie noch für ihn tun? Das alles behagte mir nicht.

Irgendwann waren der österreichische Kaiser sowie auch seine Gattin verschwunden. Eugénie war ebenfalls nicht zu sehen, und Sophie konnte ich auch nirgends mehr entdecken. Wenn die Politesse, alias Sissis Schwester, trotz ihrer Freundschaft mit dem Bayernkönig wirklich die lockere Prinzessin war und sich ihrer Rolle entsprechend Liebhaber gönnte, wer wusste, mit wem sie sich jetzt herumdrückte.

»Wo sind die beiden Schönheitsköniginnen? Es ist jetzt gleich Prämierung! Warum verbergen sie sich in dunklen Ecken?«, fragte Goethe stirnrunzelnd in Shakespeares Richtung.

»Wer weiß? ›Schönheit lockt Diebe eher noch als Gold!‹«, zitierte Master Shakespeare sich vermutlich mal wieder selbst. Dann klopfte er Goethe wohlwollend auf die Schultern und ging mit seinem wiegenden Schritt davon. Toller Mann.

Romy sah heute Abend besonders hübsch aus. Sie trug ein elegantes Kostüm und einen Hut mit einem schwarzen Netzschleier davor, doch man konnte ihr ebenmäßiges Gesicht noch deutlich erkennen.

Ihre Lippen waren blassrosa geschminkt. Sie lehnte lässig an einer Säule und lächelte erotisch wie nie zuvor. Dann schlängelte sie davon, in ihrer Hand ein Glas Rotwein, das sie vor sich hertrug, als sei es der Heilige Gral. Sie sollte das Trinken lassen.

Karl Wilhelm und Karl Friedrich, die beiden badischen Potentaten, durch ein Jahrhundert getrennt, standen eng umarmt. Napoleon I., der eher still und unscheinbar wirkte, gesellte sich hinzu.

»Mon Dieu, das war ein Coup, meine Stieftochter Stefanie hierher zu verheiraten, und ich habe euch dafür zum Großherzogtum gemacht. Gebt ihr mir einen aus, ihr badischen Schlingel!«

»Schau sie dir an. Heute würde man Netzwerken dazu sagen«, murmelte ich.

»Scarlett! Du bist nicht im Heute«, ermahnte mich Shirley Bassey.

Ich verkniff mir die Bemerkung, dass sich ihrer in der guten alten Zeit der Ku-Klux-Klan angenommen hätte.

Es wurde ein weiterer Walzer gespielt. Zum Abschluss applaudierte man, aus dem Schlosspark drängten sich die Ballgäste heran, klatschten mit. Irgendwo sah ich den Fotografen herumspringen.

Ich trat an eines der hohen, schmalen Fenster in einem Nebenraum des Ballsaales und blickte hinaus über die Terrasse in den schwächer beleuchteten rechten Teil des Parkgeländes vor mir. Dort gab es kleine Lichtungen, Büsche und Baumgruppen, dazwischen auch Stehtische mit weißer Tischwäsche und ab und zu eine Fackel, die das Gelände in flackerndes Licht tauchte.

Da bewegte sich doch etwas durch das Gebüsch, schlich sich an wie ein Tier! Ich kniff die Augen zusammen und drückte mein Gesicht an die kühle Glasscheibe. Ich sah die Rassel, glaubte sie fast leise zu hören, und ging entschlossen nach draußen. Im Ballsaal erklang nun leise eine süße Sehnsuchtsmelodie. Ein Schmusetanz.

Ich atmete die frische Luft und lauschte in die Nacht vor mir. War es die Rassel, oder pfiff es wieder? Ja, es war das Unheimliche Kind, das da durch das Gebüsch hüpfte und dabei leise kicherte. Egal, ob sich hinter dieser Groteske ein Kleinwüchsiger oder ein echtes Kind verbarg, es war unangenehm.

Die hohen alten Parkbäume bewegten sich im mitternächtlichen Wind, und ein kalter Hauch traf mich. Ich sollte besser wieder hineingehen, dachte ich. Hier draußen fühlte ich mich nicht wohl. Die Szenerie war fast so unheimlich wie die im Wald in Shakespeares »Sommernachtstraum«, an den ich mich jetzt doch mühsam und unwillig erinnerte und aus dem sein Doppelgänger jüngst zitiert hatte. Überhaupt, Shakespeare!

Der kluge Mann war anscheinend ein ziemlicher Schwerenöter. Dahinten, Richtung westlicher Seitenausgang, sah ich ihn Arm in Arm mit einer intellektuell aussehenden Frau einen der Kieswege entlangflanieren. Offenbar begleitete ihn Simone de Beauvoir. Mein böser Blick verfolgte die beiden Figuren. Ich hielt nichts von ihr. Schrieb jammervolle Bücher über das Älterwerden, anstatt sich ein gutes Make-up zu kaufen und Bauch-Beine-Po-Gymnastik zu machen.

Beide wandelten weiter hinein in den großzügigen Park, doch war es so, als zerflösse ihre Einheit hinten im Dunkel und jeder ginge seines Weges. Gut so.

Ich blickte ganz nach links. Aus den Kuhlen, die der weitläufige Rasen in Richtung Mäuerchen am Ahaweg überall bildete, hörte man unterdrücktes Gelächter und Seufzen, ein spitzer Schrei ließ keinen Zweifel: Herr Mozart war beteiligt. Dieser Ball war nicht nur ein Treff perfekt gestylter Kopien berühmter Aristokraten, er diente dem einen oder anderen auch als Ausrede fürs Fremdgehen.

Irgendwie fühlte ich mich nicht mehr besonders wohl. Die Atmosphäre schien mir plötzlich seltsam angespannt. Ich ging zurück in den Ballsaal und ließ mir von einem der Lakaien ein frisches Glas Sekt reichen. Walzerklänge hoben an.

»Amüsieren wir uns?« Shirley Bassey wiegte sich vor mir in den Hüften. »Ich find's klasse hier!«

Ich lächelte hochmütig, nahm einen Schluck aus meinem Glas und wollte ihr antworten, doch sie war wie von Zauberhand verschwunden. Auf Zehenspitzen suchte ich die Szene nach ihr ab, doch ich konnte keine Spur mehr von der einzigen Schwarzen auf dem Ball entdecken.

Der obligatorische Kaiserwalzer war zu Ende. Fliegende Röcke und tanzende Schuhe kamen zum Stillstand. Die Kapelle begann feierlich das traditionelle Badnerlied zu spielen. Manch Auge wurde feucht, wie ich gerührt bemerkte. Und plötzlich war alles anders. Durch das fast filmreife Bild mit all den Gestalten in den wunderbaren Kleidern lief ein scharfer Riss, wie mit dem Messer gezogen. Ratsch!

Ein Schrei drang draußen durch das Dunkel der Nacht. Fast theatralisch, wie auf der Bühne, und deshalb so unecht wie die ganze Szenerie: »Haltet den Mörder!«

Ein Aufruhr entbrannte, die Musik hielt jählings an, ein riesiges Durcheinander entstand, alles in Kostüm, Kleid, Uniform, Frack oder Mönchskutte stürzte hinaus in den Park, entweder über die Terrasse oder seitlich entlang eines Kiesweges, hin zu einer kleinen Lichtung mit zwei Bänken und einem Stehtisch.

Mehrere Personen, darunter ausgerechnet ein Mönch sowie Karl Marx, der vermeintliche Anwalt der kleinen Leute, hielten einen jungen Mann in Livree fest. Als die Kappe herunterfiel, sah jedermann, dass es sich um den Hitzkopf handelte, der Sissi vergeblich um ein Autogramm gebeten hatte.

»Ich hab sie doch nur gefunden«, brüllte der wütend und mit schweißüberströmtem Gesicht. »Ich habe die Aschenbecher im Park geleert und sie gefunden. Ich wollte ihr nur helfen, und dann sehe ich, dass sie tot ist. Was wollt ihr denn mit mir?«

Um Aufsehen zu vermeiden, wurde der junge Mann nicht brutal, aber energisch zur Seite geführt, um die Büsche herum ins Abseits, ins Dunklere, wo ihn verschiedene Männer umkreisten.

Spitze Schreie, das Trippeln hoher Schuhe, das Klappern von Kastagnetten und von irgendwoher das hohe und dann leiser und dünner werdende Pfeifen, wie von hastig ausgestoßenem Atem. Wieder dieses Pfeifen. Doch es ging unter in dem Klangteppich, der die ganze unglaubliche Szene begleitete, die mir trotz allem schrecklich vertraut vorkam.

In diese Welt der Untoten von gestern und vorgestern brach

nun plötzlich das 21. Jahrhundert hinein und zerriss den Schleier der süßen Illusionen, mit dem die Convents bedeckt waren. Eine Polizeiwagensirene schrie sich durch die lange Auffahrt zum Schlosseingang hindurch, Sanitäter quollen aus einem Wagen und rannten um ein Leben, das es wohl schon nicht mehr gab, eine Bahre schwankte wie betrunken zwischen ihnen.

Polizisten drängten die Männer zur Seite und drangen vor zu dem jungen Livrierten, dem das Haar verschwitzt und angstvoll in der Stirn klebte. Man hörte Stimmengewirr, dann war für uns Normalsterbliche alles vorbei. Uniformierte sperrten den Ort blitzschnell mit einem rot-weißen Band ab. Aus dem Nichts wurden Scheinwerfer aufgebaut und erleuchteten den Schauplatz. Tauchten den Ort, wo man sie gefunden hatte, den Platz, wo der junge Mann stand, und auch den seitlichen Eingang zum Festsaal in erbarmungsloses Licht. Letzteres wohl eher eine Geste der Hilflosigkeit.

Ich wusste nicht, ob die Kripo schon eingetroffen war. Mein Herz jagte und stolperte, und mir wurde schlecht. Mit zitternden Fingern öffnete ich fahrig den obersten Knopf meines viel zu warmen Samtkleides.

Neben mir erschien die hässliche Maultasch, Triumph auf ihren groben Zügen. »Unglaublich. Da hat wohl jemand zu viele Sissi-Biografien gelesen. Jetzt fehlt nur noch, dass es eine Feile war. Tja, da sieht man mal wieder. Schönheit schützt vor Tode nicht. Ich bin vielleicht hässlich, aber zumindest lebe ich noch.« Und mit einem meckernden Geräusch verschwand sie in der Menge.

Ich sah mich um. Manch sorgfältig geschminktes Gesicht war vor Angst und Schreck verzerrt, die Augen aufgerissen. Eugénie hielt sich die Hand vor den Mund, als müsse sie erbrechen. Aus einem Karl Ludwig mit Perücke und reich verziertem Rock war plötzlich wieder irgendein Mann aus Karlsruhe oder Rastatt geworden. Die Masken und Kostüme wirkten im Licht der Scheinwerfer nur noch lächerlich.

Ich sah aber auch, dass einige Ballbesucher die Gunst des Wirrwarrs nutzten und sich in den dunklen Park absetzten. Wie weit sie kamen, wusste ich nicht. Im Karlsruher Schlosspark führten unzählige kleine Wege auf leere, weite Rasenflächen, von wo aus man durchaus durch die dunklen Tore in der Parkmauer in die Stadt verschwinden konnte.

Ich blickte vom Schloss aus in Richtung der Majolikamanufaktur am anderen Ende des Schlossparks. Da sah ich auf dem blauen Keramikweg aus Platten, die mit den Namen von Karlsruher Bürgern beschriftet waren, ein Kind, wie es von Stein zu Stein sprang.

Das Unheimliche Kind. Es hüpfte davon, auf einem Bein, wie bei einem Himmel-und-Hölle-Spiel. Doch es war kein fröhliches Hüpfen, sondern eher ein langsames, mühsames Hinken. Es mutete an wie ein Abschiednehmen.

Irgendwann löste sich seine Gestalt im Dunkel auf.

Hier stand ich ratlos und verloren, dachte an den Hass des hitzköpfigen Burschen auf Sissi und verabscheute den Gedanken, dass er ihr etwas angetan haben könnte. Ein so junger Mann. Er war Student, Maschinenbau, und besaß gewiss ein Werkzeug mit einer Feile daran.

Vor Aufregung zitternd sah ich mich um, hoffte, auf bekannte Augen zu treffen, um den Schrecken zu teilen. Mit wem hatte ich gesprochen, kurz bevor es passierte? Mit Shirley Bassey.

Ich suchte nach ihr. Doch ich sah die Frau nirgends mehr. Und dann entstand Bewegung, die Menge teilte sich.

Stumm wurde Sissi davongetragen.

Blutstropfen perlten anmutig ihr Kleid hinab und hinterließen eine feine Perlenschnur auf dem Weg zum Krankenwagen. Ich erhaschte nur einen kurzen Blick auf ein bleiches Frauengesicht, das zur Seite gefallen war, die langen Ohrringe schmiegten sich dabei an ihren schönen Frauenhals, und ich wusste, dass sie tot war.

Die Kaiserin von Österreich war ein zweites Mal gestorben.

***

Lieber Hagen,
es ist späte Nacht. Meine Finger beben noch über der Tastatur, sodass ich kaum die Buchstaben treffe.
Hagen, ich kann nicht glauben, dass es wieder geschehen ist.
Ich habe diesmal wirklich nichts mit der Sache zu tun. Es war ein reiner Zufall, dass ich dieser seltsam verkleideten Frau durch die Straßen der Südstadt gefolgt bin, in denen ich sonst niemals herumlaufe. Und auf dem Ball kannte ich doch keinen einzigen der anwesenden Verrückten in ihren Kostümen.
Sissi hatte es geschafft, sich auf dem Ball möglichst viele Feinde zu machen. Ich weiß, wovon ich rede, denn ich bin bekanntlich auch ganz gut in dieser Disziplin. Warum sucht irgendein ziemlich bösartiges Schicksal sich immer mich heraus, bei Mord und Totschlag anwesend zu sein? Dabei mag ich gar keine Krimis, denn die Detektive sind meist schlecht gekleidet und bilden sich, wie Mister Columbo, noch etwas darauf ein.
Oh Hagen, ich weiß, dass du mir niemals antworten wirst; vielleicht hast du längst wieder eine Liebe gefunden und löschst die Mails lieber gleich, als sie auf deinem Rechner zu behalten, doch sage mir, warum? Seit wir beide uns begegnet sind, kreuzt das Böse meinen Weg. Und ich habe so ein ungutes Gefühl, dass dieser Mord ein Stein in einem komplizierten Puzzlespiel ist. Der Park war voller Menschen, die Masken trugen und sich dort verstecken konnten. Nicht alle hat die Polizei rechtzeitig überprüfen können. Der junge Mann und seine Wut waren natürlich nur zu offensichtlich. Mordet ein normaler Mensch, nur weil ihn eine Phantasiefigur schlecht behandelt?

Der siebte Puzzlestein

»Warum musste Sissi sterben?« – »Endstation Karlsruhe« – »Königsmord im Karlsruher Schloss!«

Natürlich titelten alle Zeitungen mit dem Verbrechen. Schon am Wochenende, aber spätestens zum heutigen Montag überall. Regional und sogar international. »Princess Diana next to die in Karlsruhe?«, erkundigte sich der britische »Mirror« bei seinen Lesern.

Daran kam keiner vorbei, vor allem nicht die Bild-Zeitung. Die Tat selbst und die Tatumstände waren zu bizarr, um von Klatschblättern übersehen zu werden. Die Leiche einer zur Sissi-Gestalt geschminkten Frau im Ballkleid gab ein erstklassiges Pressefoto ab, auch wenn es nur durch eine Fotomontage nachgestellt war.

Eine alte Freundin aus meiner reichen Zeit, eine reizende Arztgattin aus Salzburg, rief mich an. »Die Österreicher san's g'schockt und schauen's fast als an Affront an, dass man in Karlsruh unsere Kaiserin ermordet hat. Dabei war Sisi, wie's richtig haßt, immer gerne bei ihren Verwandten im Badischen zu Gast. In Heidelberg ham s' sogar an Wanderweg beim Schloss nach ihr b'nannt!«

Das klang vorwurfsvoll. Ich erklärte mich für unschuldig an solchen bilateralen Spannungen.

Die Cosplay-Szene als solche mit all ihren Ausläufern wurde diskutiert und für unheimlich befunden. Das Badische Tagblatt titelte: »Unheimlich: Der Mörder auf dem Maskenball«. Jugendliche äußerten sich missmutig über die Nachahmung ihrer eigenen Kultur durch die vom Wohlstand gelangweilten Eltern.

»Bei unseren Manga-Conventions wird jedenfalls keiner umgebracht. Wir haben einfach nur Spaß! Kaum kommen die Alten dazu, gibt es Mord und Totschlag.«

Die anspruchsvollere Presse behauptete, die Menschen

träumten sich aus der hoch technisierten Umwelt in eine scheinbar gemütlichere royale Vergangenheit. Die harmlose Freude am Verkleiden und Nachstellen historischer Personen sei mit diesem Mord ihrer Unschuld beraubt worden.

»Kann es sein, dass sich historische Figuren über Jahrhunderte hinweg hassen?«, fragte sogar der »Stern« unter der Überschrift »Rache an Sissi?«, und tatsächlich kam ein Psychologe zu Wort:

»Die Menschen, die auf solchen Bällen Fürsten und Prinzessinnen darstellen, leben in einer eigenen Realität. Ihre Wünsche, Hoffnungen, Träume, aber auch ihre Frustrationen gerinnen zu diesen Figuren. Denken Sie an die Familienaufstellungen von Bert Hellinger. Dort stellen Leute bereits verstorbene oder vermisste Familienangehörige nach und erleben stellvertretend deren Nervenzusammenbrüche. Und das findet an nur einem einzigen Nachmittag unter Aufsicht eines Psychologen statt.«

Tom war natürlich wenig angetan, dass ich bei dem Geschehen nicht nur anwesend, sondern auch namentlich festgehalten worden war.

»Ist jetzt deine Begeisterung für Dramatik befriedigt? Wieder ein Mord in deinem Leben. Geht es denn nicht ohne?« Es klang eifersüchtig, so, als habe er Angst, ich kehrte zurück zu Hagen und seiner Welt.

»Ich bin genauso entsetzt wie du. Meine Güte, ich war einfach neugierig, wie es bei diesen Bällen zugeht. Außerdem haben sie ja offenbar den Täter bereits. Dieser enttäuschte junge Mann! Ich hatte wirklich nicht gedacht, dass er so etwas tun würde. Gut, sie hat ihn von oben herab behandelt, aber das gehörte doch zur Rolle, und seine Rolle war nun mal die eines Dieners.«

»Und er ist aus der Rolle gefallen«, sagte Tom kurz. »Das kann gefährlich sein. Eine Rolle gibt Sicherheit.«

Und dann stand er auf und ging aus dem Zimmer. Kurz darauf hörte ich die Haustür schlagen. Es hatte ein bisschen zu regnen begonnen. Ich sah ihn, wie er mit eingezogenem Kopf Richtung Tiefgestade davonlief.

Ich griff nach meiner Handtasche, einer taupefarbenen Coccinelle, die mit dreihundert Euro ein echtes Schnäppchen gewesen war, und verließ seine Wohnung.

Ich wollte nach Hause.

Er rief auch nicht mehr an.

Immer wieder in den Tagen nach dem Mord sah ich ratlos auf mein grünes Samtkleid, das auf dem Bett ausgebreitet lag, als sei es selbst eine Leiche. Ob ich es jemals noch einmal tragen würde?

Über die eigentliche Identität der Toten hüllten sich die Zeitungen in Schweigen, und es gab offenbar auch keine undichte Stelle, die sich in der Presse niederschlug. Es werde ein Tatverdächtiger vernommen, hieß es. Und genau zu diesem Verdächtigen erhielt ich einen Anruf der Kriminalpolizei.

Wir alle, die am Tatort geblieben waren, hatten unsere Telefonnummern und Namen an dem Abend hinterlassen müssen; Personalien waren überprüft, Mahnungen, keine weite Reise zu unternehmen, ausgesprochen worden. Nun, vier Tage nach dem Mord, am Dienstag, dem 30. Mai, einem heiteren Tag, an dem die Welt so sauber und unschuldig wie frisch gewaschen aussah, war ich an der Reihe, vernommen zu werden.

Ich wusste natürlich, dass es nicht Hagen sein konnte, der hier ermittelte. Hagen hatte sich nach Mannheim versetzen lassen und spielte in Karlsruhe keine Rolle mehr. Dennoch spürte ich ein nervöses Ziehen in der Herzgegend, und als ich beim Sekretariat des Kommissariats 2, Sonderkommission Sissi, anklopfte, hatte ich feuchte Hände.

Aus den umliegenden Büros, an denen ebenfalls hastig ausgedruckte Zettel mit »Soko Sissi« hingen, drang das Läuten der Telefone, Faxgeräte ratterten, gelegentlich erklangen unterdrückte Stimmen. Auf einem Stühlchen auf dem Gang hockte eine unglücklich aussehende junge Reporterin mit einem SWR-Mikrofon und einem Block, der noch jungfräulich schien.

In dem Büro mit der Nummer 104 erwartete mich eine ältere Dame mit dicken Brillengläsern. Die stattliche Person mit kurzen braunen Locken trug einen grauen Rock, eine lila Bluse und eine blaue Strickjacke. Nichts davon stand ihr. Jedes einzelne Kleidungsstück war für eine andere Frau gemacht.

»Ich muss mich wohl bei Ihnen anmelden«, sagte ich. »Ich bin zu Kommissar Dietz bestellt.«

»Sie sind Frau Tobler?«, fragte die Frau und wühlte in ein paar Unterlagen.

Ich würde mir jedenfalls eine etwas ordentlichere und ansehnlichere Sekretärin leisten, wenn ich Morde aufzuklären hätte, dachte ich.

»Kommen Sie bitte herein!«

Ich folgte ihr in einen weiteren Raum, modern, nüchtern. Er war leer. Zu meinem Erstaunen setzte sich die Füllige hinter den Schreibtisch.

»Meine Sekretärin ist krank«, sagte sie. »Ich bin Oberkommissarin Dietz. Nehmen Sie Platz!«

Gott sei Dank, dachte ich nur, eine Frau ermittelt.

Keine Erinnerung mehr an Hagen und an die Versuchung.

Nachdem Frau Dietz Personalien und Grundsätzliches aufgenommen hatte, warf sie ihren Kugelschreiber von sich und lehnte sich zurück. Ihre Bluse spannte über der kräftigen Brust. Sie sollte hochwertige T-Shirts in A-Linie kaufen, etwa von Seidel.

»Sie kannten das Mordopfer persönlich, Frau Tobler?«

Ich hatte meine Aussage perfekt vorbereitet.

»Nein, ich habe sie nur ein paarmal durch die Südstadt laufen sehen. Ihr Anblick hat mich neugierig gemacht. Ich bin ihr an einem Freitagabend gefolgt und kam zu einer kleinen Bar, in der man mir von den Convents erzählt hat. Ich wusste nicht, dass es so etwas gibt. Ich habe dann beschlossen, auf einen solchen Ball zu gehen und mich auch zu verkleiden. Nach dem ersten Mal wollte ich nur noch zu dem größeren Event gehen, da dort eine Kostümprämierung stattfand. Danach hätte ich wahrscheinlich keine Bälle mehr aufgesucht.«

Sie schrieb nicht mit, hörte mir nur aufmerksam zu und stellte bedächtig ihre nächste Frage: »Was haben Sie mitbekommen von dem Streit zwischen dem jungen Aushilfskellner und dem Opfer?«

»Er wollte wohl ein Autogramm von Sissi, vielmehr von der Gestalt, die Sissi darstellte, da seine Mutter für sie schwärme. Sie sei krank, seine Mutter. Sissi hat ihn abgewiesen, und zwar sehr arrogant, so wie es ihrer Rolle als exzentrische Kaiserin von Österreich eben entsprach. Er ist daraufhin wütend geworden und hat ziemlich derbe Worte für sie gefunden.«

Sie schrieb immer noch nichts auf. »Haben Sie gehört, dass er sie bedroht hat?«

Ich schwieg. Der junge Mann, obwohl ich ihn kaum kannte, tat mir irgendwie leid. Ich konnte mir seine Persönlichkeit vorstellen. Ein Zukurzgekommener, einer, der Stolz besaß und ihn sich nicht leisten konnte. Diese Sorte Mensch kannte ich aus meiner Zeit als reiche Ehefrau und hatte mir niemals Gedanken darüber gemacht. Die Welt war voll von Leuten wie dem jungen Mann.

Frau Dietz beobachtete mich. Ich wählte meine Worte.

»Nun, bedroht ist vielleicht zu viel gesagt, aber er stellte in Aussicht, dass er nicht begeistert wäre, wenn sie sich noch einmal so überheblich verhielte. Er hat das wohl zu persönlich genommen.«

»Haben Sie eine Waffe bei ihm gesehen?«

»Wie ist sie denn …?«

Kühl kam es: »Dazu kann ich nichts sagen. Haben Sie also eine Waffe bei ihm gesehen?«

»Nein«, sagte ich entschlossen.

»Hat er Ihnen gegenüber über sein Verhältnis zu der Sissi-Darstellerin gesprochen?«

»Nicht besonders ausführlich. Er war wohl enttäuscht, dass sie ihm kein Autogramm gab. Sonst nichts«, sagte ich und bog damit die Wahrheit zurecht. Eine Lesbe sei sie, die feine Sissi, hatte er gesagt. Ich verschwieg diese Tatsache aus einem Instinkt heraus.

»Mit welcher Waffe hat man sie getötet? Wurde sie gefunden?«, versuchte ich es stattdessen noch einmal.

Kommissarin Dietz schüttelte den Kopf. »Kann ich Ihnen natürlich nicht sagen. Ich glaube, das wissen Sie ganz gut.«

Ich dachte an die Gestalt auf der Bahre und an die feinen Blutstropfen, die aus ihrer Brust gedrungen waren und die Erde unter ihr besprenkelt hatten. Sissi war eindeutig mit einem sehr spitzen Gegenstand erstochen worden. Was hatte Shakespeare über seine eigenen, auf dem Papier verübten Morde gesagt: Die meisten werden erstochen.

Konnte *er* etwas mit Sissis Tod zu tun haben? Seltsamerweise mochte ich mir das nicht einmal vorstellen.

Ich blickte Frau Dietz geradeaus in die Augen. Schon immer hatte ich diese deutsche Behördenmanier gehasst, den Bürger zu behandeln, als sei er blind, taub, dumm und grundsätzlich so verlogen wie unvernünftig.

Ruhig sagte ich: »Frau Dietz, ich bin bekanntlich nicht ganz unerfahren, wenn es um Verbrechen und um Mord geht. Leider. Sollte die Tatwaffe etwas wie eine Feile oder Ähnliches gewesen sein, so denken Sie bitte daran, dass der Mörder möglicherweise die historische Sissi umbringen wollte. Nicht die Frau, die sich als Sissi verkleidet hat, deren Identität ich nicht kannte und die anderen wahrscheinlich auch nicht.«

Sie sah mich nicht direkt unfreundlich, aber doch verwundert an. »Das hört sich wirklich interessant an. Hatten wir noch nie. Ich bedanke mich für Ihre Überlegungen. Ach, übrigens, wo standen Sie selbst eigentlich, als der Mord geschah?«

Ich lächelte. »Scarlett O'Hara hatte wenig Grund, Elisabeth von Österreich umzubringen, obwohl sie tatsächlich beinahe gleich alt waren. Scarlett war etwa zwanzig, als der Bürgerkrieg 1865 zu Ende war, und Elisabeth ist 1837 geboren. Beide waren eitel, ichbezogen und von ihrem Aussehen besessen. Beide liebten romantische Männer mit dunklen Schnurrbärten. Doch lebten sie auf verschiedenen Kontinenten, und man darf nicht vergessen, dass Scarlett niemals existierte.«

Frau Dietz lächelte dünn. »Danke für die Geschichtsstunde. Wo waren Sie also, Frau Tobler?«

»Ich weiß ja nicht genau, wann es passierte. Ich hörte nur

das Geschrei. Kurz zuvor war ich drinnen im Ballsaal gewesen und hatte mich mit Shirley Bassey unterhalten. Also vielmehr der mittelmäßigen Kopie von ihr. Die war dann allerdings verschwunden.«

»Gut. Haben Sie irgendetwas Verdächtiges gesehen oder bemerkt? Fehlte sonst eine Person, die hätte da sein sollen?«

Ich dachte nach und rief mir die Szene in Erinnerung, die vom langen Grübeln schon verblasst und verändert war. Ja, da war dieses verwachsene Wesen. Ich zögerte. Doch Mord war kein Kavaliersdelikt, sondern ein Bruch mit allen Werten einer humanistischen, aufgeklärten Gesellschaft. Rücksichtnahme war fehl am Platz.

»Ich habe ein seltsames Kind gesehen.«

»Kind?«

»Kein echtes Kind. Eine Figur war wie ein Kind, ein Kind früherer Zeiten, gekleidet. Und dieses Kind schlich durch das Gebüsch. Es war immer in Sissis Nähe. Auch schon beim Ball zuvor.«

Kurz fiel Frau Dietz' Maske der formellen »Ich darf Ihnen nichts sagen«-Mentalität. »Von einem Kind ist uns nichts bekannt, und wir haben auch keinen Namen einer Person aufgenommen, die als Kind verkleidet war.« Ironie stahl sich in ihre Stimme.

Kein Wunder. Ich würde auch ironisch werden, hätte ich einen Mord aufzuklären, der unter einem Haufen von längst verstorbenen Leuten mit gepuderten Perücken und Reifröcken stattgefunden hatte.

Ich starrte sie an. Hatte ich mir den Kleinen eingebildet? Nein, ich neige nicht dazu, mir Sachen einzubilden. Das Kind war immer da gewesen. Vielleicht von Anfang an. Doch es war rechtzeitig abgehauen, blitzschnell, bevor die Polizei eingetroffen war. Was bedeutete das? War das Unheimliche Kind der Mörder?

Mir lief ein Schauder über den Rücken. Ein Kind, das tötete, auch wenn es nur als ein solches verkleidet war, brach ein Tabu.

Doch hier war sowieso alles unheimlich. Und fast wünschte

ich, mir wäre die Gestalt der Kaiserin von Österreich niemals begegnet!

Als ich Büro 104 wieder verließ, saß eine jüngere Frau mit blonden Locken um ihr rundes Gesicht und sehr molligen Formen auf einem Wartestuhl im Gang. Ihre Züge waren lebhaft, ihre Ausstrahlung offen. In der Hand hielt sie ein Buch.

»Auch zum Verhör?«, fragte sie besorgt und legte das Buch zur Seite.

»Ja.« Ich wartete einen Moment. »Eine furchtbare Sache. Man will sich amüsieren und endet in der Pathologie.«

»Ja. Und sie war jemand, der eigentlich nicht viel Vergnügen im Leben gehabt hatte.« Ernst blickte die Frau auf ihre Hände, die jetzt ruhig im Schoß lagen. »Nun ja, Sie sind ja wohl entlassen, also adieu. Oder vielmehr auf Wiedersehen. Oder auf Nimmerwiedersehen vielleicht besser gesagt.«

»Wer weiß? Man sieht sich immer zweimal im Leben, so das Sprichwort, nicht wahr?«, entgegnete ich.

Und ahnte nicht, wie bald sich dies bewahrheiten würde.

***

Zu Hause dachte ich in aller Ruhe über den Ball nach und die vielen Figuren, die sich dort getummelt hatten, bevor der Mord geschah. Angenommen, jemand von ihnen hatte wirklich die historische Person der Kaiserin von Österreich ermorden wollen. Wer kam dafür in Frage?

Ich hatte niemals besonders gut im Geschichtsunterricht aufgepasst. An der ganzen Schule hatte mich, offen gestanden, sowieso nur der gut aussehende Junge aus besten Kreisen interessiert, der zwei Bänke hinter mir saß und einst die Tiefbaufirma seines Vaters erben würde. Er war mir entglitten, als seine Eltern ihn nach Australien zum Studieren schickten und eines dieser frischen Mädels mit dichtem Haar und blauen Augen, die in die Weite blickten, ihn einfing. Aber wahrscheinlich wären wir mittlerweile sowieso geschieden.

Jedenfalls kam wohl als Erster der echte Mörder von damals als Täter von heute in Betracht. Ich ging zu meinem altmodischen Brockhaus und schlug nach, wer Sissi umgebracht hatte. Luigi Lucheni. Ein italienischer Anarchist, der eigentlich den Prinzen von Orléans hatte ermorden wollen. Als dieser seine Reisepläne änderte, hatte Lucheni kurzfristig umdisponiert und Sissi erstochen. Nicht mit einer Feile, wie überall geschrieben stand, sondern mit einer Ahle, einem spitzen Schuhmacherwerkzeug.

Hatte es einen erkennbaren Anarchisten auf dem Ball gegeben? Ich ging all die Figuren durch, die mir einfielen. Nein. Alles eher Persönlichkeiten der gehobenen Kaste, denn es war ja ausdrücklich ein Ball für den Adel gewesen, und selbst wenn jedermann zugelassen gewesen wäre ... wenn man schon eine andere Identität annahm, dann wohl doch ganz gern eine, die in der gesellschaftlichen Hierarchie ein bisschen weiter oben stand als die eines Anarchisten des 19. Jahrhunderts.

So blieb tatsächlich nur einer, der in irgendeiner Form anarchistische Züge gehabt hatte: der junge, unzufriedene Diener, der überdies im wahren Leben wahrscheinlich mit allerlei spitzem Werkzeug umgehen konnte und sicher auch irgendeines besessen hatte.

Ansonsten blieb als Verdächtige Kaiserin Eugénie, die wohl kaum derart viel Mühe auf sich genommen oder so viel Geld für irgendeine Schneiderin ausgegeben hätte, wenn sie nicht unbedingt den Preis für das schönste Kostüm hätte gewinnen wollen. Sissi war ihre schärfste Konkurrentin gewesen.

Ich schlug die Dame nach. Kaiserin von Frankreich, gebürtige Spanierin, Frau vom dritten Napoleon und langlebige Mode-Ikone in monumentalen Reifröcken. Tatsache war wirklich, dass sich die beiden Damen, Sissi und Eugénie, damals denselben Designer geteilt hatten: Mister Worth, dessen wagemutige Kreationen Eugénie immer wichtiger geworden waren. Zum Schluss war ihre Modeleidenschaft in eine Art Besessenheit ausgeartet.

Kaiserin Eugénie? Kaiserin Elisabeths Ehemann Kaiser

Franz Joseph? Der Geliebte? Ja, ich hatte ihn gesehen, den gut aussehenden ungarischen Adeligen in der grün-roten Phantasieuniform mit Troddeln, mit seinem schuhcremeschwarzen Schnauzbart und feurigen Blick. Mit ihm hatte Sissi auf dem ersten Ball geflirtet, wenn man ihr grausames Spiel so nennen wollte. Und wie ich mich noch erinnerte, hatte Franz Joseph alles andere als begeistert ausgesehen. War er der Gehörnte, der zurückgeschlagen hatte?

Oder war Sissi wirklich lesbisch gewesen? Dann ergaben sich hier ganz andere Motive. Ich dachte an die Bemerkung des Dracula in seinem Laden, Sissi betreffend. Sie konnte zu der Annahme passen, dass Elisabeth von Österreich sexuell anders orientiert war, wie man heute sagen würde.

***

Lieber Hagen,
als ob das Schicksal mich wieder herausfordern wollte, haben wir nun also wirklich einen geheimnisvollen Mord. Im Grunde hatte er sich bereits am vorigen Freitag angedeutet.
Schon beim ersten Ball hatte es viel Hass auf Sissi gegeben. Was war mit dieser Margarethe Maultasch, die von Sissi ebenso verhöhnt worden war wie Königin Victoria? Warum tritt jemand denn als eine legendär hässliche Person auf einem Maskenball in Erscheinung? Vielleicht weil sie endlich mal richtig scheußlich sein darf. Schöne Frauen sollen ja erwartungsgemäß immer auch nett sein; andernfalls sind sie schnell Biester. Und hässliche Frauen müssen erst recht nett sein; schließlich sind sie hässlich und sollten froh sein, überhaupt beachtet zu werden. Und wer ist dieses verdammte Kind?
Du kennst das. Es war doch jedes Mal das Gleiche. Vor dir liegt ein Puzzle. Nur ein Stein ist gesetzt: Es gibt einen Toten.
Er befindet sich in der Mitte. Um ihn herum winzige

durcheinandergewirbelte Teilchen, und du weißt, sie ergeben am Ende ein Bild. Aber wo anfangen? Welcher der Steine, die ich bisher gesammelt habe, passt zu den anderen? Eins ist klar: Kein Mörder der Welt kann sich nach der Tat in Luft auflösen. Er ist immer noch da. Weißt du noch, Hagen? Meistens war er näher, als man glaubte.

Der achte Puzzlestein

Äußerlich hatte ich mich beruhigt, aber vergessen hatte ich nicht. Es gefiel mir nicht, dass man so wenig von dem Fall hörte. Meistens bedeutete das, dass ein Mörder weiterhin frei herumlief. Doch die Tat würde verblassen, und das Leben ging weiter wie immer.

Auf dem Bouleplatz am Wald herrschte an diesem 1. Juni großes Getriebe. Auch hier ging es heute Abend um etwas, das alle bewegte.

»Vorgezogenes Sonnwendturnier!«, verkündete Geert. »Leider darfst du nicht mitmachen, Swentja. Brauchst eine Lizenz. Dein Tom spielt mit Hans und Petra in der Triplette. Also drei gegen drei. Willst du zuschauen?«

Klar wollte ich, denn Tom würde es wollen. Allmählich kam ich mir vor wie eine blonde Spielerfrau, die nett von den unteren Rängen hinunterschaut.

Ich sah auf dem Platz einen hoch konzentrierten Tom. Keinen Blick warf er mir zu. Es war klar. Hier ging es nur ums Gewinnen. Da ich halt doch keine wirkliche Spielerfrau war, wurde mir schnell langweilig. Es ist nicht gerade nervenzerfetzend spannend, zu beobachten, wie Leute sich um eine kleine grüne Kugel herum versammeln und über einen Millimeter diskutieren.

Geert machte das zweite Bier auf. Ich nippte an meinem teuren Kokoswasser, das sich leider nur Leute leisten können, die an der Supermarktkasse die Rechnung niemals nachkontrollieren müssen. »Geert, ich glaube, ich gehe wieder nach Hause. Balkon und Bowle!«

Geert musterte mich nachdenklich. »Es ist doch noch früh. Du könntest nachher meine Schwester besuchen und einen fachmännischen Blick in ihren Kleiderschrank werfen. Antje freut sich nämlich nach langer Zeit heute auch über einen freien Abend. Sie hat gerade ein Projekt fertig gemacht. Hab ich erwähnt, dass Antje Übersetzerin ist? Ich rufe sie an … Eistee hält sie immer bereit für hilfreiche Freunde.«

Bevor ich widersprechen konnte, hatte er seine Schwester angerufen.

Und als ich etwas widerstrebend eine Viertelstunde später an der mir angegebenen Adresse vor einem gepflegten Zwei-Familien-Haus im bodenständigen Karlsruher Viertel Neureut stand und mir die Tür geöffnet wurde, wusste ich auch, warum der Spruch vom Sich-zweimal-Sehen seine Richtigkeit hatte. Es handelte sich um niemand Geringeren als die Frau, die auf dem Wartebänkchen vor dem Büro von Kommissarin Dietz gesessen hatte.

»Ach je!«, sagte sie.

»Ach je!«, sagte ich.

»Ihren Namen kannte ich gar nicht«, meinte sie schließlich. »Mein Bruder sprach nur von einer sehr netten Neuen im Bouleclub, die immer schick angezogen sei.«

Ich hatte das Kompliment schon so oft gehört, dass ich gelassen darauf reagierte. Es stimmte ja. Heute etwa trug ich eine bunte Patchworkhose von Dolce & Gabbana und dazu ein ganz schlichtes weißes T-Shirt von Mey. Ich liebe diese Hemden, denn man spürt sie nicht, man schwitzt nicht, man friert nicht, und sie sehen wunderbar elegant aus. Unter der Bedingung natürlich, dass man nicht zu dick ist. Disziplin ist sowieso die Voraussetzung für alles.

»Ich kannte bisher nur Ihren Vornamen. Ihr Bruder heißt Vermeer, wie der Maler?«

»Genau. Ich heiße auch wieder Vermeer, weil es so ein schöner Name ist. Ich bin aber geschieden.« Sie schluckte. »Das … Mordopfer war übrigens meine Schwägerin. Deshalb war ich bei der Polizei vorgeladen.«

Ich traute meinen Ohren nicht. Was für ein Zufall. Ich wusste nicht, was ich sagen sollte. Sie war also eine Verwandte der Toten? Ich suchte nach Worten und fand keine.

Ich betrachtete Antje näher. Als sehr junge Frau war sie gewiss sehr hübsch gewesen. In einem sommersprossigen Gesicht schillerten Augen in tiefem Blau, und eine kurze gerade Nase und glattes blondes Haar ließen sie immer noch jugendlich erscheinen. Sie sah tatsächlich aus wie eine der Holländerinnen auf den Porträts des 17. Jahrhunderts.

Als habe sie meine Gedanken erraten, schmunzelte sie. »Ja, wir sind echte Vermeers. Holland ist ein schönes Land. Geert und ich sind immer hingefahren, irgendwie liegt uns die Liebe zu Meer, Heringen und dem weiten Blick im Blut.«

Sie lief auf und ab.

»Und so bunt wie in meiner Vorfahrenlinie sieht es, so fürchte ich, auch in meinem Schrank aus. Ich bin übrigens Übersetzerin. In und aus dem Niederländischen. Medizinische Texte, Gebrauchsanweisungen, Reden, manchmal auch Romane.«

Sie hatte eine nette Art, und doch blieb ich zurückhaltend. Zwischen uns stand nun viel mehr als ein chaotischer Kleiderschrank.

Sie ahnte offenbar, was ich nicht sagen wollte: »Sie müssen nicht verlegen sein. Ich weiß schon, Sie sind die Frau Swentja Tobler, die schon ein paarmal mit Kapitalverbrechen zu tun hatte, nicht wahr? Oder sagen wir mal so: Wenn wir mal wieder eine neue Leiche brauchen, rufen wir Swentja. Das würde vielleicht mein lieber, geistreicher Bruder sagen.«

Mit einem kleinen Lächeln nahm ich das Kompliment an. »Ja, ich war ein paarmal in der Nähe. Und diesmal leider auch.« Ich zögerte. »Beim Tod Ihrer Schwägerin.«

Sie wischte sich kurz über die Augen.

Ich wartete einen Moment. Geerts Schwester war die Schwägerin der Frau, die ich bewundert, verfolgt und als Tote gesehen hatte. War das ein Zeichen, das ich mich einmischen musste?

»Ich könnte ihnen vielleicht helfen! Also nicht Ihnen direkt, aber den Betroffenen. Die Polizei geht manchmal zu sehr nach Lehrbuch vor. Tatverdächtig ist, wer mal eine Drohung gegen das Opfer ausgesprochen hat, wer finanziell profitiert und wer neben dem Motiv auch eine Gelegenheit hatte. Aber diesmal sieht die Sache weitaus komplizierter aus, fürchte ich.«

Jetzt war das Schweigen auf ihrer Seite. Wir tasteten einander ab.

Schließlich murmelte sie: »Wir sind nicht in einem amerikanischen Krimi, sondern in Deutschland, wo alles geregelt ist. Ich darf so etwas nicht. Mein Bruder ist Staatsanwalt. Er hat mit dem Fall zwar nichts zu tun, aber natürlich reden die Kollegen untereinander. Er darf keine vertraulichen Ermittlungsergebnisse herausgeben. Um Gottes willen. Auch nicht in der Familie. Er hat früher immer nur das erzählt, was sowieso bald bekannt wurde.«

Sie verhaspelte sich ein bisschen. Ich wartete.

Dann folgte leise: »Die Polizei interessiert sich für mich. Schließlich kannte ich meine Schwägerin ganz gut.«

»Ich verstehe!«

»Ja, sie war wichtig für uns, und ...«, jetzt begannen ihre Augen zu schwimmen, »ich mochte sie eigentlich sehr. Ohne sie wäre mein Mann nicht der geworden, der er war. Sie war die Starke, er der Phantast. Zusammen waren sie unschlagbar. Die beiden Geschwister waren sehr eng. Es ist schrecklich für ihn. Stefan ist wie versteinert.«

Ich legte ihr eine Hand auf den Arm. Sie ließ mich gewähren.

»Also, wenn Sie mal reden wollen oder wenn es doch Hinweise gibt, die niemand bei der Polizei wirklich ernst nimmt ...« Ich räusperte mich. »Es muss keiner erfahren, wenn ich ein bisschen herumfrage. Ich weiß, wie das geht, denn ich habe einschlägige Erfahrung und einen ziemlich guten Lehrmeister gehabt.« In der schmerzhaften Erinnerung an Hagen schluckte ich schwer. »Doch müsste ich etwas genauer wissen, was für eine Frau das Opfer war.«

Antje fuhr sich durch ihre kräftigen blonden Haare, die wunderbar in einem Pferdeschwanz ausgesehen hätten. »Frau Tobler, ich muss darüber nachdenken, was ich Ihnen erzähle.«

Ich nickte freundlich.

Antje gab sich einen Ruck. »Währenddessen knöpfen wir uns meinen Kleiderschrank vor. Ich möchte endlich das Geheimnis jener Frauen erfahren, die immer top gestylt aussehen.«

Ich blieb sitzen, akzeptierte einen Schluck Mineralwasser, obwohl ich meine eigenen, häufigen Kleiderschrankanalysen stets mit Champagner durchführte, und fragte sie: »Was ist das Problem im Schrank?«

Wieder ein verlegenes Haareraufen. »Ich gebe eine Menge, wirklich eine Menge Geld für Kleider und Taschen aus, doch ich habe niemals das Gefühl, wirklich gut angezogen zu sein. Ich fühle mich immer, als sollte ich umdrehen und mich zu Hause wieder umziehen. Woran liegt das?«

Eine halbe Stunde später lag beinahe alles, was sie besaß, auf dem Bett. Ein Riesenhaufen Klamotten, von denen kein einziges Stück der Rede wert war. Es war praktisch nichts dabei, was ich mir auch gekauft hätte.

»Was war das Letzte, das Sie gekauft haben?«

Sie fasste nach einem roten T-Shirt, das ihr absolut nicht stand, sah mich fragend an, und ich schüttelte den Kopf.

»Meine Schwägerin hieß Buchmüller. Leonie Buchmüller.«

Ich krauste die Stirn. »Klangvoller Name. Leonie ... Sie war nicht verheiratet?«

Eine blaue Bluse mit Schluppen rutschte vom Bett.

»Die muss leider auch weg!«, fiel mein Urteil. »Es sei denn, sie ist ein emotional besetztes Erbstück Ihrer unverheirateten Tante Emmi.«

»Oder meiner Oma?«

Ich begriff, dass sie keine Ahnung von Mode hatte. »Oma wäre nicht so schlimm. Unsere Großmütter hatten nämlich feine Sachen an. Heute sagt man Vintage dazu. Geblümte Kleider mit Spitzenkragen, Samtblazer, schwingende Röcke bis zur Wade und schicke Schuhe mit Blockabsatz. Strümpfe mit Zwickel. Die Sechziger und Siebziger waren dagegen keine guten Jahre für Frauen mittleren Alters. Zu praktisch, wenig weiblich.«

Sie sank auf ihre rote Couch. »Also, dann machen wir es gründlich.«

»Ein Abend wird nicht reichen. Fangen wir heute mit den Basics an und sprechen danach über Frau Buchmüller. Zug um Zug. Das wird ein fruchtbarer Abend.«

Sie zögerte noch. »Gut, wir können auch, was meine ehemalige Schwägerin angeht, die Basics besprechen. Was ich so am Rande mitgekriegt habe. Aber strengste Diskretion!«

»Über beides«, sagte ich. »Versprochen!«

Während sie einen Espresso kochte und ihn beinahe verschüttete, als sie die Tässchen zum Couchtisch trug, sagte sie: »Leonie … war vierundvierzig Jahre, als sie am 26. Mai um etwa halb zwölf nachts ermordet wurde. Sie lebte allein. Sie hatte mal einen Freund gehabt. Die Beziehung war irgendwann vorbei, ich weiß nicht, warum. Ab und zu kam er wohl noch in den Laden, und sie haben sich unterhalten. Sie sind im Guten auseinandergegangen. Ich glaube nicht, dass er etwas mit ihrem Tod zu tun hat. Er hat auch längst eine neue Partnerin und ein kleines Kind.«

Ich wartete, aber sie war offenbar fertig. »Nächste Frage: Wer profitiert finanziell von ihrem Tod?«

Antje versuchte ein schiefes Lächeln. »Fehlanzeige. Niemand. Stefan und sie hatten den Laden gemeinsam gemietet. Alleine wäre er in der Lage zu teuer gewesen. Jeder zahlte von allem die Hälfte, und sie teilten sich, den Einnahmen entsprechend, jeden Monat haargenau das gleiche Gehalt zu. Die Ware ist zum großen Teil Kommissionsware, die nicht als Wert bei einem von beiden zu Buche schlägt. Stefan erbt nichts von ihr, und sie hätte nichts von Stefan geerbt. Das bisschen Barvermögen, das sie hatte, ganz wenig, bekommt unser gemeinsamer Sohn Lukas, ihr Neffe.«

Ich schwieg.

Sie riss die Augen auf. »Oh nein! Lukas ist momentan in Frankreich. Und er ist noch jung. Niemals …«

Ich nickte.

»Mein Exmann, mein Gott, welcher Ausdruck – haben Sie auch einen Ex? Oje, ich sehe schon am Gesicht, mehrere wahrscheinlich, na ja, Sie sind eine schöne Frau. Also, mein Exmann,

Stefan Buchmüller, führte zusammen mit Leonie, die ja eine kaufmännische Ausbildung hatte, besagten Laden, den ›Fantasia‹ am Schloss, mit Zauber- und Spieleartikeln. Stefan war eigentlich Sportlehrer an einer Realschule, hat dann aufgehört. Erstens mal hört er sehr schlecht, eine nicht ausgeheilte Mittelohrentzündung, und das ist gar nicht gut in einer Turnhalle, wo es so schallt. Außerdem ist er kein Typ für Stundenpläne und Hierarchien. Er war immer wie ein junger Hund. Verspielt, verträumt. Aber sensibel und lieb. Wir haben, wie gesagt, einen Sohn, den Lukas, der aber zurzeit in Frankreich in der Schule ist. In Marseille.«

Sehnsucht stahl sich in ihre Stimme, und mir fiel auf, dass sie mehr über Stefan Buchmüller erzählte als über ihre verstorbene Schwägerin.

»Wir haben ihn nicht extra herkommen lassen. Er mochte seine Tante, aber was kann er jetzt noch tun? Mein Bruder lebt mit Tante Judith, einem alten Fossil mit Dutt, falschen Zähnen und dicker Brille gegen ihre extreme Weitsichtigkeit, in einem kleinen Häuschen in Bulach. So ein Butzending. Das haben sich seine Eltern irgendwie zusammengespart und renoviert, obwohl die auch zwei linke Hände hatten, waren ja Künschtler, wie man im Badischen sagt. Die Tante hat da immer schon mit gewohnt. Schwester der Mutter von Stefan und Leonie. Edith Teller. Sie macht das beste Gulasch der Welt. Gul-arsch hat Stefan immer gesagt. Gott, er konnte lustig sein.«

Für jemand, der eigentlich nichts erzählen wollte, war sie ziemlich mitteilsam. Und sie umging es bisher geschickt, mir etwas Vertrauliches über Leonie Buchmüller zu verraten.

»Moment mal«, unterbrach ich, »ich war ja in dem Laden. Aber die Buchmüllers waren nicht da.«

»Ich weiß. Manchmal ist die Barbara Vollrath im Laden. Eigentlich ist die Barbara sogar oft da. Der Laden ist ja in gewissem Sinne auch ihr Baby. Sie waren im ›Fantasia‹, als Leonie noch lebte? Ist das ein merkwürdiges Zusammentreffen.«

»Ja, ich habe nur die Mitarbeiterin gesehen. Barbara … wie heißt sie noch? Vollrath. Was meint die denn zu allem? Oder fangen wir anders an, wie ist der Mord geschehen? Das wissen Sie doch bestimmt.«

Antje konterte. »Oh nein, jetzt bin ich dran. Die Basics also.«

Ich seufzte. »Gewonnen. Schnell in Kurzform: Sie brauchen eine wirklich teure Jeans in Schwarz und eine oder zwei in Blau. Keine Slim, weil man darin aussieht wie auf zwei Zündhölzern, sondern eine Bootcut. Und eine Boyfriend. Eine weiße schlichte Bluse oder besser noch ein Herrenhemd, ein weißes T-Shirt, nehmen Sie für alle drei Mey, ein schwarzes T-Shirt und ein kaffeefarbenes. Das Ganze noch identisch in Halbarm. Kein Grau. Eine auf Figur geschnittene Herrenweste. Zwei Kaschmirpullis, blau und schwarz oder sandfarben, einen Blazer, eine schwarze gerade geschnittene Hose, keine Jeans, etwa MAC, und einen Bleistiftrock von Stegmann, eine sandfarbene Strickjacke, kurz. Ein schwingendes Sommerkleid mit Blümchenmuster. Einen glatten Sommerrock, der passt zu allem. Eine Bluse in den Farben des Rockes. Eine khakifarbene kurze Hose, zwei Trägerhemdchen in Schwarz und in Beige. Das war's. Mehr brauchen Sie nicht.«

Sie starrte abwechselnd mich und ihren Kleiderschrank an. »Oh Gott. Zwei Welten. Ihre und meine.«

»Das soll sich ja ändern. Wie also starb Leonie Buchmüller?«

»Ich weiß nicht viel, und mein lieber Bruder sagt mir auch nicht alles. Darf er ja nicht. Er ist sowieso nicht mit dem Fall betraut, wegen der Familie, und kriegt es auch nur am Rande mit, aber die reden natürlich auf den Fluren im Gericht und in der Cafeteria. Sie wurde mit einem spitzen Gegenstand erstochen. Die Waffe ist nicht am Tatort gefunden worden; der Täter hat sie mitgenommen oder verdammt geschickt entsorgt. Dem Einstichkanal und der Form der Wunde nach könnte es eine zugespitzte Feile oder auch ein anderer metallischer Gegenstand mit einer scharfen Spitze gewesen sein. So hab ich es gehört.«

»Der Täter muss also dem Opfer sehr nahe gekommen sein«, murmelte ich. »Die Frau, die wir als Sissi erlebt haben, war stets sehr distanziert, extrem distanziert, und hat keinerlei näheren Kontakt gewünscht. Der Täter oder die Täterin muss sie sehr gut gekannt haben oder ihr durch einen anderen Trick dicht auf den Leib gerückt sein.«

Antje nickte. »Das sehe ich genauso. Allein die Vorstellung, wie jemand dieses Messer in sie hineinstößt. Durch ihr Kleid, durch ihre Haut hindurch.« Kopfschütteln. »Meine Güte, sie war immerhin meine Schwägerin, und dass sie jetzt eine Leiche sein soll, ausdruckslos, mit bleichem Gesicht, aufgeschnitten von Gerichtsmedizinern … Ich bin mit dem Fahrrad an den Tatort gefahren, um mir vorstellen zu können, wie es an dem Abend gewesen sein mochte.«

Sie wartete. Ich sagte nichts. Holprig fuhr sie fort:

»Der Schlossgarten, wo der Mord geschah, ist ja von allen möglichen Seiten aus frei zugänglich. Der Gartensaal war wahrscheinlich hell erleuchtet, auch die Treppe, doch es war schon spät, und dann ist der Park hinten, wo es zur Majolika und zum Entensee geht, bestimmt stockdunkel und undurchsichtig. Der Mörder konnte vollkommen unbemerkt von dort auf das Gelände nahe dem Gartensaal schleichen, sich dort aufhalten und warten, bis er ein Opfer fassen konnte. Und dann wieder verschwinden. Es könnte also doch auch ein Gelegenheitsmörder gewesen sein?«

Das klang hoffnungsvoll, doch sie gab sich die Antwort selbst. »Unwahrscheinlich, nicht wahr?«

Ich nickte nur und fragte: »Gibt es Zeugen?«

Sie schleuderte ihre Arme in die Luft. »Genaues weiß ich nicht, aber offenbar gab es so gute und schlechte Zeugen, wie Sie selbst eine waren, Frau Tobler. Nichts Konkretes. Nach dem, was ich gehört habe, haben sich da auch Liebespärchen gebildet, und die werden nicht gerade begeistert darüber sein, von der Polizei erfasst zu werden.«

Ich erinnerte mich. »Das stimmt. In den kleinen grünen Nischen, in den Lauben, auf den Bänken und an dem kleinen Teich hörte man eindeutige Laute. Abgesehen von dem aufdringlichen Gequake der Frösche. Ein kleiner, sagen wir,

Aufschrei, der sich vielleicht wie ein Lachen angehört hat, wäre nicht weiter aufgefallen.«

»Ich kann es jedenfalls nicht glauben, dass Leonie solche Leidenschaften hatte. Der Laden, zusammen mit Stefan, war doch ihr Ein und Alles.« Sie fuhr sich wieder durchs Haar. Offenbar eine für sie typische Geste, die kindlich und rührend wirkte.

»Die Nacht war heiß, eine badische Tropennacht, und es hatte lange nicht geregnet. Der Boden rund um den Tatort war bestimmt steintrocken, ganz abgesehen davon, dass er in Teilen auch gepflastert ist. Die Spurensicherung wird nicht viel gefunden haben. Außerdem waren da so viele Leute unterwegs, und Fingerabdrücke hat es wahrscheinlich massenhaft gegeben. An der Bank, an der Laterne, an den Gläsern, die herumstanden, an den Stehtischen. Wahrscheinlich alle verwischt, übereinander. Nichts zu machen.«

Ich staunte, wie professionell sie sich ausdrückte. Natürlich, sie und ihr Bruder Geert standen sich offenbar sehr nahe, und beide Geschwister waren fröhliche, mitteilsame Menschen.

»An der Leiche selbst gab es wohl keinerlei Druckspuren, Haut- oder Haarreste, wenn ich das richtig verstanden habe. Ein tödlicher Stich und weg! Und wie gesagt: Niemand hat etwas gehört, niemand hat etwas bemerkt.«

»Woher wissen Sie das?«

Sie raufte sich erneut die Haare und blinzelte durch ihre gespreizten Finger hindurch wie ein schuldbewusstes kleines Mädchen.

»Also doch der Herr Bruder, der ein bisschen geplaudert hat!«

Schweigen.

Na gut. Brüder und Schwestern waren eng verbunden. Doch irgendetwas von dem, was sie gesagt hatte, war mir aufgefallen. Noch konnte ich es nicht fassen. Ich kannte dieses Gefühl und wusste, dass dieses winzige Mosaiksteinchen irgendwann wiederauftauchen würde. Hoffentlich zur richtigen Zeit.

»Kommen wir also zurück zum Motiv? Vielleicht fällt Ihnen dazu noch mehr ein. Sie kannten die Ermordete schließlich gut! Ich habe sie nämlich niemals gesehen. Nur als Sissi.«

Antje deutete auf ihren Schrank. »Erinnern Sie sich: Zug um Zug. Machen wir erst ein bisschen weiter?«

Ich griff in die Höhle des Schreckens. »Darf ich?«

Sie nickte. Ich warf die restlichen Kleider auf das Bett. Ein Haufen Scheußlichkeiten.

»Sie haben blaue Sachen, rote Sachen und grüne Sachen. Schwarz und Braun, sehr viel Grau. Sie haben vier verschiedene Jeans, alle eher billig und deshalb ausgeleiert. Die Blusen sind wahrscheinlich zu weit, die T-Shirts sehen aus wie zu eng und –«

»Ja, ich hab etwas zugenommen, aber ich ziehe immer so ein schwarzes Top darüber, dann sieht man diese kleinen Fettpolster nicht.«

»Das sieht entsetzlich aus. Etwas drüberziehen, um Pölsterchen zu verbergen, ist die eine schlechte Angewohnheit, denn man sieht immer unelegant aus … Und das hier ist alles zu viel von zu wenig Schönem. Jetzt machen wir es so: Sie ziehen bis zu unserem nächsten Treffen jedes einzelne Teil an und fragen sich: Sitzt es perfekt, fühlen Sie sich wohl mit dem Material, und gibt es mindestens fünf andere Kleidungsstücke, zu dem es passt? Und die wichtigste Frage: Lieben Sie es, so wie Sie einen Mann lieben würden? Wollen Sie nicht mehr ohne leben?«

»So viel Mühe für Klamotten …«

»Es geht nicht nur um Mühe für Kleidung, sondern um Mühe für sich selbst. Wertschätzung.«

Sie nickte, als verstünde sie.

Ich fuhr fort: »Und was Sissis Tod betrifft: Die Kripo hat mitsamt ihrer Soko ein großes Problem. Das ist kein normaler Mord.«

Sie sah mich an und wartete.

»Frau Vermeer, entweder hat nämlich jemand die Kaiserin Elisabeth von Österreich umgebracht oder die ganz normale Karlsruherin Leonie Buchmüller. Im zweiten Fall können die ihr übliches Programm fahren und finden im Umfeld der Toten vielleicht einen Tatverdächtigen. Doch in ersterem Fall müssen diese Polizisten einem Motiv auf die Spur kommen, das in der Geschichte der Donaumonarchie liegt. Wie wollen die das jemals mit einem Haufen Realschülern, die den mittleren Polizeidienst absolvieren, herausfinden?«

»Ganz schön arrogant von Ihnen.«

»Dafür bin ich bekannt.«

Sie ließ sich wieder aufs Bett sinken, einen abscheulichen lila Pullover aus Synthetik neben sich. Wie bei einem Pingpongspiel warfen wir uns die Bälle zu.

»Ein Mord an Kaiserin Elisabeth von Österreich?«

»Oder an der Inhaberin eines Zauberladens?«

»Oder eine reine Zufallstat! Jemand wartete hinter den Büschen und ermordete die Erstbeste, die er erwischte.«

»Sehr unwahrscheinlich. Und dann noch ausgerechnet mit einem spitzen Gegenstand wie einer Feile. So wie damals in Genf. Leonie trug Schmuck. Wurde irgendetwas gestohlen?«

»Sie haben gewonnen.« Antje warf wieder die Arme nach oben und wickelte ihr Haar um den Finger. Sie war eine warme, temperamentvolle Person. Darin glich sie ihrem Bruder.

»Nein, es wurde wohl nichts gestohlen. Und wenn man eine Frau vergewaltigen will, lauert man ihr auch nicht in einem spärlichen Gebüsch nahe einem belebten Ballsaal auf. Sie wies offenbar keinerlei Kampfspuren auf. Nichts an ihrem Gewand war zerrissen. Ihre unglaublich langen Haare, natürlich eine Perücke, waren unverändert. Kein Härchen war gekrümmt.«

Ich nickte und nahm ihr den Acrylpullover aus der Hand. »Weg damit. Als Sissi davongetragen wurde, war nicht viel Blut zu sehen. Nur einzelne Tropfen. Das spricht dafür, dass die Wunde winzig war, der Stichkanal war vermutlich schmal und ging in die Tiefe, so wie bei der echten Elisabeth.«

Antje schwieg.

»Ihr Körper blieb auch im Tod beinahe unversehrt. Sissis Andenken sollte also weiterleben«, murmelte ich nachdenklich,

»bloß nicht in Person *dieser* Frau! Interessant. Darüber muss man nachdenken. Wollte jemand also die historische Sissi töten, oder ist der Mörder einer von Leonie Buchmüllers Feinden aus dem Hier und Heute? Versteckt unter einer reich gelockten Perücke.«

Antje schüttelte den Kopf. »Unglaublich. Kein Fall für badische Kripobeamte, die zu Wald- und Wiesenmorden in sozialen Brennpunkten gerufen werden. Aber Kaiser und Könige als Tatzeugen? Intrigen aus vergangenen Zeiten? Verdächtige in Ballkleidern mit Reifröcken drunter, so groß, dass sie in keine Zwei-Zimmer-Wohnung passen. Wer kennt sich schon aus in diesen Kreisen? Vor allem, wenn die meisten der Mordverdächtigen sowieso schon lange tot sind.«

Ich nickte anerkennend. Sie hatte das Bizarre an der Situation gut beschrieben. »Frau Vermeer, die Ermittler haben ja wahrscheinlich das Umfeld der Toten bereits untersucht und alle Nachbarn und Kollegen befragt.«

»Soweit ich das mitbekommen habe, sind sie dabei, ja. Das kostet Beamte und Überstunden. Und ich glaube, darüber verfügen sie nicht gerade im Übermaß. Alles nur kleine nebensächliche Bemerkungen von Geert, die ich hier zitiere.«

»Wo hat Leonie gewohnt?«

Sie sah mich zweifelnd an. »Frau Tobler, ich weiß nicht, ob ich Ihnen solche Informationen geben kann. Ich fürchte nämlich … Sie fahren dann hin und fragen die Leute aus.«

Ich blickte unschuldig wie ein Lamm zu Boden, und sie gab nach. »Na ja … die Adresse ist eigentlich kein Geheimnis. Steht sogar im Telefonbuch. Sie hat in der Oststadt gewohnt. Bürgerliche Gegend. Gerwigstraße. Unweit eines Beerdigungsinstituts. Sie hätte bestimmt nicht gedacht, dass sie selbst bald dort enden würde.«

»War bei ihren Nachbarn im Haus bekannt, dass sie dieses eher ausgefallene Hobby hatte? Oder anders gefragt, haben Sie als Schwägerin davon gewusst?«

Wieder der zweifelnde Blick aus den schrägen blauen Diamantaugen. »Ich wusste nichts davon. Aber Stefan und ich sind seit Jahren geschieden, und diese seltsamen Bälle gibt es ja offenbar erst seit einem halben Jahr in Karlsruhe.«

Sie nestelte an dem lila Pullover herum, der schlaff neben ihr lag. »Ich denke, in den großen Städten kennt man solche Events schon lange. Es gibt in Berlin herrliche Travestiekabaretts und Veranstaltungen, wo du oft bis zum Schluss der Vorstellung nicht weißt, wer Männlein oder Weiblein ist. Ich war einmal dort. Früher. Als ich noch … früher eben.«

Ich nickte. Erinnerungen an Berlin schwemmten nach oben. An Besuche dort mit meinem Exmann. Teure Restaurants. Langweilige Vernissagen.

Antje sprach weiter: »Vorgestern habe ich ihre Wohnungsnachbarn besucht. Zum Kondolieren oder zum Trostspenden, wie auch immer man das nennen will. Niemand hat sie jemals in diesem Aufzug aus dem Haus gehen sehen. Kein Mensch wusste von ihrer Neigung, sich als eine Kaiserin zu verkleiden. Mein Exmann als Angehöriger durfte die Wohnung betreten. Nachdem die Spurensicherung durch war. Ich weiß das, denn wir haben noch guten Kontakt. Dafür bin ich dankbar, dann fühle ich mich nicht ganz so allein.«

Ich musterte sie mit Mitgefühl. Allein zu sein war für sie sichtlich ein Synonym für schutzlos.

Antje schluckte. »Also, die Polizisten haben offenbar auch keinerlei Utensilien in der Wohnung gefunden, die zu ihrem Auftreten als Sissi passen. Lediglich ziemlich viele Schminksachen, die darauf schließen lassen, dass sie sich sehr sorgfältig zurechtgemacht hat an dem Abend, als sie ging. Aber sie hatte sowieso immer Theaterschminke zur Hand, für die Kindergeburtstage. Stefan und Leonie haben sich manchmal als Clown oder als Halloweengespenst verkleidet. Ich denke, in ihnen steckte schon schauspielerisches Talent. Aber für sie hieß es, vernünftig zu sein.«

Ich folgerte: »Aha. Keine Kleider in der Wohnung. Leonie hat sich also woanders umgezogen. Wahrscheinlich in ihrem Laden.« Nachdenklich rief ich mir die Ballroben in Erinnerung. »Aber diese ausgefallenen Kleider nehmen Platz weg und mussten doch irgendwo gelagert werden. Das hätte sie nicht im Laden machen können. Es wäre ihrem Bruder und ihrer Mitarbeiterin aufgefallen.«

Antje hatte mir aufmerksam zugehört. »Also, unter uns, aber mehr sag ich jetzt wirklich nicht mehr. Sie hat die Kleider offenbar in ihrem Auto aufbewahrt. Es handelte sich um einen Firmenwagen mit buntem Aufdruck. Ein geräumiger VW-Bus. Sie hatten öfters auch Auslieferungen für Kinderfeste und dergleichen. Er wurde untersucht, ich weiß keine Einzelheiten. Im Heckraum befanden sich zwei Koffer und zwei Taschen. Darin waren Schmuck, noch zwei Perücken, mehrere Stolen, Ballkleider und Pelze. Eine Tasche enthielt zusätzliche Schminksachen.«

Für jemand, der nichts wusste, wusste sie erstaunlich viel.

»Frau Vermeer, die Tasche mit den Schminksachen würde ich gerne mal sehen. Sie sah so perfekt aus als Sissi. Dazu muss man schon etwas von Maskenbildnerei verstehen.«

»Die Tasche ist bei der Spurensicherung. Aber wenn die Kriminalpolizei sie freigibt, kann ich sie Ihnen bei Gelegenheit zeigen. Denn was sollen zwei Männer wie Stefan und unser Lukas mit diesen Schminksachen?« Sie lachte ein bisschen unsicher. »Und was wird jetzt hier mit meinem Kleiderhaufen?«

»Wenn ich wiederkomme, wird er, nein, muss er kleiner sein. Und dann fangen wir an mit den Basics.«

Sie seufzte. »Versuchen wir es!«

***

Lieber Hagen,
ich sehe dein Gesicht. Oder vielmehr, ich würde es sehen, wenn ich dir noch einmal nahe wäre. Deine Miene wechselt zwischen Unglauben und Spott. Eine Frau, die Schwester eines beamteten Juristen, vertraut sich mir unerlaubterweise an, weil ich mit ihr im Gegenzug über ihre zusammengewürfelte Garderobe spreche. Nun, sie hat keine geheimen Ermittlungsergebnisse ausgeplaudert.

Nicht wirklich.
Sissi betrieb einen Laden. Ihre ausgefallenen Kleider transportierte sie, gut organisiert, in einem Firmenwagen. Das heißt, ihr Bruder wusste von ihrem Treiben. Ob er das billigte? Und warum hat sie ausgerechnet Sissi mit so viel Perfektion gespielt?
Ich verstehe das alles nicht. Und dieses Unheimliche Kind geht mir nicht aus dem Sinn. Wie es davonhüpfte. War es glücklich über Sissis Tod, war es traurig, oder war es ein Mörder?
Deine ratlose Swentja

Der neunte Puzzlestein

Ich besuchte Yvonne am nächsten Tag, um ein paar Quittungen abzugeben. Im Flur traf ich ihre Nachbarin Tanja.

»Hallo, Swentja, siehst gut aus.«

Ich zog die Augenbrauen hoch. Was war das denn für eine Bemerkung? Seit wann sprachen wir über Selbstverständliches, und seit wann waren wir per Du?

Dabei trug ich lediglich eine klassische Armani-Jeans und einen sehr einfachen Kaschmirpulli in Blassblau. Mag sein, dass es gut aussah, aber ich hatte eben immer auf Stil und Klasse gesetzt. Kann ich jedem nur empfehlen.

»Meine Maija dagegen ist in letzter Zeit so blass«, sagte sie. »Nicht blass geschminkt. Echt blass.«

Nachdenklich betrachtete ich Maijas Mutter. »Sie wird wachsen. ... Ach, da fällt mir was ein. Ist Maija zu Hause?«

»Ja, sie guckt fern. Warum?«

Maija stellte den Fernseher widerwillig leise und murmelte ein mattes Hi, als wir das Wohnzimmer betraten.

»Maija, als wir das erste Mal über diese Cosplays sprachen, da hast du erwähnt, dass es nicht nur Mangas, sondern auch andere Figuren bei euch gibt. Tod und Katzen und ...«

»Ja, un?«

»Du hast auch ein unheimliches Kind erwähnt.«

»Ja, un?«

»Maija«, mahnte die Mutter, »red ordentlich!«

»Weißt du, wer das ist? Das sogenannte Unheimliche Kind. Ich meine, wie sieht es aus?«

»Hat so Kinderkleider von früher an und ein Wams und eine Rassel und so weiter. Ist auch ziemlich klein. Vielleicht so eins fünfundfünfzig.«

»Und wer ist das? Wer versteckt sich dahinter?«

»Keine Ahnung. Ich kenn doch da nicht alle. Und das ist ja der Punkt, dass man eben nicht weiß, wer wer is. Okay?«

»Okay. Maija, könntest du trotzdem bitte mal versuchen herauszufinden, wer dieses seltsame Kind ist? Fällt dir einer von deinen Freunden ein, der viele der Teilnehmer an euren Convents mit richtigem Namen kennt?«

Maija betrachtete mich genervt, wie jemanden, der nur Arbeit macht. »Kann ich mal probieren.« Und dann schwenkten ihre Augen wieder hinüber zum Fernseher.

***

»Swentja, wo warst du gestern Abend noch?« Tom, der sehr auf seine Figur achtete, belegte sich zu einem späteren Mittagessen sorgfältig ein Schwarzbrot mit Tomaten.

Im Grunde sollte mir das gefallen. Die Männer in meiner früheren Welt waren alle schlank gewesen. Drahtig zu sein bedeutete Dynamik, Jugendlichkeit und die Fähigkeit zur Disziplin.

Ich hatte schlechte Erfahrungen mit Lügen in einer Partnerschaft gemacht. Deshalb antwortete ich wahrheitsgemäß: »Bei Geerts Schwester. Sie hat Probleme mit der Organisation ihres Kleiderschranks. Voll bis oben hin, aber nichts anzuziehen. Ich helfe ihr, besser auszusehen.«

»Gut«, erwiderte er, »wenn es eines gibt, womit du keine Probleme hast, dann ist es dein Kleiderschrank. Sie ist übrigens die ehemalige Schwägerin der verrückten Frau, die bei eurem seltsamen Ball getötet wurde. Das weißt du natürlich längst. Und ich frage mich, ob deine plötzliche Neigung etwas mit dieser Tatsache zu tun hat. Und der Tatsache, dass Geert bei der Staatsanwaltschaft ist.«

»Warum sagst du, Sissi war verrückt?«

»Jemand, der sich als längst vermoderte Kaiserin verkleidet und durch die Stadt spaziert, ist in meinen Augen verrückt. Und Swentja, ich kenne dich, oder zumindest kenne ich deine Vorgeschichte. Bitte komme ja nicht auf die Idee, dich da einzumischen. Und bring den armen Geert nicht in Verlegenheit. Ich bin direkt froh, dass wir bald bei unserem Boulekursus sind und er damit aus deiner Reichweite.«

»Was?«, sagte ich entrüstet. »Niemals würde ich … also, Tom, nimm das sofort zurück.«

Er nickte zufrieden. Natürlich log ich, und das nicht mal besonders gut. Viel Ahnung von Frauen hatte er nicht, das stand fest.

Er sah auf die Uhr. »Es ist kurz vor drei. Wir spielen heute früher. Kommst du mit zum Boule?«

»Nur kurz. Muss heute Abend in den Laden. Letztes Mal vor der Sommerpause und meiner Kündigung.«

Ich packte meine Tasche mit den schweren Kugeln und folgte Tom zum Auto. Als wir auf dem Platz eintrafen, saßen einige von den Vereinsmitgliedern bereits um eine Flasche Grauburgunder herum. Die Gläser klirrten. Einen Anlass zum Feiern schien es trotz aller Ernsthaftigkeit des Sports immer zu geben.

Geert sah mich und zwinkerte mir zu. »Sie ist sehr beeindruckt«, raunte er. »Von allem!« Und fügte vollkommen unnötigerweise hinzu: »So wie ich.«

Ich hörte es, ich freute mich und lächelte, so wie ich es gelernt hatte. Doch ich dachte: Welches Zitat Shakespeare wohl für dieses merkwürdige Viereck parat hätte? Tom, Geert, Antje und ich.

***

An diesem Freitagabend nach meinem Dienst, der mit einem verkauften Faltenrock und einer scheußlichen bedruckten Jeans recht ereignislos gewesen war, besuchte ich noch die Bar in der Nähe des Theaters, in der einige der adeligen Gäste vor den Bällen offenbar vorzuglühen pflegten.

Heute war sie schwach besucht.

Nur grüne und rosa Lichtchen an der Decke erhellten die Szenerie, die eher deprimierend als genussvoll wirkte. Ich sah auf die Uhr. Da ich früher Schluss gemacht hatte, war es erst halb zehn.

»Einmal Tomatensaft extra scharf für Tisch zwei, gut. Oh, du bist es«, sagte der mir bereits bekannte Barkeeper. »Schick wie immer, was? Aber nicht so hochnäsig wie die hochgeborenen Herrschaften, die sich hier die ersten Prozente des Abends hinter die Binde gießen.«

»Oh, ich bin mindestens genauso hochnäsig, keine Sorge«, erwiderte ich kühl. »Haben Sie eigentlich jemals die Frau, die die Kaiserin von Österreich dargestellt hat, ohne Kleider gesehen. Also, ich meine, in normaler Straßenkleidung?«

»Die, die sie hingemacht haben? Nein! Stand in der Zeitung. Mordsding, was?«, meinte er gleichmütig und wienerte inbrünstig den Zapfhahn.

Ich sah mich um. Zwei arabische Typen saßen an einem Zweiertisch und spielten eine nächtliche Partie Backgammon im fahlen Neonlicht. Ein junges Mädchen las in einem zerfledderten Buch.

»Nee, nee. Die kam immer in voller Montur reinmarschiert, ganz zackig, hat was getrunken, ist auf Klo, um andere Schuhe anzuziehen, in denen sie dann so komisch trippelte. Klar, weite Strecken konnte man nicht zurücklegen in den Schläppchen. Keine Ahnung, wie die ausgesehen hat, wenn sie all die Schminke nicht draufhatte und die tollen Kleider. Ist ja auch egal. Jetzt ist sie sowieso nur eine Leiche wie alle anderen auch.«

Das lesende Mädchen sah kurz auf und runzelte die Stirn.

»Ich frage mich, wo sie sich umgezogen hat. So konnte sie ja nicht durch die ganze Stadt laufen.«

Obwohl ich es mehr zu mir selbst gesagt hatte, horchte er auf. Er legte den Lappen zur Seite und beugte sich vor.

»Ach, da weiß ich was. Ein Kumpel von mir arbeitet im Solo-Hotel hier in der Südstadt, gegenüber dem Zoo in der Wilhelmstraße. Preiswerte Absteige, sag ich mal. Solo, du verstehst? Nach etwa neun ist die Rezeption nicht mehr besetzt, da konnte die nach Herzenslust zu ihrem Mummenschanz gehen, und keiner vom Hotel hat sie gesehen. Wäre sie später gekommen, haben die so ein Codesystem, wo man sich den Schlüssel selbst aus einem Safe nehmen kann. Das ist praktisch …« Er raunte jetzt: »Vor allem für gewisse Herren, die das Hotel auch gerne weiterempfehlen.« Fieses Zwinkern.

»Und?«

»Ja, aber einmal war was an der Telefonanlage nicht in Ordnung, und mein Kumpel musste später noch mal rein in sein Kabuff da hinter der Rezeption. Da hat er gesehen, wie eine fortlief mit ihrem langen Kleid und Schleier und so weiter. Hat er mir doch glatt erzählt, und ich dachte gleich, dass die das ist. Wegen dem Schleier.«

»Haben Sie das der Polizei gesagt?«

»Lady«, grinste er, »die Polizei war bis jetzt nicht bei mir, und es wär mir recht, wenn es auch dabei bliebe. Sie verstehen?«

»Okay. Von mir wird keiner was erfahren. Aber Sie sagen mir, wenn Ihr Kumpel mal da in dem Hotel ist.«

Er zögerte einen Moment. Ich verstand. Der Tomatensaft kostete drei siebzig, und ich legte zwanzig Euro auf den Tresen. »Stimmt so!«

Er strich den Schein mit affenartiger Geschwindigkeit ein. Er würde gewiss die Kasse niemals von innen sehen.

»Mein Kumpel heißt Rüdiger, wir nennen ihn Rüdi! Er ist von vierzehn bis einundzwanzig Uhr in dem Schuppen. Sag einen Gruß vom Hubi!«

Ich nickte. »Lass mich raten. Du heißt Hubert?«

»Woher weißt du denn *das*?«

»So eine Ahnung. Sag mal, da waren doch noch mehr Kostümierte bei euch zum Vorglühen. Von der Maultasch habt ihr mir erzählt, aber hast mal gesehen oder gehört, ob noch einer von den anderen Kostümierten was gegen diese Frau hatte?«

Er schüttelte den Kopf. »Kann mich an sonst nichts erinnern. Die war doch immer alleine. Und hat nix geredet. Noch eingebildeter als du. Hoheit. Totheit, hahaha! Geile Aktion.«

Mein Gott, war ich froh, dass ich ein bisschen reich war und mich üblicherweise in der Oberschicht bewegte. Man stelle sich vor, ich müsste immer mit solchen Menschen leben …

***

Das ist auch etwas total Neues. Dass junge Leute in etwa dann aus dem Haus gehen, wenn ältere Leute schlafen gehen oder sogar schon schlafen. Oder dass sie zu einer Zeit anrufen, zu der man früher nur angerufen hätte, um einen Todesfall in der engeren Familie zu melden.

Ich schloss gerade mein Auto ab, als das Handy läutete. Ich sah eine Karlsruher Nummer, nahm ab, und Maijas noch jungmädchenhafte Stimme klang an mein Ohr.

»Hey«, sagte sie. »Ich bin es, die Maija. Also, ich hab noch mal über das Unheimliche Kind nachgedacht, nach dem du gefragt hast. Das ist gar kein Kind und auch kein Jugendlicher. Das ist ein klein geratener Erwachsener. Die Leute sind nämlich nicht immer, was sie scheinen. Vor allem nicht in ihrer Verkleidung.«

Sie nieste, und dann fuhr die selbst ernannte Hobbypsychologin in breitem Badisch fort: »Un ich denk, das ist jemand, wo malt.«

»Wie kommst du denn darauf?«

»Weil der alsmal Farbe an den Fingern hatte. So abgewaschen, aber nicht ganz weg. Schwarze und graue Farbe. Wie Tinte, aber anders. Hey, ich muss los. Wir treffen uns im La Strada. Da gibt es Essen bis fünf Uhr.« Und nach kurzer Pause: »Morgens. Alles klar?«

Ich ging in meine Wohnung, schenkte mir ein Glas Crémant ein, warf die Kleider von mir, schlüpfte in meinen Loungeanzug von Valentino, ein wirklich schönes Stück, und rief Bolle an. Bolle ist ein Künstler, der überwiegend nachts lebt und den man deshalb tatsächlich noch spät anrufen kann.

Mein Mann und ich hatten manchmal Kunst von ihm gekauft. Seine Spezialität waren Steine gewesen. Rote, blaue und goldene Steine, die er zu Arrangements zusammenstellte. Bolle war intrigant, hinterhältig, unsympathisch und allerbestens in der badischen Kunstszene vernetzt.

Er hustete schlecht gelaunt und verraucht in den Hörer. »Ach, die schöne Swentja! Und so spät noch am Fon! Nun, haben wir wieder einen dicken goldenen Fisch an der Angel? Ich höre, du bist unter die Wissenschaftler geraten!« Er lachte obszön. Widerliche Kreatur mit einem ausgeprägten Talent für schöne Steinarrangements.

»Man lebt so!«, sagte ich. »Bolle, ich brauch deine Kartei im Kopf. Kennst du in Karlsruhe einen Maler, Grafiker oder sonst wie künstlerisch tätigen Mann, der auffallend kleinwüchsig ist?«

Husten. Röcheln. Räuspern. Ich hielt den Hörer vom Ohr weg.

»Da hast du beim guten alten Stein-Bolle mal wieder ins Schwarze getroffen. Natürlich kenne ich den. Er macht Kalligrafie in der Oststadt. In der hinteren Rintheimer Straße. Er hat dort ein Studio. Gibt Unterricht. Ein halber Zwerg, aber geschäftstüchtig wie ein Großer. Tut auch immer, als isser was Besseres. Der Typ heißt Hanno, oder vielleicht nennt er sich nur so. Hanno Lübeck. Irrer Name, was?«

»Erinnert mich an die Buddenbrooks!«

»Wie?«

»Der Roman. Von Mann. Den mussten wir in der Schule lesen.«

Bolle lachte. »Von einem Mann? Kenn ich nicht. Soll ich dir ein paar schmutzige Sachen von dem erzählen, die man so berichtet? Kommt Hanno zu einer Nutte in die Fautenbruchstraße –«

»Danke, Bolle. Gerne ein andermal. Bis die Tage.«

»Ja, Maus. Bis du dir mal wieder Kunst leisten kannst!« Schepperndes Lachen und eine tote Leitung.

Das Letzte, was ich von diesem Tag hörte und sah, war eine SMS von Antje:

»Neuer Termin?«, fragte sie. »In drei Tagen dürfte ich so weit sein. Aber Vorsicht. Ist nicht mehr viel übrig. Ich glaube, wir müssen ganz von vorne beginnen.«

***

Ich war immer eine Frühaufsteherin gewesen. Das Gesicht zerknittert nämlich gern, wenn man es zu lange in die Kissen drückt.

Und wenn ich eines ganz bestimmt nicht mit der echten

Elisabeth gemeinsam haben wollte, so waren es die Runzeln, die sie durch ihre Hungerkuren und ihr unruhiges, von Frust erfülltes Leben schon ab vierzig gehabt haben soll.

Schon gegen zehn Uhr am nächsten Morgen gondelte ich gemütlich durch die Rintheimer Straße. Es war nicht schwer, den Kalligrafieladen zu finden. Kunstgewerbliche Geschäfte gab es nicht viele in der Oststadt, die vom traurigen Ladensterben der sogenannten C-Lagen betroffen war.

Das Atelier war noch geschlossen. Die kleinen, nostalgisch grünen Schaufensterkästen rechts und links von der Eingangstür zeigten Bilder mit künstlerisch gestalteten Buchstaben, die interessant waren, die aber hier bestimmt keiner kaufte.

Ich schlenderte umher und entdeckte drei Häuser weiter eine Schneiderwerkstatt mit Unikaten im Schaufenster. Kastige Leinensachen, ausladende Taftröcke in Rauchschwarz. Mode für Frauen, die unbedingt unförmig oder wie ein Mann aussehen wollten. Ich ging trotzdem hinein, unterhielt mich eine Weile mit dem irakischen Besitzer, und als ich herauskam, war der Kalligrafieladen geöffnet.

Zunächst sah ich niemanden im Verkaufsraum, dann rief ich, und aus dem Hintergrund erschien ein kleiner, nicht mehr ganz junger Mann mit einem pausbäckigen Kindergesicht. Er war vielleicht kein Zwerg im strengen Sinne, aber sehr klein, fast ein Gnom, und etwas zu dick. Seine Hose reichte viel zu hoch über den Nabel herüber; das karierte Hemd gab ihm letztlich ein jungenhaftes Gepräge. Es war schwer zu schätzen, wie alt er war. Sein dünnes Haar war noch von einem schwachen Blond.

»Hallo, guten Tag!«

Er sah mich an und sagte: »Du bist die herrliche Scarlett?«

»Wie, Sie erkennen mich?«

Er strahlte über seine rosig glänzenden Apfelbäckchen, die aussahen wie frisch geschminkt. »Ja, der feine Hanno aus Lübeck hat ein Gespür für Gesichter. Für die Umrisse, die man nicht verändern kann. Aber vor allem für Stimmen. Respekt, dass Sie mich so schnell gefunden haben.«

Er ging zur Tür und schloss sie. Nein, er schloss sie zu. Den großen, alten Schlüssel drehte er zweimal.

Ich sah mich nervös um. Es gab hier viele lange, spitze Gegenstände, die für die Kalligrafie vielleicht gebraucht wurden, aber man konnte damit auch in ein Herz stechen.

Er hatte meinen Blick gesehen. »Ja, richtig, Scarlett. Man hätte es damit machen können …« Er hielt mir ein schnabelförmiges langes Ding unter die Nase und näherte sich mir, sodass ich instinktiv zurückwich. »Aber ich war es nicht!«, quiekte er.

»Sie spielen immerhin ziemlich originalgetreu das Unheimliche Kind.«

Er zog sich behände auf den Verkaufstresen und baumelte mit den Beinen wie ein Kind auf der Schaukel.

»Ich bin nicht unheimlich, Beste, das bin ich nur in eurer Vorstellung. Ich könnte doch euer aller Gewissen sein. Meine Mutter hat mich aus Wut die Treppe hinuntergestoßen zum Keller, wo ich oft eingesperrt war. Ich habe mir einen Rückenwirbel gebrochen, was das Wachstum behindert hat. So blieb ich stehen. In mir spiegeln sich alle Menschen, die ihre Kinder nicht lieben.«

Schwache Erinnerungen an die »Blechtrommel« erschienen vor meinem Auge. »Das haben Sie erfunden.«

Er lachte hell und scheppernd. »Vielleicht. Vielleicht nicht. Eins steht fest: Meine Mutter ist jedenfalls tot. Jetzt benimmt sie sich artig, da, wo sie ist.«

Schaurig. Aber ich war mitten in einer belebten Straße an einem hellen Vormittag. Ich würde mich nicht einschüchtern lassen. »So wie Sissi tot ist? Haben Sie sie gehasst wegen ihrer Kinder, die gestorben sind? Wegen dem Selbstmord ihres Sohnes Rudolf in Mayerling? Ich meine, das war doch furchtbar. Ich hab es im Film gesehen.«

»Hassen? Sissi? Ich?« Er lachte wieder sein merkwürdig schepperndes Lachen, das in ein Husten überging. »Wer Sissi hasste und ob ich das war, müssen Sie selbst herausfinden, Sie kluge Maus. Ich schaue zu, aber ich helfe nicht.«

Er tanzte durch den Raum, verschränkte die Arme hinter dem Schädel und wiegte sich. Er war eindeutig verrückt.

»Oder haben Sie sie umgebracht? Ich habe gesehen, dass Sie sie verfolgt haben. Sie sind immer in ihrer Nähe gewesen.«

»Ja, sogar dann, wenn Sie es nicht gesehen haben. Ich war stets da.«

»Warum?«

»Sie brauchte jemand, der sie verfolgte. Obwohl sie das in Wirklichkeit gehasst hat. Sie wollte niemals überwacht werden. Reiste stets unter anderem Namen, verkleidete sich, wann immer sie konnte. Und doch hat der Mörder sie erwischt. Damals und heute auch wieder! Tststststs. Ich schaue zu, aber ich helfe nicht.«

»Das sagten Sie schon. Wer war es?«

Das Wesen huschte an mir vorbei zu einem Stapel beigefarbenen Papiers, der auf einem großen Holztisch lag. Er schnappte sich mit einer aufgeregten Bewegung einen Federkiel. Ich wich zurück. Er warf aber lediglich ein großes Fragezeichen auf das Papier.

»Das Rätsel der Rätsel.«

Ich straffte mich und sah ihn von oben herab an. »Sie wissen gar nichts, Kleiner. Sie machen nur viel Lärm um wenig.«

Er stampfte mit dem Fuß auf, seine Wangen wurden noch röter. »Passen Sie mal nur auf, dass Sie nicht die Nächste sind.«

»Drohen Sie mir?«

Er kam mir jetzt ganz nahe und sprach mit feuchtem Atem in der Höhe meiner Brust. »Sie hat sich mit einem Jemand getroffen, unsere Sissi, an dem Abend, als sie starb. Hinten im Gebüsch.«

»Mit dem Ungarn. Wie heißt er – Graf Andrássy?«

Der Kleine wandte sich ab und hüpfte wieder auf einem Bein. »Ist die schwarze Köchin da? Dreimal muss ich rummarschiern, beim vierten Mal den Kopf verliern. Nein, nein, nein.«

Er hielt an. »Ich liebe Kinderlieder, vor allem die, die mit dem Tod zu tun haben. Also, Scarlett. Es war keiner, der an diesem Abend auf dem Ball war. Es war eine Stimme, die vertraut klang und doch wieder nicht. Doch ich würde sie jederzeit wiedererkennen.«

»Das glaube ich nicht.«

Die verwachsene Gestalt kicherte. »Warten Sie ab, Süße. Es war keiner der Ballgäste. Jeder kann nachts unerkannt in den Karlsruher Schlosspark. Jeder. Und jeder, der in Karlsruhe umherläuft, kann ein Mörder sein.«

Dann schoss er wie eine Giftschlange auf mich zu. »*Ich* vielleicht auch? Ich bin ein Zwerg, und es gibt Zwerge, die ganz böse sind. Vielleicht erfinde ich immer nur Sachen, vielleicht sag ich nie die Wahrheit ...«

Ich sah ihn hochmütig an und wich keinen Millimeter zurück. »Sie sind wirklich zu klein, mein Bester, um eine Sissi zu ermorden. In jeder Hinsicht zu klein!«

Er verzog das Gesicht weinerlich. »Ach, Sie verstehen nicht. Sie sind stolz. Das gefällt dem kleinen Hanno. Aber ich werde in Ihrer Nähe bleiben. Auch wenn Sie mich nicht sehen, Swentja. Ich bin da! Ich war von Anfang an da!«

Und er schloss die Tür auf. Warme Sommerluft strömte in den muffigen Raum.

Seinem Wunsch kam ich gern nach, aber erst als ich draußen war, fiel mir auf, dass er mich mit Swentja angesprochen hatte.

Woher kannte er meinen Namen?

***

Am Nachmittag desselben Tages traf ich Rüdi vom Solo-Hotel. Er hatte schütteres Haar, einen Bauchansatz und eine schlechte Haltung. »Hat Hubi gesagt, ich kann mit Ihnen reden? Ich will hier keinen Ärger, sonst flieg ich.«

Ich lächelte begütigend. Die untere Klasse hatte halt immer Angst um ihr bisschen Sicherheit. Wieder dankte ich dem Schöpfer, dass ich niemals wirklich hatte arbeiten müssen. Eine Selbstverwirklichung, auf die ich gut verzichten konnte.

»Keine Sorge, die Informationen sind nur für mich, weil ich die Frau gekannt habe.«

»Ja? Mensch, die haben sie echt ausgeknipst. Aber bisschen komisch war das ja schon, mit dieser Verkleiderei unterm Jahr.

Na ja, die hat sich hier im Internet angemeldet, kam dann kurz vor neun, hat bar bezahlt und ging aufs Zimmer. Sie hat im Hotelparkplatz da unten in der Tiefgarage geparkt und fuhr mit dem Aufzug nach oben. Kostet zwei Euro extra. Sie hatte immer einen Mantel an und einen Hut auf. Hat nicht viel geredet, die Frau, fast gar nichts. Wünschte, meine eigene zu Hause wär auch so.«

»War es eine hübsche Frau?«

»Ich konnte nicht viel erkennen wegen dem Hut, aber ich glaube schon. Stark geschminkt halt. Vielleicht so um die vierzig, aber macht ja nichts. Werden alle älter, und das andere stört mich nicht. Sie verließ das Hotel morgens früh, bevor die Rezeption wieder besetzt war. Um halb sechs oder so. So alle zwei Wochen, manchmal auch drei. Das Auto hat sie über Nacht stehen lassen und es dann morgens irgendwann mit dem Ausfahrcode rausgefahren. Ist wohl dahin gelaufen, wo die ihre komische Sache hatten. Sind ja von hier nur zwei Minuten. Was es in Karlsruhe jetzt alles gibt, seit wir so viele Studenten und Künstler und Ausländer haben. In Berlin, da würd keiner mit der Wimper zucken, aber hier? In Berlin ist alles anders. Ich war mal da. Laufen auch jede Menge von denen mit den Käppis rum. Juden. Sieht man hier nicht so. Dabei gehört denen –«

Hastig unterbrach ich ihn, bevor er dieses Thema vertiefen konnte: »Haben Sie das Auto jemals gesehen?«

»Nein. Sie fuhr immer in die Garage, hatte von uns 'ne Ausfahrplakette, aber ich glaub, es war was Silbriges. Wir teilen uns die Garage noch mit einem Café und einem Friseur, und ein paar Leute aus dem Wohnhaus da vorne haben auch eine. Wir achten nicht auf die Autos unserer Gäste, schon gar nicht bei Stammgästen und wenn sie bar bezahlen. Sie verstehen?«

Aha, dachte ich, hier wohnen auch gewisse Leute nur stundenweise. Das hat sie sich geschickt ausgesucht.

***

»Warum hat sie sich nicht einfach zu Hause umgezogen?«, fragte Yvonne, als ich ihr am Abend einen Besuch abstattete. Sie saß mir in ihren schwarzen Pluderhosen mit aufgenähten goldenen Sternen gegenüber. Sie hatte sie aus Samtstoff selbst entworfen, und sie gefiel mir, obwohl sie alternativ war, was ich normalerweise ablehne. »Verstehe ich nicht. Ein Hotelzimmer zu mieten, auch wenn es ein sehr billiges war …«

»Sie konnte doch nicht ihr biederes Wohnhaus in der Oststadt so aufgemotzt verlassen und riskieren, dass jemand sie in der Kluft sah. An Fasching ist das erlaubt, bei Kindern auch an Halloween, aber mitten im Jahr? Würde man schon seltsam finden. Vor allem bei jemandem, der nicht mehr ganz jung ist.«

»Und wenn sie einen Mantel darübergeworfen hätte?«

»Yvonne, du bist doch vom Fach, stell dir diese Robe mit Reifrock und allem vor. Die war kaum unter einem Mantel zu verstecken. Und schon gar nicht im warmen Frühling.«

Yvonne schüttelte den Kopf.

Ich fuhr fort: »Und dieses unglaubliche Haar! Natürlich war es eine Perücke, aber es sah spektakulär aus. Die Leute hätten eine solche Aufmachung an einem normalen Freitagabend zumindest merkwürdig gefunden und darüber geredet. Leonie betrieb zusammen mit ihrem Bruder ein seriöses Geschäft, und dort finden auch Kindergeburtstage statt. Du weißt, wie misstrauisch die konservativen Karlsruher sind, wenn etwas außer der Reihe passiert. Die Cosplay-Szene ist noch neu in der Provinz.«

Yvonne nippte an ihrem Tee und aß einen Keks, von dem ich stark vermutete, dass er ein Glückskeks aus Gras war. Wenn mein Mann von seiner hohen Warte im schicken Ettlinger Vogelsang aus sähe, in was für Kreisen ich heute verkehrte! Oder wenn Tom wüsste! Ausnahmsweise wären mein Exmann, Tom und Hagen in Missbilligung vereint gewesen.

»Komisch, Swentja. Diese Bälle müssen ihr wohl sehr wichtig gewesen sein. Und dann bringt jemand sie ausgerechnet genau dort um, wo sie zu ihrer Wunschfigur geworden ist.«

Ich nickte. »Ja. Geschminkt hat sie sich wahrscheinlich

schon in aller Ruhe daheim. Das dauert, bis eine normale Frau so schön und so perfekt aussieht wie Sissi. Ich denke, da braucht man Theaterschminke und Muße. Und im Hotel drängte dann die Zeit. Der Ball begann um zehn. Im Grunde kann man es schon verstehen. Niemand kannte dort ihre Adresse und ihren wahren Namen. Sie konnte zurück zum Solo-Hotel laufen, brauchte keine Verkehrskontrollen zu fürchten, konnte also am Champagner nippen und mit ihrem Kaiser tanzen …«

»Oder mit jemand anders.«

»Oder mit jemand anders!«

»Wie war sie eigentlich so, diese Karlsruher Sissi-Kopie?«, fragte Yvonne. »Ich meine, ich habe schließlich Geschichte studiert. Ich könnte dir einiges über die historische Sissi erzählen. Die galt nämlich nicht als besonders angenehm oder sympathisch.«

»Das glaube ich!«, erwiderte ich. »Die Sissi, die ich kennenlernte, wirkte seltsam, sie war wie autistisch. Nein, ich würde sie auch nicht als angenehm bezeichnen! Was meinst du genau damit, dass die wirkliche Sissi nicht sympathisch war?«

Yvonne strich nachdenklich über ihre Teetasse.

»Du kennst wahrscheinlich nur die Gestalt aus den Filmen. Und vielleicht die Dame aus deinen Stilbüchern. Nun, dann willkommen in der historischen Wirklichkeit. Die Wiener waren anfangs total begeistert von der bildschönen jungen Kaiserin aus Bayern, doch dann bekannte sie sich offen zu Ungarn und war stets auf kostspieligen Reisen, und der Kaiser war allein zu Haus. Auch waren ihre Kinder nur Nebensache, ganz abgesehen vom tragischen Tod der kleinen Sophie und Rudolfs Tod und ihrer Fixierung auf das ›ungarische‹ Kind, ihr Lieblingskind, Marie Valerie. Schnell wandte sich die Bevölkerung in Wien von ihr ab.«

»Hat ihr das etwas ausgemacht, Yvonne?«

»Wahrscheinlich nicht. Mein Gott, die Kleine war sechzehn, als sie heiratete. Unbedarft kam sie vom bayerischen Land, aus einer Nebenlinie der bayerischen Regenten. Sie hatte sich nie für Politik interessiert und ihre Eltern offenbar auch nicht. Und dann ruhte plötzlich die Hoffnung ganzer Völker auf Selbstbestimmung in diesem absolutistischen Vielvölkerstaat auf ihr. Das war zu viel für sie.«

»Also kein Engel? Keine frühe Lady Di?«

»Nein. Oder nur eingeschränkt. So wenig sozial sie auch war, hat sie sich doch für alles Kranke interessiert. Hat Spitale besucht, was man halt damals so machte, und zwar unangekündigt, hat den Siechen sogar die Hand geschüttelt und sich um Cholerakranke und Sterbende gekümmert. Ihr besonderes Interesse galt dabei den Geisteskranken. Zum Namenstag wünschte sie sich einmal ein Irrenhaus. Es sollte ihr gewidmet sein. Sie hat sich immer für die sogenannten Irren interessiert. Man sagt, sie fürchtete, ebenfalls verrückt zu werden.«

»Echt jetzt?«

Yvonne seufzte. »Deshalb kann ich die Sissi-Filme nur mit eingeschränkter Begeisterung schauen. Ich kann verstehen, dass Romy Schneider die Rolle gehasst hat. Warte mal, ich habe hier eine Biografie von Romy, ich hab es unterstrichen.«

Yvonne reckte sich zu einem Bücherregal über dem Sofa und holte ein Buch heran, schlug es auf und las: »›… ich bin weder lieb noch herzig. Ich werde alles tun, um von Sissi loszukommen …‹ Das klingt ganz schön wütend, oder?«

»Alles, um Sissi loszuwerden«, murmelte ich. »Alles, auch Mord?«

Der zehnte Puzzlestein

Inzwischen war der Mord an der verkleideten Frau nur noch ein kleines Kästchen in den BNN wert gewesen. Auch die Bild-Zeitung hatte aufgegeben, da es nichts Neues gab. Lediglich unter den Kurzmeldungen fand sich am 5. Juni ein Hinweis: »Tatverdächtiger im Mordfall Sissi noch nicht entlastet. Staatsanwaltschaft ermittelt weiter.«

Als ich Antje so gegen elf Uhr zu einem Pfingstfrühstück besuchte, hatte sie tatsächlich ausgemistet. Die kläglichen Überlebenden lagen noch auf dem Bett: ein blauer weiter Rock mit Stickerei am Saum und einem durchgehenden Reißverschluss, ein türkisblaues Polokleid, ein schwarzer Faltenrock, ein paar Pullover und Strickjacken sowie etliche T-Shirts.

»Hallo, Swentja, also meine Schwester ist geradezu in einen Wahn geraten. Alles musste raus. Ich hab sie selten so viele blaue Tüten wegschleppen sehen.« Im Türrahmen lehnte ein gut gelaunter Geert. Gesund und stämmig wie immer. »Ich muss leider gehen. Meine Tropfen reinmachen. Vor ein paar Tagen hatte ich nämlich einen Ohrenarzttermin. Höre immer schlechter in letzter Zeit. Gut, dass du geschieden bist, Antje. Mit deinem schwerhörigen Ex hätte ich mich dann nur noch schreiend unterhalten können.«

»Geert! Du bist nur zu eitel für ein Hörgerät.«

»'tschuldigung. Ich bin schon weg.«

Ich wandte mich Antje zu. »Gut. Die Auswahl gefällt mir. Wir schauen uns jetzt für Sie im Internet um. Es ist Pfingsten, die Läden sind geschlossen, was für unser Projekt nicht schlecht ist. Keine Spontankäufe möglich. Heute werden wir recherchieren und nur bei absoluter Begeisterung bestellen.«

Später am Rechner konnte sie es nicht glauben. Sie sollte eine Jeans der Kette New Yorker für siebzehn fünfundneunzig und eine Ralph-Lauren-Hose für zweihundertsechzig Euro kaufen?

Ich lenkte die Maus auf die hellblaue Jeans. »Teuer muss

nicht immer gut sein. Die New-Yorker-Hose kenne ich höchstpersönlich, ich bin froh, dass sie online noch zu bekommen ist. Sie sieht einfach klasse aus und macht eine tolle Figur. Schauen Sie hier: enger Fuß mit Bündchen, Knöpfe anstatt Reißverschluss, leichter Stoff. Sie sieht außerdem witzig aus. Die andere ist ein Klassiker, mit dem man ins Theater gehen kann. Die zwei Teile zusammen bilden die Basis im Bereich Jeans.«

»Okay. Mir gefallen sie alle beide. Ich bestelle sie gleich und werde an Pfingsten zur Shopping Queen. So werde ich auch noch adelig!«

»Gut. Jetzt sind Sie dran. Ist der junge Mann eigentlich noch in U-Haft?«

Sie zwinkerte. »Woher soll ich das wissen?«

»Nun, es gibt Psychologen, die sagen, die Beziehung zwischen Geschwistern sei die engste und vor allem auch die dauerhafteste, die es im Menschenreich gibt. Nicht im Tierreich, da begatten sie sich gegenseitig.«

Sie zwinkerte nochmals. »Ich liebe meinen Bruder, und wenn er gut gelaunt ist, dann verrät er manchmal, was die Kollegen sich so erzählen. Es wird offenbar der Haftgrund noch geprüft. Wenn sie die Tatwaffe nicht finden, können sie ihn nicht ewig dabehalten. Es haben sich ansonsten keine neuen Erkenntnisse ergeben. Die Schwester des Mannes ruft fast täglich an. Sie steht der Staatsanwaltschaft anscheinend mit einem eigenen Rechtsbeistand auf den Füßen. Der junge Mann ist nicht vorbestraft. Das Motiv scheint schwach.«

»Seine Schwester?«

Antje lächelte. »Ja. Auch eine, die ihren Bruder liebt. Ich nenne keine Namen.«

Ich wartete. Kleine Pause.

»Von Beruf Tierarzthelferin. Sie ist übrigens die unverdächtigste Person von allen, ganz abgesehen davon, dass sie Sissi bestimmt nur aus dem Fernsehen kannte. Sie liegt nämlich derzeit mit einem Sprunggelenkbruch im Diakonissenkrankenhaus. Hab ich irgendwo gehört. Keine Ahnung, von wem.«

Längst hatte ich das gespeichert, und doch interessierte mich noch etwas anderes. »Antje, wie war das Verhältnis von Leonie zu ihrem Bruder?«

Sie dachte einen Moment nach. »Sie war auf jeden Fall die Vernünftigere von den beiden. Sie ist zwar jünger, aber sie hat ein stabileres Zuhause gehabt, weil die Mutter hier in der Nähe arbeitete und nicht so viele Gastspiele geben musste. Leonie war selbstbewusst und rational. Zwischen den beiden herrschte ein vorsichtiges, aber liebevolles Verhältnis. Die Geschwister hatten in der Kindheit viel durchgemacht mit ihren Eltern, die sich gerne auf großen Bühnen in Shakespeare-Stücken gesehen hätten und letztlich nur Schmierenkomödianten waren. Stefan hat oft davon erzählt. Aber sonst. Eigentlich alles normal. Ich fand sie angenehm. Tüchtig. Zielstrebig. Wusste, was sie wollte. Stefan ...«, jetzt wurden Antjes Züge weich, »ist mehr der Träumer. Aber er ist ... lieb!«

Oje, dachte ich. Da hängt jemand noch am Ex. Gut, dass es mir nicht so ergeht. Außer Hagen. Außer Hagen.

***

»Wer spielt eine Triplette mit? Leute, wir brauchen noch einen Mann und eine Frau. Es ist zugegebenerweise warm, aber kommt, gebt euch einen Ruck.«

Alle hingen am Nachmittag in der Junihitze im Häuschen und griffen mit regelmäßiger Begeisterung in den Getränkekorb. Es hatte sich eine Gruppe von zwei Männern und zwei Frauen gebildet.

Der dicke Jean erhob sich schließlich ächzend und gesellte sich muffelig zu den beiden Frauen, sodass die geforderten drei Spieler zusammenkamen. »Aber nur ein Spiel! Leute, es ist Pfingsten. Eigentlich gehören wir heute unseren Familien.«

»Komm, Swentja, spiel mit uns beiden«, rief Geert. »Eine fehlt noch!«

»Sie ist doch noch nicht so weit«, wandte Tom ein. Ich wusste, dass er nicht gern verlor.

»Ach, komm, Tom, wir sind nicht bei Olympia. Ist heute

nur Training. Und trotzdem ... wir zeigen es allen. Du fängst an, Swentja. Schöner legen, dann wird das schon.«

Ich stellte mich in den Kreis, warf die Kugel, und sie landete weit entfernt irgendwo auf dem Platz, da, wo der Rasen begann.

»Siehst du!«, sagte Tom. »Sie kann es noch nicht.«

»Sie wird es lernen«, erwiderte Geert, und dann sagte er mit einem merkwürdigen Unterton: »Wenn wir sie liebevoll unterstützen. Hübsche Shorts hast du da an, Swentja!«

»Danke.« Es war Calvin Klein, aber das tat nichts zur Sache. Ich schaute ein wenig herausfordernd zu Tom hinüber, doch er sah zu den Boulespielern auf dem letzten Platz.

Meine Shorts interessierten ihn nicht.

***

Yvonne hatte mich am Abend dieses Pfingstmontags eingeladen: »Ein Schluck von meiner genialen Pfingstbowle wartet auf dich!«

Als ich bei ihr klingelte, öffnete mir überraschenderweise Maija, und zwar nicht im Partyoutfit, sondern im Pyjama. »Ich hab mir 'ne Zitrone geliehen. Bin scheißerkältet.«

Hatte ihre Mutter nicht – wie ich früher – stets frisches Obst in formschönen Körben zur Hand? »Gute Besserung, Maija. Ich habe übrigens das Unheimliche Kind gefunden.«

»Krass. Und?«

»Ich weiß nicht wirklich, was er im Schilde führt.«

»Der Typ will bisschen angeben. Beachtet werden. Er wär was Besonderes. Das alles hat mein Kumpel Axel Janosch gesagt. Und Axel kennt sich aus. Ist voll der Psycho. Ihm hat das Kind mal erklärt, dass er nur zu unseren Convents geht, weil er wissen will, wie sich das einfache Volk amüsiert. Und dass er eigentlich woanders hingehört. Aber als der Axel ihm Gras angeboten hat, hat er es genommen. Das sei in seinen Kreisen üblich gewesen!«

»Gras?«

»Na, Gras halt. Der Axel kriegt die Samen aus Holland und

hat in seinem Zimmer ’ne kleine Plantage. Is easy. Im Sommer geht’s auch ohne Lampe. Willste auch mal probieren?«

»Danke. Ich melde mich, wenn ich Bedarf habe«, sagte ich. Mein Gott, wohin hatte es mich verschlagen!

»Mach das. Fühlst dich besser. Wenn du mal Kummer hast oder Enttäuschung. So Sachen. Ruf mich an. Ich geb dir was.«

»Gute Nacht, Maija.«

Der elfte Puzzlestein

Es war nicht schwer, am nächsten Morgen den Namen der Schwester des Tatverdächtigen herauszufinden, die im Diakonissenkrankenhaus lag. Die Zeiten der strengen Besuchszeiten und unnahbaren Schwestern waren vorbei, und auf den Gängen herrschte ein lebhaftes Kommen und Gehen.

In der Orthopädie sprach ich die erste Schwester an, die mir begegnete.

»Ich soll die Freundin einer Bekannten besuchen, weil sie selbst Darmgrippe hat und nicht kommen kann, und ihr ein Buch bringen. Ich meine, wenn Sie aus Datenschutzgründen … ich meine, sie hat einen Sprunggelenkbruch. Meine Freundin kann auch selbst kommen, wenn sie ihre Darmgrippe überwunden hat. Oder vielleicht ist die Darmgrippe auch gar nicht so schlimm …«

»Um Gottes willen!« Die stämmige Krankenschwester rang die Hände. »Kein Besucher mit Darmgrippe. Wir haben so schon genug zu tun. Gehen Sie auf die 11. Das ist unser einziges Sprunggelenk. Schauen Sie mal, ob sie im Zimmer ist.«

An der Tür stand der Name Verena Bussam in flotter Schreibschrift. Sie lag derzeit allein, aber ein zweites Bett war bereits angerichtet.

Die Schwester des stürmischen Pagen war eine magere, stelzbeinige Blondine mit kurzem dünnem Haar und lebendigen, sympathischen Zügen. Und sie war mit einer gewissen Direktheit ausgestattet. »Wer sind Sie denn eigentlich? Was haben Sie mit meiner Freundin zu tun? Welche Freundin überhaupt?«

Sie musterte mich mit Recht misstrauisch. Ihr Bein lagerte hoch. In ihm steckte ein blitzendes Gestänge mit Schrauben, welches nach mittelalterlichem Folterinstrument aussah.

»Tut das da weh?«

Die Frau seufzte. »Seltsamerweise nicht. Sie machen das gleich nach dem Unfall, um die Knochen schon mal grob zusammenzufügen. Und man kriegt jetzt schon Krankengymnastik. Zweimal am Tag muss ich runter in den Gymnastikraum.« Sie verzog das Gesicht. »Am Montag werde ich operiert, dann kommt dieses Folterwerkzeug raus. Dafür kriege ich einen unförmigen Schuh, wie der Klumpfuß eines Riesen. Aber Sie haben meine Frage nicht beantwortet.«

»Sie haben recht. In Wahrheit komme ich wegen Ihres Bruders. Mein Name ist Tobler. Ich war auf dem Maskenball im Schloss, als der Mord geschah, und ich habe kurz zuvor mit Ihrem Bruder gesprochen. Er war ziemlich aufgebracht und stieß eine derbe Drohung gegen die Kaiserin, nennen wir sie mal so, aus, doch ich denke nicht, dass er ihr etwas angetan hat.«

Sie lächelte bitter. »Warum nicht? Alle anderen sind davon überzeugt, dass Flori ein gemeiner Mörder ist. Komisch, eigentlich mochte ihn immer jeder. Oder sind Sie von der Kripo geschickt worden, um mich auszuhorchen?« Tränen verwässerten ihre graublauen Augen.

Ich hob die Schultern. »Ich glaube nicht, dass er es war. Es scheint mir einfach zu offensichtlich. Er war natürlich wütend, doch wütende Leute bringen entweder gleich im Streit jemanden um oder gar nicht. Sie planen nicht. Wenn sie sich wieder beruhigt haben, gehen sie weiter im Leben. Er war der Typ, der ihr die Perücke vom Kopf gerissen und drauf herumgetrampelt hätte … aber umbringen? So sehe ich ihn nicht.«

Obwohl ich keinerlei offizielle Funktion hatte, schien sie erleichtert.

»Genau. So etwas könnte Flori niemals tun. Er hängt unglaublich an unserer Mutter. Sie ist früh verwitwet. Wir kommen von Oberkirch unten. Meine Eltern hatten einen kleinen Gemüsemarkt. Belieferten Restaurants und Kliniken. Meine Mutter musste schwer arbeiten und hatte ein hartes Leben. Heute liegt sie fast nur noch im Bett. Verkorkste Bandscheibe.«

Viel Mitgefühl schwang in ihrer Stimme mit. Dass sie es geschafft hatte, lag am Fleiß ihrer Eltern, und sie wusste es.

»Mama sah als junges Mädchen ganz gut aus und hat immer

schon für Romy Schneider als Sissi geschwärmt. Wahrscheinlich wollte sie so sein wie sie. Hat sich woandershin geträumt. Sie hat den Film jedes Mal gesehen, wenn er im Fernsehen kam, das war ja immer Weihnachten, und später hat sie sich die Videokassette gekauft und noch später die DVDs. Ich glaube, sie hätte die Dialoge mitsprechen können.«

»Warum wollte Ihr Bruder Florian dann nicht auch ein Autogramm von Romy Schneider? Die war ja ebenfalls auf dem Ball. Sie war zwar entfernt hergerichtet wie eine ihrer anderen Filmfiguren, doch sie war unverkennbar Romy Schneider. Die müsste er doch auch verehrt haben. Sie hat Sissi schließlich groß gemacht.«

Sie lächelte. »Hat er mir erzählt. Aber sie ging eben nicht als Sissi auf den Ball. Die Romy, die er da gesehen hat, wollte gar nichts mehr mit Sissi zu tun haben. War jetzt ganz mondän und verrucht und rätselhaft und Grande Dame. Er hat mir einmal ein paar Fotos von der Sissi beim Tanzen und Flirten mit irgendwelchen Leuten aufs Handy geschickt, die er heimlich geschossen hatte. Er hat die Bilder dann gleich wieder gelöscht. Fotografieren war auf dem Ball nämlich nicht erlaubt. Nur der offizielle Veranstaltungsfotograf durfte das. Na ja, der will auch verdienen.«

Sie versuchte sich anders hinzulegen und stöhnte. »Nein, die schöne Sissi, die typische Kaiserin aus den Filmen, das war eben nur diese Frau, die jetzt tot ist. Die umzubringen wär für meinen Flori gar nicht einfach gewesen. Er hat gesagt, die war ziemlich drahtig. Na ja, durchtrainiert wie die echte Elisabeth halt, hat er gesagt. Ich hab gehört, die ist damals von Karlsruhe nach Baden-Baden gelaufen. Nur so. Zu einem Besuch.«

»Wie die historische Sissi in den Filmen auch. Man sieht ja immer, wie draufgängerisch sie reitet«, sagte ich und klopfte ihr Kopfkissen zurecht.

»Ja, und ihre Doppelgängerin auf dem Ball konnte ganz schön zupacken, hat er gesagt. Fitnessstudio.«

»Das passt zur historischen Sissi.« Und auch zu Leonie, dachte ich. Eine energische Person.

»Mag sein. Die hätte sich wehren können. Der Flori ist doch nur ein Spargel.«

»Haben Sie das Foto noch auf dem Handy?«

Sie nahm einen Schluck Kaffee aus einer Krankenhaustasse. »Klar. Da drüben liegt es. Geben Sie es mir doch schnell.«

Ich reichte ihr das Handy, das im Ladegerät gesteckt hatte.

»Ich lass es immer an. Falls was ist.« Sie tippte ein bisschen auf ihrem Handy herum. »Hier, mein Album. Moment ...« Es dauerte. Ich wartete mit ungutem Gefühl. Und wenn das Foto verschwunden war?

»Hier ist es.«

Ich blickte auf ein unscharfes, verwackeltes Bild. Die schöne Kaiserin mit zurückgestecktem Haar. Verdeckt das Gesicht, wie immer. Sie wedelte mit einem Fächer in der rechten Hand.

Man konnte nichts Besonderes auf dem Bild erkennen. Der eine Ohrring war ein wenig verrutscht. Sie trug also Clips. Scheußliche Sache, Clips. Ich hasse sie, aber es gibt eben Leute, die keine Löcher haben wollen. Wobei sie an dem Abend, als sie starb, lange Ohrringe getragen hatte, die als Clips bestimmt bei ihrem Sturz und Abtransport heruntergefallen wären. Ich machte mir eine Gedankennotiz, mich irgendwie mit den Ohrringen von Sissi vertraut zu machen.

Einen Moment herrschte peinliches Schweigen zwischen uns. Eine Schwester lugte ins Zimmer.

»Kaffee?«, fragte ich.

»Wir sind hier doch nicht am Ludwigsplatz!«, schnauzte die Schwester.

Der Ludwigsplatz ist Karlsruhes Laufsteg und beliebt bei der eher bescheidenen Zahl an schicken Müßiggängern, die die badische Metropole zu bieten hat. Zumindest in meinen Augen war die Zahl begrenzt. Eine Frau, die von Kopf bis Fuß Heyne oder Betty Barclay trägt, ist für mich nicht wirklich schick. Pardon!

Ich wandte mich wieder der jungen Frau im Bett in ihrem Woolworth-Trainingsanzug zu, die wahrscheinlich gar nicht erst den Anspruch auf Chic erhob. Sie hatte sichtlich andere Prioritäten im Leben gesetzt.

»Sie können ihn nicht länger festhalten«, sagte sie. »Es gibt keine Beweise. Er wollte ihr nur helfen. Und eine Waffe hatte er auch nicht, sie haben nichts gefunden.«

Das klang hoffnungsvoll.

»Sie haben doch bestimmt mit Ihrem Bruder gesprochen, Frau Bussam. Hat er jemals gesagt, dass sich einzelne Leute auf dem Ball nicht grün waren?«

»Klar, das hat er immer mal wieder erzählt. Es gab wohl vor allem unter den Frauen Zickereien. Und ein paar komische Figuren waren da am Start. Auch dieses Kind, das hat ihm direkt ein bisschen Angst gemacht.«

Ich beschloss, die Unwissende zu spielen. »Was denn für ein Kind?«

»Auf den Bällen tauchte manchmal ein komisches Kind auf. Es war natürlich ein Erwachsener, aber er hat sich benommen wie ein Kind. Mit einer Rassel und so. Und einer Art Lätzchen. Warten Sie mal, ob ich das zusammenbringe, was er mir da erzählt hat. Dieses Kind hätte einmal so etwas gerufen wie: ›Ihr nehmt mich nicht ernst, mein Leben zählt nicht, und vielleicht vertreibt ihr mich, aber ich bin trotzdem immer da als *ihr* Schatten. Und ich weiß, wer ihr alle seid. Ich könnte auch euer Schatten sein.‹ Das hab ich mir gemerkt, weil ich das so bedrohlich fand. Mir war das gar nicht recht, dass der Flori unter solchen Verrückten sein Geld verdiente.«

»Furchtbar. Unheimlich.«

»Ja, Flori hat sich das deshalb auch gemerkt. Und dass Schatten gefährlich sind und mächtig und Leben ruinieren können. Er ist wohl einmal auf den Mann zugegangen, der den Mozart spielt, und hat gesagt: ›Nicht wahr, Wolfgang Amadeus, du fährst einen blauen Nissan?‹ Und dann war der total erschrocken. Weil der auch immer hinter den Mädchen her war. Und wenn einer wusste, wer er wirklich ist, machte das Angst.«

Das konnte ich nur bestätigen.

Florians Schwester wälzte sich mühsam hin und her. »Ach, keine Ahnung, vielleicht war das Kind ja der Mörder. Mein Bruder, der Flori, war es jedenfalls nicht.«

»Haben Sie oder Ihr Bruder der Polizei von diesem Kind berichtet?«

»Ja. Florian und auch ich, aber sie haben es nicht besonders ernst genommen. Über das Kind wollten sich die Beamten nicht äußern, Zeugen könnten sich auch nur undeutlich erinnern, und außerdem könne sich natürlich immer jemand in die Ballsäle schleichen.«

»Sieht so aus, als ob die Organisatoren und die Ballgäste nichts mit dem Kind zu tun haben wollten. Es war ihnen unheimlich. Weil es zu viel wusste. Manche nutzten die Bälle auch zum Fremdgehen, war mein Eindruck, Frau Bussam.«

»Eklig, echt. Keine Ahnung, wer von diesen Figuren der wahre Mörder war. Ich halte zu meinem Bruder. Ich liebe ihn.«

»Das ist schön!«

»Das ist doch normal, und außerdem war er es nicht. Er kannte diese Sissi-Figur ja nicht einmal persönlich. Wer war die denn eigentlich in Wirklichkeit? Die Beamten dürfen es mir nicht sagen, und er will es mir nicht sagen. Kleine Schwester, Sie verstehen?«

»Frau Bussam, es war anscheinend eine ganz normale Frau. Aber vielleicht wäre es wirklich an der Zeit, sich einmal ohne Krinoline und Krone mit dem Opfer zu befassen«, sagte ich nachdenklich.

***

»Yvonne, jetzt hab ich dir alles erzählt. Und jetzt kommst du, Frau Historikerin. Wer von den historischen Figuren, die auf dem Ball waren, oder besser: Welche historische Figur überhaupt hätte einen Grund, Elisabeth von Österreich den Tod zu wünschen?«

Am Nachmittag saß ich bei Yvonne in der Kreuzstraße, um mehr über die Frau zu erfahren, die wir, das Fernsehpublikum, nur als süßes Maderl vom Starnberger See kannten.

»Außer den bekannten und offensichtlichen Personen, die jeder kennt. Also die abgewiesene Néné etwa. Das weiß sogar ich, dass die nicht begeistert war, als der Blumenkorb samt Heiratsantrag an ihr vorbeigetragen wurde. Aber die hab ich auf dem Ball gar nicht gesehen. Da gibt es viele Frauen in schönen Kleidern.«

Yvonne lächelte dünn. Dachte kurz nach.

»Das historische Bild der Sissi täuscht, wie gesagt. Sie war alles andere als eine entzückende Märchenprinzessin, ein bayerischer Sonnenschein mit Grübchen. Es gibt tatsächlich mehr als eine Person, die viel Grund hatte, die egoistische und egozentrische Sissi zu hassen. Eine davon, wenig bekannt, war ihre Schwester Sophie.«

»Was war mit der? Auf dem Ball schien sie ganz harmlos. Sie hatte nur ein oberflächliches Wissen über die echte Sophie.«

Ich dachte an den Ball zurück. So viele Roben, so viele Gewänder, so viele Frauen, die ebenfalls fast wie Königinnen ausgesehen hatten und nur nicht über Sissis Krone und Sissis unvergleichliches Haar verfügten. Darunter auch die junge Frau, die die Sophie gespielt hatte. Sie hatte das ohne große Leidenschaft getan, war aber offenbar doch ganz gern in die Rolle geschlüpft. Schließlich war es stets der Traum vieler junger Mädchen gewesen, Prinzessin zu sein. Nur meiner nicht. Ich hatte gleich Königin sein wollen. Die Lehrjahre einer Prinzessin können verdammt lange dauern, wenn man langlebige Dragoner wie die englische Queen auf der Karriereleiter vor sich hat.

Yvonne sagte nichts, blickte mich nur vielsagend an.

Ich murmelte: »Schon gut. Auf diesem Jahrmarkt der Illusionen und Lügen kann Unwissen die Wahrheit sein oder auch nicht. Also, was hatte es mit der echten Sophie auf sich?«

Yvonne steckte sich das feine graublonde Haar mit einem kleinen Klämmerchen zurück und drückte ihren Joint aus.

»Sophie war die jüngste der munteren Schwestern aus Possenhofen. Sie hieß Sophie nach ihrer Tante, Franz Josephs Mutter, die ja bekanntlich auch nicht das beste Verhältnis zu Sissi hatte. Diese Sophie war hübsch, fast so hübsch wie Sissi, hatte aber nicht ihre unnachahmliche Ausstrahlung. Sie war vorübergehend mit Ludwig II. verlobt …«

»Der Herr mit den netten bayerischen Schlössern und den Schwänen und der Leidenschaft für Richard Wagner. Ja, Yvonne, den stellte ihr Freund auf dem Ball dar! Sie ist angeblich ihm zuliebe als Sophie gegangen.«

»Ludwig II., dekadent, schwärmerisch und kunstbesessen, teilte mit Sissi die Liebe zu Heinrich Heine und zu den kleinen Fluchten aus dem Hofprotokoll.«

In Gedanken ließ ich die ausstaffierten Personen des Balles Revue passieren. Etwa diesen umherstolzierenden Schönling aus Bayern, den man aus den Filmen kannte. »Über den Ludwig II. auf dem Ball war ich erst einmal erstaunt. Da ich annahm, dass er schwul war, hat es mich erstaunt, dass er mit einem Mädel erschien. Und dazu noch anderen Frauen den Hof machte …«

»Ja, das Mädel war dann wohl seine Sophie.«

»Wie ging die ganze Geschichte?«

»Kurzdurchlauf …« Yvonne holte Luft. »Nachdem alle Töchter der Possenhofener Familie verheiratet waren, blieb noch die Jüngste, die bildschöne Sophie, unterzubringen. Eigentlich nicht schwer, wenn man die Schwester der Kaiserin von Österreich ist. So war sie dann auch mit Ludwig II. verlobt und wäre dadurch auch Königin geworden, doch durch ungeschicktes Taktieren kam die Ehe nicht zustande, obwohl sich die beiden eigentlich sehr mochten.«

»Das kenne ich«, murmelte ich. »Okay, weiter!«

»Sophie wurde dann per Dekret verheiratet, und zwar mit dem Herzog von Alençon, obwohl sie in den Sohn des Fotografen Hanfstaengl verliebt war. Die Ehe war natürlich unglücklich. Sophie versuchte immer wieder, eigene Wege zu gehen, verstrickte sich in Affären, und man steckte sie dann vorsichtshalber in eine Art Irrenhaus. Sie bat Sissi um Hilfe, doch Fehlanzeige. Resigniert kehrte sie zu ihrem Mann zurück und ging schließlich in ein Kloster. Beim Brand eines Theaters, das sie besuchte, rettete sie eigenhändig viele Menschen und erstickte schließlich selbst qualvoll.«

»Furchtbar!«

»Ja. Elisabeth hat keinen Finger gerührt, um ihr zu helfen und die Heirat mit dem ungeliebten Mann zu verhindern. So endete alles irgendwann in der Katastrophe. Stell dir das mal heute vor. Du musst einen Mann heiraten, den du gar nicht magst. Nur, um den Konventionen zu genügen.«

Ich dachte an Tom und daran, dass ich vielleicht auch unbedingt wieder verheiratet sein wollte, um es allen zu zeigen. Vor allem Hagen. Machte ich gerade einen Fehler?

»Aha. Wenn Ludwig Sophie zumindest mochte, dann hätte er doch sicher eine Abneigung gegen Sissi entwickelt.«

»Nein, außer einer kleinen Differenz vordergründig nicht. Die zwei Schöngeister pflegten eine gute Beziehung. Wir wissen natürlich nicht alles, was zwischen ihnen vorging. Jedenfalls liebten sie beide die Poesie, Heinrich Heine und Shakespeare.«

»Den finde ich auch nicht schlecht!«, bemerkte ich und sah einen klugen Eierkopf vor mir.

»Ach ja? Wusste ich gar nicht. Nun, Sissi selbst sah sich gerne als Titania aus dem ›Sommernachtstraum‹, frei und ungezähmt. Ludwig II. hingegen erblickte in Sissi die Verkörperung des ungefährlichen Weiblichen. Er war homoerotisch, sie war als sexuell nicht besonders aktiv bekannt. Passte also. Wie er natürlich reagieren würde, wenn sie sich plötzlich als fleischliches Wesen entpuppte … das weiß ich nicht.«

»Hier könnte also ein Motiv stecken, Yvonne. Aber da müsste dieser Ludwig-II.-Darsteller selbst schon ziemlich schizophren und seltsam sein. Hatte Sissi noch andere Feinde?«

»Wie viel Zeit hast du?«

Ich lachte. »Nein, reicht fürs Erste. Ich muss mich erst eindenken in alles. Einfach ist das nicht. Ich lande immer wieder bei der alles entscheidenden Frage: Wollte jemand Sissi umbringen oder die Frau, die sich als Sissi verkleidete?«

»Dazu müsste man erst einmal wissen, ob diese Frau im richtigen Leben Feinde hatte, nicht wahr?«

***

Lieber Hagen,
wider besseres Wissen, denn du antwortest ja nie, schreibe ich dir mal wieder. Es geht mir gut, danke, solltest du mich das fragen wollen.
Mein Liebesleben ist allerdings nie wieder das gleiche geworden nach jener ersten aufregenden Zeit mit dir damals. Als unsere Affäre noch ein Zweikampf der so ganz unterschiedlichen Lebensformen war. Ich, die reiche Tussi, ja, das war ich, und du, der respektlose, freche Kripokommissar, der von unten kam und nicht mehr als eine Jeans im Schrank hatte. Und so hatten wir den besten Sex, denn es ging jedes Mal um alles.
Tom ruft kein Herzklopfen bei mir hervor so wie du damals. Er beruhigt mich, führt mich zurück auf das Faktische. Ich habe gerade mit ihm telefoniert. Sein Beitrag zu unserem Leben besteht aus leisem Mahnen, sanftem Tadeln und vernünftigem Belehren. Geert gefällt mir gut, weil er warm ist und lebendig. Doch er ist Toms Freund. Da wird sich niemals etwas ergeben.
Nun fange ich also wieder an, mich in einen Mordfall zu verstricken, und diesmal ist es ein besonders schillernder Fall. Ich wette, der Täter ist eine Frau. Frauen morden phantasievoller.
Eure Leute von der Soko Sissi fassen sich wahrscheinlich öfters an den Kopf und stöhnen: »Lauter Verrückte.«
Sie müssen ja alle Verkleideten, zumindest die, die noch vor Ort waren und sich nicht hastig abgesetzt haben, als der Mord geschah, aufsuchen. Die Organisatoren des Balles haben bekanntlich keine Personalien aufgenommen. Es wird also schwierig, alle Beteiligten ausfindig zu machen. Wer beispielsweise war Goethe? Wer war Shakespeare?
Ich komme nicht los von der Frage: Können Leute im 21. Jahrhundert sich so hassen, dass sie die Kopie einer historischen Figur, die schon Hunderte Jahre tot ist, wegen ihrer damaligen Verfehlungen umbringen? Wie fühlen sich die Jesus-Darsteller bei den Spielen im Oberammer-

gau? Kann man ein schmerzverzerrtes Gesicht unter dem Kreuz wirklich so spielen, oder leidet da wirklich jemand? Oder ist das alles hier vielleicht nur Bühnennebel, um von dem wahren Motiv abzulenken? Agatha Christie hat immer gesagt, man solle die Dinge anschauen, wie sie sind, und nicht, wie sie scheinen.
Ich werde den Laden aufsuchen, der unserem Mordopfer gehörte. Es gibt immer irgendeine Spur. Immer.

Der zwölfte Puzzlestein

Ein Laden, der Spaßartikel und Zauberzubehör verkauft, kann schlecht ein Schild in die Tür hängen: »Wegen Trauerfall geschlossen«. Deshalb ließ nichts an dem Geschäft, das ich bereits kannte, darauf schließen, dass hier ein scheußliches Verbrechen an einem der Besitzer verübt worden war.

Ich betrat am folgenden Morgen den hellen Verkaufsraum, an dem sich nichts verändert hatte, seit ich mit Geert hier gewesen war. Lediglich stand hinter dem Tresen nicht jene Mitarbeiterin, die uns damals bedient hatte, sondern ein schlanker Mann von etwa fünfundvierzig, der von Kopf bis Fuß Schwarz trug. Eine Farbe, die bei einem Trauerfall angebracht war und ihm aber sowieso blendend stand.

Er war ein sehr attraktiver Mann mit intelligenten Augen in jener undefinierbaren Farbe, die stets ihre Umgebung spiegelt, und einem schwermütigen Zug um den sensibel geschnittenen Mund. Entfernt erinnerte er mich an den jungen Robbie Williams. Er musste Antjes Exmann sein.

Die beiden passten gut und auch wieder nicht gut zusammen. Sie waren wie hell und dunkel. Wie froh und traurig. Wie Tod und Leben. Den letzten Vergleich verbat ich mir gleich selbst.

»Guten Morgen. Ich bin Swentja Tobler. Ich hatte vor einiger Zeit Boulekugeln bei Ihnen gekauft«, eröffnete ich ohne Umschweife das Gespräch.

Er betrachtete mich mit melancholischem Interesse. »Sind Sie nicht zufrieden? Zu schwer? Zeigen Sie Ihre Hände. Na ja, schmal, aber nicht schwach! Wenn Sie wollen, messen wir nochmals neu. Ich nehme die Kugeln zurück, wenn sie nicht allzu sehr abgespielt sind.«

Aus einem Grund, den ich selbst nicht kannte, mochte ich die üblichen Lügen und Spielereien hier nicht weitertreiben. Der Mann hatte immerhin seine Schwester verloren, und er wirkte sympathisch.

»Sind Sie der Inhaber? Der Bruder von Leonie Buchmüller?«

Er wurde kühler. »Aha, daher weht das Lüftlein. Wenn Sie von der Presse sind, ich habe nichts zu sagen. Wenden Sie sich an die Kriminalpolizei und die dortige Pressestelle.«

»Ich bin nicht von der Presse. Fast könnte man mich eine Zeugin nennen, denn ich war auch auf dem Ball, als es geschah.«

Er musterte mich überrascht. »Was? Sie waren dabei? Haben Sie auch bei diesem ... Unsinn«, er klang verzweifelt, als suche er nach einem freundlicheren Wort für das ausgefallene und tödliche Hobby seiner Schwester, »mitgemacht? Als was denn? Mein Gott, wie ich diese Verkleiderei hasse. Es hat sie das Leben gekostet. Warum musste sie mit diesem Schwachsinn anfangen? Sind wir Kinder, die Verkleiden spielen? Wir beide hätten es besser wissen müssen.«

Taktvoll sah ich zu Boden und wartete einen Moment, bis er ruhiger atmete. Er wirkte zurückhaltend, doch in ihm brodelten sichtlich starke Gefühle. Fest schloss er jetzt den Mund, als wollte er sich in sich einsperren.

»Ich habe Ihre Schwester eines Abends zufällig in der Südstadt gesehen. Ich arbeite dort freitagabends in einem Secondhand-Kleiderladen, und wir schließen mit Sondergenehmigung sehr spät. Sie lief vorbei, Richtung Theater, und sah aus wie ... na ja, Sie wissen schon.«

»Oh ja, wie Sissi! Immer Sissi! Einen Moment, bitte.«

Ein etwas älteres Kind kam herein und fragte nach einem Zauberwürfel. Mit einem Blick bat Buchmüller um Entschuldigung – was mir gefiel, denn es verriet Manieren – und führte dem Kind den Würfel vor. Er war bunt und verhielt sich nicht wie ein normaler Würfel, sondern torkelte umher wie betrunken.

Das Kind ging, zufrieden. Es konnte nun auf dem Schulhof mit etwas angeben.

»Mein Name ist, wie gesagt, Swentja Tobler«, stellte ich mich noch einmal vor und reichte ihm die Hand. »Ich war auf dem Ball und habe Ihre Schwester mehrmals bewundert. Eine perfekte Inszenierung.«

In seinen Augen las ich einen kurzen freudigen Schimmer

über das Lob. Er hatte seine Schwester geliebt. Das spürte ich. Fragend sah er mich an.

»Verzeihung. Ich habe auf dem Ball die Scarlett O'Hara gespielt.«

»Stefan Buchmüller.« Er lächelte fast entschuldigend … »Meine Schwester und ich hatten ein enges Verhältnis. Schon aus Pietät unseren Eltern gegenüber. Damit sich überhaupt jemand an sie erinnert. Mama und Papa waren etwas Besonderes. Auch wenn das zu ihrer Zeit keiner gemerkt hat. Sie hatten ein schweres Leben.«

Ich drang nicht weiter in ihn, was für eine Art von Leben das gewesen sein mochte. Im Grunde hatte ich Leute immer gehasst, die das schwere Leben von wem auch immer für ihr eigenes Versagen verantwortlich machten. Jeder konnte etwas aus sich machen, wenn er schönes Haar, schöne Zähne hatte, sich nett anzog und gut zuhören konnte. Gut, ein Minimum an Verstand gehörte auch dazu. Die meisten Gattinnen reicher Männer aus meiner früheren Zeit waren aus diesem Holz geschnitzt gewesen. Tapfere, schöne Frauen.

Ich betrachtete Stefan nachdenklich. Er war ein sensibler Mann. Ein bisschen rückwärtsgewandt vielleicht, und eine Spur Verbitterung wohnte in seinen Augen.

»Manche mögen diese Zusammenkünfte ja erstrebenswert finden, aber Sie waren offenbar nicht gerade begeistert von dem Hobby Ihrer Schwester?«

Er musterte mich reserviert, aber nicht unfreundlich. »Nein, war ich nicht. Diese Tanzerei kostete in meinen Augen zu viel Geld und kostbare Zeit. Und ein bisschen schräg ist es auch, oder? Ich meine, die Leute dort, die meinen wirklich, sie sind so bedeutend wie die Figuren, die sie darstellen. Eine Menge Angeberei ist mit im Spiel. Im richtigen Leben nichts erreicht, klein und dick und ungebildet, und dann Cäsar spielen und großspurig in einer Toga herumwandeln. Lächerlich. Und was meine Schwester mir erzählt hat, waren nicht alle gerade exzellente Schauspieler. Leonie verstand etwas davon.«

Im Grunde gab ich ihm recht. Auch wenn ich persönlich auf

dem Ball gar keinen Cäsar gesehen hatte – oder vielleicht doch? Es waren ja so viele Leute in so vielen Kostümen umherstolziert, vielleicht auch ein römischer Kaiser, wer weiß?

»Deshalb hat sie es auch geheim gehalten. Niemand außer mir wusste von ihrem Hobby. Nicht einmal unsere gute alte Tante, die noch bei mir lebt, war eingeweiht. Oder mein Sohn. Aber Lukas ist sowieso im Ausland.«

Er hielt inne. Strich sich mit einer wohlgeformten Männerhand über die Stirn. Im Unterschied zu Antje trug er seinen Ehering übrigens nicht mehr. Ob sie das bemerkt hatte, und ob es sie traurig machte?

»Diese Cosplay-Geschichten für Jugendliche sind in Mode gekommen. Für Erwachsene gibt es das erst seit Kurzem. Wäre der Unsinn doch nur in Japan geblieben, wo sowieso genug Verrückte wohnen. Wir führen hier nämlich auch Spielzeug aus Fernost. Alles billiges und übertriebenes Zeug.«

»Wie lange ging Leonie denn schon als Sissi auf diese Bälle? Und woher hatte sie die originalgetreuen Kostüme?«

Er blätterte abwesend in seinem Kalender, als stünde darin die Antwort auf meine Frage. Er war einfach nur traurig und konnte mir nicht in die Augen sehen. Weinen wäre unmännlich. Mir recht. Ich bin auch nicht gerade vernarrt in weinende Männer. Tom würde niemals weinen. Er gab auf der Bühne in unserem höchstpersönlichen Zwei-Personen-Stück den schweigsamen, harten Kerl.

»Sie besuchte die Bälle seit etwa vier oder fünf Monaten. Keine Ahnung, woher sie die Kostüme hatte. Ich habe sie das auch einmal gefragt, aber sie hat ausweichend geantwortet. Vermutlich weil die Dinger teuer waren, und wir steckten eigentlich fast unser ganzes Geld in den Laden. Wahrscheinlich hat Leonie sie aus dem Internet gefischt. Ich frage mich all das dauernd. Ich, ich kann zurzeit nicht schlafen.«

Er schluckte, als müsse er ein Erbrechen verhindern. »Ich suche dann nach Antworten für das alles im Netz. So habe ich eine Seite namens ›Sissi historisch‹ entdeckt. Da kann man Elisabeth-Kostüme ersteigern und tauschen.« Er schüttelte den Kopf.

»Natürlich treten da alle unter anderem Namen auf. Es wird einem heutzutage zu leicht gemacht, sich eine neue Identität zuzulegen, zumindest im Netz. Sie nennen sich Rote Rose oder Wiener Blut …«

Er machte eine Pause, aufrichtig bitter und verstört. »Wiener Blut! Karlsruher Blut! Furchtbar. Ein Kunde hat sie darauf aufmerksam gemacht, dass es dieses Cosplay für Erwachsene jetzt in Karlsruhe gibt. Hätte dieser Kunde nur niemals unseren Laden betreten. Dann wäre das alles nicht geschehen. Eine Familientragödie. Ohne Sinn.«

Ich wartete einen Moment. Es sprach für seine Beziehung zu seiner Schwester, dass er von einer Familientragödie sprach, obwohl nur sie betroffen war und er noch lebte.

»Wo hat Ihre Frau Schwester denn diese unglaubliche Perücke machen lassen?«

Er seufzte. »Es hört sich vielleicht seltsam an, aber ich weiß auch das nicht. Sie kann es eigentlich nicht selbst gemacht haben, denn dieses Talent, sich herzurichten und zu frisieren, das besaß sie eigentlich nicht. Vielleicht hat sie die Perücke ebenfalls aus dem Internet, ich habe keine Ahnung. Wir mochten uns, aber wir haben nicht alles miteinander geteilt, wenn Sie verstehen.«

»Ja, manchmal ist es nicht schlecht, wenn Geschwister oder Familie überhaupt nicht zu dicht beieinanderwohnen. Meine Tochter lebt seit einiger Zeit in England.«

Er ordnete einen Rechnungsblock von rechts nach links. Eine Schweißperle stand auf seiner Stirn.

»Ja?«, sagte er. Es brach fast aus ihm heraus: »Ich war noch niemals in England, aber unsere Mutter hatte dort einmal ein kleines Engagement. In einem Seebad, in Brighton, in einem kleinen Revuetheater. Ihr hat es sehr gefallen, und man hat sie damals sehr gelobt für die Rolle. Eine besondere Rolle. Unsere Eltern waren lebenslang einfach unterschätzt. Vor allem mein Vater. Er konnte wirklich mehr als einen albernen Hausmeister spielen …«

Er wirkte bitter, als er das sagte. Deshalb fragte ich nicht nach.

Dann kehrte er wieder in seine deprimierende Gegenwart zurück. »Leonie hat mir nicht gesagt, wie sie zu dieser perfekten Ausstattung kam, und perfekt war sie ja wirklich. Ich ...«, jetzt brach seine leise Stimme fast, »ich musste sie ja identifizieren, und sie trug dieses wunderschöne Kleid noch.«

»Es tut mir leid«, sagte ich.

Stefan fuhr fort, bemüht um Sachlichkeit: »Aber Vorbilder hatte sie wirklich genug. Leonie hütete eine ganze Sammlung über Sissi.«

»Dass sie niemandem gesagt hat, woher sie all diese originalgetreuen Dinge hatte, wundert mich trotzdem.«

Er schien fast beleidigt, dass ich Kritik an seiner toten Schwester übte. »Oh, das ist schon logisch. Wissen Sie, die Leonie wirkte eigentlich immer sehr beherrscht und kühl. Aber sie hatte eine andere Seite. Eine Fabulierseite. Vergessen Sie nicht, unsere Eltern waren Schauspieler. Da liegt das im Blut.« Er hob die Hände. »Vielleicht nicht in meinem. Ich bin eher ... ruhig und zurückhaltend. Der Unauffällige im Hintergrund.«

Es machte ihn sympathisch, dass er zugab, was ich auch schon gedacht hatte.

»Außerdem wusste sie, dass ich von diesem, nennen wir es Zeitvertreib, nicht angetan war. Vielleicht hat sie manches drüben im Elsass machen lassen. Sie war oft in Straßburg und Colmar. Da unten gab es früher viele Stoffmanufakturen und deshalb auch viele Schneidereien, die historische Stoffe bearbeitet haben. Ich habe mit ihr darüber nicht gesprochen. Vielleicht war das ein Fehler.«

Am Schaufenster drückte sich eine ausländisch aussehende Familie mit drei Kindern nun die Nasen platt. Jede Minute würden sie dem Zauber des Ladens verfallen. Ich musste mich beeilen.

»Hat sie jemals gesagt, dass jemand aus der Cosplay-Szene sie bedroht? Hatte sie Angst?« Ich dachte an den Ausdruck in Sissi-Leonies Augen, als ich sie das erste Mal sah.

Leonies Bruder schüttelte den Kopf: »Wir haben nicht viel darüber gesprochen, wie gesagt. Nur einmal hat sie erwähnt, dass die Person, die Romy Schneider darstellt, sie in der Wut genauso auslöschen könnte, wie Romy die Sissi in sich selbst ausgelöscht hat. Und dass ihr ein Kind Sorge mache, das ständig herumhüpfte. Und von Ihnen hat sie auch gesprochen.«

»Von mir?«

»Ja. Es ist mir ein bisschen unangenehm, denn Sie sind ja nun wirklich eine schöne Frau, aber Leonie sagte, dass die Rolle der Scarlett für Sie zwanzig Jahre zu spät kommt. Sie war halt eine direkte Person.«

Moment mal. Trauernder Bruder hin oder her. Das ließ ich nicht mal einer Leiche durchgehen. Kühl: »Nun, Ihre Schwester war ja auch nicht mehr gerade ein Teenager.«

»Sie hat aber die trotz allem zeitlose Sissi, nicht unbedingt das Mädel dargestellt. Und …«, die Türglocke läutete mit der Melodie einer Fernsehserie, »was machen wir jetzt mit Ihren Boulekugeln?«

Die Ladentür ging erneut. Jene Mitarbeiterin, die mich damals beim Kugelkauf beraten hatte, erschien etwas atemlos hinter der hereindrängenden Familie. In ihrer Hand eine Einkaufstüte von Breuninger.

»Das ist unsere, meine Mitarbeiterin Barbara Vollrath.« Stefan sprach kurz mit ihr über meinen Fall.

Seine Kollegin reagierte beleidigt: »Stefan, ich habe damals korrekt gemessen. Ich kann es aber gerne noch mal wiederholen, und du kannst selbst sehen.«

Sie legte ihren leichten schwarzen Sommermann-Blazer ab, der nicht schlecht war, ihr aber nicht stand, denn es war das falsche Schwarz für ihren Typ. Anschließend bugsierte sie mich wieder zu der Glasvitrine und der Schublade, in der sie das Zubehör für das Boulespiel aufbewahrte. Stefan kümmerte sich in der Zwischenzeit in fließendem Englisch um die Familie.

Wieder ergriff Barbara mich mit ihrer trockenen Hand und legte die meine in die vorgefertigte Schale. Ich ließ sie gewähren. Diese rissige trockene Hand, dieser etwas verdickte Daumen …

Ich hatte diese Hand doch schon einmal gespürt.

Jetzt wusste ich es.

Auf dem Ball.

Wenn mich nicht alles täuschte, war diese Frau als Shirley Bassey auf dem Ball gewesen. Und zwar an dem Abend, als der Mord geschah. Die Frau, die verschwand, kurz nachdem es passiert war!

***

Lieber Hagen,
wieder eine Überraschung.
Leonies Mitarbeiterin ist also auf dem Ball gewesen. Warum? Waren die beiden Frauen so eng befreundet, und wusste »Shirley Basseys« Chef Stefan Buchmüller, dass sie die Marotte seiner Schwester teilte?
Hagen, ich denke, ich habe mir dieser Frau gegenüber nichts anmerken lassen. Hier ist meine jahrzehntelange gesellschaftliche Schulung durch die erste Gesellschaft hilfreich. Haltung und keine Miene verziehen.
Irgendwann stand ich mit umgetauschten kleineren Boulekugeln und vielen offenen Fragen wieder draußen auf der Straße. Autos fuhren im Schritttempo vorbei, und nur wenige Fußgänger liefen den Zirkel mit seinen teuren Galerien entlang.
Ich habe mich danach mit Tom in der Stadt getroffen. Er brauchte noch ein Poloshirt für seinen Bouleurlaub. Bis er erst mal eines hatte! Der ist noch wählerischer als ich. Er wollte danach mit mir essen gehen, eine Kleinigkeit, aber ich lehnte ab. Ich hatte keinen Hunger. Oder sagen wir besser, keinen Appetit. Wie war das bei uns? Du hattest immer Heißhunger, Hagen. Vor allem auf mich.
Ach, wie konntest du dich jemals von mir trennen?
Also gab es nur spartanischen Kräutertee für Tom und mich im Café Böckeler am Marktplatz … Ich versuchte, Barbara Vollrath zu vergessen und mich auf den schweigsamen Tom zu konzentrieren.
Am Nachbartisch saßen zwei ältere Frauen, die sich über

eine verhüllte Araberin, die des Weges kam, unterhielten. »Das Schlimme bei denen ist doch, dass man nie weiß, wer sich dahinter verbirgt«, sagte die eine in breitem Badisch. »Der Leiter von unserer Sparkasse hat gesagt, die kriegen kein Geld, wenn man das Gesicht nicht sieht. Könnte ja auch ein Mann drunter sein, mit Waffe!«
»Genau, Jutta. In unserer Kultur zeigt man sein Gesicht. Ich will wissen, mit wem ich es zu tun habe.«
Hagen, als sie das sagte, dachte ich wieder an den Maskenball. Niemand dort wusste, mit wem er es wirklich zu tun hatte.
Man kannte sich nur in der historischen Rolle, und in dieser Rolle handelten die Mitspieler. So zitierte Shakespeare auch keinen Text von Goethe und umgekehrt.
Die historische Sissi war von einem italienischen Anarchisten umgebracht worden, doch es war kein solcher Mann auf dem Ball gewesen.
Was schließe ich daraus?
Zwei Antworten gibt es:
Entweder wollte jemand die Geschichte neu schreiben und jenen nie geschehenen Mord an Sissi begehen, den das historische Vorbild damals nicht gewagt hat. Etwa deren gehörnter Ehemann, die enttäuschte Schwester, die neidische Kaiserin Eugénie …
Oder der Täter war eine Person, die den Maskenball zwar im Kostüm besucht hat, aber einen sehr realen Grund aus dem gegenwärtigen Jahr hatte, Leonie-Sissi zu ermorden.
Ja, da stehe ich wieder wie am Anfang vor jenem hübschen, verwirrenden Puzzle.
Werde ich noch einen Stein finden, der passt?
Ich sollte dieser Mitarbeiterin der Buchmüllers, die Spaß daran hat, sich als farbige Soulsängerin zu verkleiden, auf den Zahn fühlen. Und ich werde mich in der Umgebung des Ladens umhören. Und mit der kleinen Bäckerei schräg gegenüber werde ich morgen anfangen …

Der dreizehnte Puzzlestein

»Hm«, log ich am folgenden Tag angesichts der bleichen Teigstücke in das Gesicht der Verkäuferin. »Ihr Brot sieht lecker aus. Leider bin ich nicht so oft in der Gegend. Ich bin jetzt wegen des Ladens gegenüber hier.«

»Wegen dem ›Fantasia‹? Der Zauber- und Eventladen, der hat seine Kundschaft. Von weit her kommen die wegen dem Zeug, das man da kriegt. Jonglierdinger, Hula-Hoop-Reifen und so was.«

»Aha, ja, wenn man sich spezialisiert, hat man immer zu tun!«

Die Bäckereiverkäuferin hatte hingegen nicht viel zu tun. Ich war der einzige Kunde. Sie war jung, blond, trug Pferdeschwanz und hatte eine schlechte Haut.

»Wir sind ganz froh über die da drüben. Manch ein Kunde kommt hinterher und trinkt einen Kaffee im Stehen bei uns und sieht sich die Angebote an, die die ihnen ausdrucken.«

»Angebote?«

»Ja, die bieten auch Kinderpartys an und organisieren Geburtstage. Mit Zauberspielen und Clowns. Und beim KSC veranstalten sie für die Nachwuchsjungs Übungswochenenden mit den Wurfdingern und den Bällen da. Wenn der bunte Bus kommt, dann weiß ich, sie haben wieder 'ne Party oder so eine Übung. Manchmal kaufen die Kinder vorher noch 'ne Brezel bei uns. Deshalb ist der Laden für uns ganz gut.«

»Und das alles schaffen die mit nur drei Leuten? Die ganzen Veranstaltungen und Events.«

Die Bäckereiverkäuferin rüttelte einen Korb mit Brezeln zurecht. »Nicht mal drei. Eigentlich machen das nur die Buchmüllers selbst. Manchmal haben sie eine nette Schülerin oder einen früheren Trainer als Hilfe. War mal einer da und hat elf Sprites geholt, für die Jungs. Feiner Herr. So ein Opa, der aber noch sportlich aussah. Nein, die andere Frau da macht nur den Laden.«

»Die andere Dame ist auch Inhaberin?«

Der Pferdeschwanz schüttelte sich verneinend. »Nee. Wär sie wohl gerne. Die trinkt manchmal 'ne Limo bei uns oder holt sich was Süßes. Sie hat am Anfang sogar unentgeltlich mitgeholfen, den Laden aufzubauen. Das war, als sie eine Weile krankgeschrieben war, wegen Depri oder so. Hat 'ne neue Aufgabe gesucht und war einsam. Die hat da richtig rangeklotzt. Die hat, glaube ich, schon gehofft, dass sie mal eine Anstellung kriegt oder sogar einen Anteil. Ich glaub, sie ist nicht so gut zu sprechen auf die Frau Buchmüller, aber die ist ja jetzt ... sie lebt nicht mehr. Man hat sie ... na ja, es stand doch in der Zeitung!«

»Ach, ist das die Frau, die man ermordet hat? Im Schlossgarten?«

Die Blonde stockte und nestelte an ihrer Schürze herum. »Ich red da nicht gerne drüber. Die Polizei war sogar bei mir. Ob ich jemand gesehen habe, der den Laden beobachtet hat, oder ob ich mal mitgekriegt habe, dass jemand sie bedroht hat oder so. War aber nix. Konnte nix sagen. Jemand wie ich weiß doch nix.«

Ich beruhigte sie. »Na ja, das betrifft ja alles nur die Buchmüllers. Sind das nette Leute?«

»Ja, eigentlich schon. Sie, die Frau Buchmüller, ist, nee, war so 'ne Ruhige und mehr so fleißig und konnte, glaub ich, ganz gut rechnen. Er ist nett. Macht immer Quatsch mit den Kindern. Hab das schon gesehen. Der kann das gut, spielt den Clown. Hat ja auch 'nen Sohn, den Lukas.«

Jetzt betrat ein Kunde die Szene. Mehr würde ich nicht mehr erfahren. Mit einem gemurmelten Gruß packte ich die schlaffe Brezel ein und ging.

Als ich auf die Straße trat und mich eigentlich nach rechts wenden wollte, um zum Marktplatz zu gelangen und von dort zum Theater zu laufen, wo ich mein Auto geparkt hatte, streifte mein Blick noch einmal den ›Fantasia‹-Laden. Hinter der Tür sah ich eine Gestalt, die in meine Richtung blickte. Barbara Vollrath. Unsere Blicke schienen sich über die Straße hinweg zu kreuzen wie zwei Messer, die in der Sonne kurz vor dem Duell giftig aufleuchten.

Das ist nur Zufall, dachte ich. Kann ich mir nicht gegenüber ein Brötchen kaufen und ein wenig mit der Inhaberin plaudern? Da ist nichts dabei.

Ein Windhauch streifte mich, ich zupfte mein Haar zurecht und erstarrte, als ich mein eigenes Ohr berührte.

Verdammt.

Zu meiner grünen Bluse von Poetry trug ich sie heute wieder: die tropfenförmigen grünen Ohrringe, die ich als Scarlett O'Hara getragen hatte.

Ich wusste, dass Barbara Vollrath auf dem Ball gewesen war, und sie wusste es jetzt auch von mir.

***

Als ich nach Hause kam und meinen Computer hochfuhr, unter anderem um mich nach dem Stand meiner Aktien zu erkundigen, der – mein Mann konnte das einfach besser – alles andere als erfreulich war, fand ich eine E-Mail von Yvonne vor. Das war ungewöhnlich, denn wir sahen uns ja mindestens einmal in der Woche wegen der Abrechnungen oder einfach nur so.

Liebe Swentja,
dein bizarrer Mordfall beschäftigt mich. Hier wird Geschichte wirklich spannend.
Ich habe heute in der Zeitung gelesen, dass der junge Mann, der auf dem Ball des Mordes an Sissi beschuldigt wurde, wieder frei ist. Der Verdacht lastet trotzdem gewiss schwer auf ihm und seiner gesamten Familie.
Habe noch einmal nachgedacht, und ich kann dir gleich mal drei historische Verdächtige liefern, deren Nachahmer wohl auf dem Ball waren, so wie du erzählst, und über die wir schon sprachen.
Bei Marie Larisch weiß ich nicht, ob sie auf dem Ball anwesend war. Vielleicht hat jemand sich sie ausgesucht, obwohl sie ja nicht so bekannt ist und keine großen Roben getragen hätte.

1. Noch mal Kaiserin Eugénie
Gattin Napoleons III., eine Spanierin, wenig beliebt beim Volk, aber das, was wir heute eine Stilikone nennen würden. Langlebige Person, wurde vierundneunzig. War elf Jahre älter als Sissi, doch sie überlebte sie um zweiundzwanzig Jahre. Sie hatte eine platonische Liebesbeziehung zu dem ersten Couturier der Geschichte, nämlich Charles Frederick Worth, der Modeschauen mit Models, Sommer- und Winterkollektionen zeigte, seine Entwürfe als Schnittmuster verkaufte und sich selbst als Star inszenierte. Also ein früher Karl Lagerfeld. Eugénie war verrückt nach den Kreationen des Engländers. Sie trug unter seiner Ägide sogar kurze Kleider, was sich Sissi, die ihn ebenfalls vergötterte, nicht traute.
Eugénies Begeisterung für Mode artete zur Besessenheit aus, und ihre Krinolinen wurden immer ausladender, bis zu zweieinhalb Meter in der Horizontalen. Ebenso war sie süchtig nach Perlen und Diamanten, wobei sie die französischen Kronjuwelen in ihren Kleiderschrank einbezog. Die offizielle Hoffarbe war Türkis; der schlaue Juwelier Tiffany wählte genau diese Farbe für seine Verpackungen: das bis heute berühmte Tiffany-Blau. Tatsache ist, dass Eugénie besessen davon war, eine Trendsetterin zu sein. Sie wollte die schönste und die eleganteste Frau Europas sein, und dieser Wahn verschlimmerte sich mit den Jahren. Der zweite Platz auf einem Kostümball hätte ihr gar nicht, überhaupt nicht gefallen.
2. Ludwig II. von Bayern
Hatten wir schon besprochen. Der Märchenkönig war eigenartig. Aber bezogen auf Sissi … ja, mit ihr konnte er seine »Wolkenkraxeleien« machen. Hat sich mit Sophie verlobt, weil sie Sissi so ähnlich sah. Und dann wollte er wieder raus aus der Nummer, aber das hat Sissi, die voller Standesdünkel steckte, nicht gefallen. Eine einmal vereinbarte Verbindung hatte eingehalten zu werden, vor allem mit einem Mitglied ihrer Familie! Es kam im Juni 1867

im Park von Possenhofen laut einer Beobachtung eines Zeitzeugen zu einem erbitterten Streit. Sogar das Wort »Erpressung« wegen seiner homoerotischen Neigungen soll gefallen sein. Das wusste ich bei unserem letzten Gespräch noch nicht.

In diesem Zusammenhang muss auch Sophie selbst genannt werden. Du sagst, sie war auch auf dem Ball und wirkte auf dich eher unwissend und schlicht. Ob sie diese Rolle bewusst spielte, muss eventuell die Polizei herausfinden. Sie ist ja keine sehr bekannte Figur. Man kennt sie nur als kleines Mädchen mit Kleidchen und Schleifchen aus den Sissi-Verfilmungen, wo auch die jüngeren Schwestern vorkamen. Hier spielt natürlich auch Néné eine Rolle. Du sagst, eine Néné-Darstellerin war nicht auf dem Ball, aber vielleicht hast du sie nur nicht erkannt. So wie sie sahen viele aus.

3. Der Kaiser selbst

Franz Joseph war ein netter Kerl und hätte was Besseres als die Neurotikerin verdient gehabt. Er sah gut aus, war sprachbegabt, tüchtig und war Reformen grundsätzlich nicht abgeneigt. Entgegen dem, was in Romanen und Filmen verbreitet wurde, war die Ehe der beiden nicht glücklich. Sissi flüchtete sich in Krankheiten, ausgedehnte Reisen, einen übertriebenen Körperkult und ihre romantische Ungarn-Begeisterung samt dazugehörigen ungarischen Männern. Auch verlor sie ihre Tochter auf Reisen. Der Kaiser selbst hatte natürlich ebenfalls Affären, vor allem, als sich Sissi sexuell von ihm zurückgezogen hat, beispielsweise mit Anna Nahowski oder Katharina Schratt, die ihm Sissi selbst zuführte. Aber ob er ihr seine zerbrochenen Familienillusionen wirklich jemals verziehen hat?

Als Sissi mit Depressionen auf Korfu saß, schickte er ihr ihren Freund und Vertrauten Graf Grünne. Nach einer langen Unterredung schieden Sissi und der Graf als erbitterte Feinde. Angeblich hatte er ihr Taktlosigkeiten zum

Liebesleben des Kaisers und ihrem eigenen mitgeteilt. Das Rätsel wurde niemals gelöst. Vielleicht war auf dem Ball ja ein Graf Grünne? Unauffällige Person im Anzug oder in einer K.-u.-k.-Uniform?
4. Das sogenannte Unheimliche Kind
Ein Kind kann in der realen Welt kaum einen Erwachsenen umbringen; deshalb lasse ich dieses Wesen aus. Nur kurz: Es gab durchaus Kinder, die Sissi gehasst haben könnten. Ihre Tochter Sophie musste sterben, weil Sissi sie gerne mit nach Ungarn nehmen und dort unbedingt einen guten Eindruck hinterlassen wollte. Das Mädchen zog sich eine Darminfektion zu, eine Ruhr, wie man damals sagte, und war mit den damaligen Mitteln nicht zu retten. Ihren Sohn Rudolf, den Thronfolger, überließ sie kampflos den Erziehungsmethoden ihrer Schwiegermutter. Sie war ihm niemals eine herzliche Mutter gewesen, wies den Buben immer ab. Für seinen Selbstmord machte sie die verhasste Schwiegertochter, das angeblich hässliche Trampeltier Stephanie von Belgien, verantwortlich. Deren Tochter Elisabeth, Sissis Enkelin, wurde ebenfalls von Sissi abgelehnt …

Ich schloss die E-Mail. Mein Gott, was für ein Geflecht aus Abneigungen rund um Sissi, und das waren wahrscheinlich nicht mal alle.

Ich ging zu meinem Bücherschrank, wo ich auch die DVDs lagerte. Nahm die Sissi-DVD heraus, die ich seit Jahren hütete und immer wieder ansah. Entzückend sahen mich Romy und Sissi vom Umschlagbild an. Ich ging zum Papierkorb und ließ die DVD hineinfallen. Sissis Gesicht verknitterte dabei ein wenig.

»Ein Kind kann niemanden umbringen, Yvonne?«, wisperte ich. »Vielleicht doch!«

Der vierzehnte Puzzlestein

Als ich an diesem schönen Frühabend auf den Bouleplatz kam, waren alle ziemlich aufgeregt und beugten sich über ein Blatt, das auf dem Tisch in unserer kleinen Hütte am Spielfeldrand lag.

Der kugelrunde Frank schüttelte den Kopf. »Hier ist also euer Trainingsprogramm ab morgen. Das heißt, morgen und übermorgen sind ja erst einmal die offiziellen Turniere der Klassespieler aus Frankreich. Wenn ihr euch für immer frustriert vom Boulespiel abwenden wollt, dann geht ruhig dahin.«

»Warum?«, fragte Tom verständnislos.

Der stets hungrige Frank kaute an einem Keks. »Da kommen auch Weltmeister sowie jede Menge Spieler aus der französischen Bundesliga, auch ein paar gute Leute aus Deutschland. Da geht es Legen, Schuss. Legen, Schuss. Und immer ›carreau‹ und ›sur place‹, das heißt, die Kugel schießt eine andere weg und bleibt im Idealfall an ihrem Platz liegen. Höchste Kunst.«

»Also ich würde da nicht hinfahren, und schon gar nicht für so lange Zeit. Das ist Lichtjahre entfernt von dem Boule, das wir spielen«, meinte Geert.

»Ich möchte es aber sehen, und ich möchte es lernen!« Tom in seiner üblichen trockenen Art. »Es macht Sinn, zu wissen, wo man theoretisch enden könnte, Geert. Wir haben sowieso beide Urlaub und wollten wandern, und da ist es doch sinnvoll, dabei gleich Boule zu üben.«

Geert schien weniger enthusiastisch. »Wir haben uns angemeldet, und jetzt bleibt es dabei, aber über schönen Damenbesuch in unserer Kaserne würden wir uns jederzeit freuen, Swentja. Du könntest beispielsweise morgen mit dem eigenen Auto mitfahren und kontrollieren, wo wir untergebracht sind.«

Er zwinkerte. »Vielleicht möchtest du dich mal heimlich ins

Zimmer deines Liebsten schleichen, und da musst du ja wissen, welche Stubennummer er hat. Zwei Wochen ohne … na, sagen wir, kuscheln … das haltet ihr doch nicht aus!«

Ich schrak aus meinen Gedanken, und bevor ich es verhindern konnte, dachte ich: Und ob! Dann fragte ich abwesend: »Wohin jetzt noch mal?«

»Erst mal nach Wissembourg. Später sind wir stundenweise auch in Saverne. Und ein bisschen Zeit zur freien Verfügung bleibt hoffentlich auch.«

»Ich weiß nicht. Wann sollte ich dorthin fahren?«

»Morgen früh. Vielleicht bleibst du ein bisschen bei uns. Über Mittag.«

Am übernächsten Wochenende würde es trotz allem wieder einen Ball geben, und ich wollte auf jeden Fall hingehen, um die Stimmung nach dem Mord zu erleben. Im Grunde war ich ganz froh, dass ich dann allein in Karlsruhe war. Ohne Toms Kontrolle und ohne Toms Kritik.

Ich erschrak vor meinen eigenen Gedanken.

»Ja. Klar. Morgen komme ich mit. Und macht euch um mich ansonsten keine Sorgen. Mir wird nicht langweilig. Ich … ich wollte … nämlich«, ich sagte es leise, »öfters mit deiner Schwester in die Stadt gehen.«

Tom zuckte die Achseln, wenig interessiert wie immer. Geert gab so schnell nicht auf. Er hegte seine eigene Vision vom französischen Bouleturnier in Damenbegleitung.

»Wie wär's, wenn ihr morgen zusammen über die Grenze fahrt? Ihr schlendert in Wissembourg ein bisschen durch die Läden, esst eine Kleinigkeit, und dann könnt ihr auf dem Rückweg im Outletcenter in Roppenheim der Kreditkarte den Rest geben.«

Alles, nur das nicht, dachte ich. Nicht nach Roppenheim. Auch dort verband sich meine Erinnerung mit einem grausamen Mord. »Mal sehen. Aber ich weiß nicht, wie es deiner Schwester geht, Geert. Ob sie überhaupt in Kauflaune ist.«

Der große, schwere Mann seufzte. »Wenn du von der schlimmen Sache sprichst … die liegt jetzt fast zwei Wochen zurück, und Antje ist immerhin von Stefan geschieden. Bisher hat sie sich wacker gehalten. Antje ist nämlich eigentlich keine starke Frau, Swentja.«

Ich nickte.

»Doch sie muss ihren Sohn Lukas über Skype beruhigen und hat noch ihren Exmann aufzurichten, der furchtbar um seine Schwester trauert, aber sie sollte auch an sich denken. So etwas will jedenfalls verkraftet sein. Was die Polizei angeht … du weißt, je mehr Zeit vergeht, desto kälter die Spuren.«

Ich lächelte diskret. Wem sagte er das? »Ja, Geert. Jetzt ist wohl Geduld gefragt. Und Warten auf einen Hinweis aus dem Umfeld der Toten. Eine winzige Begebenheit, eine Spur, die bisher übersehen wurde. Das passiert häufig in Kriminalromanen und selten im richtigen Leben.«

»Ich als Bürger«, mischte sich Tom streng ein, »hoffe, dass langfristig alle Morde aufgeklärt werden. Ich zahle Steuern für einen starken Staat.«

Geert schenkte sich noch ein Bier ein und belehrte uns mit einer gewissen Behaglichkeit: »Die meisten, lieber Freund, die meisten schnappen wir früher oder später. Leider haben wir seit 1967 doch noch vierzehn ungelöste Mordfälle in Karlsruhe zu beklagen. Die meisten Opfer waren übrigens Frauen. Die Erste war die zwölfjährige Elke Krauel, die 1967 vom Rummelplatz entführt und im Schwarzwald ermordet aufgefunden wurde, die Letzte war die sechsundfünfzigjährige Christa von Koeding, die 2003 in ihrer Wohnung in der Wiesbadener Straße an einem Kopfschuss starb.«

»Furchtbar!«, sagte ich. »Ich hoffe, Leonie Buchmüller endet nicht eines Tages in dieser Statistik.«

»Das liegt nicht an dir!«, sagte Tom, und es klang fast böse.

Wir beugten uns also dem Plan, dass Antje und ich etwa zeitgleich mit den Männern nach Wissembourg fahren und die beiden quasi dort abliefern würden.

Antje löste sich dafür von ihrer Tagesaufgabe, die Gebrauchsanweisung für einen vollkommen neumodischen Wischmopp mit Klickfunktion, entwickelt im Badischen, ins Niederländische zu übersetzen, und kam mit.

***

Das Wetter war wunderbar, als ich an diesem 8. Juni die Rheinbrücke überquerte und dann das lang gestreckte, bei Dämmerung bestimmt unheimliche Waldstück durchfuhr, das ins elsässische Weissenburg führte.

Weissenburg, einst ein verschlafenes nordelsässisches Kaff, hatte sich in den letzten Jahren mit üppigem Blumenschmuck, renovierten alten Häuschen, reizenden Gaststätten und romantischen Biergärtchen an der Lauter sowie schicken kleinen Läden herausgeputzt. Ich entdeckte sogar eine Boutique, in der Marc Cain angeboten wurde.

Wir trafen die Männer in der Nähe der mittelalterlichen Stadtmauer, in deren Schatten das Turnier heute Nachmittag ausgetragen werden sollte. Rund um eine Fläche, die anmutete wie eine römische Arena, war bereits eine große Tribüne mit Sitzplätzen eingerichtet worden. Noch herrschte nicht viel Betrieb, und Tom und Geert deckten sich an einem Verkaufsstand am Eingang schon mal mit würzigen kleinen Merguez-Würstchen ein.

Dann drängten erste gut gelaunte Zuschauer herein; man hörte raues Lachen, französische und deutsche Stimmen. In der Luft lag jene Anspannung, die solchen Sportereignissen oft vorweggeht, vor allem bei Tom, und so verabschiedeten wir uns leichten Herzens von den Männern. Etwas verlegen blieben Antje und ich allein miteinander zurück.

»Sollen wir etwas essen gehen? Die Geschäfte öffnen erst um zwei wieder. Ich bin gespannt, was wir hier finden.«

Ich seufzte, weil ich sie enttäuschen musste: »Hier? Gar nichts. Eiserne Regel: Kaufe deine Kleidung immer in dem Land, in dem du lebst. Wenn wir jetzt hier in einem wirklich französischen Laden einen Rock oder eine Bluse kaufen, wird sie von Stil, Schnitt und Material zu nichts in Ihrem Kleiderschrank passen. Das Teil ist eine Ausländerin und wird sich niemals integrieren.«

»Wow!« Antje klang enttäuscht. »Aber dann gehen wir wenigstens essen, ja?«

Wir saßen einander wortarm gegenüber, fremd und doch nicht fremd. Vereint durch einen Mord.

Beim Anblick der Speisekarte lockerte sich die Stimmung.

»Ich nehme Schnecken. Ich esse sie zu gerne, aber in Deutschland würde ich es nie tun«, sagte Antje.

»Salat für mich. *Salade verte, s'il vous plaît.*«

Sie musterte mich amüsiert. »Kein Wunder, dass du Kleidergröße achtunddreißig hast!«

Wieder sahen wir uns schweigend an. »Haben wir jetzt gerade du gesagt?«

»Sieht so aus. Man bringt das immer wieder durcheinander. Antje, ich heiße Swentja.«

»Schön.«

Ich schob die Karte von mir. »Antje, das Rätsel um den mysteriösen Tod deiner Schwägerin reizt mich, das gebe ich offen zu. Doch du kannst dich auf mich verlassen. Ich trage nichts weiter, solltest du mir etwas anvertrauen. Du kanntest das Opfer, sein Umfeld. Leonie stand dir immerhin nah.«

Sie nickte. »Das stimmt. Ich gehöre noch zu der Familie, und ich trauere auch. Aber seltsamerweise kommt es mir vor, als sei die Frau, die da ermordet wurde, eine ganz andere Person gewesen. Ich meine, die sachliche, tüchtige Leonie als Sissi verkleidet auf einem Ball ist für mich fast unvorstellbar. Und nicht nur einmal, mehrmals war sie dort. Ich verstehe es nicht.«

Der Kellner brachte Wasser in der Karaffe und Wein.

»Gerade weil sie so sachlich war, passt es. Menschen leben in diesen Maskierungen unerfüllte Sehnsüchte aus.«

»Und du? Welche Sehnsucht lebst du dort aus?«

Ich mischte eine Schorle mit ein paar Tropfen Wein. »Das hat mich meine Freundin Yvonne schon gefragt, und die Antwort ist immer die gleiche. Ich wollte ein richtig skrupelloses Biest sein, Männer verschlingen und sie nachher herzlos entsorgen, doch es gelingt mir einfach nicht hundertprozentig.«

»Gottlob. Sonst säßen wir nicht hier. Geert mag dich, glaube ich, sehr gerne übrigens. Mein Bruder ist ansonsten äußerst wählerisch.«

»War er schon mal ...?«

Sie verzog das Gesicht: »Kein Eheglück bei den Vermeers. Schon unsere Eltern waren geschieden. Das hat uns anscheinend geprägt. Und dann haben wir es ihnen nachgemacht. Geert war schon zweimal verheiratet.«

»Zweimal?«

»Ja. Aber die Details soll er dir selbst erzählen, wenn er möchte. Vielleicht wollte ich auch deshalb, dass meine Ehe mit Stefan wieder zustande kommt. Jedes Kind geht anscheinend anders damit um, die Schwächen der Eltern zu kompensieren.«

Nach einer Weile fügte sie an: »Swentja, ich bewundere dich. Du hast zwar Tom, aber du wirkst so eigenständig. So als bräuchtest du ihn nicht. *Ich* hasse es, alleine zu sein. Wenn mich Freunde irgendwohin mitnehmen, dann sitzt die Gattin vorne neben dem Fahrer, und ich nehme hinten Platz wie ein Kind. Fünftes Rad, gehört nicht dazu. Ich hasse es.«

Ich ging dem Thema jetzt besser aus dem Weg. Auch meine Liebesbilanz sah nicht gerade sensationell aus. Seit die trügerische Eheidylle mit meinem Mann zerbrochen war und Hagen unsere stürmische Beziehung beendet hatte, befand ich mich in einer Art freiem Fall. Nachts träumte ich manchmal davon, in einem Schacht immer weiter nach unten zu stürzen, und nichts fing mich auf. Wo war eigentlich Tom in diesem Traum?

Der Salat kam und sah knackig aus. Grünlich schimmerte die Vinaigrette.

»Kommen wir zurück zum Tod deiner Schwägerin. Wie ich sagte, Antje, der Mord an Leonie ist ein Puzzle mit zu vielen Blankoteilchen. Das Problem ist, dass die Ballgäste namentlich nicht erfasst sind. Wer also wollte, konnte sich in dem Gewühl leicht in die Dunkelheit des weitläufigen Parks flüchten. Von diesen Menschen bleiben nur die Erinnerungen an Masken, mehr nicht. Und als Zeugen taugen sie nicht, denn sie wollten offenbar nicht erkannt werden und werden sich deshalb auch nicht freiwillig melden.«

Antje seufzte. Ich fuhr fort.

»Selbst ihre Flucht macht diese Leute nicht verdächtig. Ein Heinrich VIII., der bei den Vernehmungen fehlte, kann immer behauptet haben, den Ball verfrüht durch den Park verlassen zu haben. Und die, die geblieben sind und eine Aussage gemacht haben, sind der Polizei zwar nun namentlich bekannt, aber was sind deren Alibis wert? Jeder kann alles behaupten. Es herrschte reges Treiben rund um die Gartenterrasse des Schlosses und auf den Wegen und in den Lichtungen rund um den Ballsaal. Verwirrende Masken, üppige Kleider, die einander glichen, Hochfrisuren. Wer war da genau wann wo? Und wer ging nach dem Mord wohin? Die gaffende Masse war unübersichtlich, und wenn der Mörder klug war, dann tauchte er in der Menge unter, um sich sein Werk noch einmal anzusehen. Gab vielleicht später sogar seine Personalien ab.«

»Ich denke trotzdem, der Täter ist abgehauen.« Antje tunkte ihr Brot in die würzige Kräuterbuttersoße. »Unverdächtig müssten nach meiner Theorie dann eigentlich all jene sein, die auf dem nächsten Ball wiederauftauchen.«

Ich wiegte den Kopf und widerstand der Versuchung, die Vinaigrette mit einem Stück Brot aufzutunken. »Das sagt auch nichts. Der Mörder könnte eine harmlose Erklärung und ein vages Alibi vorbringen. Der Tatort war, wie gesagt, für jeden im Laufe des Abends zugänglich. Es herrschte ein vollkommen unverdächtiges Kommen und Gehen in den Nischen des Parks. Theoretisch hätte man sich hinter den Büschen versteckt halten können, bis das Opfer vorbeikam.«

Ich merkte es selbst, und Antje legte den Finger in die Wunde meiner schlechten Beweisführung. »Das wäre dann Zufall gewesen. Wo hielte sich Sissi im Laufe des Abends auf? Das konnte niemand vorhersagen.«

»Außer ein Ballteilnehmer«, antwortete ich langsam, »hatte sich mit ihr an dieser Stelle verabredet.«

Ich schielte nach ihren köstlich duftenden Schnecken. Aber es gab nur zwei Möglichkeiten: mittags schon fette Kräuterbutter essen oder Größe achtunddreißig tragen.

»Antje, es ist jedenfalls leichtsinnig, dass sie beim Verkauf der Schleifen keine Personalien aufnehmen. Andererseits, wenn einer als Casanova kommt und möglichst viele hübsche Fürstinnen vernaschen will, weil er im richtigen Leben schon seit dreißig Jahren mit einem Trampel mit Konfektionsgröße sechsundvierzig im Ehejoch steckt, dann möchte er anonym bleiben. In den Separees und abseits des Ballsaals wurde jedenfalls nicht aus frommen Büchern vorgelesen, so viel habe ich bemerkt.«

Antje fuhr mit der Zunge über ihre schönen Zähne, an denen ein kleiner Rest Petersilie klebte. »Die Daten derer, die an dem Abend noch erfasst werden konnten, kennt nur die Kripo. Und Geert würde niemals Namen nennen, selbst dann nicht, wenn er im engsten Kreis von einem Fall erzählt. Und diesmal ist es sowieso prekär, da wir ja beteiligt sind. Wir alle wurden gefragt, wo wir uns zum Tatzeitpunkt aufgehalten haben. Ich war glücklicherweise bei meiner Nachbarin zu Besuch.«

»Perfektes Alibi!«

Sie lächelte. »Nachweislich. Und mein Exmann und meine Tante haben Patiencen gelegt. Sie liebt das und hat von früher noch ein herrlich nostalgisches Spiel mit ganz kleinen Karten und schönen Motiven. Unsere Tante ist vielleicht eine Marke. Uralt, aber Temperament wie ein Feuerwerk!«

»Um Gottes willen, an die Familie als Mörder hatte ich wirklich nicht gedacht. Warum solltest du deine Schwägerin umbringen? Oder gibt es etwas, das ich nicht weiß? Ein Geheimnis, tief verborgen? Ein Motiv, das unter Schichten von Harmlosigkeit schlummert? Hat der Bruder seine Schwester vielleicht im Stillen ein Leben lang gehasst? Die alte Tante die Nichte verabscheut?«

Sie schüttelte ungläubig lächelnd nur den Kopf. Und trotzdem fühlte ich mich unbehaglich, als ich es sagte. War es nicht manchmal bei meinen Fällen genau so gewesen?

»Antje, der Mörder trug eine der Masken und war auf dem Ball. Davon bin ich überzeugt.«

Ich dachte zurück an die Szenerie. Die vielen durcheinanderwirbelnden Menschen, die ausladenden Reifröcke, die Perücken, die Anzüge der Männer, die farbenprächtigen Uniformen. Der schwach beleuchtete Park. All die kleinen Szenen des Abends, wie das alte Hochrad, fast gespenstisch mit seinem Erfinder darauf, und der neben ihm herhechelnde Carl Benz im Gehrock. Das Girren und Flirren einer badischen Sommernacht. Dann das feierliche Badnerlied, der gurgelnde Schrei. Die durch den Park davonhuschenden Schatten. Das Unheimliche Kind, das leichtfüßig hüpfend verschwunden war.

»Am Samstag wird wieder ein Convent stattfinden, und ich werde noch einmal hingehen. Sollte ich vorher irgendetwas wissen?«

»Dass Florian Bussam aus der Haft entlassen worden ist, weil die Verdachtsmomente gegen ihn nicht ausreichen, hast du gehört.«

»Ja, ich habe es gehört. Und hat man eine Tatwaffe gefunden?«

»Nein. Man hat bisher keine Waffe gefunden. Aber wenn es wirklich eine Ahle war, ähnlich der, mit der Elisabeth tatsächlich umgebracht wurde, dann war sie winzig klein, konnte überall unauffällig mitgeführt werden. Es fanden bei den Bällen offenbar keine Kontrollen wie bei Rockkonzerten oder Fußballspielen statt. Im Grunde leichtsinnig.«

»Und eine solche Feile oder Ahle konnte man problemlos entsorgen. Irgendwo ins Gebüsch werfen, in einen Abfalleimer oder sogar auf einer der vielen Baustellen in Karlsruhe einfach fallen lassen. Aber Grundbegriffe in Anatomie muss der Mörder schon gekannt haben. Mit einem spitzen Instrument auf das Herz eines Menschen, der in ziemlich festem Kleiderstoff steckt, zu zielen und zu treffen, das ist kein Schwarmwissen.«

»Im Grunde müsste man diesen Stich zuvor geübt haben, Swentja. Immer wieder. Nachgelesen, wie die echte Sissi starb, und dann geübt haben. An einer Puppe.«

Ich dachte an meinen Besuch bei Dracula im Playhouse und an die Puppen in ihren bizarren Kostümen, die dort gestanden hatten. Wer sagte mir, dass Dracula alias Graf Vlad nicht auch auf dem Ball gewesen war? Er konnte jede Maske getragen haben.

Wir gingen an diesem Tag nicht mehr einkaufen. Ich wollte nach Hause und allein sein.

Antje setzte ich in der Nähe ihrer Wohnung in Neureut ab, und dann gondelte ich langsam nach Hause.

Vor meinem Wohnhaus war alles ruhig. Niemand zu sehen. Ein schöner Sommerabend. Kein bisschen unheimlich, kein bisschen gefährlich. Und doch zitterte meine Hand, als ich den Schlüssel aus meiner taupefarbenen Coccinelle-Tasche holte. Denn ich kannte das Gefühl. Das Gefühl, beobachtet zu werden.

***

Lieber Hagen,
nun bin ich sicher zu Hause, habe die Jalousien heruntergelassen und die Terrassentür verriegelt und kann dir schreiben. Dir von allem zu erzählen tut mir gut, auch wenn du mir niemals antwortest.
Ich glaube nicht, dass es ein Zufall war, dass ich Antje kennengelernt habe. Oder vielmehr zuerst ihren Bruder Geert. Nenne es Schicksal. Und dass ich auf die Bälle geleitet worden bin. Und dass sich Yvonne so gut bei den Habsburgern und den Wittelsbachern auskennt, was ist damit?
Es ist ein Netz, das da entsteht, und in der Mitte sitzt eine Spinne, der Mörder. Er sieht mich, in der Gewissheit, dass ich ihn nicht finde.
Was mir auffällt: Es gibt so viele Geschwister in diesem Fall. Bruder und Schwester. Brüder, die ihre Schwestern schützen, und Schwestern, die sich vor ihre Brüder stellen.

Und dabei zwei Schwestern, die Sissi vielleicht ganz gerne tot gesehen hätten.
Nénés Groll ist weltberühmt, aber Schwester Sophie hat ebenso viel Grund gehabt, ihre Schwester zu hassen. Zumindest das habe ich gelernt bei diesem tödlichen Puzzle.
Ich weiß, dass du jetzt die Stirn runzelst, doch ich werde es noch mal versuchen, Hagen.
Ich werde versuchen, den Mörder dieser Frau zu finden, von der ich im Grunde noch überhaupt kein Bild habe außer dem als Kaiserin. Tüchtig war sie offenbar, denn der Laden war ihr Leben und damit auch das ihres Bruders. Vielleicht sollte ich noch einmal mit ihm sprechen. Er ist ein schöner Mann mit tiefer Seele. Bist du ein kleines bisschen eifersüchtig, wenn es einen anderen Mann gibt in meinem Leben, Hagen?
Nun, du kannst beruhigt sein. Tom sendet bestimmt ein Mal am Tag eine nüchterne SMS aus Wissembourg. Etwa so: »Hoffe, es geht dir gut, Swentja. Wir lernen einiges hier, aber man kann noch mehr lernen.«
Von Geert kamen schon zum Frühstück lustige Bildchen, freche Sprüche und lebhafte Beschreibungen, wie es beim Turnierbesuch und beim anschließenden ersten Bouleunterricht zugeht. »Heute war ich die beste Schießbudenfigur auf dem Platz!«
Nichts von Tom außer: »Schlaf gut. T.«
Ich weiß nicht, was ich davon halten soll.
Jedenfalls hat mir Antje angeboten, dass wir beide gemeinsam Leonies Wohnung aufsuchen. Stefan hat den Schlüssel von der Polizei bekommen, und er überlässt ihn ihr. Als Vorwand hat sie angegeben, dass Leonie ihr ein paar Klamotten vermachen wollte. (Das glaubt er gleich; Antje ist nun mal gar nicht schön angezogen und stellt sogar für mich eine Herausforderung dar. Gestern hat sie sich einen Hosenrock bei Jack Wolfskin gekauft. Das mit Abstand unbequemste und unsexieste Kleidungsstück aller Zeiten.) Und dass sie aus Leonies Wohnung auch ein

paar Fotos für ihrer beider Sohn Lukas holen wollte.
Die Wohnung ist nicht mehr von der Polizei versiegelt. Ich denke, die Leute von der Karlsruher Soko haben jeden Millimeter durchkämmt.
Da wird nichts mehr zu finden sein außer dem Schatten der Frau, die darin gelebt hat. Gegessen, geschlafen, geträumt, geliebt. Hat uns nicht die Erfahrung mehr als einmal gezeigt, dass der Grund, warum ein Mord geschieht, im Opfer selbst liegt?
Was war es, warum dich jemand so hasste, Leonie Buchmüller? Und warum war deine Mitarbeiterin auf dem Ball?
Ich wünsche dir alles Gute, Hagen.
Swentja

Der fünfzehnte Puzzlestein

Leonie Buchmüllers Wohnung befand sich in einem schönen Altbau in der Gerwigstraße, welcher der segensreichen Einrichtung des Mieter- und Bauvereins in Karlsruhe gehörte, die halbwegs bezahlbare Wohnungen zur Verfügung stellte.

Das Treppenhaus war steinern und angenehm kühl. In ihm herrschte die übliche werktägliche Stille.

Leonie Buchmüller hatte im ersten Stock links gewohnt; die Eingangstür war aus gelbem Milchglas, hinter dem man bestimmt einen Schemen sah, wenn sich jemand auf die Tür zubewegte. Ihre Umrisse würden hier jedenfalls niemals mehr zu sehen sein.

Ich las das Namensschild der Nachbarwohnung. »Ibrahim Hussein und Nelson Kunte«, daneben zwei kitschige schnäbelnde Vögel aus Fimo-Teig. Also nicht nur Ausländer, sondern auch noch zwei Männer in einer Wohnung. Willkommen im richtigen Leben, Swentja Tobler.

Offen gestanden war ich erst durch meine Tätigkeit als Hobbydetektivin in derartige Häuser und Wohnungen gelangt, in denen es nach billigen Reinigungsmitteln roch.

Mein Mann und ich hatten ausschließlich mit Leuten verkehrt, die schicke Villen besaßen. Und wenn sie »nur« Wohnungen ihr Eigen nannten, dann handelte es sich um solche in Monaco, Paris oder am Gardasee. Für mich war das normal. Seit ich ein junges Mädchen war, war ich von reichen Männern umworben worden. Ich hatte fast vergessen, dass manche Menschen auch anders lebten. Bis ich ziemlich deutlich wieder daran erinnert wurde.

»Komisches Gefühl!«, wisperte Antje, als sie die Tür aufschloss.

Drinnen empfing uns Stille, Staub, eine tote Fliege und jener eigenartige Geruch, von dem ich wusste, dass er durch die Substanzen entstand, mit denen Fingerabdrücke sichergestellt oder andere erkennungsdienstliche Untersuchungen durchgeführt wurden. Keiner von den Herren Polizisten hatte sich die Mühe gemacht, zu lüften oder ein Fenster schräg zu stellen.

Die Wohnung selbst war sauber, aufgeräumt, sehr sachlich und modern eingerichtet. Es dominierten Schwarz, Grau und Weiß. Auch die Bilder waren modern. Glas in Metall gerahmt. Schleiflack und Leder herrschten vor …

Antje sah sich um. »Kannst du dir vorstellen, wie sie hier saß, nach einem Ball, als Sissi? Mit Krinoline, mit Rüschen, Spitzen, einer Krone und langen Samthandschuhen? Ein echter Antagonismus!«

»Nein«, sagte ich. »Wir wissen ja auch, dass sie niemals so hier saß. Sie hatte die Sachen im Auto gelagert. Sie, als Kaiserin, hätte nicht in diese Wohnung gepasst. Es wäre beinahe lächerlich gewesen. Trotzdem eine logistische Meisterleistung. Auf diese Umzieherei im Hotel muss man erst mal kommen.«

Antje schwieg eine Weile. Ich konnte mir denken, was in ihr vorging. Hatte sie ihre Schwägerin überhaupt gekannt?

Mit rauer Stimme sagte sie: »Leonie war sehr ordentlich und gründlich. Stefan hat das immer von ihr gesagt, und er hat es stets bewundert. Dennoch ist es ein komischer Gedanke, dass sie hier zumindest diese Ideen ausgebrütet hat.«

Ich legte ihr einen Arm um die Schulter. »Antje, es ist immer traurig, das Zuhause eines Mordopfers zu sehen. Angesichts eines gewaltsamen Todes wirkt sein Umfeld oft seltsam bieder, und man kann sich nicht vorstellen, warum ausgerechnet dieser Mensch getötet wurde. Aber Leonie ist eindeutig als Sissi durch die Südstadt gelaufen, als Sissi war sie in der Bar etwas trinken, und als Sissi ist sie gestorben. Mit meinen eigenen Augen habe ich sie gesehen. Es muss das Sternzeichen Zwilling in ihr sein. Laut einer FBI-Studie sind Zwillinge das Sternzeichen, das am häufigsten Verbrechen begeht oder ein gefährliches Doppelleben führt.«

»Swentja, wie bitte? Leonie, die korrekte Überkorrekte? Sie war immer ängstlich darauf bedacht, alles richtig zu machen.«

»Antje, ich denke, sie hat einfach diese andere Seite ausgelebt, in der sie eine spektakuläre, schillernde Person war. Und ein bisschen verrückt, was sie sich als Leonie niemals getraut hätte. Hast du gewusst, dass Sissi tätowiert war? Das habe ich in der Bild-Zeitung gelesen, man glaubt es nicht. Sie hatte einen Anker auf der Schulter. In einer Hafenkneipe eingeritzt. Typisch für ihre Exzentrik und ihren Mut zum Anderssein. Und das hat deiner Ex-Schwägerin gefallen. Vielleicht war sie mit der Sorge um den Laden und allem, was daranhing, überfordert.«

»Das kann sein. Doch in dem Fall hat sie diese Seite gut verborgen«, murmelte Antje nachdenklich, »verdammt gut verborgen. Leonie war so bodenständig und moralisch. Ein Vorbild für die Kinder, mit denen sie beruflich zu tun hatte. Das war ihr sehr wichtig.«

Langsam lief ich durch die Wohnung, um mir einen ersten Eindruck zu verschaffen. Ich hatte einmal gehört, dass die Wissenschaftler an der Existenz Shakespeares zweifelten, da er kein einziges Buch hinterlassen hatte, als er starb. Auch Leonie war keine Bücherratte gewesen. Ein paar Romane, ein paar Krimis, Sachbücher über Politik und Geschichte.

Von ihrer Sissi-Besessenheit zeugten höchstens drei, nein, vier Bücher im Wohnzimmerschrank. Eines über die österreichisch-ungarische Geschichte, ein weiteres hieß »Skandale der Habsburger«, und ein alter Schinken verhieß »Das Ende einer gemütlichen Welt: der Zauber Österreich-Ungarns«. Über Sissi fand sich nur eine schmale, zerfledderte rororo-Monografie. Möglicherweise hatte die Polizei die anderen Bücher mitgenommen.

Die freien Regale des Bücherschrankes waren offenbar abgewischt worden, doch da, wo sie an die Rückwand stießen, lag noch ein Rest hauchfeinen Staubes. Hier zumindest hatten keine Bücher gestanden. Das sagte aber nichts. Manche Leute steckten ihre Lieblingsbücher in rustikale Weidenkörbe und stellten sie neben das Bett.

Antje gesellte sich schweigend und ernst wieder zu mir. Wir öffneten den Garderobenschrank. Auch hier herrschten Ordnung und eine gewisse sterile Langweile. Ein Regenmantel, ein paar Jacken, ein Blazer, Schirm, Stiefel und Turnschuhe. Zwei Paar Lederschuhe mit flachem Absatz, ein Schal.

»Mit der Ausrüstung hätte sie die Queen in Schottland besuchen können, ohne aufzufallen«, sprach ich zu mir.

Ein Fotoalbum lag aufgeschlagen auf dem Tisch. Einige Fotos waren herausgenommen worden, zweifellos von der Polizei, denn an den leeren Stellen befanden sich jeweils kleine Datumsstempel mit dem Wappen von Baden-Württemberg.

Die noch vorhandenen Fotos zeigten Leonie und Stefan als Kinder, als junge Leute und als Erwachsene. Ich betrachtete die Frau genauer, denn zum ersten Mal sah ich sie als Leonie Buchmüller und nicht als österreichische Kaiserin. Die Geschwister glichen sich zwar, aber die Ähnlichkeit war nicht auffallend.

Sie war keine Schönheit gewesen, aber recht hübsch mit einer kurzen geraden Nase und schöner Augenpartie. Schlank und drahtig, wie sie war, hatte sie wunderbar als Sissi durchgehen können. Stefan war etwas kräftiger als sie und ein dunklerer Typ. Beide hatten diese ausdrucksvollen Augen, die bei Licht die Farbe wechselten.

Dann gab es da noch Fotos von der ganzen Familie. Ein gut aussehender, schlanker Herr mit markanten Zügen, eine ebenfalls schlanke, fast hagere dunkelhaarige Frau und eine weitere, die ihr ähnlich sah, waren ebenfalls für die Ewigkeit und die Polizei in dem Album festgehalten.

Antje deutete auf die ältere Gruppe.

»Das waren die Eltern. Und die Tante, Schwester der Mutter. Sie hat die Kinder großgezogen, als Stefans Papa und Mama beruflich viel unterwegs waren. Vor allem Stefan. Er hängt sehr an ihr, sie ist wie seine Mutter. Tante Judith lebt bekanntlich noch. Sie ist halb blind, ein bisschen durcheinander, aber sehr nett. Eine warmherzige Frau. Sie konnte wunderbar von früher und von der alten Heimat erzählen.«

Die Tante interessierte mich nicht. Leute bringen Tanten um wegen des Geldes, aber Tanten bringen meistens keine Nichten um. »Die Eltern waren Schauspieler, hast du gesagt?«

»Ja. Hört sich romantischer an, als es war. Sie mussten ganz schön kämpfen.«

Mein Handy gab einen Laut von sich. Es zwitscherte. Eine SMS. Ich sah darauf und erwartete Tom als Sender. Stattdessen war da nur ein trauriges Emoji zu sehen.

»Kinder kennen die Wahrheit. Und ich glaube beinahe, du läufst in die falsche Richtung … Hahahaha!«

Etwas Kaltes lief mir wie ein langsam schmelzendes Eisstück den Rücken hinunter. Das Unheimliche Kind hatte seine Drohung wahr gemacht. Es hielt sich in meiner Nähe auf …

»War etwas?« Antje sah mich besorgt an.

»Nein, nein. Nur ein Verrückter!«

Ich unterdrückte die aufsteigende Angst, und mit unbehaglichem Gefühl in der Herzgegend blätterte ich in dem Album weiter. Ich fühlte mich nicht wohl dabei, in den Sachen einer Toten herumzustochern.

Hier waren Fotos von Vater Buchmüller bei einer SWR-Produktion namens »Fürst Finster«, was mir vage bekannt vorkam. Buchmüller hatte offenbar den trotteligen Diener gespielt. Eine traurige Rolle aus heutiger Sicht.

Farbenfroher wirkte die Mutter. Ach ja, das hatte Stefan erzählt. Sie war in Brighton aufgetreten. Buntes Kostüm, eng geschnürt, Haarturm, rollende Augen. Na ja, das war der Geschmack der Nachkriegsjahre gewesen. Die Zigeunerin als Femme fatale.

»Swentja, gehen wir in die Küche. Die hatte die Polizei nicht abgesperrt. Stefan durfte dort bei der Vernehmung oder wie man es nennt sogar ganz unbeaufsichtigt einen Kaffee kochen.«

Saubere moderne Küche, an der Wand über dem Tisch ein schwarzes Küchenregal. Am Boden lag ein weißer Spurensicherungshandschuh. Er war wohl vergessen worden, nachdem man das Regal sauber gewischt hatte. Auf diesem Bord stand neben schönen modernen Kochbüchern nun doch ein Buch über Sissi. Umso mehr wunderte es mich, dass dieses Standardwerk der bekannten Autorin Brigitte Hamann leicht verstaubt war. Hatten die jungen Polizisten mit ihren weißen Handschuhen nur schnell mal über Regale gewischt, aber keine Lust verspürt, dicke Bücher abzustauben?

Eine Fußnote, die ich mir machte, aber gleich wieder vergaß.

»Ich hatte mich schon gewundert, woher sie sich ihre Anregungen holt«, sagte ich trocken und schlug das Werk auf. Leonie hatte Markierungen an den Rändern gemacht, vor allem da, wo Sissis Kleidung beschrieben war, und die Seiten, die Fotos der Kaiserin zeigten, wiesen Eselsohren auf.

Antje rieb sich die Augen. »Menschenskind. Wenn ich das alles so genau gewusst hätte, als sie noch lebte. Dass sie solche Träume und Wünsche hatte. Na ja, die Eltern waren Schauspieler. Sie konnte sich wohl gut verstellen.«

Ich sah mich weiter um und bemerkte nichts Außergewöhnliches. Eine Sache fiel mir allerdings auf: Auf einem kleinen Tisch, wo Nähsachen und dergleichen aufbewahrt wurden, lag ein Foto. Es war eine Art Autogrammkarte von unserem Karlsruher Oberbürgermeister Frank Mentrup, einem netten und freundlich aussehenden Mann mit Locken und einem jugendlichen Spitzbubengesicht. Gut getroffen auf dem Bild, mit offenem Kragen und Jeansatmosphäre. Mein Mann hatte solche Politiker verabscheut. Für ihn sahen sie aus, als ob sie sich nicht genug aus Geld machten, weshalb man sie nicht würde bestechen können.

»War Leonie in irgendeiner Partei, etwa der SPD, oder warum hat sie ausgerechnet das Foto hier aufgehoben?«

Antje krauste die Stirn. »Der Typ war sie nicht. Partei? Nein. Die war auf ein Ziel konzentriert, und das war der Erfolg des ›Fantasia‹-Shops. Der Erhalt ihres Ladens war unheimlich wichtig für sie. Unabhängig sein, das war ihr Traum. Eine Partei? Niemals.«

Unschlüssig hielt ich das Foto in der Hand. Ja, es war eine Art Pressefoto, wie es bei Veranstaltungen verteilt wurde, manchmal mit Autogramm, manchmal ohne. Ich drehte es um. Da stand die Adresse des Fotografen: Walter Steinbeiss, Stephanienstraße 12, Karlsruhe. Jemand hatte den Namen des Fotografen unterstrichen. Vage kam er mir bekannt vor. Richtig, die vom Ballfotografen überreichte Visitenkarte, die ich achtlos weggeworfen hatte, hatte denselben Namen getragen.

Ich legte das Foto wieder hin, merkte mir den Namen und beschloss, dieser Adresse bei Gelegenheit einen Besuch abzustatten.

»Geschminkt hat sie sich sicherlich hier.« Ich lugte in das kleine lang gezogene Bad. Neben der normalen Kosmetik standen dort auch mehrere Schuhkartons mit Beschriftung: »Theaterschminke Clown«, »Schminke Prinzessin«, »Schminke Horror«.

»Ihre Unterwäsche wird sie praktischerweise auch schon hier in der Wohnung angezogen haben. Nur die auffallenden Kleider hat sie später übergestreift.«

Antje nickte. »Die Ballkleider sind jetzt bei der Kripo, nehme ich an. Soweit ich weiß, waren in den Koffern tatsächlich die Kleider, die Schuhe und die Hüte. Das, was sie halt nicht durch die Stadt ausführen konnte. Und danach … Stefan will diese Sachen bestimmt nicht haben. Was für eine furchtbare Erinnerung sie für ihn wären.« In ihrer Stimme klang viel Mitgefühl mit.

Zögernd betraten wir das Schlafzimmer; fast scheu näherte sich Antje dem Kleiderschrank ihrer Schwägerin. »Er ist noch versiegelt, schau, aber sie haben nichts gefunden, und man darf jetzt über den Inhalt verfügen. Stefan wird das nicht machen wollen. Sie war doch seine Schwester.«

»Ja, Antje, es muss schlimm für ihn sein. Aber vielleicht hilft diese Tragödie euch beiden, wieder zusammenzufinden. Lass mich mal!«

Ich knibbelte mit meinen langen Fingernägeln das Klebeband der Kripo ab, und wir öffneten die Schranktüren. Der Kleiderschrank von Leonie Buchmüller stellte tatsächlich keinerlei Überraschung dar. Ein paar Röcke, ein paar Sommerkleider, Hosen und Pullover. Ein Stapel T-Shirts, meistens in Blau und Schwarz. Shorts. Tanktops. Fast alles in gedeckten Farben und von mittelmäßigen Marken. Die Kripo hatte nichts übersehen.

Ich wandte mich der Kommode zu und ging ein wenig achtlos durch ihre Unterwäsche. Auch hier vernünftiger Standard. Schiesser. Trigema. Calida. Was mir auffiel, war, dass sie sehr viele Büstenhalter besaß. Es war mir ein wenig unangenehm, aber ich fasste einzelne Teile an und hob sie hoch. Rote, schwarze, beigefarbene. Immer die gleichen Modelle und immer mindestens drei identische.

Antje war verlegen: »Leonie war einerseits praktisch und andererseits sehr bedacht auf ihre Unterwäsche. Hat auch alles täglich gewechselt. Deshalb hatte sie immer gleich drei von allem.«

Ich nickte. Verständlich. Doch wenn das so war, dann fehlte etwas. Es musste da sein. Eigentlich. Die jungen Männer, die diese Wohnung untersucht hatten, mochten nicht daran gedacht haben … Ich runzelte die Stirn.

Sissis Ballkleider verlangten einen trägerlosen BH. Wäre es nicht praktisch gewesen, dieses Teil gleich hier anzuziehen und ihn nicht erst einpacken und im Hotel anlegen zu müssen? Aber es war keiner da. Natürlich hatte sie am Abend ihres Todes einen getragen, und der war sicher noch bei der Kriminalpolizei. Aber hatte sie nur einen gehabt, wenn sie von allem anderen drei gleiche Modelle besaß?

»Es ist nicht eigentlich wichtig, Antje, aber vielleicht kannst du bei Gelegenheit mal rauskriegen, ob sie noch einen trägerlosen BH hatte. Ob einer oder mehrere in den Kisten in ihrem Auto gefunden wurden.«

»Das mach ich, wenn ich Gelegenheit dazu habe.« Antje machte runde Augen. »Jesus, ich habe niemals einen trägerlosen BH besessen. Wozu auch? Ist das nicht etwas Frivoles?«

Ich betrachtete sie. Sie war so nett, so harmlos, so lustig. Doch ich war vergiftet. Wie oft hatte ich mich getäuscht? Wie oft waren es die Netten, die Harmlosen und die Lustigen gewesen, deren nettes Gesicht sich zum Schluss zur Fratze eines Mörders verzogen hatte? Doch Antje hatte nichts. Kein Motiv. Nichts.

Zu diesem Zeitpunkt konnte ich jedenfalls noch nicht wissen, dass Antje wegen des BHs tatsächlich jemanden fragte und damit einen verhängnisvollen Fehler beging.

Der Mörder trug eine trügerische Maske.

Und die gab ihm die Macht, fast alles zu steuern.

Ich dachte damals in eine andere Richtung. Warum war Barbara Vollrath auf dem Ball gewesen, und welches Verhältnis hatte sie wirklich zu ihrer Chefin Leonie Buchmüller gehabt? Ich würde diese Frage bald ansprechen müssen.

***

Lieber Hagen,
es war immer so, nicht wahr? Je mehr man sich in einen Mordfall vertiefte, desto komplizierter wurde er. Zuerst denkt man: Irgendeiner hat es getan. Dann verdächtigt man den Ehemann, den Ex-Freund, den Geschäftspartner, den Bruder, die Schwester. Nach und nach scheiden alle aus. Kein Motiv, ein Alibi, nette Leute. Kein Verdacht. Täter in der Familie: Fehlanzeige.
Und dann wird es richtig schwierig. Dann muss man mit dem Aufzug ein Stockwerk weiter hinunter in die Hölle der menschlichen Psyche.
Du kennst das. Wir sind den Aufzug mehrmals ein Stück zusammen gefahren, Hagen. Doch irgendwann bist du ausgestiegen. Und hast mich alleingelassen.
Und in einigen Tagen gehe ich wieder auf den Ball. Wieder als Scarlett. Noch ein letztes Mal als Scarlett. Es stimmt: Ich bin zu alt für eine sechzehn- oder zwanzigjährige Südstaatenbelle. Es ist dies das erste Mal, dass ich das Wort »alt« auf mich beziehe und dass ich das Vergangene in meinem Leben spüre. Irgendwann werden wir beide nicht mehr da sein, Hagen. Und haben dann keine Zeit mehr zu bereuen, dass wir nicht zusammen alt geworden sind. Furchtbar. Ich und alt!
Deine Swentja

Der sechzehnte Puzzlestein

Antje hatte natürlich nicht immer Zeit, mit mir zusammen auf Spurensuche zu gehen. Schließlich war sie berufstätig.

»Die Leute wollen, dass du sofort an ihren Auftrag gehst. Sie leben in der irrwitzigen Vorstellung, sie wären dein einziger Kunde. Sie freuen sich, wenn du sie in diesem Glauben bestärkst; nur bliebe dann die logische Frage, warum du mit nur einem Auftraggeber nicht längst verhungert bist. Vor allem als alleinstehende Frau.«

Ich vernahm einen vertrauten Klang. Ich musterte sie. »Du kommst nicht leicht über eure Trennung hinweg, nicht wahr?«

Ihr Gesicht verzog sich. »Nein. Gar nicht. Ich … ich finde es furchtbar. Das Leben ist kalt, wenn du allein bist. Ich gehe sonntags in ein Museum. Ich laufe durch die Gänge, sehe die Bilder, aber ich kann es nicht genießen. Es fühlt sich einfach falsch an. Nein, ich *selbst* fühle mich falsch an. Und dann fliehe ich geradezu nach Hause. Dort bin ich sicher.«

Ich betrachtete sie nachdenklich. So erging es mir manchmal auch. Doch ich war ja jetzt so gut wie verlobt. Mit Tom.

Auch sie wurde nachdenklich. »Also gut. Ich komme mit. Für Leonie. Ich übersetze den Text über Strandkörbe an der holländischen Nordsee heute Nacht, und wir gehen zu diesem Fotomenschen.«

So hatten wir uns ein wenig abstimmen müssen, bevor wir eine Uhrzeit fanden, um Walter Steinbeiss in der Stephanienstraße aufzusuchen.

Diese heitere Straße ist eine der wenigen, die noch an die Zeit erinnern, als Karlsruhe einen Sonnenkönig, genannt Markgraf von Baden, später Großherzog von Napoleons Gnaden, hatte. Die kleinen zweigeschossigen Häuser, schnurgerade in einer Linie, heute geschützt von den Bäumen einer Allee, waren einst die Heimstätten der Hofbeamten, und gewiss war es ein Privileg gewesen, hier zu wohnen.

Walter Steinbeiss war anwesend, was bei einem freien Fotografen, der von Aufträgen in seinem Revier lebte, eigentlich ein Glücksfall war. Uns trat ein mittelgroßer, schlaksiger Mann mit einem ebenso lebensfrohen wie stehen gebliebenen Lächeln auf seinem ansprechenden Gesicht gegenüber. Eine randlose Brille und kein einziges Haar mehr. Blaue Augen. Nett angezogen. Ein verschmitzter Sonnyboy.

»Wow!«, sagte er, als er mich sah, und wandte sich dann höflicherweise auch Antje zu. »Hübsch, aber für die ganz große Karriere sind Sie beide schon ein bisschen zu alt. Kommen Sie durch ins Büro.«

»Oh Gott!«, erwiderte ich. »Das hab ich hinter mir. Pullovermodel! Als Beilage in der Sonntagszeitung habe ich mich nie wohlgefühlt.«

Er schmunzelte. »Man weiß nie, mit wem man frühstückt, nicht wahr? Ich habe nur Spaß gemacht. Ich bin nämlich ein richtiger Spaßvogel, dem man nichts glauben kann, und erschrecke gern die Leute. Nehmen Sie beide doch Platz!

»Danke.« Ich sah mich in seinem kleinen, mit Kopierer, Plotter, Schreibtisch und zwei Computern vollgestopften Büro um. An den Wänden reichten schlichte Holzregale mit Büchern bis zur Decke. Es war trotz allem nicht unordentlich, sondern peinlich sauber. Und es roch gut.

Antje stand ein wenig schüchtern in der Tür.

Dann fiel mein Auge auf ein schwarz-weißes Foto an der Wand. Es war ein sehr gelungenes, stimmungsvolles Bild. In seiner Mitte verschwommen, aber wenn man länger hinsah, zeichneten sich immer klarer ein paar Kugeln ab, im Hintergrund das Karlsruher Schloss und Rasen und Turnschuhe.

»Sind das Boulekugeln?«, fragte ich.

Er nickte. »Ja. Schön, nicht wahr? Ein in Deutschland unterschätzter Sport.«

»Spielen Sie?«

»Ja. Im Ersten Karlsruher Bouleverein am Schloss. Wenn es meine Zeit zulässt.«

»Dann haben wir etwas gemeinsam, Herr Steinbeiss. Ich

habe gerade angefangen. In Rüppurr. Mit meinem Freund. Verlobten. Tom.«

Er sah mich erstaunt an. »In Rüppurr? Ihr Freund? Sprechen Sie von Tom Rohde?«

»Ja. Warum?«

»Nur so …« Steinbeiss lachte. »Nun, das muss jedem selbst überlassen bleiben. Da gibt es keine Regeln. Jeder hat seine Zeit. Aber Tom?« Er lachte wieder.

»Hören Sie, was soll das?« Ich verstand nicht.

Er sah mich freundlich an. »Nichts. Ich rede wieder dummes Zeug. Alles in Ordnung. Was führt Sie denn nun zu mir? Passfotos mache ich nicht.«

»Deshalb bin ich nicht hier.«

Antje, neben mir, sah sich das Boulebild an. Sie war verlegen und blieb still. Es ist nicht jedem gegeben, ohne Legitimation zu wildfremden Leuten zu gehen und sie wegen eines Mordes auszufragen. Ich hatte diese Scheu irgendwann abgelegt.

»Herr Steinbeiss, ich denke, Sie haben auf dem Cosplay-Maskenball im Karlsruher Schloss fotografiert, als der Mord geschah.« Steinbeiss hatte keine Bilder von mir gemacht, und ich sah keine Veranlassung, ihm zu sagen, dass ich als Scarlett dort gewesen war.

»Und?«

»Frau Vermeer ist die Schwägerin des Mordopfers. Wir haben einfach nur versucht, ein wenig mehr über die Tatumstände herauszufinden. Man fühlt sich so alleingelassen. Die Polizei sagt ja nichts.«

Er lehnte sich an seinen Schreibtisch. »Das stimmt. Ja, ich hab von Anfang an auf den Convents fotografiert, weil ich die Motive toll fand. Die Polizei war deshalb schon hier. Hat sich alle Bilder angesehen. Da mir einige von den Leuten, die ich fotografiere, ihre richtigen Namen nicht sagen wollen, schicke ich die Bilder an eine E-Mail-Adresse, die sie mir geben, und dann suchen sie sich was aus. E-Mail-Adressen kann man sich heute in Sekundenschnelle so viele machen, wie man will. Aber es gibt auch Gäste, die herkommen und ganz offen mit mir sprechen. Da hab ich schon Überraschungen erlebt. Aber nur von ganz wenigen der Ballbesucher kenne ich den richtigen Namen.«

»Und das Mordopfer?«

Er krauste die Nase. »Nun, diese Dame kam mir auch vor die Linse. Zwei Mal. Sie wollte nämlich nicht so gerne fotografiert werden. Vor ein paar Wochen hat sie mir ein, zwei flüchtige Aufnahmen erlaubt. Man sieht nicht viel von ihr, aber sie hat es mir erklärt. Mit Sissi und ihrem Schönheitswahn. Immer ein Fächer vor der Nase. Die echte Sissi wollte nicht als alternde Frau festgehalten werden.«

»Und dann?«

»Dann wurde die Dame ausgerechnet am Tag ihres Todes einsichtig. Sie hatte wahrscheinlich gemerkt, dass ich ein Profi bin und die anderen meine Arbeit schätzen. So hat sie mir erlaubt, sie mal ausgiebig zu fotografieren. Sogar das schöne Dekolleté und ihr Profil. Toll geschminkt war die. ›Die Fotos sind doch besser als die ersten?‹, hat sie gefragt, und ich habe das bestätigt: ›Jetzt waren Sie mal wirklich eine schöne Sissi!‹ Sie wollte dann welche bestellen, als Erinnerung. Die ersten Bilder sollte ich löschen, die seien ihr ein bisschen peinlich, da sei sie eine Zicke gewesen. Klar, sag ich, klar. Und dann mach ich einen meiner kleinen Scherze. Für fünfhundert Euro lösch ich die, hahaha. Hoffentlich hat sie das verstanden. Es war nur ein Spaß.«

»Und weiter, Herr Steinbeiss?«

»Dieser Wunsch war übrigens ganz normal. Alle wollen, dass du die unvorteilhaften Pics rauswirfst. Die Leute bestellen immer nur die schönen Aufnahmen. Ein Foto ist immer noch das, mit dem es gemacht wird – Objektiv, haha. Und da gefallen sich manche eben gar nicht. So ging es mir auch mit der Maultasch. Die ist ja nun wirklich hässlich und will, dass man das auch sieht. Wohingegen dieser Stadtgründer elend eitel …«

Wenn Steinbeiss weiter so redselig bliebe, würden wir den ganzen Tag in seinem Studio verbringen. »Und die Polizei weiß das alles?«, unterbrach ich ihn also.

»Ich hatte keinen Grund, etwas zu verschweigen oder hinzuzufügen. Sie haben nur gefragt, ob mir auf dem Ball etwas aufgefallen ist. Haben alle Fotos mitgenommen, die ich gemacht hatte, aber ich habe sie wieder zurückbekommen. Sind korrekt, die Leute.«

»Wie viele Fotos waren das denn?«

»Nur die neuesten. Ich habe alle Fotos auf dem Computer, und zwar nur auf dem Computer. Vom Speicher meiner Kamera lösche ich sie jeden Abend, nachdem ich sie rübergezogen habe. Ich warte eine Woche, ob Bestellungen kommen, und dann lösche ich sie auch vom Rechner. Das habe ich mit dem Veranstalter so besprochen. Diskretion. Nicht jeder möchte, dass bekannt wird, dass er sich als Cagliostro oder Heinrich der Schreckliche verkleidet. Ganz abgesehen davon, dass einige Leutchen die ganze Chose auch als Möglichkeit zum Fremdgehen nutzen.«

Während Antje neben mir eifrig nickte, musterte ich den Mann kritisch. Zu viel hatte ich schon gesehen, um ihm alles zu glauben.

Er schien das zu spüren und versicherte noch einmal: »Die Leute kommen sogar manchmal her, suchen sich Fotos aus, und ich lösche dann alles vor ihren Augen.«

»Es wäre aber schon einfach, diese Lösch-Regelung zu umgehen, nicht wahr?«

Er lachte, und sein ganzes Pinocchio-Gesicht legte sich in Falten. »Ach, was hätte ich davon, wenn ich sie behalten würde? Diese Leute sind derart stark geschminkt und hergerichtet, dass keiner sie im richtigen Leben erkennen würde. Und es ist außerdem ja nicht verboten, was sie da tun. Bisschen schräg, ja, und manche leben da schon Phantasien aus, auch erotische, aber die Sache ist nicht illegal. Und ich bin gut im Geschäft. Habe als Fotograf immer zu tun. Hab's nicht nötig, den kleinen Erpresser zu spielen. Was auch gefährlich wäre.«

»Das glaube ich!«

»Allerdings gibt es Leute, die ausdrücklich wollen, dass

ich ihre Fotos aufhebe oder sogar veröffentliche. Ich habe im Auftrag des Kulturamtes schon Bildbände gestaltet oder Ausstellungen über verschiedene kulturelle Aspekte unserer Stadt gemacht. Gut möglich, dass in einem späteren Buch auch die Cosplays mal als Fußnote drin vorkommen.«

Er wies auf einen kleinen Nebenraum, durch eine halbe Wand vom Arbeitsraum abgetrennt. Da waren tatsächlich alle möglichen Aufnahmen aus dem gesellschaftlichen Leben unserer Stadt zu sehen. Fotos vom Zoo. Von der Alb. Vom FEST, Karlsruhes riesigem Open-Air-Spektakel, und auch ein paar Aufnahmen von den Maskenbällen im Roten Saal neben dem griechischen Restaurant. Fast wie ein Panoptikum von Venedig: Masken, hochgetürmte Frisuren, grell geschminkte Münder, Dekolletés und lange wallende Gewänder. Sah ich da eine Nofretete? Wunderbar.

»Die sind vom Anfang. Januar oder Februar. Cäsar habe ich seither nicht mehr gesehen. Nofretete und Bismarck kommen nicht mehr. Die gehören zusammen und haben eine Anstellung als Ärzte in Meck-Pomm bekommen.«

»Ärzte!« Antje staunte und schüttelte den Kopf. »Dass die so was machen!«

Mich beschäftigte etwas anderes. »Warum fanden Sie die letzten Fotos von Sissi eigentlich schöner?«

Der Fotograf dachte nach. Selbst bei ernsthaftem Nachdenken wirkte sein Gesicht wie das eines netten Kaspers.

»Gute Frage. Darüber hatte ich mir wirklich keine Gedanken gemacht. Schöner, nicht schöner. Was soll's. Ich habe viele Aufträge an einem Tag, da rauschen die Bilder so an mir vorbei. Ich werde sie mir noch mal gedanklich vor Augen rufen und darüber nachdenken. Versprochen! Aber ich muss jetzt gehen. Ein Hochzeitspaar im Schlosspark fotografieren. Oh, wie ich *das* liebe.«

Er packte seine Ausrüstung zusammen, trat vor den Spiegel, lächelte sich selbst zu und strich sich über das nicht vorhandene Haar.

Abwesend murmelte er: »Wirklich gute Frage. Ich habe

vor drei Wochen definitiv von derselben Frau Fotos gemacht. Warum die diesmal netter waren? Na ja, weil sie so entspannt gelacht hat. Und ein bisschen mehr Körper gezeigt hat. Busen und so. Vielleicht hatte sie diesmal was getrunken. Ich hab gesehen, dass sie Champagner geschlürft hat, das lockert. Muss noch mal in mich gehen. Für mich ist das schon wichtig, wer seine Fotos mag und warum. Auch wenn mein Motiv in diesem Fall im Leichenschauhaus liegt.«

Er sah sich um, ob er an alles gedacht hatte. Steckte sein Handy ein. Jetzt oder nie, dachte ich und setzte mein schönstes Lächeln als Köder ein.

»Es ist zu dumm, dass man niemals erfahren wird, wer die anderen auf dem Ball waren. Nur die Polizei, aber ich weiß nicht, ob die sich die große Mühe machen, mit jeder einzelnen Figur zu sprechen.«

Der Fotograf blickte mich freundlich, aber fast mitleidig an. »Du bist mit Tom verlobt, ja? Also, für Freunde von Bekannten mache ich eine Ausnahme: Ich weiß, wer Romy Schneider ist. Sie hat mal ihren Geldbeutel mit Ausweis und so weiter hier liegen lassen. Danach kannte ich sie, und wir haben uns sogar ein wenig angefreundet.«

»Und wer war sie?«

Er überlegte eine Weile. »Nur, weil du mit Tom zusammen bist: Sie heißt Fanny Fisch. Kein schöner Name, aber das sagt in ihrem Falle nichts. Ihre Identität ist kein Geheimnis. Ihr findet sie im Telefonbuch.«

Wir wandten uns bereits zum Gehen, da fiel mir noch etwas ein: »Haben Sie auch Fotos von dem schrecklichen Unheimlichen Kind gemacht, das da herumsprang?«

Sein Gesicht versteinerte sich. »Ich fotografiere keine Kinder.«

»Wissen Sie, wer das Kind in Wirklichkeit ist?«

»Nein. Ich will es auch nicht wissen. Nicht jeder will, dass man ihn findet. Und wenn, kann es gefährlich sein.«

»Halten Sie das Kind für gefährlich?«

Seine Miene wurde spöttisch: »Fast jeder auf diesem Ball

war gefährlich. Auf seine Weise. Schließlich tanzte der Tod mit, oder?«

***

Lieber Hagen,
deine Swentja wieder auf Alleingang. Wie du es hassen würdest. Aber da du mich nicht mehr ermahnen kannst ... Ja, ich werde mit dieser Frau Fisch sprechen. Fast habe ich ein wenig Angst, dass sie in Wirklichkeit weder würdevoll noch schön ist. Ich habe Romy Schneider seit Kinderzeiten verehrt. Sie war unvergleichlich in ihrer Grazie.
Das Gespräch mit dem Fotografen hat ja eigentlich nicht viel gebracht, außer dass er komisch über Tom geredet und mich dabei so mitleidig angesehen hat. Und dass er sich noch mal über Sissi Gedanken machen wollte. Sie war an dem Abend der Prämierung besser drauf, das habe ich auch bemerkt. Und ich glaube, es hing mit ihrem bevorstehenden Sieg für das perfekteste Kostüm zusammen. Mein Gott, dieses wunderbare Kleid.
Typisch Swentja, würdest du jetzt sagen.
Ich habe mich natürlich – wenn auch auf einem anderen Niveau – mit Antjes Kleiderschrank beschäftigt. Jetzt, da Geert und Tom nicht um uns herum sind, haben wir ja auch etwas mehr Zeit. Die beiden haben morgens Unterricht, mittags haben sie frei, und Tom geht manchmal bis in die Abendstunden wandern; Geert sitzt, glaube ich, gern im Café. Er ist mehr so der bequeme, lebenslustige Typ. Tom achtet sehr auf seine Figur, und er will, denke ich, auch zwischendurch mal alleine sein. Jedenfalls haben sie morgen das erste Schießtraining mit dem französischen Meister aller Klassen oder wie das heißt.
Ich habe Antje jetzt erst einmal eine solide Ausstattung in Schwarz besorgt. Eine Cambio-Hose, einen ganz klassischen kurzen schwarzen Rock, einen schwarzen Bla-

zer mit Spitze an Ärmeln und Saum, drei T-Shirts von Mey und Calida. »Was? So teure Unterwäsche soll ich in meinem langweiligen Berufsleben tragen?«, hat sie gefragt. Aber die Teile sind einmalig weich und fallen ganz locker. Demnächst kaufe ich ihr für die kürzeren Röcke gemusterte Leggins, damit sie nicht zu langweilig aussieht. Und schicke Stiefeletten. Dann kommen Grau und Weiß dran. Sie kann einfach kein Rot tragen … Ach, entschuldige, aber das alles soll mich nur von meinem Problem ablenken: Was unternehme ich wegen Barbara, der Mitarbeiterin der Buchmüllers?
Ihr Blick hat mir nicht gefallen. Ich muss Antje oder vielleicht auch Stefan Buchmüller darauf ansprechen. Aber ich drücke mich noch. Die Frau mit den trockenen Händen ist mir ein bisschen unangenehm.

***

Fanny Fisch stand tatsächlich im Telefonbuch. Der Name war trotz seiner Einsilbigkeit nicht häufig, es gab ihn nur zwei Mal. Sie ging sofort ran, als ich anrief.

»Scarlett O'Hara?«, sagte sie kühl. »Kenne ich nicht.«

Bevor ich telefonisch protestieren konnte, fuhr sie fort: »Oh, ich weiß schon, was Sie wollen, Sie berechnende kleine Südstaatenlady, aber wir erwachsenen Cosplayer vermischen keinesfalls Spiel und Wirklichkeit! Wir treffen uns niemals, nur bei den Convents, und wir wissen normalerweise nicht, wer der andere im richtigen Leben ist. Shakespeare ist für uns Shakespeare. Basta.«

Und gerade der würde mich interessieren, dachte ich. Da fiel mir aus dem Englischunterricht ein Zitat von ihm ein: *»What's in a name?«*

Ruhig antwortete ich ihr: »Das ist natürlich einzusehen, aber wenn eine Figur den Tod findet, dann setzt das wohl diese Regel außer Kraft.«

Ohne Zögern widersprach sie mir: »Oh nein. Im Grunde

nicht. Ihre Rolle wurde nur konsequent zu Ende gespielt. Sissi ist schließlich auch gewaltsam gestorben, und zwar in genau dieser Weise. Wer klug ist, sucht auch den Mörder in dieser anderen Welt.«

»Gut, das versuche ich ja hiermit«, erwiderte ich. »Und genau deshalb würde ich mich gerne mit Ihnen unterhalten.«

»Was soll das heißen? Was geht Sie das alles an?«

»Ich wüsste gerne, wer Sissi getötet hat, und halte *Sie* für verdächtig!«

»Lächerlich«, schleuderte sie mir durchs Telefon in aller Schärfe entgegen. »Sie kennen doch Romy Schneider. Ich bin Künstlerin, Darstellerin von Weltruf und bekanntlich sehr sensibel. Ich könnte niemanden umbringen. Außer vielleicht mich selbst.«

Als wer telefonierte diese Frau nun mit mir? Kannte sie die Grenzen zwischen Wirklichkeit und Phantasie wirklich nicht, oder spielte sie nur mit mir?

»Was geht Scarlett O'Hara das alles an?«

Ich spielte für einen Moment mit. »Ach, Sie kennen doch die clevere Scarlett. Setzt immer ihre Reize ein, um gut durchs Leben zu kommen. Ich habe gewisse Kontakte in die Kreise der Ermittler …«, deutete ich an. »Sie hatten die Gelegenheit zur Tat.« Jetzt bluffte ich dreist. »Ich habe Sie in dem Gebüsch gesehen. Und Sie hatten immer wieder Streit mit Sissi, denn Sie waren die Kopie und sie war das Original. Wären Sie jemals La Schneider geworden, ohne Sissi gewesen zu sein?«

Ihre Stimme verlor jegliche Wärme und wurde scharf wie ein Messer. »Unsinn. Das sind unsere kleinen Rollenspiele. Die gehören dazu. Außerdem bin ich, als Romy, lange über Sissi hinausgewachsen. Ich habe mit diesem kleinen Mäderl nichts mehr zu tun.«

Ich ging in meiner Wohnung auf und ab, den Hörer in der Hand. »Ach ja? Nun, Geschmackssache allemal, wenn sich zwei längst Tote streiten. Vor allem, wenn die eine die Darstellerin der anderen ist. Ich möchte Sie jedenfalls treffen.«

Ganz so leicht war es nicht, sie zu knacken.

»Nein! Wie käme ich dazu? Von wem haben Sie überhaupt meine Adresse?«

»Vom Fotografen. Von dem Ballfotografen Walter Steinbeiss.« Ich log noch einmal. »Und von ihm weiß ich noch einiges andere! Wenn Sie verstehen, was ich meine. Ich denke an etwas Bestimmtes.«

Mein Gott. Ich neige nicht zur Selbstkritik und nicht zu Selbstzweifeln, aber dieser Erpressungsversuch schien selbst mir etwas arg grob geschnitzt. Doch sie fiel darauf herein.

Zögern. Dann ein gereiztes, heiseres Einverständnis. »Also gut. Aber nur zu meinen Bedingungen.«

Hätte ich jetzt Ja gesagt, sie hätte gewusst, dass ich bluffte. »Oh nein, Frau Fisch. So nicht. Ich erwarte Sie morgen Nachmittag um achtzehn Uhr im La Villetta am Durlacher Bahnhof.« Ein angesagter Edelitaliener, teuer und eine Kriegserklärung an sie.

»Teuer!«, tropfte es wie Eisflocken durch die Leitung.

»Eben!«, entgegnete ich kühl.

»Was wollen Sie überhaupt?«

»Ich möchte mit Ihnen ein wenig über Sissi allgemein sprechen.«

»Warum denn noch? Sissi ist tot!« Die Erleichterung darüber war ihr selbst am Telefon anzumerken.

»Sie sind froh, nicht wahr? Wenn Sie wirklich Romy Schneider nachempfinden können, müssen Sie froh sein, dass diese verhasste Gestalt tot ist.«

Jetzt erklang ein trockenes Lachen. »Ich hasse die historische Sissi nicht. Nur das, was man aus ihr gemacht hat. Sie war ganz anders. Eine Individualistin? Ja, vielleicht. Aber auch eine gnadenlose Egoistin. Und kalt gegen jedermann. Fragen Sie das Tote Kind. Ich, als Romy, will mit dieser falschen Zuckerschnute nichts zu tun haben.«

Das Tote Kind. Ich atmete tief ein. Machte mir rasch eine Notiz auf dem Block neben dem Telefon. Das Tote Kind, nannte sie es. Warum?

»Und doch wären Sie nicht, was Sie sind, ohne sie.«

»Das ist die Frage. Romy stammte aus einer Schauspielerdynastie. Das liegt einem im Blut. Das hätte sich nicht unterdrücken lassen. Niemals.«

Mir schwindelte allmählich der Kopf. Wo waren hier die Grauzonen, wo verschwammen die echten Biografien mit den Filmfiguren? »Die Ermordete kam auch aus einer Familie von Schauspielern.«

»Eben. Auch der passende Tod will gekonnt sein.«

Kurzes Schweigen. Ich versuchte es mit einem versöhnlicheren Ton. »Also, treffen wir uns doch. Ich habe Romy Schneider immer verehrt. Ich möchte die Frau kennenlernen, die sie so perfekt wiederauferstehen lässt.«

Überhebliches Lachen. »Gut, machen wir ein kleines Spielchen mit dem Südstaatenfräulein. Ich komme, wenn Sie mir aus dem Stand heraus sagen können, mit welchem männlichen Hauptdarsteller ich in ›César und Rosalie‹ aufgetreten bin. Sofort, ohne zu googeln.«

»Yves Montand!«, erwiderte ich und hatte mir damit meinen Termin mit der ersten wirklichen Cosplay-Figur erspielt.

»La Villetta. Morgen, Sonntagabend. Ich kann verlieren.«

Der siebzehnte Puzzlestein

Am 11. Juni, es war Sonntag und sehr früh, klingelte das Telefon, und eine atemlose und fassungslose Antje stammelte in den Hörer: »Swentja, es ist etwas Schreckliches passiert.«

»Ist was mit Geert?« Hätte ich nicht zuerst um Tom Angst haben müssen?

Eine kleine erstaunte Pause. »Nein, wieso das denn? Ich habe seit gestern nichts von ihm gehört; sie haben doch zurzeit morgens Schießtraining. Morgens und mittags, und den Abend haben sie zur freien Verfügung. Nein. Es ist etwas anderes. Viel schlimmer. Der Fotograf ist tot.«

»Was? Wer? Tot?«

»Dieser Walter ... irgendwas. Steinbeiss. Bei dem wir gestern Morgen waren. Er ist tot aufgefunden worden. Heute Nacht nach zwölf. Zufällig von einem Passanten.«

Die eisige Hand des ungläubigen Schreckens legte sich auf meine Schulter. Es war, als müsse ich mich nur umdrehen, und der Tod sehe mir direkt ins Gesicht.

»Was? Wo denn? In seinem Atelier?«

Fast unwirsch rief sie: »Nein, nicht da. Auf der Herrentoilette unter der Hirschbrücke. In der Nähe sind ein Bouleplatz und ein Kinderspielplatz. Erstochen. Am Abend.«

»Woher weißt du das?«

»Na ja ... Geert. Na ja. Er hat es natürlich erfahren, die Kollegen haben ihn angerufen, und er hat es mir heute Morgen gesagt. Aber bitte, das bleibt –«

»Oh Antje, reden wir nicht darüber, ob er dir das sagen durfte oder nicht. Das interessiert mich jetzt nicht. Ist das nicht furchtbar? Noch ein Mord im Zusammenhang mit diesen Maskenbällen. Wie eine Seuche!«

Ich dachte an unseren Besuch bei dem allzu redseligen Fotografen zurück. Oh Gott.

»Und da ist noch was, Swentja.«

»Was kann jetzt noch kommen? Ermordet ist schrecklich genug.«

»Es war nicht einfach nur irgendeine Herrentoilette. Gegenüber sind zwei Kneipen. Ein Bistro und eine Bar, das sogenannte ›Saitensprung‹. Und auf der anderen Straßenseite stehen oft die Besucher dieser Etablissements und rauchen. Natürlich erst abends, wenn die Familien und die Boulespieler weg sind. Und manche gehen auch auf diese Toilette.«

»Ja und, was ist dabei? Du hast so einen merkwürdigen Unterton.«

»Das Ganze, also die Kneipen und die Grünfläche und die Toilette, ist ein bekannter Schwulentreffpunkt. Offenbar hat es der Besitzer des Bistros bestätigt. Steinbeiss war nämlich schwul.«

Ich rief mir den Mann in Erinnerung. Nichts als ein freches Grinsen fiel mir noch ein. »Okay, aber …« Ich wusste nicht, was ich sagen oder denken sollte. Der Ballfotograf kurz nach Sissis Tod auch ermordet?

Laut beruhigte ich mich selbst: »Antje, das hat nichts mit Leonies Tod zu tun. Steinbeiss hat viele Leute gekannt, viele Leute fotografiert. Wir wissen nichts über sein nächtliches Leben und seine Freunde.«

Sie schwieg.

»Hast du deinem Bruder gesagt, dass wir diesen Steinbeiss besucht haben?«

»Nein«, antwortete Antje kühl, »habe ich nicht. Das erste Mal im Leben habe ich meinen Bruder belogen. Du hast keinen Bruder, nicht wahr? Bruder und Schwester, das ist ein bisschen wie eine Ehe. Manchmal streitet man sich, man versöhnt sich. Manchmal –«

»Hasst man sich?«

»Oh nein«, sagte Antje mit Inbrunst, »das niemals.«

Ich persönlich würde Antje den Rat geben, sich endgültig auf eigene Füße zu stellen.

Und als sie aufgelegt hatte, ging ich zum Spiegel und kämmte mein blondes Haar mit so kraftvollen Bürstenstrichen, als könnte ich damit etwas verändern. Den Blick in meine Augen vermied ich. Ich wollte die Angst darin nicht sehen.

***

Lieber Hagen,
spätestens jetzt müsste deine Miene ernst werden. Ein zweiter Mord. Hat er etwas mit dem ersten Todesfall zu tun? Mit unserem Besuch bei Walter Steinbeiss? Nein, denkt die Polizei offenbar. Es wurde im Netz, von den bestens informierten ka-news.de, von einem vermutlichen Konflikt unter Homosexuellen berichtet. Sie haben den Fall nicht besonders ausgebreitet. Heute ist Sonntag. Erst gestern waren wir bei ihm.
Sollten wir uns bei der Polizei melden? Wir waren gestern unangemeldet gekommen, also gab es bei ihm keinen Eintrag mit unserem Namen in einem Terminkalender. Es hat uns meines Wissens niemand gesehen.
Hat uns wirklich niemand gesehen? Warum muss ich jetzt an das Unheimliche Kind denken?
Wir haben diesem Steinbeiss auch keine Geheimnisse entlockt; er hat uns nichts verraten, was wir nicht schon wussten. Halt. Er hat uns den wirklichen Namen von Romy Schneider verraten. Kennt er vielleicht doch noch andere Ballteilnehmer namentlich, oder hat »Romy« nach meinem Anruf jemand anderen benachrichtigt?
Hagen, mir gehen allmählich die Fragezeichen aus.
Aber selbst wenn der Fotograf indiskret war: Es ist doch keine Schande, auf diesen Bällen aufzutreten. Ich meine, es ist vielleicht schräg, und wenn einer Bankangestellter ist und hupft als Heinrich VIII. auf einem solchen Event herum und guckt den Frauen unter den Rock, sieht das vielleicht seltsam aus, aber es wäre doch kein ausreichender Grund für eine Erpressung.
Aber weißt du, Hagen, es geht mir nicht aus dem Sinn, wie seltsam er reagiert hat, als es um Tom ging.

Jedenfalls ist die zeitliche Nähe der beiden Todesfälle erschreckend und kann kaum ein Zufall sein. Beide waren auf dem Ball. Steinbeiss nennt uns einen Namen und stirbt. Hat Romy Schneider den Mann umgebracht?

***

Ich setzte mich in meiner bequemen Loungehose von Opus auf mein Sofa, nahm eine Henkeltasse Kaffee in die Hand und überlegte, ob ich mich freiwillig bei der Kriminalpolizei melden und von unserem Besuch bei dem Fotografen erzählen sollte. Ich entschied mich dagegen. Es würde ihnen nicht gefallen, dass ich mich schon wieder einmischte, und diesmal hielt kein Hagen die Hand schützend über mich.

Es war Sonntag. Morgen würde die Geschichte sowieso ausführlich in der Zeitung stehen. In den Internetnews kursierten die Spekulationen schon heute.

Ich rief die Facebook-Seite »Karlsruhe kennen und lieben« auf. Es handelte sich um eine geschlossene Gruppe, die sich über Karlsruhes Befindlichkeiten austauschte, der man aber problemlos beitreten konnte. Verschiedene User äußerten sich zum Thema Sicherheit in der Stadt. »Isch hab Angscht!«, schrieb einer auf Badisch.

Dann folgte ein merkwürdiger Eintrag. Ein gewisser »Dwarf« schrieb: »Badischer Totentanz. Ein Foto zu viel gemacht. Darüber zu lang nachgedacht. Zu genau hingesehen. Jetzt ist es geschehen! Tralala!«

Schrecklich. Kein Respekt vor dem Tod. Und kindisch, so etwas zu schreiben.

Kindisch? Halt!

Ich schlug mein englisches Wörterbuch auf, doch im Grunde wusste ich jetzt schon, was *dwarf* bedeutete: Zwerg. Das Unheimliche Kind. Dieses schaurige, traurige Wesen schien überall zu sein.

Ich ging in die Küche und stemmte die Arme auf meine Arbeitsfläche. Mir gegenüber hingen fein säuberlich die scharfen, teuren Schneidemesser. Ich nahm vorsichtig eines nach dem anderen vom Haken und versteckte sie in der untersten Schublade.

Ich recherchierte den ganzen Nachmittag. In den Onlinemedien wurde der zweite Todesfall eher weniger aufgeregt abgehandelt. Nachdem der erste Mord aufgrund der schönen Kulisse und der großen Namen wie Sissi und Napoleon und Karl Wilhelm von Baden ausgeschmückte Berichte nach sich gezogen hatte, schien Steinbeiss' Tod dem Renommee der Fächerstadt nicht sonderlich zuträglich. Bluttaten in der Homosexuellenszene unterlagen besonderen Bedingungen. Um die Informanten nicht abzuschrecken, wurden die Details nicht breitgetreten.

Ich verbrachte den Tag in angespannter Nervosität, doch mein Telefon blieb stumm, und nichts passierte. Kein schwerer Polizeischritt erklang auf der Treppe. Das Haus lag in Frieden. Und doch fühlte ich ein Damoklesschwert über mir hängen.

Mit ungutem Gefühl begab ich mich denn auch an diesem Abend zu dem Treffen mit Fanny Fisch alias Romy Schneider. Ich fragte mich unbehaglich, was für eine Frau mich erwarten mochte. Man wusste, was Camouflageschminke zustande brachte.

Wer war die Person, die aussehen wollte wie die schönste Frau des deutschen Films? Wer war die Frau namens Fisch?

Ich erkannte sie sofort, als ich das Lokal betrat. Sie saß allein an einem Tisch, vor sich ein Glas Rotwein. Und es war unglaublich: Frau Fisch sah auch im richtigen Leben tatsächlich aus wie Romy Schneider. Die schönen Augen, die geschwungenen Augenbrauen, der vollendete Mund. Dichtes Haar, vielleicht etwas dunkler als das von Romy, und sie war möglicherweise ein wenig größer. Aber schlank und mit guten Proportionen. Schick, aber zurückhaltend gekleidet. Im Grunde sah sie nicht viel anders aus als auf dem Ball, nur dass sie da stärker geschminkt gewesen war und das schwarze Halsband der Lili aus dem Film »Das Mädchen und der Kommissar« getragen hatte.

»Sie sehen gut aus, Frau Fisch. Im Grunde bräuchten Sie die Bälle gar nicht, um aufzufallen und Eroberungen zu machen!«

»Nein?«, erwiderte sie spöttisch. »Aber wer würde mich ernst nehmen, wenn ich mich außerhalb der Convents benehmen würde wie Romy Schneider? Jeder würde mich bestenfalls für anmaßend, schlimmstenfalls aber für verrückt halten, nicht wahr?«

Ich dachte an meinen zweifelhaften Ruf, als ich noch Ettlingens Schönste gewesen war. Sie hatte recht. Die Gesellschaft misstraute Menschen, die nicht zufrieden damit waren, im Schwarm mitzuschwimmen.

»Was machen Sie beruflich, Frau Fisch?«

»Das tut hier nichts zur Sache«, antwortete sie freundlich abweisend. »Ich denke, Sie wollen mit mir über den Mord an Sissi sprechen.«

Ich nickte und bestellte ein Glas Champagner. Sie nahm es, ohne mit der Wimper zu zucken, zur Kenntnis.

»Ja. Wer könnte es gewesen sein? Haben Sie eine Idee? Ich meine, Sie sind schon länger auf den Convents als ich.«

»Ich war von Anfang an dabei. Seit im Netz bekannt wurde, dass es sie nun auch in Karlsruhe gibt. Auf der Seite der Karlsruher Cosplay-Community las ich zum ersten Mal davon. Die Seite ruht aber seit dem Mord. Bis alles aufgeklärt ist.«

»Haben Sie irgendeine Vorstellung, wer von den Figuren auf dem Ball Elisabeth getötet haben könnte?«

»Nun, es gibt alle möglichen Verdächtigen. Diese Sissi war übrigens eine höchst unangenehme Person. Ich gebe mich auch nicht mit jedem ab, aber die war unnahbar bis zum Unhöflichen. Mehr als das: Sie war seltsam.«

»Inwiefern seltsam?«

Fanny Fisch nippte an ihrem Glas. »Ich kann es nicht sagen. Diese Frau war Sissi, sie lebte Sissi und dann auch wieder nicht. Es fehlte ihr etwas. Vielleicht war es die Erotik. Ich meine, wir versuchen auf den Cosplay-Bällen alle, der Person, die wir verkörpern, so nahe wie möglich zu kommen. Ich …«, sie lächelte charmant, »habe ein Jahr in Paris gelebt und gearbeitet, wenn Sie so wollen. Nur so konnte ich nachfühlen, wie es ist, in einem Bistro zu sitzen, möglichst unauffällig, um unerkannt zu bleiben, eine Zigarette in der Hand und ein Glas Rotwein vor mir, und zu träumen. Davon, ganz aufzugehen in einem milden regnerischen Pariser Morgen.« Ihre schönen Augen nahmen einen sehnsüchtigen Ausdruck an.

»Aber sie … die da war weit entfernt vom Lebensgefühl einer verwöhnten Kaiserin, die zwischen Wien und Ungarn und anderen Städten Mitteleuropas umherirrlichterte. Eine unglückliche, getriebene Frau, die vielleicht jene romantische Liebe suchte und möglicherweise auch fand, die ihr schon als junges Mädchen verwehrt war, weil sie einen Kaiser liebte. Diese Ausstrahlung hatte unsere Sissi auf dem Convent einfach nicht. Sie war nicht Prinzessin auf der Erbse genug, und sie war nicht sehnsüchtig genug.«

Das passte genau zu dem, was man mir von Leonie Buchmüller erzählt hatte. Eine eher trockene Geschäftsfrau, unromantisch und offenbar am anderen Geschlecht nicht besonders interessiert. Ich dachte an die groben Worte, die Diener Florian über Sissi verloren hatte: »Das war doch eine Lesbe!«

»Also hat sie nicht geflirtet?«

Fanny Fisch hob die schön gezeichneten Augenbrauen. »Nicht wirklich. Sie hat nur so getan. Vielleicht war sie ein wenig charmanter am Tag ihres Todes. Es war, als ob sie geahnt hätte, dass sie noch einmal im Leben eine Chance hatte, ihre Reize spielen zu lassen. Kaiserin Elisabeth war doch ein Männertyp. Sie hat immer wieder Männer gefunden, die sie anbeteten. Sie hat Affären gehabt. Doch unsere Karlsruher Sissi schien sich im Grunde nichts aus dem Spiel der Geschlechter zu machen.«

Spiel der Geschlechter! Frau Fisch gehörte, nach ihrer Wortwahl zu urteilen, eindeutig der gebildeteren Schicht an.

»Warum haben Sie sich denn ausgerechnet Romy Schneider ausgesucht? Ich meine, Sie sehen ihr ja wirklich ähnlich. Aber trotzdem …«

»Lassen Sie mich raten. Sie sehen nicht aus wie eine Bücherratte. Sie haben ganz bestimmt eine wunderschöne Vivien Leigh als Scarlett im Kino gesehen. *Das* war der Moment, als sie sich in sie verliebten. Und so ging es mir. Der allererste Film, den ich im Kino gesehen habe, war ›Das Mädchen und der Kommissar‹. Ich habe mich heimlich hineingeschlichen. Meine Eltern hätten es nicht wissen dürfen, sie waren sehr streng.«

Ihr schöner Mund verzog sich zu einem Lächeln. »Und der Film hat mich begeistert. Diese erotische, rätselhafte, gebrochene Frau, so anders als die deutschen Aktricen, hat mich unglaublich fasziniert. Als wir aus dem Kino kamen, mein damaliger Freund und ich, sagte die Frau an der Kasse: ›Mädchen, wenn du mal erwachsen bist, siehst du aus wie die Schneider!‹ Das hat mich derart stolz und aufgeregt gemacht. Ich habe es meiner Mutter erzählt. Sie hat Romy geliebt, und von dem Tag an war sie freundlicher zu mir. Ich habe alle Krisen meines Lebens dadurch umschifft, dass ich aussehe wie Romy Schneider.«

Eine kleine Pause trat ein. Der Kellner kam. Wir bestellten beide Carpaccio. Als ob wir uns abgesprochen hätten.

»Jeder von den Leuten, die bei den Convents mitmachen, hat eine eigene Motivation, warum er oder sie aussehen und sich geben will wie Sir Rod Stewart oder Kleopatra. Wahrscheinlich leben sie dabei ihre geheimen Sehnsüchte aus. Sie gehen zu einem Ball anstatt zum Psychologen.«

Ich nickte und trank mein Champagnerglas leer. »Sie sind eine gute Beobachterin. Deshalb noch einmal meine Frage: Wer könnte es gewesen sein?«

»Danke, Scarlett. Wie gesagt: Alle und jene kommen in Frage, mit denen sie sich als historische Figur oder als Mensch angelegt hat. Ich war es jedoch nicht.«

Sie nahm einen Schluck. Hinterließ dabei keinen Lippenstift am Glas, wie ich wohlwollend bemerkte.

»Bleiben wir also mal in der Kunstwelt der Bälle und suchen dort die Motivation. Unsere Sissi hat nicht akzeptiert, dass ich keine Kopie mehr von ihr war. Und das hat sie bei jeder Gelegenheit fallen lassen. Darüber habe ich mich schon geärgert, und dass sie tot ist, das tut mir nur bedingt leid. Aber, und jetzt verlasse ich die Kunstwelt, ich bin doch nicht verrückt und bringe eine Kostümfigur um. Aber vielleicht denken nicht alle so. Etwa diese Eugénie! Die hat Sissi wirklich gehasst. Wegen dem ewigen Konkurrenzkampf und Gezicke zwischen den beiden und der Kostümprämierung. Die war auch extrem ehrgeizig und hat unglaublich viel Geld in diese ganzen Roben gesteckt. Ich frage mich, wie sie sich das leisten konnte. Ja, versuchen Sie es mal bei der Kaiserin von Frankreich, dem zähen alten Luder.«

»Frau Fisch, leider werde ich deren Namen niemals herausbekommen. Es gibt einfach keine Möglichkeit. Soweit die Cosplay-Organisatoren die Namen der Teilnehmer überhaupt kennen, werden sie sie nicht preisgeben. Außer gegenüber der Polizei natürlich, doch dazu haben wir keinen Zugang.«

Das Carpaccio kam und sah köstlich aus. Ringförmig lag es auf dem Teller, bestreut mit Parmesan und Rucola. Wir stocherten darin herum. Ich träufelte tropfenweise Olivenöl darüber; Fanny verlangte nach einer Pfeffermühle. Der Kellner beeilte sich, sie heranzuschaffen. Angenehm überrascht stellte ich fest, dass sie über Autorität verfügte.

»Alles richtig, doch ich weiß zufällig, wer sich hinter Eugénie verbirgt«, sagte sie jetzt.

»Und wer?«

»Die französische Kaiserin arbeitet recht profan auf dem Bürgerbüro im Rathaus von Karlsruhe. Bearbeitet Hartz-IV-Anträge und solche Dinge. Ihr Name ist Rita Reiber. Ich habe ihren Dienstausweis mal zufällig gesehen. Und sie kommt übrigens nicht alleine zu den Bällen. Ihre hässliche kleine Schwester ist seit Neuestem auch dabei. Sie geht als Königin Victoria, die englische Königin, die Sissi auch nicht gerade geliebt hat. Im Gegenteil. Ich glaube, die ist nur dazugestoßen, um eine breite Anti-Sissi-Allianz zu schmieden. Alles nicht mein Niveau.«

»Na, das passt ja wunderbar zusammen. Zwei Regentinnen.«

»Wir haben sogar etliche Ehepaare bei den Bällen. Ich vermute, dass sich die Frauen längst schon ihre Lieblingsfigur erträumt hatten, und die Männer haben sich dann irgendeinen

Typen ausgesucht, der ihnen bekannt vorkam und ein richtiger Kerl war. Iwan der Schreckliche etwa.«

»Ausgerechnet ein weltberühmtes Ekel.«

»Ja, die Männerrollen sind optisch natürlich nicht ganz so attraktiv. Es gibt eben nicht so viele wunderschöne Kaiser und Könige.«

Sie war fertig mit ihrem Carpaccio. Schob den Teller sanft zur Seite. »Ich habe Sissi nicht getötet. So weit geht meine Identifikation mit Romy nicht. Doch die echte Romy hat Sissi tatsächlich ausgelöscht. Sie ist nach Paris geflohen, in den französischen Film, sie hätte alles getan, um dieses klebrige Image loszuwerden. Im Grunde hat sie es niemals wirklich geschafft und musste die Rolle bekanntlich mit Helmut Berger auch als reife Frau noch einmal spielen. Ich hingegen war Sissi losgeworden. War eine andere Romy. Ich musste sie nicht töten.«

Sie stand auf und blickte auf mich hinunter. »Doch unsere Sissi-Kopie tat mir leid, denn sie war im falschen Körper, das habe ich immer gespürt. Ich habe eine Theorie: Sie wollte etwas beweisen, was nicht zu beweisen war. Ich übernehme die Rechnung. Lassen Sie nur!«

Ich stand ebenfalls auf, um ihr in die Augen zu sehen. Respektvoll erkannte ich eine gleichwertige Partnerin in ihr.

Und ich wäre jede Wette eingegangen, dass selbst ich an ihrem Kleiderschrank nichts mehr verbessern konnte. Der weinrote Bleistiftrock und das schwarze, geschlossene Oberteil waren perfekt.

»Wo erreiche ich Sie? Wo arbeiten Sie?«

»Da, wo ich arbeite, kommen Sie im Allgemeinen nicht hin.« Sie lächelte wieder ihr charmantes Lächeln. »Ich betreibe ein Bordell. Beste Kundschaft, beste Lage. Sollten Sie mal einen Job suchen, melden Sie sich. Es gibt immer Kunden, die scharf auf Südstaatenschönheiten sind, und Sie machen das ganz gut. Vergessen Sie nämlich eines nicht: Die Cosplay-Welt hat auch Ableger in der Sadomaso-Szene. Es gibt auch Sex bei den Convents. Und manch ein Gentleman würde Sie gern in ein sehr enges Korsett schnüren. Bis Ihnen die Luft ausgeht.«

Jetzt war es an mir, sie zu belehren. »Oh, in solch einem Korsett steckte ich bereits. Und wie es ist, wenn man keine Luft bekommt, das weiß ich auch. Deshalb werde ich nur noch ein einziges Mal als Scarlett O'Hara gehen. Und damit ist die Sache für mich erledigt. Danach ist die Arbeit allein der Polizei übergeben.«

»Das ist gut!«, sagte sie. »Denn die Sache mit den Verkleidungen kann auch zur Sucht werden. Man tauscht die Gegenwart aus. Gegen ein anderes Kleid, eine andere Epoche, ein anderes Leben. Hochfrisur, Fächer, Ohrringe, Masken, alles kein Problem. Wenn aber die Identitäten verschwimmen, wenn man die schnöde Gegenwart nicht mehr erträgt, kann es kritisch werden. Napoleon III. könnte ein Bankangestellter sein, der sich derart in seine Rolle hineinsteigert, dass er irgendwann keine Anweisungen von seinem Chef mehr entgegennehmen will.«

Ich nickte. »Das kann ich mir gut vorstellen. Mir hat es auch ganz gut gefallen, Herrin über eine Plantage zu sein.«

»Das nehme ich Ihnen ab. Aber Sie werden wieder Herrin sein. Über einen Mann. Da bin ich sicher. Nur wählen Sie klug.«

»Haben Sie von dem Tod des Fotografen gehört?«

Sie setzte sich wieder, diesmal auf die Stuhlkante. »Oh ja. Unglaublich. Aber er war eigentlich nicht an den Bällen beteiligt. Er kam, schoss auf Wunsch ein paar Bilder und ging bald wieder. Es war eine Tat im Schwulenmilieu, hab ich gehört. Damit haben wir nichts zu tun.«

»Aber es ist schon ein merkwürdiger Zufall, oder?«

»Ja, aber Homosexuelle, die ein Doppelleben führen, leben gefährlich. Sie können leicht Opfer von Erpressungen werden. Und Erpressung hat eine hässliche kleine Schwester. Ihr Name ist Verzweiflung.«

»Zu Ihnen kommen bestimmt keine … nun, also diese Art von Herren.«

»Sagen Sie das nicht. Viele schwule Männer, vor allem die etwas älteren, versuchen geradezu krampfhaft, sich selbst zu beweisen, dass sie ganz normal sind. Was ist das schon? Normal! Sind wir Menschen etwa genormt wie eine EU-Gurke? Sie heiraten. Manche sogar mehrmals. Die Frauen spüren aber bald, dass etwas nicht stimmt. Nur den Frauen, die sowieso keine Liebe und keine Wärme zulassen können, macht es nichts aus. Die würden es nicht mal merken. Sie führen einfach nur eine angenehm ruhige Beziehung und genießen den Status einer Ehefrau.«

Ich starrte sie an. Gerade hatte sie mich und meine Beziehung zu Tom beschrieben.

Ich dachte an den mitleidigen Blick des Fotografen, als er hörte, dass ich mit Tom zusammen sei. An seinen seltsamen Gesichtsausdruck und seine merkwürdigen Worte.

Und in mir keimte ein Verdacht.

Der achtzehnte Puzzlestein

Lieber Hagen,
12. Juni, wieder eine Mail von mir. Es befreit mich, dir zu schreiben, und es ordnet meine Gedanken. Auch wenn du niemals antworten wirst, fühle ich, dass sich jemand für das interessiert, was ich erlebe.
Ich fühle mich inzwischen von diesem merkwürdig undurchschaubaren Puzzlespiel überfordert und würde den Tod der nachgemachten Kaiserin von Österreich am liebsten vergessen. Der Mord auf dem Ball erscheint mir wie eines der kleinen Faltdinger aus Papier, die wir ganz früher gehabt haben, »Himmel und Hölle« hießen sie, glaube ich. Sie öffneten sich wie ein Schnabel in immer neue Richtungen. Erinnerst du dich noch? Ich habe das Gefühl, mit jedem Gespräch, das ich führe, öffnet sich eine neue Papierfalte.
Und der Tod des Fotografen. Er war eigentlich ein sympathischer, verspielter Bursche, doch er muss irgendetwas gewusst oder getan haben, das einen Mörder auf den Plan rief. Ich hasse den Gedanken, dass wir an seinem Tod schuld gewesen sein sollen, indem wir ihn aufgeschreckt haben. Hat er eine Erpressung versucht, und diesmal nicht nur zum Scherz?
Auch sonst habe ich einiges unternommen.
Bevor ich noch einmal, das letzte Mal, zu einem Convent gehe, muss ich die Sache mit dieser unangenehmen Barbara klären. Zumindest auf dem letzten Ball war sie anwesend und unmittelbar nach dem Mord wie vom Erdboden verschwunden gewesen. Hatte sie ein Motiv gehabt, ihre Chefin umzubringen, und gab es im richtigen Leben der Leonie Buchmüller noch mehr Feinde? Das herauszufinden wäre zumindest vertrautes Terrain für mich.

Die bizarren Geschehnisse auf dem Ball sind Theater und sollten uns suggerieren, dass sich historische Figuren gegenseitig umbringen, weil sie die Rollen nicht mehr auseinanderhalten können. »Romy« glaubt daran, doch ich nicht.
Ich habe heute Morgen beschlossen, nochmals den ›Fantasia‹-Laden aufzusuchen und vielleicht offen mit Barbara Vollrath zu sprechen. Von Frau zu Frau oder von Scarlett zu Shirley oder von Zeugin zu Zeugin.
Hagen, ich speichere diese Mail jetzt ab und berichte dir später weiter …
Bin wieder da … Ich habe also tatsächlich mit Barbara gesprochen. Nicht ganz freiwillig ihrerseits. Es war ein widerlich schwüler Tag mit einem Karlsruher Himmel in giftig grellem Blau. Ich fuhr in die Stadt, legte mich auf die Lauer und bin ihr nachgegangen, als sie zum Mittagessen aus dem Haus ging, Richtung Schlemmermeyer. Dort habe ich sie regelrecht gestellt. An einem Stehtisch (ich am Stehtisch!) wollte sie sich mit mir unterhalten, doch ich konnte sie überreden, sich zum Essen irgendwo hinzusetzen, und ihr fiel nichts Feineres ein als das Selbstbedienungsrestaurant im Karstadt, wo sie sich eine Bockwurst (!) holte. Was sonst? Sie hat eine unangenehm gewöhnliche Art. Ich sagte: »Sie wissen es, und ich weiß es: Sie waren auf dem Ball, als Ihre Chefin starb. Warum?«
Hagen, sie war überhaupt nicht verlegen. Und hatte auch kein schlechtes Gewissen. Und noch dazu servierte sie mir eine plausible Erklärung. Sie habe ganz außergewöhnlicherweise den Firmenvan zu einem Kindergeburtstag fahren müssen, wo eigentlich ein kleiner Privat-Pkw gereicht hätte, aber aufgrund eines Fehlers seien alle Heliumluftballons einer bestimmten Charge geplatzt, und sie habe schnell eine neue Ladung hinbringen müssen. Sie habe gewusst, wo der Schlüssel hängt, und den Wagen genommen, weil sie ihre beiden Chefs nicht habe errei-

chen können. Dann habe sie auf der Rückfahrt die Kisten entdeckt, aus Neugierde, das gibt sie zu, aufgemacht und die Kleider gefunden. Sie habe ihre Chefin am Montag darauf angesprochen, und diese habe ihr von den Kostümbällen erzählt und dass sie am nächsten Wochenende hingehe. Sie könne ja mal mitgehen und solle sich einfach als irgendwas verkleiden.
Natürlich hatte sie nicht gewusst, was damit auf sie zukam. Eine schreckliche Sache, Mord! Sie sei total fertig gewesen. Eigentlich hätte sie ihre Personalien bei der Polizei angeben müssen, doch da sei ein Riesentumult gewesen und man habe sich leicht durch die Menschenmenge in den Park verdrücken können. Sie sei abgehauen. Wegen dem Schock.
Doch warum hatte ich sie denn nicht mehr in meiner Nähe gesehen, als der Mord kurz nach der Tat entdeckt wurde? Ihre wenig schmeichelhafte Begründung lautete, sie habe sich schnellstmöglich von mir abgeseilt, als sich die Gelegenheit ergab, denn es sei ihr langweilig gewesen, sich mit mir zu unterhalten. Sie sei mehr auf Männerbekanntschaften aus gewesen, und dieser Beethoven sei ein super Typ. Aha! So hatte sie also gerade um den Tatzeitpunkt herum mit Beethoven an der Bar Platz genommen. Nein, auf die Minute konnte sie das jetzt nicht mehr sagen. Das Geschrei, die Aufregung, der Streit zuvor …
So was nennt sie Alibi! Wo war sie wirklich, als es geschah? Was sie sagt, kann stimmen oder auch nicht, Hagen.
Als ich sie fragte, warum sie als Shirley Bassey gegangen sei, brachte sie vor, als junges Mädchen habe sie mal was mit einem Schwarzen gehabt, und die Musik und der Sex hätten sie begeistert. Die diesbezüglichen Details ihrer Aussage erspare ich dir. Dass nur Adelige zugelassen waren und sie als adelig durchging, weil sie von der Queen zur »Dame« ernannt worden war, wusste sie nicht mal. Und dass Beethoven ein van Beethoven war, auch nicht.

Sie nannte ihn außerdem Biethoven. Manchmal sterben die falschen Leute.

***

Rückblick: … »Barbara, warum haben Sie sich später, als der Schock nachgelassen hatte, nicht noch bei der Polizei gemeldet?«

»Weiß nicht. Die waren ja sowieso bei uns im Laden. Wollten nur wissen, wo ich an dem Abend war, und da hab ich gesagt, im Bett. Ich leb allein. Was soll das? Ich hab halt niemand, der mir ein Alibi gibt, aber sie waren auch nicht so sehr hinter mir her. Ich wollte denen das nicht sagen mit dem Ball. Hätte komisch ausgesehen, weil sie ja meine Chefin war und wir uns nicht immer so super verstanden haben.«

»Und warum waren Sie nun wirklich auf dem Ball?«

Sie vernichtete den Rest dieser grässlichen Bockwurst. Wie kann man so etwas essen?

»Also, das war so, warum soll ich Ihnen das nicht sagen, Sie war'n ja auch da und haben keinen Grund, mich zu verpfeifen, oder? Ich hab vor zwei Wochen oder so mal den Wagen gefahren. Den Bus. War 'ne Ausnahme. Bei 'ner Kinderparty ist bei allen Heliumluftballons das Gas entwichen. Fehler vom Hersteller. Die Kunden rufen die Buchmüllers an, die schon wieder weg waren und den Bus auf den Ladenparkplatz gestellt hatten.«

Sie hustete. Ich wartete. Dann ging der unschöne Bericht weiter.

»Keine Antwort, dann eben mich angerufen. Ich, ausnahmsweise, den Schlüssel für den Bus im Büro geholt, den Wagen genommen, neue Ballons geschnappt und hingefahren. Dann ich zurück. Beim Aussteigen seh ich hinten so Kisten mit Riegeln. Na, denk ich, was fahr'n die denn spazieren? Und mach eine Kiste auf und find so tolle Kostüme und Perücken und Handschuhe und Schuhe und Schmuck. Sah irre aus.«

»Das kann ich mir vorstellen!«

»Ja. Ich frag die Leonie dann am anderen Tag, was das ist, und sie sagt, sie geht auf diese Cos...play-Dings. Erwachsene verkleiden sich als historische Figuren, die man oft auch aus Filmen kennt. Das gebe es seit etwa einem halben Jahr in Karlsruhe. ›So lange macht sie das schon heimlich?‹, frag ich. Dass man das so verbergen kann und nix drüber erzählt, konnt ich nicht glauben. Ja, sagt sie, aber nicht von Anfang an. Sie hat es erst erfahren, als es schon zwei- oder dreimal stattgefunden hatte. Und sie hat gesehen, es ist was Seriöses und nix aus so einer komischen Szene, Sie wissen schon, mit Partnertausch. Sie geht als Sissi, die man aus den Filmen mit Romy Schneider kennt. Die Sissi fand sie immer toll, schon als Kind. Und ich staune und sage, toll, und sie dann ganz freundlich, ich könnte beim nächsten Mal mitgehen. Ich war total erstaunt, weil so freundlich war die nicht immer zu mir.«

»Und dann?«

»Dann hat sie mir sogar noch geholfen. Ich verkleide mich als die Schwarze, geh hin, seh die Chefin als Sissi auch wirklich dort herumpoussieren, und dann passiert so was.«

»Gab es denn irgendwelche Besonderheiten? Ich habe gehört, einige hatten Streit. Ich selbst hab da auch ein bisschen was –«

»Ach, die Leonie musste sich ja gar nicht verstellen. Hier im Laden hatte sie auch das Zepter in der Hand. Klar, die Leute dachten, die andere da, auch eine Kaiserin, verrückt das Ganze, wär sauer, weil sie den Preis für das schönste Kostüm nicht gewinnen würde, wie es wohl vorher schon unter der Hand hieß. Aber ich weiß gar nicht, ob das so war. Ich bin da nämlich aufs Klo, da hör ich Lachen, und da haben die beiden Kaiserinnen die Kleider gehoben und ihre Beine aneinandergehalten. Was das überhaupt sollte!«

Ich runzelte die Stirn. Yvonne fragen, dachte ich.

»Und sonst?«

»Nix. Der Diener da, der war stinksauer, weil sie ihn so blöd abfahren ließ, aber das kenn ich gut von der. Ich war eigentlich nämlich auch ganz schön sauer auf die.«

»Warum denn?«

»Ich hab bei ihr angefangen zu arbeiten, weil … na ja, ich hatt da schon ’ne richtig blöde Zeit. Mein Mann hat mich verlassen, ich hatt keinen Job, und dann komm ich in den Laden, weil mein Neffe einen Zauberkasten zum Geburtstag haben wollte, und unterhalt mich mit dem Stefan. Er fragt, ob ich nicht Lust hätte, stundenweise im Laden zu arbeiten. Der Stefan ist sehr, sehr nett. So ein Sensibler und Feiner, wenn Sie verstehen. Und das mach ich, und sie versprechen mir immer wieder, dass ich fest angestellt werde, und dann verschieben sie es wieder. Vor drei Wochen krieg ich dann raus, dass sie mit ’ner Anzeige jemand Neues für den Laden suchen. Nicht in der BNN, sondern, wie sagt man, überregional. Da war ich total wütend. Ich hab den Laden mit hochgebracht. Aber die Leonie schielte immer nur auf mehr und mehr Kohle.«

»Sie mochten sie also nicht.«

»Nee. Und die hat auch den Stefan herumkommandiert. Wenn er mal später kam oder so. ›Wir müssen unseren guten Ruf und unser Niveau behalten.‹ Das war immer und ewig ihr Wort.«

Ein furchtbarer Gedanke kam mir. »Aber Stefan Buchmüller, also er könnte nicht etwa …«

Sie rollte mit ihren dunklen Augen in dem kleinen braunen Gesicht. »Der Stefan? Oh Gott, nein. Der ist ein ganz Lieber. Wenn neue Sachen kamen – wir haben jetzt so Jonglierstäbe mit LED-Birnchen, die zu den Bewegungen Lichteffekte machen, also ganz was Tolles –, dann hat er das immer selbst ausprobiert. Wie ein kleiner Junge kann der spielen. Er hat seine Schwester schon geliebt. Die zwei sind sehr verschieden, wie Geschwister halt so sind, aber die waren richtig eng.«

Ich nickte.

»Die Eltern waren ja immer weg, als die klein waren. Haben Sie den Vater von den beiden gekannt? Der war doch in dieser Serie, die der Südwestfunk gemacht hat, immer der schusselige Hausmeister. Über den der ganze Block gelacht hat? War aber echt nett, wie er das gespielt hat. Und später war er der Diener in der Serie mit diesem schnöseligen Baron, der Detektiv gespielt hat. Zu komisch. Meine Eltern haben das gerne geguckt. Nein, nein, der Stefan ist okay. Mit dem konnte man gut auskommen. Schade, dass er geschieden ist. Seine Exi war auch 'ne Liebe. Haben einen sehr hübschen Sohn, den Lukas.«

»Und sonst? Gibt es sonst Leute, die etwas gegen Leonie Buchmüller gehabt haben? Die Polizei hat Sie das bestimmt auch schon gefragt.«

»Hat sie. Aber ich hab ihnen nix von dem Albert gesagt. Der arme Kerl.«

»Wer ist denn der Albert?«

»Der Storch. Der Albert Storch. Ehemaliger Fußballspieler vom KSC. Trainiert jetzt irgendeinen Jugendclub. Den haben die Buchmüllers immer geholt, wenn sie eine Jungs-Fußball-Geburtstagsparty ausgerichtet haben. Alle tragen ein Trikot, und dann machen sie ein Spaßspiel, und da war er der Schiedsrichter. Hat immer gut geklappt. War schön für den alten Herrn, dass er noch was zu tun hatte. Und dann eines Tages schmeißt die Leonie ihn eiskalt raus.«

»Warum denn das?«

»Er wär zu oft in den Duschkabinen aufgetaucht. In denen von den Jungs. Das wär anrüchig, und die Eltern wollen das nicht. Nicht dass es aussieht, als guckte er gerne bei Jungs was ab. So ein Quatsch! Aber die Leonie dann so: Ja, heutzutage wären die Eltern da ganz sensibel und schon der kleinste Verdacht und bla. Jedenfalls hat sie ihn rausgeschmissen, obwohl er fast geheult hat. War doch 'ne schöne Aufgabe für den alten Mann.«

»Wo erreicht man denn diesen Albert Storch?«, fragte ich.

»Ich geb Ihnen da keine Adresse. Wie käme ich dazu?«

Ich wartete.

Sie stocherte unappetitlich in ihrem Senfrest herum. Dann stand sie auf. »Man muss hier das Tablett zu dem Fließband dahinten bringen.«

Ich zuckte die Achseln. »Ja?«

»Also!«

Ich kühl: »Tut mir leid. Ich bin kein Serviermädchen.«

»Wow. Sie haben's drauf, was? Also gut, weil Sie 'ne coole

Socke sind. Der Albert hat einen Schrebergarten, wo er bei schönem Wetter immer ist. Beim Zwitscherzwerg, hinten in Weiherfeld. Nur so als Tipp!«

Wir ließen beide unser Tablett stehen und gingen in verschiedene Richtungen von dieser Bühne ab. Ich nach unten in die Exquisitabteilung, sie aufs Klo.

Und hofften, dass wir uns niemals mehr sehen würden.

Natürlich besuchte ich Albert Storch noch am Mittag des 12. Juni.

Es war nicht sehr schwierig, ihn aufzustöbern. Ein alter Herr, der früher mal beim KSC gewesen war und seinen Garten seit Langem liebte, ist bei den Nachbarn bekannt.

Früher hatte ich Schrebergärten verachtet, denn sie gehörten gewiss kleinkarierten Leutchen, die sich kein Haus mit Garten leisten konnten. Vollständig abgelegt hatte ich diese Haltung auch noch nicht und erwartete Pensionäre in hässlichen Gummistiefeln. Zu meiner Überraschung werkelten ziemlich viele junge und tätowierte Leute in angesagten Overalls in den Gärten herum, umgeben von Hunden sowie kleinen Kindern, die Marmelade im Gesicht hatten. Fahrräder lehnten an den Zäunen, ein undefinierbarer Duft nach Gegrilltem und reifendem Obst lag in der Luft.

Nach kurzer Fragerunde fand ich den alten Albert Storch. Ein kleiner, inzwischen zarter Mann mit einem zerklüfteten Gesicht und wasserblauen Augen. Er schnippelte an ein paar Zucchini herum, die zwischen riesigen Blättern hervorlugten.

Ich stellte mich vor und wollte irgendeine Ausrede erfinden, doch das war gar nicht nötig. Albert Storch kam gleich zur Sache und hielt nicht zurück mit seinen Gefühlen.

»Sie kommen wegen der furchtbaren Geschichte? Die Leonie hat's erwischt!«, sagte er aufgebracht. »Aber ich war es nicht. War gar nicht in Karlsruhe an dem Abend. War auf einem Vortrag. Ja, ein Vortrag vom Kleingartenverein. Über Hochbeete. Ich will mir nämlich ein Hochbeet bauen. Kann mich nicht mehr bücken. Und hinterher sind wir in den Zwitscherzwerg da vorne zwitschern gegangen. War eins, bis wir raus sind. Der Stavros hat uns fast rausgeschmissen. Und nüchtern waren wir auch nicht. Hätte die Leonie nicht abmurksen können, selbst wenn ich gewollt hätte. Verdient hätt sie es ja.«

Jetzt trat etwas wie Tränen in seine Augen. Ein Anblick, den ich bei einem alten Mann schlecht vertrage.

»Was die alles zu mir gesagt hat. Was die mir vorgerupft hat, das kann man sich nicht vorstellen. Jungs! Mein Gott, wer macht sich was aus kleinen Jungs? Das ist ja furchtbar.«

Ich schwieg betroffen.

»Es wär ja nur der Eindruck bei den Eltern, auch wenn gar nix dran war. Sie müsste aber diesen Eindruck vermeiden. An so was wie Eindruck hat früher im Zeltlager keiner gedacht. Und selbst geht sie als Kaiserin aus dem 19. Jahrhundert. Ich sag nicht, was die waren, die Buchmüllers. Schausteller von dahinten vor. Vom Balkan. Bestimmt halbe Zigeuner. Und dann großtun. Was kam von da jemals Gutes? Ich will ja nix sagen, mit dem Hitler, das war ja nicht korrekt, was der gemacht hat, aber die Völker von da unten, die hat er gekannt. Der war ja selbst von daher.«

Es schien ein Themenwechsel angeraten, bevor noch schlimmere Erkenntnisse folgten.

»Der Bruder ist bissle besser. Gege einen kannste was mache, aber net gege alle beide. Und die Leonie hat was vom Geschäft verstande. Er war netter als sie. Hat mehr von der Mutter gehabt. Und kam auch gut bei de Dame an. Hat e liebe Frau gehabt. Ehe kaputt. Na ja.«

Er schwieg und riss verbittert ein Blatt von einem Strauch ab. Ich sah, wie er es zwischen den Fingern zermalmte.

»Ich geh net zu der Beerdigung. Als was wird sie denn beerdigt? Als diese Prinzessin Sissi oder als Leonie? Die können des net auseinanderhalte, was mer im Film is und was mer im Lebe is. Die all miteinanner net.«

***

Lieber Hagen,
Nachtrag. Natürlich habe ich keine Beweise. Ich muss mich mal wieder auf meine Gefühle verlassen. Weder Barbara Vollrath noch der alte Herr Storch haben meiner Meinung nach Leonie Buchmüller umgebracht. Beide waren wütend auf sie, aber das schon seit längerer Zeit. Ihre Wut war wahrscheinlich zum Groll geronnen, da nichts Aktuelles vorgefallen war. Das heißt, wenn sie Leonie hätten umbringen wollen, hätten sie sich nicht auf einen exklusiven Ball mit einer Menge schriller Leute drum herum schleichen müssen, sondern die Sache anders erledigen können.
Dass Barbara Vollrath dieses eine Mal auf dem Ball auftauchte, war ja auch mehr Zufall, wenn man ihr denn Glauben schenkt.
Wenn nicht in letzter Sekunde in dem eher farblosen realen Leben der Leonie Buchmüller ein Überraschungsfeind auftaucht, wäre der Mörder also nun doch unter den Ballgästen zu suchen.
Geschichte hat mich nie interessiert, und nun soll ausgerechnet ich in den tiefen Brunnen der Geschichte tauchen, um die Antwort zu finden, warum ein Mörder im historischen Kostüm zuschlug und eine Hand im samtenen Handschuh die tödliche Ahle führte? Und den Fotografen vielleicht gleich mit erledigt hat, weil er etwas gesehen, etwas geknipst hat, das er nicht hätte sehen dürfen?
Hagen, erinnerst du dich an den Film »Blow Up«? Ja, genau, den aus den Sechzigern. Da nimmt ein Fotograf einen Mord mit der Kamera auf und entwickelt mit dem Bild langsam auch das Antlitz des Täters. Hat Steinbeiss die Tat gesehen und ein Foto davon geschossen, oder hat er nur jemanden beobachtet, der mit einem hastig eingesteckten spitzen Ding in den dunklen Park entwich? Gab es eine geheimnisvolle Schnittmenge zwischen den historischen Figuren auf dem Ball und einer realen Situation? Am Samstag werde ich noch einmal mittanzen auf die-

sem Ball der schönen Täuschungen. Bis dahin werde ich hoffentlich einen weiteren Puzzlestein gefunden haben, der in das Bild passt.
Ich würde so gerne wissen, was die Polizei inzwischen herausgefunden hat. Ich kann mir nicht vorstellen, dass sie eigens einen Beamten abstellen, der sich mit längst verblichenen Kaisern und Königen beschäftigt und ein Dossier erstellt, wer wen gehasst haben könnte.
In der Zwischenzeit werde ich im Hier und Heute bleiben und morgen das Karlsruher Bürgerbüro aufsuchen.

Der neunzehnte Puzzlestein

Es gibt mehrere Stellen, an denen Bürger in Karlsruhe Ausweise beantragen und entzogene Fahrerlaubnisse wieder abholen können. Eines dieser Bürgerbüros befand sich im Rathaus, gleich links, wenn man hereinkam, und ich sah mich einem Wartezimmer voller eher deprimierender Gestalten gegenüber.

Ich setzte mich auf einen harten Stuhl und blickte mich um. Was genau unterschied mich eigentlich von den Leuten hier? Meine Intelligenz? Kaum. Der junge Mann da drüben, so ein dünner Schwarzgekleideter, er sah belesen und nachdenklich aus. Möglicherweise ein abgebrochener Student. Mein Aussehen? Auch nicht, denn die junge, hochgewachsene Frau, die so provozierend an der Tür zum Gang lehnte, war eine dunkle, orientalische Schönheit mit perfekten Zügen. Mein Benehmen, meine Herkunft? Man hörte immer wieder von Frauen aus seriösen Elternhäusern, die es nicht geschafft hatten, sich ein erfolgreiches Leben aufzubauen.

Nein, das wurde mir jetzt mehr als deutlich: Es war Glück. Reines Glück, dass meine Ehe *reich* gescheitert und ich nicht mit drei Kindern in einer Sozialwohnung zurückgeblieben war.

Ich stand auf, ging zum Anmeldeschalter und fragte: »In welchem Büro sitzt Rita Reiber?«

Hastig kam eine genervte, überlastete Antwort: »Büro zwei, Schreibtisch links, aber Sie müssen erst eine Nummer ziehen.«

Ich überhörte das, klopfte an Büro zwei, wartete nicht auf Antwort und betrat ein Büro mit mehreren Resopalschreibtischen. Pflanzen. Bilder von Kindern, Kunstdrucke. Schlechte Luft. An den Namensschildern konnte ich die Gesuchte gleich ausmachen. Rita Reiber. Eine absolut nichtssagende Person mit der falschen Lippenstiftfarbe.

In dem Büro warteten noch zwei Leute, ich stand einfach nur da und wartete auch, denn ich hatte ja keine Nummer und kein Anliegen. Irgendwann stand Frau Reiber auf und ging mit ihrem Schminktäschchen nach draußen, vorbei an den vielen halbwegs geduldigen Bürgern auf den Stühlen im Gang. Sie steuerte eher müßig die Toilette an. Ich ging ihr hinterher.

»Das ist nur für Personal«, fauchte sie mich an, als ich die Tür schloss.

»Ja, Eugénie«, erwiderte ich keck.

Sie glotzte. »Was wollen Sie denn? Wer sind Sie?«

»Scarlett O'Hara«, sagte ich.

Sie starrte mich an. Eine unangenehme, aggressive Frau. Dann packte sie mich am Arm, sodass es fast wehtat, zerrte mich zur Toilettentür, öffnete sie einen Spalt und wies auf den Gang: »Da, schauen Sie raus. Da sitzen sie auf den Stühlen. Wollen wissen, wo sie Hartz IV beantragen können oder Überbrückungsgeld und Wohngeld bekommen; die meisten haben Schulden, können Strafzettel nicht bezahlen. Der Strom soll abgestellt werden. Oft sehe ich den ganzen Tag nur Bedürftige. Ich mache das hier, seit ich sechzehn Jahre bin, Leuten erklären, wo es Kleidungsgutscheine gibt und wer in der Tafel einkaufen kann. Viel zu oft Leute, die sich morgens nicht geduscht haben und manchmal noch nach dem riechen, was sie abends gegessen und getrunken haben. Ich hab sie satt. Ich wollte mal was Schönes sehen, was Schönes sein. Verstehen Sie das?«

Oh, wie gut ich das verstand. »Warum denn ausgerechnet Kaiserin Eugénie? Die kennt doch hier niemand.«

Von ihrem Wutausbruch ermattet, lehnte sie sich kurzatmig schnaufend an die Wand. »Meine Mama stammte aus dem Elsass. Die hatte noch ein altes französisches Schulbuch, da war die Kaiserin abgebildet als schönste Frau von Europa. Und wie ich dann von den Bällen hörte, zufällig, da dachte ich, so wie die auf dem Bild, so richte ich mich mal her. Das hätte meine Leute stolz gemacht.«

Ich schwieg. Es war deprimierend, wie profan eine Kaiserin klingen konnte. Lieber hätte ich die Frau hinter der Maske nicht kennengelernt. »Wie standen Sie denn zu Sissi?«

»Sissi? Das war doch eine kühle Lesbe.«

Eine weitere Mitarbeiterin, klein, dick, mit rot gefärbtem Haar und feisten Fingerchen, an denen billige Modeschmuckringe von Bijou Brigitte steckten, betrat den Waschraum. Rita-Eugénie warf ihr einen genervten Blick zu und verließ die Toilette. Jetzt standen wir auf dem Gang, wo viele Augen, in der Hoffnung, sie seien bald an der Reihe, an Rita klebten. Rita Reiber schien sie nicht zu bemerken.

»Ich erkenne, wenn eine kein Interesse an Männern hat. Umgekehrt natürlich auch. Das riecht man doch. Und die hat zwar mit Franz Joseph rumgemacht, er hat immer versucht, sie zu küssen, aber die war wie das Zeug im Fieberthermometer. Quecksilber. Hat sich nicht anfassen lassen, nicht küssen. Hey, die Leute auf den Bällen wollen auch ein bisschen Spaß haben. Ich nicht. Bin ja mit meinem Männe da. Nicht mit dem Napoleon. Das ist wieder jemand anderes. Ha, will ja auch mal Spaß haben. Aber mein Mann spricht so schön. Er liest auch viel …«

Ich wollte sie fragen, wer ihr sogenannter Männe gewesen sei, doch ich hatte Angst vor der Antwort, es könne sich um Shakespeare handeln. Diese Ernüchterung wollte ich mir ersparen.

»Es galt als sicher, dass Sissi das prächtigste Kostüm trug und dafür prämiert werden sollte. Da hätten Sie ja schon sauer sein können. Als Eugénie. Nicht als Frau … Reiber.«

»Ja? Wer sagt das? Jetzt sag ich dir mal was, Scarlett, die hätte nicht gewonnen, denn das Kostüm war vielleicht genauso wie auf den Bildern, also originalgetreu, das stimmt, aber ich fand, es saß nicht gut. Und wissen Sie auch, warum?«

»Nein.«

»Weil sie abgenommen hat. Und wissen Sie auch, warum?«

»Nein!« Wie ich diese Fragetechnik hasste.

»Weil sie immer Angst hatte!«

»Vor wem denn?«

Rita Reiber beugte sich vor und wisperte: »Vor dem Unheimlichen Kind. Ich hab das Unheimliche Kind im Gebüsch umherschleichen sehen, kurz bevor es geschah. Und es hielt etwas in seiner Hand. Nicht die übliche Rassel, nein, nein. Es war was Längliches. Wie eine Rolle. Und damit war es immer in ihrer Nähe. Ich sage, es war das Unheimliche Kind, aber ich will nicht auf dem seiner Liste stehen. Vielleicht steckte die Mordwaffe in dieser Rolle. Hoffentlich kommt dieses Wesen jetzt nie mehr!«

»Aber –«

»Mehr sag ich nicht.«

»Und wer hat den Fotografen umgebracht?«

»Den? Jemand, über den er zu viel wusste! Und jetzt hau ab, Scarlett. Ich muss arbeiten.«

Ich trat auf die Straße und war verwirrt. Wieder hatte jemand behauptet, Sissi sei lesbisch gewesen. Das passte nicht zu der Biografie. Sollte die Kaiserin nicht eher heimlich verliebt gewesen sein, in einen schneidigen Ungarn beispielsweise?

Ich musste Yvonne nach Sissis wahrem Liebesleben fragen. Und diesbezüglich fiel mir ein: Ich würde heute Abend mit Tom telefonieren. Ich musste einfach.

***

Yvonne schenkte mir Tee ein. Es war wieder wunderschön in ihrer Wohnung. Viel Samt, viel warme Farben. Es duftete nach Räucherkerzen und nach Altbau und nach einem Leben mit Kräutern und mit Strickzeug und mit selbst gemalten Bildern, das ich niemals kennengelernt hatte. Ich war niemals eine Studentin ohne Geld gewesen.

Wegen meines Aussehens hatten mich von Anfang an junge Männer umworben, die Daddys Geld ausgeben konnten. Und die Daddys hatten mich, das nette Statussymbol, wohlwollend, manchmal zu wohlwollend angeschaut. Wahrscheinlich hatten sie sich schon schöne Enkel ausgemalt. Doch es kam immer ein noch reicherer Bewerber. Meine Eltern waren einfache Leute gewesen; ich hatte mein Zuhause abgestreift wie ein zu billiges T-Shirt.

Stefan und Leonie Buchmüller hatten ihre Eltern sichtlich geliebt und nicht abgestreift. Das sprach für die beiden.

»Hat die Frau dich erreicht?«, erkundigte sich Yvonne.

»Was für eine Frau?«

»Eine Kundin aus dem Laden. Hat vor einiger Zeit angerufen. Sie sagte, ihr hättet einen privaten Termin ausgemacht. Ihr wolltet ein bestimmtes T-Shirt tauschen. Und du seiest eine wunderbare Verkäuferin, sie kennt dich noch von früher …«

Mir stockte der Atem. »Und?«

Yvonne zuckte die Achseln. »Sie klang so nett. Ich hab ihr deine Handynummer und Adresse gegeben.«

Ich sank zurück in die orientalischen Kissen. Es erkannte Stimmen. Und es konnte auch Stimmen nachmachen. Daher hatte das Unheimliche Kind also meine Telefonnummer. Und meine Adresse. Es war, als kröche mir eine riesige Spinne den Rücken hinauf, und jede Berührung mit ihren Tastfüßchen auf meiner Haut ließ mich erschauern.

»War das nicht in Ordnung?«

»Nein, nein«, seufzte ich. »Alles gut.«

Yvonne sah mich unsicher an.

Ich gab mir einen Ruck. Was geschehen war, war geschehen. »Yvonne, einmal noch musst du Geschichtslehrerin spielen. Bitte erzähl mir noch mal von Eugénie und von Sissi. Und vielleicht von der Erotik. Vor allem der von Sissi.«

»Ach, da gibt es so viel zu erzählen. Ich habe extra nochmals nachrecherchiert. Es stimmt nämlich gar nicht, dass die beiden Kaiserinnen, Eugénie und Sissi, echte Todfeindinnen waren. Entgegen dem, was immer berichtet wird, verstanden sich die beiden Frauen ganz gut. Es gibt da eine nette Episode. Napoleon III., Eugénies Gatte, kam 1867 nach Salzburg, um Franz Joseph sein Beileid zum Erschießungstod seines Bruders Kaiser Maximilian von Mexiko auszusprechen. Sissi hatte eigentlich keine Lust, kam aber dann doch mit nach Salzburg, und so trafen sich die beiden schönsten Frauen des damaligen Europa privat in einer Suite zum Gedankenaustausch. Graf Wilczek, der Verantwortliche, öffnete dann die Tür zur Suite und sah die beiden Frauen im Toilettenkabinett, wie sie vor einem Spiegel die jeweiligen Wadenbeine abmaßen. Eugénie brauchte dazu nicht viel zu bewegen, denn die Pariser Krinolinenmode war kürzer als die in Wien. Man durfte die Fesseln von Kaiserin Eugénie offiziell sehen. Ja, Paris war eben auch damals schon vorne.«

Das war also die Erklärung für die Episode, die Barbara auf dem Convent beobachtet hatte. »Aber ob das unsere Fake-Eugénie vom Maskenball, eine eher einfache Frau, die im Bürgerbüro arbeitet, auch weiß?«

Yvonne hob die Schultern, fragend. »Keine Ahnung. Sie wird sich auch eingelesen haben. Dank Google. Jedenfalls war Sissi, die echte Sissi, eine Freundin von geheimnisvollen Rätselspielen und Maskeraden. Sie schickte oft ihre Hofdamen vor, die ihre Rolle spielen sollten …«

»Ach ja?«

»Ja, Swentja, so habe ich eine Episode gefunden, die ich recht hübsch fand. Ein gewisser, Moment mal, ich muss nachschauen, Fritz Pacher von Theinburg war am Faschingsdienstag 1874 in Wien auf einem Maskenball, ein Sechsundzwanzigjähriger, der von der ungarischen Vorleserin Ida Ferenczy einer gelben Dominofigur, damals ein beliebtes Kostüm, vorgestellt wurde, mit ihr angenehm plauderte, unter anderem auch über Elisabeth. Die tief verschleierte Frau war niemand anders als Elisabeth selbst.«

»Tief verschleiert!«, murmelte ich. »Warum wollte sie ihr Gesicht denn nicht zeigen?«

»Ja. Das Verbergen ihres Gesichtes war ihr Markenzeichen. Vor allem, als sie etwas älter wurde. Heute würde sie einer Burkaträgerin gleichgestellt.«

»Von der man nicht weiß, wer sich dahinter verbirgt.«

»Ja, aber bei der historischen Sissi weiß man es genau. Das Verschleiern war erst ein Trick von ihr und danach Angst, als alte Frau gesehen zu werden. Wie sagte sie … warte mal, hier habe ich das Zitat …« Ein Griff, und sie hatte ein Buch aufgeschlagen. Ich bemerkte ein Eselsohr.

»›Es gibt nichts Grausligeres, als nach und nach zur Mumie zu werden, als geschminkte Larve herumzulaufen. Vielleicht werde ich später immer verschleiert gehen, und nicht einmal meine nächste Umgebung wird mein Gesicht mehr erblicken.‹«

Yvonne sah hoch. »Und dann sagte sie noch: ›Man muss immer zur rechten Zeit verschwinden können.‹«

»Furchtbar!«, sagte ich leise. »Aber nicht an dem Abend, an dem sie ermordet wurde. Da wollte sie gesehen werden. Sie hat auch mehr geflirtet, sie war offener. Ob sie den Tod erahnte und noch einmal tanzen wollte?««

Wieder zuckte Yvonne die Achseln. »So wie du es erzählst, wollte sie an dem Abend mit dem Feuer spielen.«

Das war eine treffende Beschreibung jenes Abends. Im Schein der Fackeln, die den Karlsruher Schlossgarten auf unheimliche Weise zu den Klängen des Badnerliedes erhellten, hatte sie vielleicht ein letztes Mal geflirtet, hatte die Männer provoziert.

»Elisabeth liebte die Ungarn, nicht wahr?«, wollte ich zur Bestätigung noch wissen.

»Ja. Es war vielleicht ihre größte Leidenschaft im Leben. Und die Ungarn liebten und verehrten sie. Sie galt als der Engel Ungarns. Ich werde aber immer misstrauisch, wenn scheinbare Engel im Spiel sind.«

»Warum denn das, Yvonne?«

»Sie hat nach ihrer erfolgreichen Genesung auf Madeira mit Eifer begonnen, Ungarisch zu lernen, lernte den charmanten Grafen und schneidigen Rebellen Andrássy kennen, der sie vollends für die ungarische Sache und den Wunsch der Ungarn nach nationaler Identität begeisterte. Der Höhepunkt kam, als eine traumhaft schöne Sissi in Schönbrunn – warte, muss ich nachschauen, ja, das war 1866 – die ungarischen Vertreter als Gäste in ungarischer Nationaltracht und in fließendem Ungarisch empfing. Auch hielt sie sich oft in Schloss Gödöllö auf, sodass man sie fast als Einheimische sah. Man verehrt sie in Ungarn auch heute noch wie eine Heilige.«

»Aha.«

Yvonne schlürfte ihren geliebten Tee. »Und dann liebte sie auch noch besonders ihr ungarisches Kind, Marie Valerie, das sie in Budapest gebar. Dieser Mensch sollte ihr ganz allein gehören, und tatsächlich wich ihr Marie Valerie nicht von der Seite.«

»Noch ein Kind!«, murmelte ich. »Ein Kind, das ihr nicht von der Seite wich.«

Der zwanzigste Puzzlestein

Tom hatte sich am frühen Morgen des 14. Juni kurz von französischem Festnetz zu deutschem Festnetz gemeldet. »Das Schießtraining bringt schon was. Aber es ist natürlich Übungssache.«

Geert lachte sein sonores, warmes Lachen im Hintergrund und schien Tom den Hörer aus der Hand zu reißen. »Glaub ihm kein Wort. Jeden Abend setzt er sich ab und schaut romanische Kirchen an.«

»Ich beschäftige mich nun mal gerne gründlich mit den Dingen. Und Altenburg ist eine der ältesten und ganz bestimmt eine der schönsten romanischen Kirchen im Elsass.«

Von hinten hörte ich eine Männerstimme. »Tom zum Einzeltraining. Schuss aus großer Entfernung?«

»Komme …«

Wieder war Geert am Telefon. »Jaja, er übt. Swentja, warum setzt du dich nicht in deinen Flitzer und wir fahren die Gegend ein bisschen ab? Heute Mittag, ich hab frei. Juhu!«

Geert war wie ein fröhlicher Junge, und etwas Ablenkung würde mir guttun.

»Ich könnte vielleicht wirklich kommen, aber nur für ein schnelles Mittagessen. Kirchen interessieren mich nicht so sehr. Und heute am späten Nachmittag bin ich mit deiner Schwester bei deinem Ex-Schwager eingeladen.«

»Gut, dann treffen wir uns am Kräutercafé in Weiler. Das ist das Örtchen hinter Wissembourg Richtung Dahn und dem geheimnisvollen St. Germanshof. Ich finde es wunderbar dort, und das Kräutercafé ein paar Meter weiter hat den besten Wildkräutersalat. Und unseren ehrgeizigen Tom lassen wir einfach jetzt für sich alleine üben.«

»Ich bin um elf da.«

Ich fuhr eigens nicht über die staugefährdete Rheinbrücke, sondern nahm die zauberhafte Strecke von Seltz über Seebach nach

Wissembourg. Endlose Felder wellten sich in Gelb und Grün vor meinen Augen, bis sie an die Pfälzer Berge stießen. Die Straße verleitete zum Dahingondeln und Trällern. Sie führte großzügig in lang gestreckten Kurven durch ein baumloses Land mit kleinen, menschenleeren Orten und blühenden Gärten und Feldern.

Es dauerte nicht lange bis Wissembourg, das wie immer von Touristen summte wie ein Bienenstock. Ich fuhr geradeaus, durch den reizenden Ort Weiler, von dem man nicht recht wusste, ob er deutsch oder französisch war. Die Landschaft änderte sich. Nun säumten hohe und dichte Wälder die Straße, links plätscherte idyllisch die Wieslauter. Bald tauchte das Kräutercafé mit Parkplatz, Gastgarten, einem herrlichen Bauerngarten und Wanderwegen auf. Schräg gegenüber stand eine Kirche, die verwittert und uralt aussah. Ich blickte auf die Uhr. Viertel vor elf. Ich war zu früh; die Fahrt war einfach zu glatt gegangen.

Langsam schlenderte ich Richtung Kirche. Müßig. Ich hatte oft mit Tom gestritten, weil ich mich nicht für Kirchen interessierte. »Wie kann ein Wissenschaftler gläubig sein?« – »Gerade ein Wissenschaftler muss gläubig sein. Anders würde er verrückt«, antwortete er dann.

Die Kirche war sehr hübsch und gemütlich ausgestaltet. Mit bunten, fröhlichen Fresken in Majolika-Technik. Die Sonne funkelte unaufhaltsam durch die Glasfenster. Ich setzte mich hin, ruhte mich einen Moment aus. Am Eingang die üblichen Flyer und Konzerthinweise. Dann noch ein zerfleddertes Buch mit gelblichen Seiten und Linien. »Wünsche an die Mutter Maria.«

Ich schlug es auf. Es war rührend. Ein Kind, vermutlich, bat darum, dass es besser »lehrnen« könne, um aufs »Gümnasium« zu gelangen. Die Einträge waren überwiegend deutsch. Meistens baten Frauen bei Krankheit von Angehörigen um Hilfe.

Ich blätterte bis zu den jüngsten Einträgen. Da stieß ich auf etwas Vertrautes. Eine Handschrift, die zwar leicht verstellt schien, die ich aber trotzdem nur zu gut kannte.

»Maria, hilf mir. Ich habe etwas Schreckliches getan. Von

Kind an wusste ich schon, dass es eine Sünde ist. Doch das Leben geht weit weg vom Glauben und endet in etwas Bösem.«

Der Eintrag stammte von niemand anderem als meinem Verlobten Tom.

***

Hagen, ich sitze im Auto und schreibe dir vom Handy aus. Nicht schnell genug konnte ich das Mittagessen mit Geert hinter mich bringen. Er hat sich solche Mühe gegeben und war lustig und nett, wie ich ihn ja auch kenne.

»Was hast du denn, Swentja?«, hat er gefragt. »Du siehst ganz blass aus.« Doch er darf niemals erfahren, dass ich in dieser Kirche war, denn er würde es vielleicht ganz nebenbei Tom erzählen.

Und dann? Tom denkt logisch, er würde misstrauisch werden.

Was ist das Schreckliche, das Tom getan hat, und welchen falschen, verbotenen Weg geht er?

Ich denke an die Worte des Fotografen und habe einen furchtbaren Verdacht. Was? Du bist mit Tom verlobt? Aha!

Ich bin so verwirrt. Und dann muss ich heute Nachmittag noch mit Antje zu ihrem Exmann. Dazu habe ich keinerlei Lust. Ich möchte allein sein. Und nachdenken.

Der einundzwanzigste Puzzlestein

Wir trafen uns am Bahnhof, um gemeinsam in das kleine Viertel Bulach nahe der Karlsruher Alb zu fahren. Antje stand schon vor ihrem Auto und winkte mir zu. Sie trug ein T-Shirt, auf dem ebenso gut »Karstadt« hätte stehen können. Es hatte dieses unsäglich spießige bunte Leo-Muster mit aufgenähten Schmucksteinen, in dem ich nicht einmal tot gesehen werden wollte. Wenn die Ferien begannen, würde ich mich ihrer Sache mit voller Kraft annehmen.

»Es ist schön, dass du heute mitkommst. Lernst du mal meinen Mann näher kennen, und wenn wir Glück haben, klappt die Skyperei mit unserem Sohn Lukas. Der Tod seiner Tante will bewältigt werden.«

»Gut.« Ich warf einen ziemlich deutlichen Blick auf das Shirt. »Wenn du demnächst Zeit hast, gehen wir in die Stadt und kaufen dir den hellblauen Pullover von Phase Eight. Schöne englische Designerware, aber nicht zu teuer. Höchstens hundert Euro. Ich habe ihn gestern entdeckt, den kannst du zu allem kombinieren, und er wirkt wunderbar zu deinen blauen Augen. Du brauchst nämlich nicht zehn Pullover, sondern zwei. Einen schwarzen und einen in deiner Farbe. Und bitte alles erste Qualität.«

»So wie das?« Antje wies auf das Grauen in Bunt an ihrem kräftigen Körper.

»Ungefähr, Antje, ungefähr. Und denk dran, nimm lieber eine Größe größer. Wir sind nicht bei Sissi und Scarlett, die sich auf sechzig Zentimeter Taille schnüren.«

»Aber es schien doch, dass das Kleid, das Leonie trug, gar nicht so eng war.«

»Wahrscheinlich eine Konzession an die moderne Zeit. Sind wir jetzt da?«

Stefan Buchmüller und seine Tante Judith lebten in einem reizenden kleinen Butzenhäuschen nahe der Alb im Karlsruher

Stadtteil Bulach. Dort hatte man früher wahrscheinlich noch recht preiswert zum Selbstrenovieren ein solches altes Handwerkerhaus bekommen, in dem mal eine Familie unter einem Dach gewohnt und gearbeitet hatte. Nach allem, was ich gehört hatte, waren die Eltern der Buchmüllers nicht gerade reich geworden mit ihrer Kunst und hatten sich über diese zusammengebastelte Heimstatt gefreut.

Oh, wie viel hatte ich dazugelernt, oder sagen wir besser: dazuerfahren, seit ich aus einer durchgestylten Villa ausgezogen war, die nicht meine Handschrift, sondern die zahlloser teurer Handwerker getragen hatte. Niemals hätte mein erster Mann an etwas Hand angelegt, das einer erledigen konnte, den man dafür bezahlte.

Wir waren etwas zu früh gekommen. Genau genommen sogar eine halbe Stunde, denn die leicht chaotische Antje hatte die Termine durcheinandergebracht und aus fünf Uhr halb fünf gemacht. Das merkte sie erst, als wir schon auf der Straße standen.

Vorsichtig näherten wir uns dem Haus von der Seite und lugten in den kleinen, dicht bewachsenen Garten. Stefan Buchmüller hatte sichtlich einen guten Eindruck auf uns machen wollen, denn im Schweiße seines Angesichts und in einem grauen Unterhemd mähte er noch rasch den Rasen.

»Hallo?«, rief Antje erstaunlich zaghaft, wenn man bedachte, dass der Gartenfreund da drin immerhin ihr Exmann und der Vater ihres Kindes war. »Hallo, Stefan!«

Er sah uns und erschrak regelrecht. Er benahm sich wie ein Ehemann, der in flagranti erwischt worden war. Dann eilte er zu einem Stuhl und zog sich hastig ein Hemd über.

Ich musste lächeln. Er war anscheinend schüchtern. Dabei hätte er sich seines Oberkörpers gewiss nicht zu schämen brauchen. Immerhin war er mal Sportlehrer gewesen.

Im karierten Hemd erschien er jetzt an der Gartenpforte und ließ uns eintreten. Mit der Hand fuhr er sich durch sein verschwitztes dunkles Haar. »Ich freue mich, euch beide zu sehen. Moment, ich wasch mir nur die Hände. Bin gleich da.«

Das Buchmüller-Haus war behaglich und ordentlich eingerichtet. Fast hatte ich das Gefühl, die fröhliche Antje lebte noch darin. Holländische Szenen an den Wänden. Selbstgebasteltes, wahrscheinlich von Kinderhand. Bücher, Bildbände und kleine Reiseerinnerungen, alles nett dekoriert.

Stefan erschien bald wieder. Schlank und ansehnlich in blauen Jeans und seinem karierten Holzfällerhemd, führte er uns in einen behaglichen Wohnraum, in dem uns ein gedeckter Kaffeetisch erwartete. Auf einem kleinen Tischchen stand der aufgeklappte Computer mit der Skype-Kamera, die oben festgesteckt war. Später würde der Sohn Lukas zumindest virtuell zu uns stoßen.

Am Tisch saß eine kleine, verhutzelte Frau von gelblich fahler Gesichtsfarbe, mit lockigem schwarzen Haar und tief liegenden dunklen Augen, in denen etwas wie Schalk zu wohnen schien. Mit einer kleinen braunen Hand deutete sie auf einen Stuhl. »Ach, meine liebe Schwiegertochter. Setz dich zu mir.«

Stefan verschwand in der Küche, wohl um den Kaffee zu organisieren.

Ich durfte mich auch setzen. Aus der Küche hörte ich es leise pfeifen. Man schien den Kaffee noch selbst zu filtern, was mir gefiel, er schmeckte einfach anders. Auch der Kuchen duftete wie selbst gemacht.

»Vielen Dank für die Einladung, Frau …«

»Judith Teller«, sagte sie kurz und bündig und warf mir einen Blick zu, der viel gelebtes Leben verriet.

»Danke jedenfalls.«

Stefan erschien mit einer Kaffeekanne. Er sah in die Runde und sprach mit leiser Stimme: »Es ist schrecklich, dass uns Leonies Tod hier zusammenführt. Wie geht es dir, Antje?«

»Ich kann es immer noch nicht fassen. Wer bringt so etwas fertig? Sie hat doch keinem Menschen etwas getan. Sie war immer so … korrekt.«

Stefan schenkte Kaffee ein. Ich sah, dass seine Hand zitterte. Das bestätigte meine Vermutung, dass er sehr empfindsam war.

»Antje, wenn man den Täter nur fassen könnte! Ich zermartere mir den Kopf. Es muss einfach jemand von diesen verkleideten Gestalten gewesen sein. Ein Perverser, der sich mit einem Kostüm tarnte. Die Polizei denkt auch über einen Zufallsmörder nach. Doch wer würde sich denn abends auf einem belebten Gelände aufhalten und warten, bis er eine Frau alleine im Gebüsch antrifft? Das ist unrealistisch.«

Die alte Dame hörte zu und nickte traurig wie ein betagter Wiedehopf in alle Richtungen. Als sie nach ihrer Tasse griff, tastete sie unsicher, bis sie den Henkel fand.

»Ich weiß nicht, wie das mit dem Geschäft weitergehen soll. Sie fehlt mir, meine tüchtige Schwester. Ich bin überhaupt nicht der Typ für Akquise oder für Mahnungen. Ich werde Barbara nun doch fest anstellen müssen. Sie hat ja bisher alles organisiert und hat die Stelle glaube ich längst verdient.«

Die Tante biss ein Stück Kuchen ab.

Barbara Vollrath am Ziel. Eine Festanstellung in dem gut gehenden Laden. Hier gibt es endlich ein Motiv, dachte ich, und es ist bisher das einzige. Barbara war auf dem Ball gewesen. Als der Mord geschah, war sie verschwunden, auch wenn sie mir etwas anderes gesagt hatte. Ich hatte nach ihr geschaut und sie jedenfalls nirgendwo gesehen. Erst etwas später mochte sie mit Beethoven an der Bar gesessen haben. Niemand konnte sich bei dem allgemeinen Aufruhr, der Musik und dem Geschrei auf die Minute genau an alles erinnern, und die Polizei war auf die Aussagen der Betroffenen angewiesen.

Ich habe sie zu schnell freigesprochen, diese Barbara, dachte ich. Nur weil sie dümmlich wirkt und einen schlechten Kleidergeschmack hat.

Judith sprach liebevoll auf ihren Neffen ein. »Jungchen, es muss weitergehen. Es geht immer weiter. Weißt du noch, der Große Krieg? Alle auf der Flucht. Alles durcheinander. Wo wären wir gewesen ohne den Traum, dass es mal aufhört, dass alles wieder stillsteht und anhält und man wieder atmen kann. Du musst nur träumen, vom Glück und einem besseren Leben. So haben wir es in der Heimat immer gehalten. Höre schöne Musik, denke schöne Gedanken. So haben wir zwei es doch stets getan.«

Die alte Dame nickte sich selbst zu, nahm sich ein weiteres

Stück Kuchen und schloss die Augen. Wie alt mochte sie sein? Vielleicht achtzig. Stefan mit seinen angenehmen glatten Zügen und den sensiblen Augen war schlecht zu schätzen. Wenn er etwa Mitte vierzig war und sie die Schwester seiner Mutter, mochte sie mindestens Ende siebzig sein.

Er schien meine Gedanken zu lesen. »Unsere Eltern waren viel unterwegs. Auf Engagements. Tante Judith hat uns großgezogen.«

Die Tante hob die Lider, als falle es ihr schwer. »Vor allem dich, Jungchen. Als deine Mama dann später in Ötigheim war, konnte sie oft nach Hause kommen und sich um Leonie kümmern. Aber wir beide haben eine schöne Zeit miteinander gehabt. Du bist wie mein eigener Sohn.«

Sie sah wie eine müde Elefantenkuh in die Runde. »Ich habe ihm alles beigebracht, was er wissen muss.«

Dann schloss sie wieder die Augen, und es sah aus, als sei es für immer. Ich sah besorgt von einem zum anderen.

»Hol doch deine Brille, Tante!«, sagte Antje beinahe liebevoll.

»Sie ist kaputt«, erwiderte Stefan ebenfalls liebevoll. »Und Tante weigert sich, einen preiswerten Ersatz zu besorgen, sondern wartet lieber geduldig auf die Reparatur. So sparsam war die frühere Generation. Wenn ich denke, was Leonie für ihre Leidenschaft ausgegeben hat …«

»Veszély!«, sagte die alte Dame unvermittelt. *»Veszély!«*

Stefan lachte ein verlegenes Lachen.

»Veszély!«, wiederholte die Alte.

»Und dann noch der Tod des Ballfotografen«, warf ich vorsichtig ein. »Das kann kein Zufall sein.«

»Nun, ich kannte ihn nicht. Leonie hat erzählt, dass er sie immer gerne knipsen wollte, aber zu ihrer Rolle passte das nicht. Nach ihrem vierzigsten Lebensjahr hat kaum jemand mehr die echte Elisabeth zu Gesicht bekommen. Leonie hat es ihm dann doch einmal oder zweimal erlaubt. Sie war nun mal stolz auf ihre teure Garderobe und wollte sich vielleicht nicht ausschließen.«

Antje hörte gebannt zu und vergaß, ihren Kuchen zu essen.

Stefan fuhr fort: »Wenn ihr meine Theorie hören wollt: Der Fotograf war bekanntlich schwul. Möglicherweise hat er sich mit einem der Ballbesucher eingelassen. Da gab es ja auch solche schrägen Vögel wie etwa diesen Schlösser-Ludwig.«

Tante Judith erwachte zum Leben: »Ludwig II., mein Jungchen, war in Ordnung. Er hat unsere Sissi angebetet, wie es ihr gebührte. Sie war die Möwe, er war der Adler. Die Frau seines Herzens war sie. Ihr Tod traf ihn schwer.«

Antje schwieg. Sie kannte diese Diskussionen hier vermutlich. Und mit knarzender Stimme zitierte die alte Frau:

»Dem Kreuze wend' ich keck den Rücken,
Die Heidengötter ruf ich an,
Sie können einzig mich beglücken,
Es fasste mich ein sel'ger Wahn.

Die Kön'gin drob begann zu trauern,
Verloren glaubt sie all mein Heil;
Mein Herz weiß nichts von Schmerzensschauern,
Doch ihres traf ein scharfer Pfeil.«

»Ja, wunderbar, Tante!«, rief Stefan, und zu uns sagte er leise: »Eine herrliche Deklamatorin. Sie verehrt die Kaiserin noch heute.«

»Die Königin von Ungarn. Engelsherrin auf Schloss Gödöllö. Und ihn hat man auch ermordet, so wie unsere Sissi. Beide wollten sie den Starnberger See durchschwimmen. Er wäre doch nie ertrunken wie eine Katz, da im seichten Wasser.«

Mit einem seltsamen Gefühl endete schließlich das gemeinsame Kaffeetrinken. Hier, in dieser Familie, bei Tante Judith, ihrem Bruder Stefan und Kaiserin Sissi, hatte Leonies wahre Seele gewohnt.

***

Lieber Hagen,
warum schreibe ich dir eigentlich noch?
Vielleicht, weil ich dich noch immer liebe. Weil ich das Gefühl, das uns verband, nicht loslassen kann. Der Gedanke kam mir anlässlich des Kaffeetrinkens bei Buchmüllers, denn offen gestanden bin ich mir bei Antjes Gefühlen für ihren geschiedenen Mann nicht ganz sicher.
Wir waren also bei Stefan Buchmüller und seiner Tante, und über Skype habe ich auch den Sohn von Antje und Stefan gesehen und gehört. Die Tante ist nett, aber seltsam. Ich denke, sie ist Ausländerin. Veszély, veszély, hat sie zweimal gesagt. Das Wort sagt mir nichts, aber es klingt schön. Der Sohn, Lukas, ist ein hübscher Junge. So wie sein Vater. Von mir aus hätte Stefan nämlich ausnahmsweise etwas länger im Unterhemd bleiben können und sich nicht so schnell umziehen brauchen. Ungewohnte Worte von deiner Swentja, die immer weiß, was sich gehört, und halb nackte Männer zur Kaffeestunde gehören eigentlich nicht dazu.
Stefans und Antjes gemeinsamer Sohn Lukas war sehr betroffen vom Tod seiner Tante. »Ich kann das von Tante Leonie alles nicht glauben«, hat er gesagt. Nach ein paar Minuten war die Leitung gestört. Antje ist noch geblieben, um zu warten, bis sich die Verbindung wieder aufbaut.
Dieses Urtier von Judith Teller, die Schwester von Stefans Mutter, wiederum war ein trauriger alter Kloß. Augenringe bis zum Knie. Sie hätte sich in der Jugend besser pflegen sollen. Sie hat Stefan großgezogen. Im Zimmer waren Fotos von den Eltern zu sehen. Ich kannte den Vater nicht, aber ich habe auch solche Serien wie die, in der er aufgetreten ist, niemals geschaut. Die Mutter hat wohl allerlei Kitsch gespielt, auch bei diesen unsäglichen Volksschauspielen in Ötigheim. »Die lustige Zigeunerin« und so weiter.
Stefan und Antje schienen sehr vertraut miteinander, und ich denke deshalb wirklich, ihre Liebesgeschichte ist

noch nicht zu Ende. Stefan ist ein wenig still und sichtlich betroffen über den Verlust in seinem Leben. Wie es mit dem Laden weitergeht, muss er sehen. Ich spüre, dass er verbittert ist über dieses Cosplay. Niemand hat es gewusst, nur Stefan. Er sagt, er habe es lächerlich gefunden, aber Hobbys seien eben Geschmackssache. Warum zum Beispiel sind zwei so gestandene Männer wie Geert und Tom seit mehr als einer Woche weg, um zu lernen, wie man mit einer Eisenkugel eine andere trifft!
Ich denke, Leonie hat eine Leidenschaft ausgelebt, die sie im richtigen Leben niemals zeigen konnte. Sie war immer die vernünftige Geschäftsfrau, die sachlich im Hier und Heute stand. Als Sissi konnte sie in eine andere Welt eintauchen und ungestraft eine Neurotikerin spielen. War Sissi eine Neurotikerin? Ich glaube schon. Und wem haben ihre Neurosen so geschadet oder wer fühlte sich davon so gestört, dass er sie lieber tot sehen wollte?
Jedenfalls bin ich dann alleine nach Hause gefahren. Nachdenklich und ein wenig traurig, und irgendwie hab ich mich ein bisschen einsam gefühlt. Abends habe ich meine Tochter in England angerufen. Ich hatte das Bedürfnis. Sie spricht schon richtiges Upperclass-Englisch. Durchlebt auch eine Metamorphose. Wusste gar nicht, dass sie so ein Nachahmungstalent hat! Von wem wohl? Leonie jedenfalls hatte das Schauspieltalent von ihren Eltern geerbt, auch wenn die ja wohl so Klamaukkünschtler waren, wie man hier sagt.
Mein Gott, meine Mails an dich werden immer länger, chaotischer, und bestimmt wiederhole ich mich ganz oft. Dabei weiß ich noch nicht einmal, ob du sie liest.
Ich schreibe und schreibe, um mich abzulenken. Hagen, die Sache mit Tom lässt mich nachts wach liegen. Als ich vorhin seine Nummer auf dem Display des Handys sah, hab ich nicht abgenommen …

Der zweiundzwanzigste Puzzlestein

Der nächste Ball stand vor der Tür. Nur noch wenige Tage bis zum 17. Juni.

Ich hatte den Film »Vom Winde verweht« zweimal auf DVD angeschaut, doch hatte ich mich für kein Kostüm aus dem Repertoire der Scarlett entscheiden können. Ihre opulente neureiche Garderobe, als sie mit Rhett verheiratet war, schien selbst mir zu aufwendig. Niemals würde mir Yvonne in kurzer Zeit solch ein üppiges Kleid schneidern oder im Theaterfundus auftreiben können.

Ich setzte mich hin und dachte nach. Neben mir lag die Zeitung. Der Mord an dem Fotografen kam nicht mehr vor, das Verbrechen an der Sissi-Gestalt erschien nur als kleiner Artikel unten auf Seite zwei. Es gebe noch keine entscheidenden Hinweise. Die Soko arbeite auf Hochtouren. Zufällige Spaziergänger im nächtlichen Park sollten sich melden. Was auch immer das bedeutete.

Antje hatte erzählt, sie seien erneut bei ihr gewesen, mit einem Adressbuch, das sie bei ihrer gründlichen Untersuchung von Leonies Wohnung gefunden hätten, und sie sollte mit ihnen noch einmal alle Namen durchgehen, die ihr etwas sagten.

»Da war nicht viel. Leonie war nicht besonders gesellig. Neben dem Laden blieb ihr wenig Zeit«, hatte Antje zu mir gesagt.

Die Wohnung selbst war jetzt nicht nur freigegeben, sondern sie durfte auch aufgelöst werden.

»Lass uns nochmals zusammen hingehen«, schlug Antje am Telefon vor. Es war erst neun Uhr morgens, und sie schien kurzatmig und bemüht. »Heute Mittag, ja? Ich brauche deinen Rat. Leonie besaß viele teure Blusen. Welche soll ich behalten? Wenn du nicht mitgehst, horte ich sie nämlich alle. Und dann schimpfst du, denn ich stopfe den Kleiderschrank damit voll und verliere das Wesentliche aus den Augen.«

Prima. Das wenigstens hatte sie begriffen. Das galt eigentlich für das ganze Leben. Und vielleicht auch für diesen Mordfall. Das Wesentliche nicht aus den Augen verlieren ... genau hinsehen, wenn sich der Theaterdonner gelegt hat.

»Also gut, aber nur kurz, Antje. Erstens finde ich es jetzt nicht so wirklich reizvoll, ständig in der stickigen Wohnung einer Ermordeten herumzulaufen, und zweitens muss ich den Ball vorbereiten. Bin mir da noch unschlüssig, was ich tragen soll.«

Yvonne brachte mich dann auf den richtigen Gedanken.

»Du solltest nicht noch einmal als Scarlett gehen, Swentja. Die Rolle passt nicht mehr zu dir und zu dem, was du auf dem Ball willst. Geh zu diesem Convent, es ist vielleicht dein letzter, als das, was du bist. Als Miss Marple.«

»Was? Eine alte, hässliche Frau?« Ich sah Yvonne misstrauisch an. Ein neuer Gedanke nistete sich in meinem Kopf ein.

Wie oft war der Mörder in meinen früheren Fällen in der allernächsten Umgebung gewesen! Jemand, an den niemand gedacht hatte. Yvonne hatte alle meine Schritte gekannt. Sie hatte Zugang zu Kostümen aller Art. Das Kind, das unter ihr wohnte, bewegte sich in der Cosplay-Szene. Sie kannte sich bestens aus im Leben von Sissi. Hatte Yvonne sie vielleicht schon vor mir in der Südstadt gesehen und kannte sie?

Und sie hatte dem Unheimlichen Kind meine Telefonnummer gegeben.

Yvonne merkte nichts von meinen düsteren Gedanken. »Nein, Swentja. Eine kluge und witzige Frau. Und geadelt war sie auch, von der Queen. Und die beste Nachricht: Wir zwei fahren morgen mit dem Zug nach Heidelberg und holen das passende Kostüm ab. Es gehört einer Freundin von mir, einer Schauspielerin, die die Rolle der Miss Marple mal am Zimmertheater gespielt hat. Während der Fahrt haben wir Zeit, über dein Lieblingsthema zu sprechen. Wir fahren nämlich mit dem Regionalzug.«

Oh Gott. Swentja im Regionalzug. Würde mein sozialer Sturzflug niemals enden? Und es wäre auf jeden Fall gut, in Yvonnes Gegenwart etwas vorsichtiger zu sein.

Dies war ein Puzzle. Und der letzte Stein hatte sich vielleicht ganz unauffällig unter die anderen geschoben.

Am späten Nachmittag rief ich Tom an. Er war gedämpfter Stimmung, wirkte müde. Der Kurs sei sehr anstrengend, da der Lehrer nur Französisch spreche, und eigentlich seien sie beide ganz froh, wenn die Zeit um sei. Morgens Unterricht, mittags übten sie inzwischen jeder für sich, und abends treffe man sich in der freien Zeit.

»Aber ich bin kein Gruppenmensch. Diese ewige Fröhlichkeit wie auf dem Bouleplatz«, klagte Tom.

»Natürlich!«, sagte ich und konnte mich an keine jemals ausufernde Fröhlichkeit seinerseits erinnern. Er wollte abends allein sein. Um was zu tun? Wohin zu gehen? Wen zu treffen? »Und wie geht es Geert?«

»Ach, der ist immer mittendrin. Und schießt wie ein Franzose.«

»Na gut!« Ich stellte fest, dass ich ihm nicht mehr viel Neues zu sagen hatte. »Am Samstag findet nochmals ein Ball statt. Er ist diesmal samstags.«

»Swentja, ich wäre dir wirklich verbunden, wenn du dich um etwas anderes kümmertest als um diese alberne Sache mit Scarlett O'Hara, der alle Männer zu Füßen liegen. Du bist doch keine unreife sechzehn mehr. Was kompensierst du denn mit dieser Rolle? Ich glaube, Geert hat auch schon darüber geschmunzelt. Hast du überhaupt in letzter Zeit Boule geübt und deine Handhaltung korrigiert?«

»Nein«, sagte ich. »Und Geert hat übrigens gar keinen Grund mehr zum Schmunzeln!«

Antje und ich trafen uns vor dem Haus in der Gerwigstraße, in dem Leonie gewohnt hatte. Kurze Begrüßung. Sie drückte mich flüchtig, was sie bisher noch nie getan hatte. Ihr Körper schien mir verspannt.

»Nur dass du Bescheid weißt. Ich gehe am Samstag nicht als Scarlett O'Hara auf den Ball, sondern als Miss Marple. Du telefonierst doch wegen der Post täglich mit deinem Bruder. Du kannst Geert ausrichten, er muss sich nun nicht mehr über mich lustig machen. Ich gebe nun keine Südstaatenschönheit mehr. Ich sage es aber sonst niemand. Auch nicht, dass ich noch einmal auf den Ball gehe. Ich will nur, dass dein Bruder weiß: Ich bin gereift wie ein französischer Camembert. Er versteht dann schon.«

Sie nickte. »Abgemacht. Du bist bestimmt die schönste Miss Marple, die es je gegeben hat!«

Eine dürre, alterslose Frau mit drei Hunden folgte uns in den Hausflur. »Sie wollen zu der Leonie? Ach, Sie sind die Schwägerin. Ich hätte so etwas niemals gedacht. Sie war doch ganz ruhig und häuslich. Wenn sie nicht gearbeitet hat, war sie viel daheim. Und für Goldfische lässt man doch den Fernseher nicht an. Ich für meine drei Strolchis schon. Sonst nehmen die Burschis mir die Wohnung auseinander. Aber ich weiß nicht, da war noch was Komisches. Ich hab das der Polizei nicht gesagt, weil ich sag denen nicht gern was.«

Ein zahnarmes Lächeln bezog uns in ihren düsteren Lebensverlauf ein. »Dann kommt die alte Geschichte wieder hoch. Aber ich mach nix mehr mit Drogen. Nachdem die mir den Kleingarten damals umgegraben haben, mit Hunden und Detektoren durchmarschiert sind und die Tür aufgebrochen haben, sodass ich den Schreiner selbst –«

Ich sah auf die Uhr. »Ich müsste dann bald mal gehen. Ich hab noch einen Termin.«

»Aber hier ging es schon seltsam zu. Da war so eine seltsame Gestalt. So eine Art altes Kind. Mit Kinderklamotten von damals. Das stand vor dem Haus, jetzt schon ein paarmal, wenn's dunkel war oder einmal auch ganz früh morgens, und hat geheult. Ein unheimliches Ding. Ich glaube, das war … der Mörder.«

»Das Unheimliche Kind«, wisperte Antje. »Es ist verrückt. Man muss ihm alles zutrauen. Man muss es der Polizei sagen.«

Ich sah den verwachsenen Zwerg vor mir. Wie er sich an sein Idol oder den Menschen, den er am meisten auf der Welt hasste, heranschlich, die Ahle zückte und Sissi zu Boden warf. Anders hätte er die hochgewachsene Leonie nicht treffen können. Die Vision verdichtete sich in meinem Kopf trotz allem nur widerstrebend zu einem Bild.

Die Dürre verschwand so plötzlich, wie sie gekommen war, in ihrer Wohnung. Drei Hundeschnauzen erwarteten sie bereits schnüffelnd an der Tür.

Widerwillig begleitete ich Antje in Leonies Wohnung. Die Blusen von Toten daraufhin zu untersuchen, ob eine Frau, die zwar nett war, aber vollkommen geschmacksfrei, sie zukünftig anziehen sollte, zählte nicht zu meinen Lieblingstätigkeiten.

Eine Wohnung, die so lange unbenutzt ist, hat sowieso eine besondere Aura. Die Leere kann man fast hören. Wie auf Zehenspitzen durchquerten wir den Flur und gingen ins Schlafzimmer, das genauso aussah wie beim letzten Mal. Feiner Staub wirbelte auf. Das wäre der Verstorbenen gewiss nicht recht gewesen. Ich musste niesen. Ich mag keinen Staub. »Darf ich im Bad oder in der Küche mal ein Fenster öffnen?«

»Klaro!«, erwiderte Antje.

Ich ging in die Küche und machte die Tür zum Balkon auf. Er ging hinaus auf einen freundlichen grünen und zwitschernden Hinterhof. Der Küchenbalkon hatte noch eine zweite Tür; sie führte in ein kleines, längliches Arbeitszimmer, in dem wir beim ersten Besuch nicht gewesen waren.

Ein Schrank, ein Schreibtisch. An der Wand hingen ein paar Fotos. Ich sah sie rasch durch. Ihre Eltern, die ich schon kannte, ihr Bruder. Der Vater als komischer, lächerlicher Diener in »Fürst Finster«. Die Mutter, fröhlich und ein wenig drall, auf der Volksbühne in Ötigheim. Ich drehte das Foto um. Mit Handschrift hatte jemand daraufgeschrieben: »Geniale Schneiderin. Die besten Kostüme weit und breit. Merken!«

Ja, Leonie wurde mir sympathischer. Sie hatte die Lust am Verkleiden von ihren Eltern geerbt, aber sie hatte keine Möglichkeit gehabt, diese Lust auszuleben. Sie hatte immer vernünftig gehandelt, um sich ihren Lebensunterhalt zu verdienen.

Ich schlenderte wieder hinaus. Aus dem Schlafzimmer hörte

ich das Geräusch von Kleiderbügeln, die hin- und hergeschoben wurden. Als ich zu Antje kam, hatte sie zwei klassische weiße Blusen aufs Bett gelegt. »Die gehen doch noch, oder? Basics!«

»Na ja, ich weiß nicht. Der Schnitt ist altbacken.«

»Na, vielleicht für zu Hause.«

Fehler.

»Antje, es sollte keine Sachen geben, die man nur zu Hause anzieht. Irgendwann hat man einen Haufen scheußlicher Klamotten im Schrank. Und so viel ist kein Mensch zu Hause.«

Das erinnerte mich an das, was die Dürre gesagt hatte. »Was meinte die Nachbarin damit, für Goldfische lasse man keinen Fernseher an? Leonie ist auf den Ball gegangen und hat den Fernseher laufen lassen?«

»Leonie hatte tatsächlich Goldfische. Die sind jetzt bei Barbara. Sie wären ja sonst verhungert. Mein Mann, Stefan, wollte sie nicht.«

»Aber was meinte die Frau? Lief der Fernseher an den Abenden, als Leonie beim Ball war?«

»Machen manche. Damit Einbrecher denken, es ist jemand da.«

»Oder es war wirklich jemand da. Jemand, der abends auf sie wartete. Ein Verehrer, von dem ihr alle nichts wusstet.«

»Könnte natürlich auch sein. Wer sieht schon in ein Menschenherz? Als Erinnerung nehme ich eine von den Blusen mit.« Antje seufzte, sah noch einmal in den Schrank und strich mit einer letzten leisen Geste über die Fächer, bevor sie ihn schloss. »Kommt alles weg. Ach, schau mal, Swentja. Hier ist ja doch einer.«

»Was?«

»Ein trägerloser BH. In – wie nennt man die Farbe? – Champagner. Na, so was Frivoles hätte ich ihr wirklich nicht zugetraut.«

Ich warf einen Blick auf das Teil. Na ja, Passionata. Nichts wirklich Besonderes. »Komisch, dass wir ihn letztes Mal nicht gesehen haben. Wahrscheinlich, weil die übrige Unterwäsche ja in der Kommode da drüben lag. Aber lass uns bitte gehen,

Antje. Irgendwie deprimiert mich diese Wohnung. Ich mag mir gar nicht vorstellen, wie es sein wird, wenn einst jemand meine Sachen durchgeht.«

Als wir draußen auf der Straße standen, läutete mein Handy. Unbekannte Nummer. Da Antje bei mir war und ich höflich sein wollte, nahm ich nicht ab.

»Ich muss noch schnell nach Hause, bevor ich nach Heidelberg fahre. Hast du meine Fingernägel gesehen?«

»Ja«, erwiderte Antje schlicht. »Sie sind perfekt. So wie alles an dir. Du brauchst keine Angst vor einem Mörder zu haben. Zu schön zum Sterben.«

Da konnte ich nur müde lächeln. Die Zeit meiner absoluten Perfektion lag lange hinter mir.

***

Während meine Fingernägel trockneten, recherchierte ich auf YouTube die Idee der Capsule Wardrobe. Eine Amerikanerin, schlank und hübsch, führte vor, wie man mit zwei Wickelkleidern, einem schwarzen Rock, drei T-Shirts, einem Pullover, einer Strickjacke und zwei Blusen durchs Leben kommt. Die Frau imponierte mir.

Einer Laune gehorchend googelte ich noch »Fürst Finster« und fand eine Episode unter der Rubrik »Wie es einmal war«, die ein Benutzer ins Netz gestellt hatte. Schwarz-Weiß oder in blassen Farben flimmerte ein albernes Filmchen über die Leinwand. Und tatsächlich betrat alle paar Minuten ein älterer Mann die Szene, der ein Tablett trug, selbiges fallen ließ oder über etwas stolperte. Einmal stolperte er die Treppe hinauf, und ein andermal landete er in einem Rosenbusch, als er sich der Köchin in eindeutiger Absicht näherte. Dass Leute über so etwas mal gelacht haben. Offenbar ist Humor nicht universell und nicht generationenübergreifend. Außer dem von Shakespeare natürlich.

Ich dachte an William Shakespeare als ironischen, klugen Beobachter auf dem Ball. Der Mann hatte mir gefallen. Besser als Goethe, von dem ich schon in der Schulzeit den Eindruck gehabt hatte, er sei ein unsäglicher Egomane gewesen. Auf dem Ball war ich ihm möglichst aus dem Weg gegangen. Es kam mir vor, als fielen die Sünden nicht gelernter Gedichte mit ihm auf mich zurück.

Ich spulte den Tölpel im Film zurück und fror ihn mit der Feststelltaste ein. Eine Ähnlichkeit der Buchmüllers mit ihrem Vater konnte ich nicht ausmachen. Sie ähnelten mehr ihrer Mutter, vor allem Stefan. Nun ja.

Ich legte meine Kleider für den Besuch in Heidelberg zurecht. Eine schlichte Hose von Jil Sander. Und ein T-Shirt von Emilia Wickstead sowie eine ganz leichte Leinenjacke, ebenfalls von Jil Sander. Braune Slipper und kaum Schmuck.

Wir mussten tatsächlich mit einer S-Bahn fahren. Für mich eine neue und grauenhafte Erfahrung. Ich wusste nicht, dass es so viele verschiedene Arten gibt, nach Knoblauch zu riechen.

Vor allem, als ich die Leute von der Toilette im Zug kommen sah, wurde mir elend. Hoffentlich musste ich niemals diesen Ort aufsuchen.

Der Bahnhof in Heidelberg lag etwas außerhalb der touristenbesiedelten Zone. Wir fuhren mit der Straßenbahn bis an einen Platz mit Kaufhäusern und keuchten dann durch die endlos erscheinende Fußgängerzone bis zu einem windschiefen Haus in einer Gasse, die zum Neckar führte. Irgendwo rechts musste das elegante Hotel Europäischer Hof liegen, in dem mein Mann und ich einst abzusteigen pflegten. Wellness über den Dächern der Stadt mit Blick auf die toten Augen des Schlosses. Ein anderes Leben. Ein besseres Leben?

In einer Wohnung im ersten Stock des wirklich altertümlich wirkenden Hauses mit steilen Stiegen und niedrigen Decken sowie alten Türen, die nicht richtig schlossen, und wenn, dann dabei knarzten, empfing uns Roswitha Berger, eine kräftige Frau mit energischem Kinn.

Sie bot uns Tee an, den sie aus einer Art Samowar servierte, und eigenartige kleine Plätzchen mit Rosinen darin.

»Mein Papa war bei der Kripo. Sie haben ihn aber vorzeitig in den Ruhestand geschickt, weil er irgendeinem Typ aus Versehen die Flucht ermöglicht hat. Es gab peinliche Fragen. Das hat ihn ziemlich mitgenommen und die ganze Familie traurig gemacht. Die Kollegen mochten ihn alle gern, und zu seinem Abschied haben sie ein Stück von Agatha Christie aufgeführt. Seine Sekretärin hat die Miss Marple gespielt, und sie hat mir dann das Kostüm geschenkt. Als Andenken an Papa hab ich es behalten und in Heidelberg beim Zimmertheater einen Auftritt darin gehabt. Es war mir, als rächte ich Papa ein bisschen damit. Ich will es auch wieder zurück. Ich leihe es Ihnen nur für den einen Ball. Sind das diese Cosplays, wo sich Leute wie Filmhelden oder berühmte Persönlichkeiten verkleiden? Na ja, wem es Spaß macht.«

Nachdenklich betrachtete ich sie. Gedanken flogen vorbei. Ich konnte sie aber nicht fassen. Ihre Familie …

Wir nahmen ein Kostüm aus grauem Tweed, grobe braune Schuhe, Strümpfe mit Zwickel, einen Kapotthut und Lederhandschuhe in Empfang. Eine graue Perücke gehörte auch dazu. »Musst dich halt noch auf alte Frau schminken, aber in Dekoläden findest du da genug Sachen. Jung auf alt, hübsch auf hässlich, Mann auf Frau und umgekehrt und eine blonde Norddeutsche auf rassige Spanierin. Geht alles. Mach mal ein Selfie und schick es mir.«

Yvonne erklärte ihr nachsichtig: »Swentja geht nur auf diesen Ball, weil dort eine Sissi-Personifizierung getötet wurde und sie ein bisschen Hobbydetektiv spielen will. Und da hat sie dann die Qual der Wahl: die hässliche Maultasch, die neidische Eugénie, die enttäuschte Sophie oder Franzl selbst. Und natürlich die wunderbare Romy Schneider. Die habe ich so bewundert, dass ich sogar mit einem Duplikat Kaffee trinken würde.«

Wenn du wüsstest, dachte ich, wo die ihren Kaffee zu sich nimmt.

Roswitha schnippte mit den Fingern. »Sissi? Ach, die hat Heidelberg wohl auch geschätzt. Hab mal eine Führung mitgemacht. Ist vor dem nervigen Hofzeremoniell daheim geflüchtet, immer im April war sie da, insgesamt vier Mal. Sie hatte ihre jüngste Tochter Marie Valerie dabei. Die klebte ja total an ihr. Ihre erste Tochter hatte sie bei ihrer Ungarn-Tour verloren. Tragisch. Sie hätte noch ein langes Leben haben können, wenn die Madame nicht so viel herumgereist wäre. Jedenfalls waren die beiden Frauen begeistert vom romantischen Schloss und der Stadt. Angeblich soll Sissi sogar in der Bergbahn gesehen worden sein.«

»Was ist denn aus Marie Valerie geworden?«, fragte ich.

»Na, was schon. In der Zeit und in den Kreisen. Sie hat geheiratet!«, lachte Roswitha. »Weiß aber nicht, wen.«

Jetzt kam Yvonne wieder ins Spiel. »Wie gut, dass ihr jemanden vom Fach dabeihabt. Sie hat Franz Salvator von Habsburg-Lothringen geheiratet, einen Erzherzog von Österreich. Und hat viele Kinder gehabt, die dann auch wieder Kinder hatten. Weitverzweigte Sippe. Aber laut einer überlieferten Bemerkung von Franz Joseph sollen sie alle nicht besonders hübsch gewesen sein. Bei den Männern egal und bei einer Heirat aus Standesgründen eigentlich auch. Deshalb hat Franz Joseph seiner Sissi so viel durchgehen lassen. Sie war nun mal standesgemäß *und* schön! Das gab es nicht oft.«

Wir hielten uns nicht mehr lange in Heidelberg auf. Es war ziemlich schwül, und ich sehnte mich nach dem langen Tag nach einer Dusche.

Auf der Rückfahrt gab es einen weiteren Sissi-Exkurs.

»Du weißt, dass Sissi, die Kaiserin Elisabeth von Österreich und Königin von Ungarn, schön war, vielleicht auch klug, aber ansonsten eine ziemlich schräge Person. Nicht nur ritt die Gute sieben Stunden am Tag, sondern sie beschäftigte auch ein Medium, das Kontakt zu ihrem verstorbenen Sohn Rudolf herstellen sollte. Sie nannte sich immer wieder anders. Als sie in Genf umgebracht wurde, war sie im Grunde als Gräfin von Hohenembs am Quai de Montblanc unterwegs.«

»Dies alles hatte ich gar nicht von ihr gewusst. Ich sehe die Filme jetzt mit anderen Augen.«

»Sie war eben nicht die herzige Prinzessin aus Possenhofen.

Zum Beispiel war sie absolut verrückt mit ihren Haaren. Ihre Friseusen mussten Entlassung fürchten oder sogar Schläge, wenn Ihre Hoheit Haare im Kamm entdeckte. Und eine Haarwäsche konnte bei ihr locker einen Tag dauern. Auch sonst … Sie war weder volksnah noch besonders sozial eingestellt. Ihr Körperkult und ihre hektische Herumreiserei sowie die Tatsache, dass sie sich nach und nach aus dem Bett ihres Mannes zurückzog, um keine weiteren Kinder mehr zu bekommen, und ihm stattdessen eine Freundin zuführte, waren auch damals nicht so richtig sympathisch.«

»Nur die Ungarn, die liebten sie.«

»Ja, ein Historiker, Zoldan Taller oder Teller, weiß nicht mehr genau, typisch ungarischer Name mit einem Akzent drauf, hat vor ein paar Jahren in einem Vorwort zu einer Sissi-Biografie geschrieben, sie sei Ungarns wahre Göttin. Wusstest du, dass Nicolas Sarkozy auch ein Ungar war? Und was für einer. Und wusstest du, dass die Ungarn angeblich das Volk mit der höchsten Selbstmordrate sind? Warum eigentlich? Sie sind mit den Finnen verwandt, die auch nicht gerade frohsinnig sind.«

Ich versuchte einen Gedanken zu fassen, der irgendwo ganz hinten in meiner Erinnerung lebte und der etwas mit Yvonnes Worten zu tun hatte, als sich der vierschrötige Schaffner vor mir aufbaute. »Fahrkarte?«

»Du siehst an diesen wenigen Beispielen: Leute, die ihr ans Leder wollten, gab es bestimmt auch, bevor sie dann letztlich ermordet wurde. Marie Antoinette wurde von einem wütenden Volk geköpft. Das gab es nicht mehr zur Zeit der Sissi.«

»Ach, sie ist so süß im Film. Diese fromme Lüge wird mir fehlen.«

»Süß, ja. Im Film. Im richtigen Leben damals immer vom Tode bedroht. Ein Alptraum für ihre Personenschützer. Eine Kaiserin, die sich frei bewegte, die die ständige Begleitung durch Sicherheitsbeamte ablehnte, und das in einem unruhigen Vielvölkerstaat, wo Anarchisten lauerten, die wir heute als Terroristen bezeichnen würden. Anarchismus war damals schick. Doch ihr Tod am Genfer See war trotz allem nicht geplant. Eigentlich sollte der Herzog von Orléans sterben, der den Aufenthalt in Genf abgesagt hat. Der Attentäter tötete sie als zweite Wahl. Vielleicht war das auf dem Ball genauso?«

»Nein. Da war Sissi gemeint.« Ich war mir sicher. »Auch wegen der Feile als Mordwerkzeug. Auch wenn ich es einfach immer noch nicht glauben kann, dass man einmal die Woche oder alle vierzehn Tage ein Kostüm anzieht und sich benimmt wie jemand, der ewig lange tot ist, und dann auch noch einen anderen Menschen im Kostüm umbringt. Das ist irre.«

»Es ist auch irre und nicht zu glauben, dass Leute im Darknet nach Mitmenschen suchen, die sich aufessen lassen wollen. Wir leben in einer Zeit, in der gefährliche Neigungen als harmlose Neurosen getarnt lange Zeit unentdeckt blühen können. Und wenn sich jemand so sehr in eine Person aus Zelluloid hineinsteigert, dann kann das schon passieren.«

Vor unserem Fenster glitt Bruchsal vorbei. Dann Weingarten, wo ich jetzt wohnte. Genau in dem Moment, als wir den Ort passierten, geschah es wieder. Es schob sich eine dicke blaugraue Wolke über die matt wirkende Sonne, und für einen Moment streifte ein kühler Schatten die Idylle. Es war wie vor nicht allzu langer Zeit auf dem Bouleplatz. Auch da hatte sich die Welt verdunkelt. Ich fröstelte, und ich sah in die andere Richtung.

Der dreiundzwanzigste Puzzlestein

Es war noch hell, als ich abends endlich nach Hause kam. Besonders optimistisch fühlte ich mich nicht, und ich war der Sissi im Grunde müde.

Der Gedanke, anstatt als verführerisch aussehende Scarlett O'Hara als englischer Landtrampel auf dem Ball zu erscheinen, erfreute mich ebenfalls nicht. Ich hätte mich schon als ganz kleines Kind niemals als Fliegenpilz oder Schornsteinfeger verkleidet.

Ich lief die Treppe zu meiner Wohnung hoch und schloss auf, ging in meine kleine, aber perfekt ausgestattete Küche und rümpfte die Nase. Ich musste den Müll heruntertragen. Meine Güte. Ich. Swentja Tobler. Trägt Müll selbst herunter.

Hastig verließ ich das Haus und lief zu den Mülltonnen, die hinten im Hof standen. Plötzlich bewegte sich eine der Tonnen. Sie verschob sich irgendwie.

Ich wandte mich um, ging kurz in den rechten Teil des Hinterhofes, um nach den Pflanzen zu sehen, die dort in dekorativen Kübeln standen, dann betrat ich durch den Hintereingang mein Haus wieder. Mit einem unguten Gefühl.

Von oben hörte ich ein Geräusch, und dann legte sich ein Schatten auf mich. Ich fuhr herum. Drei Treppenstufen über mir stand das Unheimliche Kind und blickte auf mich hinunter.

»Was wollen Sie?«

Es lachte wieder dieses scheppernde Lachen. »Ich will dich warnen, Frau Tobler. Ich habe dir bei unserer ersten Begegnung gesagt, du musst alles selbst herausfinden. Aber jetzt bist du in Gefahr.«

»Warum? Das Haus ist voller Leute. Ich werde sehr laut schreien.«

»Das Haus ist nicht voller Leute. Die unter dir sind in Urlaub, und die obendran sind im Theater. Ich war schon oft hier. Ich studiere meine Tatorte sehr genau.«

Mein Herz schlug schneller. Er hatte recht. Das Haus war leer.

»Aber du brauchst vor mir keine Angst zu haben. Ich tu dir nichts. Ich bin nur der Schatten des Mörders. Ich folge ihm. Und ich weiß, dass du ihm allmählich zu nahe kommst.«

Ich wollte eigentlich lachen, doch es gelang mir nicht. Heiser brachte ich heraus: »Ich glaube eher, dass Sie es getan haben. Man hat beobachtet, dass Sie etwas Längliches in der Hand hatten, als Sie am Mordabend um Sissi herumschlichen. Etwas wie eine Rolle. War die Feile da drin versteckt?«

Wieder schüttete sich der ganze kleine Körper aus vor Lachen. »Nein, darin war etwas Familiäres. Ein Beweis. Ich war der Mörder nicht, nein, nicht! Aber vielleicht kenne ich ihn.«

»Woher wollen Sie wissen, wer der Mörder war? Haben Sie ihn gesehen?«

»Nein. Aber gehört. Bubili hier hat sein Stimmchen erkannt. Ein Zufall.«

»Ein Mann also?«

Wieder das schreckliche Lachen. »Mann, Frau, das spielt in dieser Mordsache keine Rolle mehr. Hier kann jeder alles sein. Und nichts!«

Er hüpfte vergnügt, so wie er in der Nacht des Mordes davongehüpft war.

»Warum gehen Sie nicht zur Polizei?«

»Weil ich zuschauen möchte, was passiert. Sissi ist tot. Jetzt möchte ich ein für alle Mal sehen, ob es Gott gibt und ob Gerechtigkeit waltet. Als Prinzip, verstehst du, Swentja? Ohne die Polizei. So wie es Shakespeare in seinem ›Macbeth‹ beschreibt. Dass die Natur sich gegen den Menschen wendet. Dass die Bäume laufen lernen.«

»Verstehe ich nicht.«

»Ach Swentja, du bist schön und schlau, aber du bist nicht klug. Du denkst in Beispielen, nicht in Ideen. Ich habe mich einmal sehr über einen Menschen geärgert, weil der Mensch schlecht war. Ich habe gewünscht, dass Gott ihn straft, und so ist es geschehen. Autounfall. Oder meine Mutter, die auch nicht richtig nett zu ihrem Kleinen war. Sie war so stolz auf ihr Haar, lang und blond. Es war ihr wichtiger als ich. Und weißt du, Swentja, was sie durch die Krebstherapie als Erstes verlor? Ihr Haar. Hihihi!«

Es kam auf mich zu. Ich roch seinen leicht säuerlichen Atem.

»Welches Kind«, fragte ich heiser, »welches Kind von Sissi wollen Sie eigentlich verkörpern? Ich dachte, Sie sind Sophie, die früh gestorbene Tochter, und hassen die Kaiserin deshalb …«

»Oh nein. Das hast du nur aus meiner Erscheinung und aus der Tatsache geschlossen, dass ich meine Mutter und alle, die waren wie sie, verabscheut habe, aber ich hätte doch niemals unsere herrliche Sissi hassen können.«

Da hatte er recht. Vielleicht musste man alles in diesem Fall mit anderen Augen sehen.

»Ich bin klein, aber doch ein Mann. Ich spiele doch kein Mädchen. Das überlass ich anderen Verrückten. Nein, Guteste, ich bin der Einzige auf diesem Ball, der wirklich dahingehört. Auch wenn man es mir nicht ansieht. Ich bin von echtem Adel. Mein Vater ist ein direkter Nachkomme von Sissi. Und der Beweis war in der Papierrolle. Mein Stammbaum.«

»Wie kann das sein?«

Und mitten im Treppenhaus verwandelte sich das hässliche Zwergenwesen in einen stolzen Mann.

»Mein Vater ist eines von den dreizehn Kindern des Hubert Salvator. Er wiederum war der zweite Sohn von Franz Salvator von Österreich-Toskana und Marie Valerie, besser bekannt als das Ungarische Kind.«

»Es fließt also blaues Blut in Ihren Adern, in direkter Nachkommenschaft der Kaiserin! Hat Sissi Sie als gleichwertig anerkannt? Hat Sie mit Ihnen gesprochen?«

Ein graues Tuch der Enttäuschung legte sich über sein Gesicht. »Aber nein. Das konnte sie nicht. Ich war doch illegitim. Sie hätte mich vielleicht davongejagt. Mein edler Vater hatte eine Affäre. Und der bin ich entsprungen. Ich sage nicht, wer von den fünf Söhnen des Hubert mein Vater war. Keine Indiskretionen in unseren Kreisen. Aber ändert das etwas daran, dass meine Ururoma Elisabeth von Österreich war? Deshalb bin ich auf dem Ball gewesen.«

Nun fing der kleine Mann an zu weinen. »Ich wollte diese herrliche Inkarnation von Sissi, meiner Vorfahrin, beschützen. Ich hätte Gelegenheit gehabt, sie zu spüren. So wie sie vermutlich war, wie sie aussah, wie sie sprach. Aber es ist mir nicht gelungen.«

Jetzt hüpfte er an mir vorbei in einem seltsamen Gang wieder die Treppe hinunter.

»Aber du pass mal auf. Der Mörder ist dir auf den schönen Fersen. Ich bin überall. Ich weiß alles.«

***

Lieber Hagen,
noch zittert mir die Hand. Was für ein bizarres Wesen. Wer geht denn als Kleinkind auf einen Kostümball? Um Sissi zu beschützen. Das ist alles verrückt, aber vielleicht kennt er wirklich den Mörder. Warum wendet er sich dann nicht an die Polizei?
Ich gehe also übermorgen als Miss Marple auf den Ball. Mein Kostüm habe ich in Heidelberg von einer reichlich alternativen Frau bekommen. Du weißt, dass ich solche Frauen hasse. Yogafrauen, Frauen, die »nichts mit Augen« essen, Frauen, die zur Entspannung trommeln, ihre Haare nicht färben, sich in lange indische Gewänder hüllen und einen immer so streng anschauen, als trage man mit einer Plastiktüte von Hilfiger die ganze Schuld der Welt in Händen …
Im Grunde tut es ja für die Lösung des Mordfalls nichts zur Sache, aber dennoch würde mich interessieren, wo Leonie ihre Kostüme hat schneidern lassen. Denken wir also nach. Ihre Mutter hat in den Volksschauspielen Ötigheim gespielt, und sie hat eine Schneiderin persönlich gekannt, die besonders gut war. Dort muss es ja auch Schneiderin-

nen gegeben haben, die solche üppigen historischen Kostüme fertigen. Vielleicht weiß man in dem Örtchen etwas. Einen Versuch wäre es wert.
Und immer noch glaube ich nicht, dass der Fotograf, der all diese Ballgäste aufgenommen hat, nur aus Zufall ebenfalls sterben musste. Weißt du, was ich denke: Er hat wirklich etwas fotografiert, das einem anderen gefährlich werden konnte. Ich rufe mir immer wieder die Fotowand vor Augen. Doch es waren ganz normale Bilder drauf von all diesen Figuren, diesen grotesken historischen Personen. Oder er hat etwas enthüllt, das sich nicht mehr vergessen oder verdrängen ließ.
Hagen, er hat doch so seltsam von Tom gesprochen. Hagen, ich habe Angst.

Der vierundzwanzigste Puzzlestein

Außerhalb der Abende, an denen Theater gespielt wird, ist Ötigheim ein eher unscheinbarer kleiner Ort in der Nähe des Rheins zwischen Rastatt und Karlsruhe. Das Herz des ganzen, durchaus gepflegten Dorfes scheint für die und mit den Freilichtspielen zu schlagen. Ich hatte gelesen, sie seien 1906 von einem Pfarrer gegründet worden, der sich um die herumlungernde Jugend seiner Gemeinde sorgte.

Der Spielort, »Tellplatz« genannt, lag am Ortsrand, Hinweisschilder und Parkplätze ließen ahnen, was hier ab August los sein würde. Mein Mann und ich hatten regelmäßig von Kunden, denen er bei der Steuerhinterziehung geholfen hatte, Karten für das Spektakel geschenkt bekommen, doch schon das Wort »Volksschauspiele« hatte in mir wenig Begeisterung geweckt, also hatten wir die Karten meistens meiner Zugehfrau geschenkt.

Es war sehr still im Ort, und wie so oft in meiner Karriere als Laiendetektivin fühlte ich mich mutlos angesichts der geschlossenen Fenster, der idyllischen Hinterhöfe, der leeren Ruhebänke. Was tat ich hier, was ging mich das Ganze an, und warum war ausgerechnet ich zur Zielscheibe für einen irren Zwerg geworden?

Und wie so oft versuchte ich diese Mutlosigkeit, die sich anfühlte, als sei mein Herz eine offene Wunde, zu überwinden, indem ich entschlossen handelte. Ich schritt aufrecht durch den Ortskern und steuerte eine bodenständige Gastwirtschaft an. Gastwirtschaften in Dörfern sind das Internet der Provinz.

Eine ältere Frau werkelte in einer scheußlichen Küche herum. Die Tür zum Gastraum stand offen. Sie pfefferte eine Pfanne in einen Metallschrank und wischte mit einem zerschlissenen Lappen über eine Arbeitsfläche. Ich schauderte.

»Kann ich ein Glas Mineralwasser haben?«

Ich konnte. Sie stellte es vor mich hin. Über mir schwebte ein Fernseher, darunter eine Anrichte mit uralten Zeitschriften.

»Ich hab mal eine Frage. Kennen Sie sich aus mit den Volksschauspielen?«

Die Frau sah mich verständnislos an. »Wir kennen uns alle aus. Das ganze Dorf. Es sind ja unsere Schauspiele.«

»Na, dann können Sie mir vielleicht weiterhelfen. Vor vielen Jahren hat hier mal eine Frau mitgespielt, die in Karlsruhe wohnt. Ich glaube, in der ›Csárdásfürstin‹. So was Ungarisches.«

»Ja. Kann sein. Das war eine, die es gelernt hat, wenn ich mich noch erinnere. Weiß aber den Namen nicht mehr.«

»Aha! Das macht nichts. Ich habe eine andere Frage. Haben die Schauspieler eigentlich ihre Kostüme selbst mitgebracht?«

»Nein, die wurden oftmals hier von der Schneiderei Höfler angefertigt. Die gibt es aber nicht mehr. Die alte Paula Höfler ist gestorben.« Die Frau presste ihren Mund böse zusammen, als sei der Tod von Frau Höfler eine persönliche Beleidigung.

»Und wo sind die Kostüme?«

»Bei ihrer Nichte, der Ilka Sauer. Die bewahrt sie auf und ändert sie. Manchmal wird noch was gebraucht. Und die ist ja jetzt eine sogenannte Designerin. Entwirft verrückte Sachen. Bunte Jacken und Blusen aus alten Resten von Tischtüchern und Bettzeugs. Kommt aber angeblich gut an. Sie hatte sogar einen Stand beim Rennen drüben in Iffezheim.«

Misstrauen schimmerte durch.

»Wo finde ich diese Ilka Sauer?«

»Die wohnt in Rastatt. Mitten in der Fußgängerzone, über ihrem Geschäft. Da wollt ich auch nicht leben, in der hektischen Stadt.«

Angesichts der eher überschaubaren Größe von Rastatt äußerte ich mich dazu nicht.

Tatsächlich führte Ilka Sauer in Rastatt an einem schönen Platz unweit des ausladenden Barockschlosses ein kleines, buntes und fröhliches Geschäft, und mindestens zwei von den Blusen, die sie in einem sachlich-sauberen Ambiente anbot, waren nicht übel. In einem würde man zwar aussehen, als müsse man sich gleich zu Kaffee und Kuchen hinsetzen, aber die alten Stoffe waren schön, und die Muster wirkten vertraut.

Ilka war eine mittelgroße, patent wirkende Frau mit riesigen kaffeebraunen Augen und vom Kopf abstehendem Haar in der gleichen Farbe.

»Sie suchen jemand, der Ihnen ein Kostüm als Stephanie von Baden schneidert, und man hat mich empfohlen? Muss ich erst in den Büchern nachsehen, was die so getragen hat.«

Ich lächelte aufmunternd.

Sie freute sich: »Das ist interessant, dass ich mir auch einen Namen als Kostümschneiderin gemacht habe. Ist ja eigentlich nur ein Nebenverdienst.«

Noch mal lächeln.

»Aber ich mache das gerne.«

»Sissi?«, fragte ich nur.

»Die Sissi-Kostüme? Ja, die habe ich genäht. Für die Tochter einer früheren Darstellerin, für die Leonie Buchmüller. Meine Mutter hat ihre Mutter noch gekannt. Die konnte eine Csárdásfürstin darstellen wie keine Zweite. Kamen ja wohl von dort. Na ja, jedenfalls habe ich ihr nach alten Modellen etwa vier Kleider gemacht. Schöne Arbeit. Für die Leonie hatte ich vor zwei Jahren schon mal was geschneidert. Da wollte sie zu irgendeinem Tanzabend von ihrer ehemaligen Schulklasse.«

»Aha.«

»Ja, und das macht immer Spaß für …«, jetzt lächelte sie ein bisschen verschämt, »schlanke Damen zu schneidern, die an sich halten.« Dabei wies sie auf mich.

Ich nahm das als Kompliment. »So wie die echte Sissi. Die achtete auch sehr auf ihre Linie. Dank kärglicher Mahlzeiten. Genauso eine schmale Figur hatte Leonie Buchmüller«, stellte ich fest.

»Ja, die hielt sicher auch an sich.«

Nachträglich lobte ich die Ermordete noch dafür. Viele Frauen waren recht diszipliniert, bis sie in ein Alter kamen, in dem sie meinten, es lohne sich nicht mehr. Und gerade dann lohnte es sich. Ich zumindest gedachte, auch mit sechzig noch in meine Ralph-Lauren-Jeans zu passen.

»Ich hatte noch die Maße von dem damaligen Kleid für die Leonie da, wir mussten kaum etwas neu abstecken. Sie hatte insgesamt kein Gramm zugenommen. Nur einzelne Maße wichen jetzt ein bisschen ab.«

»Aha. Welche? Nur, damit man weiß, worauf man als Frau achten sollte!«

»Warten Sie mal, ich schau nach ...« Ilka nahm ein Kästchen mit altmodischen Karteikarten zur Hand, manche waren schon vergilbt.

»Brustumfang zweiundneunzig Zentimeter. Da hatte sie früher siebenundachtzig. Man bekommt ja einen etwas stärkeren Busen mit der Zeit. Taille hatte sie damals neunundsechzig Zentimeter, jetzt einundsiebzig. Sie geht wohl ins Fitnessstudio, hat etwas stärkere Oberarme, von neunundzwanzig Zentimeter auf fünfunddreißig.«

»Das kann passieren. Obwohl ich nicht weiß, ob das schön ist.«

»Na ja, aber sonst war alles wie vorher.«

Im Hintergrund zwitscherte Ilkas Handy. Ich fürchtete, sie würde rangehen und bald nicht mehr mit mir plaudern wollen, und schenkte deshalb ihren letzten Bemerkungen wenig Beachtung.

Ein fataler Fehler.

»Und hat sie, wenn sie hier war, immer bar bezahlt?«

»Oh, die war gar nicht hier. Sie hatte wenig Zeit, weil sie ja selbst einen Laden betreibt, und hat mir nur die Bilder und ihre Maße geschickt, dann habe ich die Kleider geschneidert.«

»Das heißt, Sie haben Ihre Kundin nie in den Sissi-Kleidern gesehen.«

»Doch. Ich habe einmal, als ich in Karlsruhe war, ein Kleid persönlich in ihrem lustigen Geschäft abgeliefert. Hab vorher extra angerufen und eine Zeit ausgemacht; sie war da, hatte aber dann doch keine Muße, es anzuprobieren, hat mir aber später ein Selfie geschickt, das sie kurz vor dem Ball aufgenommen hatte. Sie sah wirklich gut aus. Ich habe das Bild ausgedruckt. Ist ja auch eine Werbung für mich.«

Sie wies auf eine Leinwand mit Bildern ihrer eigenen Kreationen und von Frauen in Kostümen, die hinter der Ladentheke hing. In etwas blassen Bunttönen sah ich darunter auch Sissi, wie ich sie erlebt hatte. In dem wunderschönen weißen Sternenkleid, in dem ich sie am Abend ihres Todes gesehen hatte.

»Ich war schon stolz auf meine Arbeit. Und es kam mir auch entgegen, dass sie es gerne etwas weiter geschnitten haben wollte. Ich mag Sachen nicht, die abschnüren. Ich liebe deshalb meine weiten Blusen.«

Ich betrachtete nochmals ihre Auslage. Die Blusenmodelle, die sie entwarf, hatten tatsächlich einen Schnitt, in dem man auch einmal ein kleines Bauchröllchen verbergen konnte. Wäre vielleicht etwas für die rundliche Antje.

Ich lobte sie: »Ich habe Leonie mehrmals persönlich gesehen, und ich kann Ihnen versichern, dass die Kleider immer wunderbar saßen. Wie angegossen. Das Kleid, in dem sie dann, hm, starb, fiel, wie gesagt, tatsächlich wohl etwas weiter aus, aber das war ja auch ein anderer Stil.«

»Nein. Sie waren schon alle gleich. Ich hatte eine Art Grundschnitt für Taille und Schultern und Busen, an den ich mich gehalten habe. Sonst wäre es wohl sehr teuer geworden. Nur das Material und der Schnitt der Röcke war anders.«

Ich runzelte die Stirn. Hier war irgendetwas seltsam. Ich würde später darüber nachdenken müssen. »Jedenfalls ist es eine Tragödie!«, schloss ich das Gespräch.

Ilka Sauers Handy zwitscherte schon wieder.

»Ja, furchtbar. Die Polizei war übrigens auch bei mir. Aber ich konnte ihnen auch nicht mehr sagen. Sie wollten dann meinen Fundus von den Freilichtspielen sehen, den ich von meiner Tante geerbt hatte. Da waren ja auch die zwei Perücken her, die sie getragen hat. Wie ich auf dem Foto gesehen habe, hat sie auch die ein bisschen verfeinert, damit sie halt zur Sissi passen. Die hab ich ihr mit Spezialversand von Hermes geschickt. Sie hatte zu wenig Zeit, um die Sachen hier persönlich abzuholen.

So ist das mit einem Laden. Hast du zweimal die Woche geschlossen, sind die Kunden weg! Aber wie gesagt, das weiß die Polizei alles. Sie haben's aufgeschrieben, und das war es.«

Aha. Fast war ich ein wenig stolz, dass es mir gelang, der offiziellen behördlichen Spur ohne Hilfe von Hagen zu folgen.

Ich verließ den bunten Laden und hoffte, dass diese originelle Schneiderin mit ihrem winzigen Laden in Rastatt die Vorherrschaft der gesichtslosen Ketten überleben würde.

Ich trank einen Kaffee in dem kleinen Park, in dem sich auf einer niedrigen Anhöhe die Pagodenburg befand, das verspielte Kinderschlösschen, das gewiss zu den schöneren Punkten in Rastatt gehörte. Ein Schloss für ein Kind? Wie sehr hätte sich das Unheimliche Kind das wohl gewünscht.

***

Lieber Hagen,
morgen ist nun der Ball. Ich habe dir alles berichtet. Auch wie das Gespräch mit der Schneiderin verlief. Ich würde lieber als Scarlett O'Hara gehen und nicht als Miss Marple, aber wer weiß, was man als ältere Landlady für interessante Begegnungen macht. Antje habe ich es auch erzählt. Sie sagte, Miss Marple sei sympathischer und vor allem klüger. Zumindest bin ich mit Mr. Shakespeare auf britischer Augenhöhe.
Vielleicht weiß ich nach dieser Tanzerei mehr über die Zusammenhänge. Ich werde noch einmal versuchen, mit den Beteiligten zu sprechen, mit denen Sissi verbunden war. Beispielsweise mit Franz Joseph, dem Kaiser, oder Ludwig II. Wenn sich die Gelegenheit ergibt.
Oje. Wenn einer diese Mails liest, denkt er, ich bin verrückt. Mit dem Kini reden?
Ich habe mit Tom und Geert telefoniert. Sie feiern morgen ihren Abschlussabend und kommen am Sonntag zurück. Geert hat sich etwas erkältet angehört.
Tom sagt, die anderen Teilnehmer sind alles Idioten, die

nicht kapieren, wie man Boule spielt. Vor allem die aus Norddeutschland. Und die Frauen hätten keinen analytischen Verstand und wollten immer die Sau treffen oder schießen, anstatt die Kugel davorzulegen, um zu verhindern, dass der Gegner mehr Punkte machen kann. Sie schießen dreimal hintereinander, und es macht nur einmal Sinn.

Sagt er. Mein Gott, wie kann man ein Spiel so ernst nehmen!

Ich freue mich nicht, wenn er zurückkommt. Ich habe sogar Angst davor.

Viele Grüße, deine Swentja

***

Es kam niemals eine Antwort von Hagen. Obwohl ich nichts erwartet hatte, stimmte es mich doch traurig. Und ich beschloss, nun mit den Mails aufzuhören. Eine Frage des Stolzes.

Niemand wies eine Swentja Tobler ab.

Unruhig lief ich auf und ab in meiner feinen, ordentlichen Wohnung, in der es zu still war.

Draußen entfaltete sich einer jener schönen Sommerabende, an denen so etwas wie feiner blauer Rauch in der Luft zu hängen scheint. Weingarten versank in einer seligen Pärchen-und-Familien-Idylle. Deshalb hielt es mich nicht zu Hause. Ich wollte in die Stadt, dahin, wo das Leben war.

Eine halbe Stunde später parkte ich in Karlsruhe neben der kleinen evangelisch-lutherischen Kirche gegenüber dem Vogelbräu. Schlenderte durch jene kleinen Altstadtgassen, die früher das sogenannte Dörfle gewesen waren. Flache, schmale Häuschen für die Bauarbeiter, die von überall her gekommen waren, um Karl Wilhelms Traumstadt zu errichten.

Im Dörfle ging es heutzutage eher erotisch zu. Neben Szenelokalen und Studentenkneipen gab es weiter im Inneren Laufhäuser, Bars, Pornokinos und Bordelle. Alles nicht besonders verrucht, eher badisch gediegen.

Ich betrat eines der bürgerlichen Wirtshäuser am Rande des Viertels, in dem sich eher studentisches Publikum aufhielt, steuerte die Bar an und wartete, bis der abgebrühte, müde aussehende Mann am Zapfhahn mich wahrnahm.

»Entschuldigung, ich suche den Laden von Fanny Fisch!«

Er schien die Frage überhaupt nicht seltsam zu finden und erwiderte gleichgültig: »Vorne neben dem Brunnen links. Das ›Loveboat‹. Klein, aber fein. Viel Glück.«

Ich wusste nicht, ob für eine solche Auskunft ein Trinkgeld fällig war, denn derartige Kneipen kannte ich nicht aus meinem ersten Leben. Also ging ich einfach so. Und keiner nahm Notiz von mir.

Dachte ich und sollte mich wieder irren.

Das »Loveboat« lag gleich am Anfang der anrüchigen Straße, ein kleines lila angestrichenes Gebäude mit drei Fenstern in der ersten und drei Fenstern in der zweiten Etage. Durch die helllila Vorhänge sah man Reisstrohlampen in verschiedenen Farben leuchten. Merkwürdigerweise sah es gemütlich aus.

An der Tür lehnte ein sehr großer Mann in einer lila Uniform mit der gestickten Aufschrift: »Loveboat«.

»Ich würde gerne mit Fanny Fisch sprechen«, sprach ich auf Höhe seines Brustkorbes.

»Bewerbungen nur morgens«, sagte er, ohne mich genauer anzusehen.

Wie peinlich war das denn! »Nein. Ich möchte nicht hier tätig werden. Ich bin eine Freundin.«

»Muss ich Chefin anrufen!« Er zückte sein Handy, drückte einen Knopf mit einer eingespeicherten Nummer, ging ein Stück von mir weg und sprach mit gedämpfter Stimme. Dann in meine Richtung: »Name?«

»Scarlett!«

»Scarlett«, teilte er seiner Chefin mit. Dann wieder zu mir: »Sie können reingehen. Büro hinten links.«

Irgendwie fühlte ich mich, als sei ich jetzt erwachsen geworden. Ich war in einem Bordell. Ganz allein, ohne männlichen

Begleitschutz, an einem Samstagabend. Doch die schwülen Visionen, die ich gehabt haben mochte, wurden enttäuscht.

Das Innere des Gebäudes wirkte ausgesprochen schön und geschmackvoll. Der Betrieb schien gut geführt, er war gehoben und peinlich ordentlich eingerichtet. Lila Teppichboden, die Zimmertüren in verschiedenen Lila-Tönen gestrichen und hübsch mit einer Handschriftschablone beschriftet: Shanghai. Paris. London. New York. Moskau.

Ich hörte keinerlei Geräusche, kein wildes Stöhnen, kein Peitschenknallen. Lediglich aus einem Zimmer klang leise klassische Musik. Ich drückte mein Ohr an die Tür.

»Er kann nur bei Vivaldi«, hörte ich eine warme, ironische Stimme hinter mir. »Ich persönlich hasse Vivaldi. Eine Melodie, zwanzigmal variiert.«

»Gewiss«, sagte ich verlegen. Ich hatte mich niemals für klassische Musik interessiert und für die Konzertbesuche mit den aufgemotzten Ehefrauen irgendwelcher Banker früher schnell ein paar Worte über den Komponisten im Internet nachgelesen.

»Überrascht, wie es hier aussieht?« Romy-Fanny stand vor mir, das Gesicht zu dem für sie typischen fein-mokanten Lächeln verzogen. »Schön, dass Sie mich besuchen, Scarlett. Gehen wir einen Champagner in der Bar trinken.«

Wir liefen einen kleinen Gang entlang. Rechts und links hingen gerahmte Bilder von Showacts. Frauen. Männer. Keiner war auf den Darstellungen nur nackt. Fast alle stellten ihre Körper in bunten erotischen Kostümen raffiniert verkleidet zur Schau.

»Erinnerungen an unsere hauseigenen Veranstaltungen. Die hatten wir letztes Jahr da, aus Berlin. Tante Käthe.« Sie wies auf das Bild einer drallen Frau mit hochhackigen Schuhen. »Die Kunden haben so gelacht, dass wir hinterher kaum Gäste auf den Zimmern hatten. Lachen ist ebenso ein Ventil für gestaute Gefühle wie Sex. Das mache ich nicht noch mal. Geschäftsschädigend.«

»Wer ist Tante Käthe?«

»Travestie aus Berlin. Wenn ich es nicht besser wüsste, würde ich die ältere Dame zum Kaffeekränzchen einladen und fragen, wo sie ihre Dauerwelle machen lässt. Die perfekte Illusion. Das muss man gelernt haben. Wie geht es Ihnen, Scarlett?«

»Es hat sich leider erledigt mit Scarlett. Man muss wissen, wann es Zeit ist.«

»Ja, ich verstehe. Romy ist nicht alt geworden. Auch für mich wird es irgendwann Zeit, damit aufzuhören.« Sie machte eine kurze Pause. »Die Lili aus ›Das Mädchen und der Kommissar‹ war für mich ihre beste Rolle. Eine intelligente Nutte, so wie ich. Mir fehlt nur der Kommissar als Liebhaber!«

»Mir auch!«, bekannte ich plötzlich. In diesem Haus schienen mir Geständnisse möglich.

Sie sah mich verständnisvoll an.

»Ich hatte ein Verhältnis mit einem Kripokommissar, doch er hat mich verlassen, weil ich mich gegen seinen Willen in einen Mordfall eingemischt habe.«

Fanny Fisch lächelte fein. »Und jetzt tust du es wieder, du böses Mädchen. Und verschenkst damit die Chance auf eine Versöhnung. Vielleicht hat aber unser schlauer Mister Shakespeare nichts dagegen, dass du Detektivin spielst. Ich habe gemerkt, dass er dir gefällt. Doch er ist nicht, was du glaubst.«

»Wie meinst du das?«

»Du kannst ihn nicht haben. Es gibt Gründe. So wie es auch Gründe bei Sissi gab. Kein Ungar hätte sie haben können. Kein Franz Joseph mit ihr glücklich sein.«

»Warum nicht, Fanny?«

»Aus einem ganz bestimmten Grund. Sie machte sich nichts aus Männern. Überleg dir selbst, was ich damit sagen will.« Fanny trank ihren Champagner aus, rutschte vom Barhocker. »Na, dämmert's?«

Zwei Pärchen betraten die Bar. Eng umschlungen die einen, eher etwas distanziert die anderen. Es waren hübsch angemalte, osteuropäisch wirkende Gesichter bei den Damen. Und ältere Männer.

»Lesbisch? Da bist du nicht die Erste, die das andeutet.«

Sie lachte. »Lesbisch? So könnte man es auch sagen!«

»Warum lachst du?«

Sie sah auf eine kleine brillantenbesetzte Uhr, die nicht billig gewesen sein mochte. »Nichts, nichts. Ich muss gehen. Die Büroarbeit wartet.«

Ich lief durch den Gang, sah die Plakate. Tante Käthe, mein Gott, wo war ich hier hingeraten?

Was hatte Fanny mit ihren Andeutungen sagen wollen? Der Shakespeare-Darsteller sei schwul und die verführerische Sissi-Kopie lesbisch? Schockierend war das nicht, nicht einmal erstaunlich. Die Cosplay-Bälle dienten ja ganz offensichtlich auch dem Ausleben geheimer erotischer Phantasien.

Um Shakespeare wäre es allerdings schade, und ich glaubte es auch nicht. Der Mann interessierte sich für Frauen, und er interessierte sich für mich.

Nachdenklich trat ich nach draußen in den lauen Sommerabend, schlenderte am Künstlerhaus vorbei in Richtung meines Autos, als ich hinter mir eilige, kurze Schritte trippeln hörte. Ich drehte mich um und blickte in das weise Gesicht des Unheimlichen Kindes.

»Du verschwendest deine Zeit, Swentja!«, flüsterte es, und dann folgte ein hohes Kreischen. »Hier wirst du den Mörder nicht finden.«

»Aber morgen Abend auf dem Ball?«, fragte ich, ohne es zu wollen. »Es wird übrigens mein letzter Ball sein.«

Das Kind drehte sich einmal um sich selbst wie ein Kreisel. Eine alberne Geste für einen erwachsenen Mann.

»Vielleicht morgen Abend. Aber achte auf die Masken. Sieh ganz genau hin! Es wäre zu traurig, wenn wir dich auch schon beerdigen müssten.« Und dann hüpfte es davon in seinem merkwürdigen Galopp.

Ich sah ihm nach und dachte erstmals, wie froh ich sein würde, wenn der morgige Abend vorbei war. Ich hatte Angst vor dem, was zum Vorschein kam, wenn die Masken fielen.

Der fünfundzwanzigste und letzte Puzzlestein

Der Abend des Balls nahte. Die Veranstaltungen fanden meist am ersten und dritten Freitagabend eines Monats statt; es gab aber offenbar Ausnahmen, und diesmal wurde der Convent an einem Samstag abgehalten. Da die Maskenbälle der »Cosplay Karlsruhe« ja erst im Januar dieses Jahres begonnen hatten, probierte man noch aus, wie es am besten lief. Die Bälle jedenfalls hatten gleich großen Zuspruch gefunden und sich seither immer weiter perfektioniert. Gleich geblieben war der beliebte Rahmen der Aristokratie, denn die Deutschen spähten mit Neid nach Großbritannien, wo junge hübsche Prinzen sich spektakulär verheirateten. Nur das Motto änderte sich gelegentlich.

Leonie war bekanntlich nicht von Anfang an dabei gewesen. Die passionierte Skifahrerin weilte den gesamten Februar regelmäßig im Skiurlaub, wie die Karte in ihrem Büro gezeigt hatte. Barbara hatte es bestätigt.

Irgendetwas irritierte mich an dieser Tatsache, es war etwas, das der unglückliche Fotograf erzählt hatte. Oder hatte es jemand anders gesagt? Was es war, wollte mir einfach nicht einfallen. Und doch hatte ich das Gefühl, dass hier etwas nicht zusammenpasste. Nachdenklich griff ich zu einem Make-up in einer teigigen Farbe, die mich alt machen würde.

Sich als Miss Marple zurechtzumachen machte wahrlich keinen Spaß. Yvonne half mir, Runzeln ins Gesicht zu zaubern; sie hatte die Schminke aus dem Theater mitgebracht. Und in die Altfrauenkluft zu steigen bereitete bei brütender Junihitze auch kein Vergnügen.

»Ich mache mich nicht gerne älter«, murrte ich undankbar. »Alt werden wir von alleine. Ich würde ja auch nicht als Schaf oder als dummer August gehen. Ein bisschen sollte die Rolle schon dazu passen, was man im richtigen Leben sein will.«

Und ich dachte flüchtig an Leonies Vater, der vor einem

großen Fernsehpublikum, das sich zweifellos mit derbem Nachkriegshumor auf die Schenkel schlug, den Narren gegeben hatte. Das war nicht leicht gewesen, bestimmt nicht, vor allem nicht, wenn man etwas Höheres gelernt hatte und gern Shakespeare gespielt hätte.

»Muss nicht. Auch eine ungewöhnliche Rolle erfüllt vielleicht einen geheimen Traum. Möglicherweise gibt es Leute, die gerne ein Schaf wären. Weil sie als Kind als einzigen Freund ein Schaf hatten. Und sei es nur ausgestopft. Halt still jetzt, Swentja!«

Während ich mich mit faltigem Altfrauengesicht in einem höchstpersönlichen Alptraum wiederfand, stellte ich mir immer wieder die gleiche Frage: Was war Leonies Traum gewesen, den sie in Sissi verwirklichte? Schönheit, Macht und sexuelle Freiheit? Reisen ohne Zwänge? Oder war es etwas ganz anderes gewesen, das sie, verborgen hinter dem Fächer, gesucht hatte?

Ihre Mutter hatte in Ötigheim eine Ungarin gespielt. Vielleicht hatte Leonie sich deshalb für Sissi, die Heilige des Magyarenvolkes, entschieden. Dann fiel mir eine Bemerkung ein, die Yvonne gemacht hatte. Typisch ungarischer Name: Taller oder Teller. Und Tante Judith hieß mit Nachnamen: Teller. Vielleicht gab es da eine familiäre Verbindung von Leonie zu Sissis zweiter Heimat!

Aber das brachte mich ihrem Mörder nicht näher. Außer es war Franz Joseph, der gewiss nicht ganz so begeistert von Ungarn gewesen war wie seine romantisierende Gattin.

Der Ball heute fand an einer anderen Spielstätte statt, da der Rote Saal mit einer griechischen Hochzeit belegt war, wie ich auf der nur Mitgliedern zugänglichen Homepage cosplay-karlsruhe.de erfahren hatte. Der neue Ort schien mir noch geeigneter, wie ich der Website entnahm. Es handelte sich um die legendäre, zwischenzeitlich immer wieder geschlossene Felsenhalle.

Die Felsenhalle war ein alter, großer Saal, der drei Hinterhöfe tief in der Oststadt lag, letztlich im Kellergewölbe des letzten Wohnhauses. Also nicht allzu weit entfernt von Leonies Wohnung. Sie hätte diesmal wirklich zu Fuß gehen können. Und da es in der Oststadt, einem Studentenviertel, sowieso einige Kneipen mit eher schrägem Publikum gab sowie – wie ich gehört hatte – mehrere burkatragende Frauen, wäre sie nicht einmal besonders aufgefallen. Vor allem, wenn sie die eher modern wirkende Reisekleidung Sissis getragen hätte.

Yvonne fuhr mich hin und ließ mich fast genau vor dem Haus aussteigen. Danach musste sie gleich weiter, ans Theater.

»Ich bin am Handy erst wieder nach dreiundzwanzig Uhr zu erreichen«, sagte sie. »Mach keinen Blödsinn. Ich weiß, du willst heute mit einigen Leuten sprechen, die etwas mit Sissis zweitem Tod zu tun haben könnten. Aber sei vorsichtig. Hinter einer der Masken könnte sich ein Mörder verstecken.«

Ich dachte unweigerlich an das Unheimliche Kind, doch fühlte ich bei dem Gedanken seltsamerweise keine Bedrohung.

Ich war etwas zu spät dran. Deshalb lief ich eilig ein Stück die biedere Häuserfassade entlang, stieß die erste Haustür auf, ging durch einen dunklen Gang und gelangte in einen ersten Hinterhof, der mit Fackeln erleuchtet war. Meine Schritte knirschten, als ich die zweite Tür öffnete und in einen weiteren Hinterhof kam, der mit lodernden Feuerschalen noch heller illuminiert war. Durch ein Tor betrat ich den dritten Hof. Respekt, die Festivalleitung der Cosplays verstand ihr Handwerk und war jeden Cent wert.

Es sah wieder wunderbar aus, wie schon bei den Bällen zuvor, nur unheimlicher, geisterhafter. Lampions baumelten von den Balkonen der umliegenden Häuser und warfen schwankende Schatten. Die Wohnungen und Balkone im Erdgeschoss waren offenbar in das Event einbezogen, jedenfalls waren sie über Treppen vom Hof aus erreichbar, man hatte dort Kerzen auf den Stufen aufgestellt. Die üblichen Wächter in Uniformen, der Schweizergarde des Papstes ähnlich, standen oben rechts und links an der langen dunklen Treppe, die in die Felsenhalle hinabführte.

Der Hof war groß und verwinkelt. Rechts waren die Türen

zu zwei, drei Schuppen geöffnet. Ich sah Stühle und gedeckte Stehtische. Große Kübel mit exotischen Pflanzen schufen Nischen. Ein Brunnen plätscherte. Es begann ganz langsam dunkel zu werden. Die Abende würden bald wieder kürzer werden.

Oberhalb der Halle befand sich eine ebenfalls geöffnete Tür zu einer Art Atelier. Von dort vernahm ich leises Kichern. Ich lugte hinauf und sah ein Sofa, zwei ineinander verschlungene Körper und ein nacktes Bein. Aus der Felsenhalle selbst drang Musik.

Ich wies mich aus und wurde eingelassen. Ein wunderbares Ambiente, fast das schönste bisher. Nackte Steinwände, eine Bühne mit einem Klavier, Tische, niedrige Sessel, mehrere Vintagesofas, ein paar Bücherregale und in der Mitte eine nicht allzu große Tanzfläche. Überall Nischen, die in den Felsen geschlagen waren. Gänge, die, nur durch LED-Lichtchen beleuchtet, in kleine Nebenräume führten. Ich konnte mir vorstellen, was da später vor sich gehen würde. Korsetts würden aufgeschnürt, Reifröcke gehoben werden.

Es waren weniger Leute da als beim letzten Mal. Vielleicht hatte die Bluttat doch den einen oder anderen abgeschreckt. Was einmal passiert war, konnte erneut geschehen. Und noch hatte man weder den Mörder des Fotografen noch Sissis Attentäter gefasst.

Ich sah dennoch die vertrauten Gesichter, und ich denke, alle erkannten mich. Sir Sherlock Holmes nickte mir zu, als sei ich eine Kollegin. Franz Joseph tanzte mit Sissis Schwester Sophie. Ludwig II. lehnte an der Bar und beobachtete das Pärchen finster. Ein Kaiser schlägt eben einen irren König.

»Gott sei Dank nimmt er mir die ab!«, murrte Ludwig II. allerdings dann. »Wird immer zickiger.«

Franz Joseph tanzte vorbei. »Ich bin Witwer. Und sie sieht meiner Engels-Sissi ähnlich. Mein Gott, habe ich diese Frau geliebt.«

Eine Frau tauchte am Eingang auf, sah sich um und versteckte sich hinter einer Säule, als sei sie noch unsicher in diesem Kreis. Sie trug eine Haube auf dem Kopf, ein Amulett um den

Hals, ein enges Wams aus Leinen mit weiten Ärmeln und ein grobes, langes Gewand darunter. Jetzt hob die mittelalterlich aussehende Gestalt den Arm, als wollte sie sich durchs Haar fahren, die Armreife klirrten, dann aber sank der Arm herab, als der Person klar wurde, dass sie eine Haube trug. Die Geste kam mir bekannt vor. Sehr bekannt. Ich runzelte die Stirn. Wer fuhr sich denn immer so durch die Haare?

Neben mir stand praktischerweise gerade Herr von Goethe und strich sich selbstgefällig über sein gefälteltes weißes Halstuch. Ich fragte ihn leise: »Da drüben, die Frau. Wer soll das sein?«

Der Dichterfürst schnippte nach einem Kellner und sagte blasiert: »Johanna die Wahnsinnige vielleicht? Ich habe mal irgendwo ein Bildnis von der Dame gesehen. Da sah sie in etwa so aus.«

»Dann passt sie hier gut her!«

»Hütet Eure Zunge!« Goethe musterte mich streng.

Neu war heute auch ein Gandhi, der unschlüssig, was er trinken sollte, an der Bar stand. Ich schlenderte an den Tresen und holte mir eine Cola. Gandhi schien noch zu überlegen.

»Buddhisten trinken keinen Alkohol«, sagte ich zu ihm. »Sind Sie adelig?«

»Ich bin von Weltadel, so wie Mozart. Nächstes Mal geh ich wieder als Cäsar. Der durfte Wein.«

Ein typisch badischer Satz ohne Verb. Ich musterte den Mann im weißen Gewand erstaunt: »Ach, Sie gehen immer wieder als was anderes.«

»Ja. Meine Frau war im Faschingsverein, und als sie abgehauen ist, hat sie mir die ganzen Dinger dagelassen. Nur den Hund nicht. Den hat sie mitgenommen zu ihrem Lover. Hier gefällt es mir. Man kann ... ganz leicht ... du verstehst. Nee, neee, nicht ängstlich gucken, du bist mir zu alt.«

»Gehen Sie oft als Cäsar?«

»Nein, das hab ich nur am Anfang gemacht. Die ersten zwei Male. Aber dieser Lorbeerkranz saß irgendwie nicht richtig, und die Toga war auch komisch geschnitten, und wenn ich mal pinkeln musste, war das umständlich. Nee, der Gandhi ist mir dann doch lieber. Ich hatte ja noch den Nero, den hatte ich an dem Abend, als die Sache da passierte, aber da hab ich mir Rotwein drübergeschüttet. Reinigung war zu teuer.«

»Mir scheint, Sie leben Ihre jeweilige Rolle nicht ganz so perfekt wie die anderen hier.«

»Nee, Lady, mach ich nicht. Da gibt es ein paar, die sind wirklich gaga. Denken, sie sind die Person, die sie einmal alle zwei Wochen nachäffen. Sind vielleicht im richtigen Leben zu kurz gekommen. Müssen was ... wie sagt man ... komprimieren?«

»Kompensieren!«

»Genau. Gucken Sie sich mal das Motto dieses Abends an. ›Gute alte Zeit‹. Sie lassen sich immer was einfallen. Oder ›Oben und unten‹ oder ›Vor 1918‹! An dem Mörderabend war es ›Adel verpflichtet‹. Hab bis heut nicht richtig verstanden, was die damit meinen. Im Oberstübchen durchgeschmort sind manche von denen hier!«

»Wie die Sissi?«

»Ja, die war ja ganz arg. Redet nix, guckt durch ein Lorgon durch einen durch.«

»Lorgnon!«, verbesserte ich geduldig.

»Also, da war die im Film aber ganz anders. Die Sissi hier war eine Zicke. Ich hab einmal mit ihr getanzt. Komischer Tanz, wo man immer wechselt. War ihr Wunsch. Postillon ...«

»Cotillon?«

»Genau. Und ich sag Ihnen, steif wie ein Brett. Nur wenn der Husar da, irgend so ein Phantasieungar, kam, da taute sie ein bisschen auf. Und das hat diesem anderen König, diesem Schlawiner aus Wien, gar nicht gefallen. Da hat's schon mal Streit gegeben. Ich sag Ihnen, die sind alle gaga.«

Ich fragte Gandhi jetzt ganz direkt. »Was glauben Sie, wer Sissi getötet hat?«

Und ebenso direkt antwortete er: »Man sagt ja so was nicht gerne, aber ich glaub, es war das Kind, das scheußliche Kind. Sah das nicht mächtig unheimlich aus? Das hab ich kurz vor dem Mord dahinten bei den Büschen herumschleichen sehen. War ihr immer auf den Fersen. Bin gespannt, ob das Kind heute Abend auch kommt.«

Ich schwieg. Ich war überhaupt gespannt, wer heute Abend kam. Barbara gewiss nicht. Und der ungarische Verehrer Sissis? Hatte der Ball für ihn noch einen Sinn ohne seine Königin von Ungarn? Mit Blicken suchte ich den Raum nach Shakespeare ab.

»Jedenfalls hab ich gelesen, die haben auch den Fotografen ausgeknipst, der hier immer die Aufnahmen geschossen hat.«

»Hat er von Ihnen auch eine gemacht?«

»Freilich. Als Cäsar damals. Hat mich gefragt, ob er so eine Fotowand damit gestalten kann? Nur für sich, als Beweis, was er alles kann. Wenn Kunden in sein Büro kommen. Arbeitsproben. Klaro, hab ich gesagt, hab nix zu verbergen. Hab halt die Kostüme geerbt, und da kann ich auch bisschen damit angeben, oder? Wozu macht man das denn hier, wenn man nicht gesehen werden will?«

»Sissi wollte nicht fotografiert werden.«

»Versteh ich nicht. War die nicht drauf aus, dass jeder sieht, wie schön sie ist?«

»Eigentlich schon. Wenn Sie mal mit ihr getanzt haben, ist Ihnen da zufällig ein Tattoo aufgefallen?«

Er sah mich erstaunt an. »Klar. Die hat eins gehabt, einen Anker. Witzig, bei einer aus dem Mittelalter. Dass die damals so was schon hatten!«

»Sissi war nicht aus dem Mittelalter. Sie kam aus dem 19. Jahrhundert.«

»Ach so. Ich dachte, mehr so aus Rennenzeit.«

»Renaissance?«

»Oder das. Ich war in der Schule gut in Fremdwörtern, aber alles kann man halt net wisse. Also, man sieht sich.«

Ich versuchte einen Gedanken zu fassen. Einen eigenartigen Gedanken.

***

Lieber Hagen,
ich schicke dir rasch per Handy noch eine Mail vom Ball. Ich befinde mich auf der Toilette in einem Nebentrakt. Gott sei Dank ist hier in diesem riesigen Hinterhof alles so dunkel und verwinkelt, dass man sich zurückziehen kann. Trotz der vielen Pagen, die überall umherlaufen. Sie haben immer neue Diener. Wahrscheinlich ein begehrter Job unter Studenten.
Leider bist du nicht mehr bei der Kripo in Karlsruhe. Kennst du jemanden von der Soko Sissi? Es wäre wichtig, zu wissen, ob das Tattoo, das die Leiche hatte, abziehbar war oder ob sie sich so weit mit ihrer Rolle identifiziert hat, dass sie sich sogar ein Tattoo hat stechen lassen. Hatte die Leiche ein Tattoo?
Nun beginnt der Ball. Sie spielen einen venezianischen Tanz. Das Unheimliche Kind ist eben gekommen. Ich versuche, ihm auf der Spur zu bleiben. Es unterhält sich mit Shakespeare. Den finde ich gut. Seine Zitate gefallen mir. Ausgerechnet mir, die ich niemals etwas lesen wollte.
Deine Swentja

***

»Nun, Miss Marple, haben Sie neue Erkenntnisse über unseren Mord in ersten Kreisen?«, fragte Shakespeare maliziös.

»Man wird sehen.«

»›Verrat und Mord, sie hielten stets zusammen wie ein Gespann von einverstand'nen Teufeln.‹«

Ich beobachtete, wie sich Kaiser Franz Joseph dem Grafen Andrássy näherte.

»Und, zufrieden, dass sie nicht mehr lebt?«, sagte Andrássy scharf und schneidend. »Ihr habt ihr doch schon zu Lebzeiten das Dasein zur Hölle gemacht. Ihr mit eurem spanischen Hofprotokoll! Das können Sherlock Holmes und Miss Marple ruhig hören. Ihr habt sie umgebracht. Warum war sie denn so abgemagert?«

»Sie hat sich das selbst angetan. Sie war eine kräftige, vitale Frau, als sie erstmals auf den Ball kam.«

Ludwig II. strich sich über das Haar. »Ich habe sie auch geliebt.«

Franz Joseph fingerte an seinen Orden herum. »Na ja, Vetter, du hast ein Idealbild von ihr geliebt. Und hast gehofft, dass sie genauso verrückt ist wie du.«

»Ich liebe die Künste. Und ich liebe die Schönheit. So wie Sissi. Sie hasste es, hässliche Menschen in ihrer Umgebung zu sehen. Wie etwa Königin Victoria. Deren Erscheinung war unerträglich für sie, eine dicke, alte Matrone. Immer in Schwarz mit einer weißen Witwenhaube auf dem Kopf. Schwerhörig war sie auch. Und damals gab es noch keine Hörgeräte.«

»Ja, und Sissi hat extra leise mit mir gesprochen. Damit ich nichts verstehe«, krähte Victoria dazwischen. »Ich hätte sie auch umbringen können, das Luder. Und überhaupt ist das alles eine Lüge. Ich bin gar nicht hässlich, nur majestätisch. Ich bin eine normale Engländerin aus London, und ich lebe schon lange hier, und ich hatte einen guten Mann und viele Kinder und Nachkommen, die auf allen Thronen der halben Welt sitzen. Das Kostüm habe ich aus England von einer Schulaufführung mitgebracht.«

»Pssst. Wir sprechen hier nicht über unsere Identitäten draußen!«, mahnte Goethe und stolzierte gleich davon. Wie der richtige Goethe war er einer, der sich gern raushielt.

Die grundhässliche Maultasch, aus Solidarität mit der hässlichen Victoria, rief dem Dichterfürsten hinterher: »Ach, das ist doch alles vorbei. Wir können nicht mehr so tun, als wäre nichts gewesen. Einer von uns hier hat sie umgebracht. Warum bist du überhaupt noch hier, Franz Joseph?«

»Ich habe mein Kostüm von einer Versteigerung beim Karlsruher Theaterfest. Sie hatten es von einer Musicalproduktion übrig. Es ist Zufall, dass ich hier Sissis Mann war. Deshalb hab ich sie auch nicht umgebracht. Da gab es andere …«

Ich verlor den Überblick. Es war zu heiß zwischen den Felsenwänden.

Die Musik fing wieder an zu spielen. Alle schienen sich zu beruhigen. Ich dachte noch an etwas, das ich gerade gehört hatte. Schwerhörig. Hörgerät. Ich erinnerte mich an eine Assistentin meines Mannes, die er schließlich hinauswerfen musste, weil sie sich hatte bestechen lassen. Sie war schwerhörig gewesen und trug ein Hörgerät, das ständig pfiff wie ein Wasserkessel, weil sie Ohrenschmalz hatte und weil sie das Gerät nicht oft genug warten ließ. Ich runzelte die Stirn. Da war doch etwas …

»Und doch bin ich schöner!«, mischte sich Eugénie in einem blauen Kleid, prachtvoll wie immer, ein.

Aus den Augenwinkeln sah ich, wie die Lakaien zur Seite wichen und eine weitere Person den Raum betrat. Ich traute meinen Augen nicht. Es war Rhett. Rhett Butler.

Er war doch gar nicht adelig, aber diese Südstaatler hatten ja immer irgendwo einen französischen Hugenotten oder so etwas in der Ahnentafel zu bieten.

Er hatte ein wenig zugelegt. Der Bart, die gescheitelten Haare, das amüsierte Grinsen auf dem Gesicht. Hm … ich kannte den Mann. Rhett Butler hat nicht viele Möglichkeiten, sich zu schminken, und der Mann hier hatte außer dem eleganten gestreiften Emporkömmlingsanzug des Südstaatlers auch nicht besonders viel Ähnlichkeit mit ihm.

Mir blieb der Atem weg. Es war Geert! Doch wieso kam er als Rhett?

Mir schwindelte. Er musste doch wissen, dass ich … Hatte ihm Antje nicht gesagt, dass ich als Miss Marple gehe! Warum nicht? Hatte ihm Antje nichts gesagt? Antje?

Ich wollte auf Rhett zugehen, doch da war er in der Menge verschwunden. Ich sah mich um, und mein Blick fiel auf das Unheimliche Kind.

Es grinste mich an und schüttelte dann den Kopf. Mit seiner weichen Kinderhand wies es nach unten.

Verwundert folgte mein Blick seiner Hand. Ich trug hohe, schmal geschnittene Stiefel. Es hatte recht, das Kind. Eine englische Lady vom Dorf hätte keine solchen Schuhe getragen. Sie waren nicht passend. Doch ich hatte tanzen wollen, und mit groben Halbschuhen tanzt es sich nun mal schlecht. In mir steckte doch noch zu viel Scarlett.

Jetzt hüpfte das verwachsene Wesen heran. »Pass auf, Scarlett. Der Ball heute Abend ist gefährlich!«, wisperte es. »Schau hinter die Masken. Hinter *alle* Masken, verstehst du? Schau ganz genau hin. Nichts ist, wie es scheint.«

In dem Moment geschah etwas, das hier nicht geschehen durfte. Mein Handy läutete. Ein absolutes Tabu – auf den Bällen gab es keine Jetztzeit, keine Außenwelt. Trotzdem sah ich auf die Nummer. Die gleiche, die vor einiger Zeit schon einmal angerufen hatte. Ich beschloss, gleich von der Toilette aus zurückzurufen.

Die Musik spielte. Jemand tippte mir auf die Schulter. Es war Rhett. Rhett Butler. Geert Vermeer.

»Darf ich bitten?«

»Wie kommen Sie hier herein?«, fragte ich blasiert. »Es heißt hier heute ›Der Adel und die gute alte Zeit‹, und Sie sind gewiss kein Vertreter guter Zeiten, Sie Kriegsgewinnler!«

»Wo ich bin, sind immer gute Zeiten. Dafür sorge ich selbst. Meine Mutter war außerdem eine vornehme La Rochelle. Von den Virginia-La-Rochelles. Und ein kleines Trinkgeld beim Einlass tut ein Übriges, Miss!«

»Geert«, flüsterte ich, »ich bin nicht Scarlett!«

»Ja, das sehe ich. Zu meinem Bedauern. Scarlett hätte mir doch besser gefallen.«

»Wie hast du mich erkannt?«

Er griff nach meiner Hand. Mein Glücksbernsteinring. Ich hatte ihn anbehalten. »Wenn man Boule spielt, achtet man auf die Hand. Und so ist er mir aufgefallen. Wer trägt heute noch Bernstein?«

»Wieso bist du als Rhett hier? Ich hatte deiner Schwester gesagt, dass ich als Miss Marple gehe und sie soll es euch ausrichten.«

Er hielt kurz inne. »Sie hat mir gar nicht gesagt, dass du heute zum Ball gehst. Ich habe es … nun, sagen wir … vermutet. Und was den Ort angeht, habe ich so meine Informanten. Antje weiß nicht, dass ich hier bin.«

»Na, also sagt sie dir doch nicht alles. Aber dass bei unserem ersten Besuch in Leonies Wohnung kein trägerloser BH aufzufinden war und dass die Polizei noch einmal genauer nachschauen sollte, das hat sie dir bestimmt weitergegeben. Na ja, jedenfalls waren fast alle, die heute hier sind, auch am Mordabend da. Außer dir.«

Napoleon rempelte uns an.

»Der benimmt sich schon wie Donald Trump«, sagte Geert in meinen letzten Satz hinein. »Was war das mit diesem BH? Das ist mir neu. So was hätte ich mir doch gemerkt.«

Ein lautes Klirren unterbrach unser Gespräch.

Margarethe Maultasch saß an der Bar und hob ein Glas Champagner. Dann schleuderte sie es zu Boden, wo es zischend zersprang. »Sie hat sich ja geweigert, mit mir gesehen zu werden, weil ich so hässlich bin. Und ich bin auch hässlich, das stimmt, aber sie ist tot, und ich lebe. Die Wittelsbacher wollten mich alle heiraten, weil ich als Tirolerin die Brücke zum Süden bin. Hahaha!«

Die Musik brach ab. Alle umringten den Scherbenhaufen.

»Man möchte meinen, du hast sie umgebracht«, sagte Goethe. »Ich bin Jurist. Ich kann mich der Sache annehmen. Habe schon ein Gretchen auf dem Gewissen. Da kommt es nicht darauf an.«

Die Maultasch zischte. »Kein Grund, Schreiberling. Ich kam auch so ganz gut durchs Leben. Aber wie war es denn mit dir, Sophie?«

Die schlanke Frau zuckte zusammen. Sie war mir heute noch nicht besonders aufgefallen.

»Ja?«

»Die hat doch keine Ahnung«, fuhr es aus mir heraus. »Sie ist nur mit Ludwig II., ihrem Freund, hier. Und auf den kann sie nicht bauen! Der ist nicht treu.«

Franz Joseph drehte sich zu mir um und sah mich strafend an.

Irgendwo kicherte Queen Victoria und bemerkte schadenfroh: »Aber nur weil sie sagt, sie hat keine Ahnung, muss das nicht stimmen. Unter uns gibt es viele Lügner. Vielleicht liebt sie Ludwig. Vielleicht tut sie es für ihn. Vielleicht ist es nur eine Lüge, dass er sie satthat. Sophie hatte kein schönes Schicksal und kein schönes Leben. Und ihre Namensvetterin, Sissis Tochter Sophie, auch nicht. Sie musste sterben, weil die Kaiserin von Österreich es in der sogenannten Kerkerburg in Wien nicht aushielt und sich auch nicht bemühte, eine gute Ehefrau und Mutter zu sein. Anders als ich. Dabei ging es im Buckingham Palace auch nicht immer lustig zu.«

Shakespeare hörte zu, schmunzelte und sah mir dann direkt ins Gesicht: »›Zweifle an der Sonne Klarheit, zweifle an der Sterne Licht, zweifle, ob lügen kann die Wahrheit, nur an meiner Liebe nicht.‹«

Das Kind lachte wieder.

»Wer ist dieses unmögliche Kind? Es treibt sich doch seit Langem hier herum«, rief Königin Victoria erneut aus. »Es soll endlich verschwinden. Diese Bälle machen allmählich keinen Spaß mehr, sag ich zu meiner Schwester. Sissi war ein Biest, aber ermorden musste man sie nicht, und das Kind soll verschwinden.«

Die Kerzen tauchten den Kellerraum in ein unheimliches Licht. Die Flammen strichen wie zuckende Blitze um die Gesichter herum.

»Irrtum!«, krähte das Kind. »Ich bin nicht irgendein Kind. Ich bin ihr Ururenkelkind. Sie hätte mich so sehr geliebt!«

»Ja!«, grollte Franz Joseph. »Geliebt. Sie hat eines auf ihren verrückten Ungarnreisen verloren, eines hat sie niemals in den Arm genommen. Sie hat mich von sich gestoßen und an andere Frauen verkuppelt, weil es nur eine einzige Person gab, die für Elisabeth von Österreich zählte. Und das war sie selbst!«

»Und wie die mich angeschaut hat, mich, die Kaiserin von Indien!«, krähte Victoria. »Nur weil ich klein und pummelig bin. Aber ich habe, wie gesagt, immer eine gute Ehe geführt. Und als sie in England zu Besuch war, zum Reiten, diese Schlampe, und um ihren Liebhaber zu treffen, diesen Middleton, da hat sie durch mich durchgeschaut.«

Alle diese feinen Leute, die sich verdächtigten, die schön geschminkten Münder, die nur Schimpfworte ausstießen – plötzlich hatte ich genug. Ich trat in die Mitte, schubste das Glas mit dem Fuß zur Seite. Die Musik hatte zaghaft begonnen und hörte verschreckt wieder auf.

»Ihr hier unten seid alle verrückt!«, schrie ich. »Ihr tut so, als wärt ihr diese Leute. Wer sind Sie denn in Wirklichkeit, Königin Victoria von England? Vielleicht eine Mami, die in Neureut wohnt. Und Sie, der fesche Ungar? Vielleicht mein türkischer Gemüsehändler, denn ein bisschen ungarisch sehen Sie ja schon aus. Habt ihr sie wie bei Agatha Christie im Orient-Express alle zusammen umgebracht, weil ihr sie nicht leiden konntet? Und du, Eugénie, im Bürgerbüro im Rathaus tätig. Hey, spinnt ihr alle? Ihr seid nur auf einem lächerlichen Maskenball.«

»Das ist die Seele des Cosplay. Man wird mehr und mehr zu der Person, die man darstellt.«

»Aber man tötet nicht. So weit darf der Wahn nicht gehen.«

Unmelodisch begann die Musik wieder zu spielen. Ich sah mich nach meinem misslungenen Rhett Butler um. Ich konnte ihn nirgends sehen. Nach einigen gemurmelten Protesten fanden sich wieder Paare zusammen und tanzten. Manche nahmen auf den Sofas Platz.

Mir wurde die Luft zu stickig. Ich stieg die steile Kellertreppe, denn etwas anderes war es im Grunde nicht, nach oben. Der Hof, von Fackeln erhellt und in das bunte Licht der Lampions getaucht, zeigte ein Stückchen Himmel mit Sternen. Ein Lakai, der an der Treppe stand und den Spätkommenden den Weg wies, fragte aufmerksam, ob ich etwas brauchte.

»Nein, nein …«

»Mylady, dahinten neben den Feigenbäumen haben wir einen frischen Mineralwasserbrunnen.«

In dem verwinkelten Hinterhof mit seinen Treppen und Aufgängen, seinen Lauben und seinen Balkonen wiegte sich ein mächtiger Feigenbaum, wie sie im Badischen so gut gedeihen. Ich sah, dass von dort Wasser sprudelte.

»Danke sehr. Nachher vielleicht.«

Der Lakai, ein dunklerer Typ, der ein ernstes und strenges Gesicht zur Schau trug, gewandet in eine Livree mit goldenen Knöpfen in Grün und Rot und mit einem Hut mit einer güldenen Troddel, verneigte sich. Ich musste die Organisatoren dieser Bälle wirklich bewundern. Wo trieben sie nur diese hervorragend geschulten Leute immer auf? Ich erinnerte mich noch an meine Zeit als Grande Dame von Ettlingen, nein, von Mittelbaden und daran, wie schwer es gewesen war, an Personal zu kommen, das sich halbwegs benehmen konnte.

Der Anruf von vorhin fiel mir ein. Hier hatte ich Empfang. Ich würde schnell zurückrufen. Ich drückte mich an eine Mauer. Das Handy summte, als ich es anstellte. Ich drückte die Rückruftaste.

»Solo-Hotel, was kann ich für Sie tun?«

»Solo-Hotel? Sie haben mich zweimal angerufen. Swentja Tobler. Ich hatte meine Nummer hinterlassen, falls Ihnen …«

Der Lakai verbeugte sich und zog sich taktvoll zurück.

Gut geschult waren sie wirklich, die jungen Leute hier. Ich dachte an die Empfänge für und mit meinem Mann und wie er sich geärgert hatte, wenn etwas nicht klappte. »Swentja, du musst das Catering wechseln. Hast du den Schinken gesehen? Das reine Fett!« Hagen waren solche Dinge egal gewesen. Fett oder nicht fett. Er hatte immer mit Genuss gegessen.

»Ach ja. Ich bin es, der Nachtportier. Mir ist etwas eingefallen. Wegen der Frau, die da ermordet wurde und die sich bei uns umgezogen hat.«

»Ja?« Ich hielt die Luft an.

»Das Zimmermädchen hat gesagt, dass es im Bad mehrmals Haare gefunden hat. Also in den Wochen, in denen sich die Frau bei uns umzog. Das letzte Mal wohl nicht, aber sonst immer. Die ist gründlich. Kroatin.«

»Haare?«

»Ja, im Waschbecken. Mehr so Härchen. Und sie fand es komisch.«

»Ja, und?«

»Es kam ihr seltsam vor, denn es waren eindeutig Barthaare. Männliche Barthaare.«

Mir stockte der Atem. Männliche Barthaare! Das veränderte alles. Wie, als nehme man ein vertrautes Bild aus dem Rahmen und stecke stattdessen ein anderes hinein.

Und plötzlich schien alles einen Sinn zu ergeben.

Die Sissi, die ich die ersten Male gesehen hatte, war eine andere gewesen als jene, die ermordet worden war. Die erste Sissi war ein Mann gewesen, hatte deshalb leise und heiser gesprochen. Hatte deshalb niemals fotografiert werden wollen.

Der Fotograf! Wir hatten ihn mit unserem Besuch darauf gebracht, sich die Fotos noch mal genauer anzusehen. Die Fotos, die er natürlich nicht gelöscht hatte. Und dann hatte er mit seinem fotografischen Auge entdeckt, dass die erste und die letzte Sissi nicht übereinstimmten. Da hatte sich doch vielleicht eine kleine Erpressung starten lassen.

Eine Erpressung, die er nicht mehr erleben sollte.

Und ich hatte Tom im Verdacht gehabt, schwul zu sein, ja sogar im Verdacht gehabt, den Fotografen zum Schweigen gebracht zu haben. Ein Mann, der mit mir liiert war, sollte Männer als Geliebte vorziehen? Das wäre ohnehin unwahrscheinlich gewesen.

Aber wer, außer Leonie, hatte sich noch hinter der Sissi-Maske versteckt und warum?

Ich lehnte mich schwer atmend an die Mauer. Von drinnen klang dünn die Musik. Das obligatorische Badnerlied. Und plötzlich setzten sich die Teile zu einem furchtbaren Bild zusammen.

Tante Judith Teller, die Ungarin war und beide Buchmüller-Kinder großgezogen hatte, hatte von ihrem Heimatland und von Sissi erzählt. Stefan klebte an ihren Lippen, weil er von einer besseren Zeit träumte als jener, in der er lebte. Ich musste Antje anrufen.

Hastig drückte ich ihre Nummer. Sie nahm ab, sprach leise. »Ja?«

»Antje, ich fürchte, du kennst den Mörder deiner Schwägerin!«

»Wer ist es?«

Ich wollte es ihr gerade sagen, als mir etwas auffiel. Im Hintergrund bei ihr erklang ebenfalls dünn das Badnerlied. Antje war auf dem Ball. Hier. Hinter irgendeiner Maske.

Der Lakai erschien wieder. »Der Brunnen ist leider versiegt. Aber dahinten in dem umgebauten Keller, unserer Hausbar, ist unser Champagnerbrunnen eröffnet, Mylady. Und es gibt dort auch WLAN!« Er zwinkerte freundlich, aber nicht plump vertraulich. Ganz leise sagte er: »Eigentlich ist es nämlich streng verboten, Mylady, hier zu telefonieren. Aber dort drückt man ein Auge zu.«

Ich lächelte den Mann an, obwohl mir nicht zum Lächeln war. WLAN? Vielleicht sollte ich Yvonne kontaktieren und ihr ein paar Fragen stellen. »Danke. Sie denken mit, das gefällt mir.«

Gemeinsam liefen wir an einem der erleuchteten Balkone vorbei, zwei Treppenstufen hinunter. Irgendwo ganz in der Nähe vernahm man ein leises Pfeifen; ein Pfeifen, das mir vertraut vorkam. Ich runzelte die Stirn. Wo hatte ich es schon einmal gehört? Das Hörgerät, das die Assistentin meines Exmannes getragen hatte. Das hatte so gepfiffen. Und wer, außer Queen Victoria, hatte gesagt, er wäre schwerhörig? ... Stefan. Alles passte.

Der Lakai geleitete mich weiter. Auch hier Kandelaber und Ruhebänke, sehr, sehr schön. Die Bar hatte gerade erst eröffnet, das Schild »Bar Residenz« war noch an die Wand gelehnt. Wir betraten den kleinen Raum, in dem es leicht dumpf nach Keller roch. Hier sollte man guten Empfang haben?

In dem Moment schlug die Tür hinter mir zu. Ich fuhr herum.

Der Lakai stand vor mir und lächelte. An die geschlossene Holztür klopfte es. Johanna die Wahnsinnige trat ein. Beide wischten sich ein wenig übers Gesicht. Und ich sah die furchtbare Wahrheit. Unter der Schminke des Lakaien erschien Stefans Gesicht, das mir jetzt wie eine Fratze erschien, und Antje lächelte freundlich dazu. Ich war in die Falle geraten.

»Warum? Sagt mir nur, warum?«

»Warum ich so gerne Johanna die Wahnsinnige bin? Patriotismus. Sie traf ihren späteren Mann, Philipp den Schönen, in der Heimat meiner Vorfahren, in Lierre in den Niederlanden. Leider betrog Philipp sie ständig, starb früh und hatte sie bis dahin in den Wahnsinn getrieben. Alles im 15. und 16. Jahrhundert.«

»Antje, wie kannst du!«

Antje seufzte. »Ich war nicht von Anfang informiert, Swentja. Ich habe es erst gemerkt, als wir bei Stefan zu Besuch waren. Ich habe den Anker, das Tattoo, gesehen, als er den Rasen mähte. Es war neu. Ich kannte es nicht. Aber es war mir klar, was es bedeutete.«

Stefan lief unruhig hin und her.

»Und da ging dir ein Licht auf? Zu Stefan passte die Sissi viel besser als zu Leonie«, erwiderte ich. Wenn ich sprach, hörte ich das Klappern meiner Zähne nicht so deutlich.

Stefan blieb vor mir stehen. »Unser Vater, der in Wien auf der Schauspielschule gewesen war, war in Deutschland nach dem Krieg nur eine lächerliche Gestalt mit einem seltsamen Dialekt, und das hat ihn fertiggemacht. Er ist gestorben an seiner Enttäuschung. Meine Eltern waren Flüchtlinge. Mamas Vorfahren kamen aus Ungarn. Sie hatten es schwer in diesem Deutschland.«

Er sah mir ins Gesicht. Seine Augäpfel schillerten weiß aus dem dunkel gefärbten Gesicht. »Einmal hat er versucht, in einer historischen Inszenierung eines Shakespeare-Stücks eine der Frauenrollen zu ergattern, ursprünglich wurden die Frauen in den Stücken nämlich immer von Männern gespielt. Sie haben ihn weggeschickt: Er sei ein kleiner Flüchtling, ein Vertriebener mit einem unsäglichen Akzent. Was könne er schon, und außerdem: Als Mann eine Frau zu spielen, da müsste man schon ein großer Darsteller sein. Und das sei er nicht und werde er nicht. Ein Schmierenkomödiant bestenfalls.«

Er machte eine kleine Pause, dann leiser: »Voller Hohn hat man ihn fortgeschickt. Das hat er mir immer wieder erzählt. Als Warnung. Niemals sollte ich daran denken, Schauspieler zu werden. Dabei war es das, was ich eigentlich immer wollte. Immer. Schon als Kind. Doch er tat mir so leid, und ich schämte mich, und so begrub ich den Traum meines Lebens!«

Er sah trüb vor sich hin. Sein Ausdruck wurde härter. »Und ich beschloss, es der Welt irgendwann einmal zu zeigen. Erst war es nur ein spaßhafter Gedanke ...« Er griff sich an die Stirn.

»Nachdem ich von Tante Judith ein Leben lang von Sissi und Ungarn gehört und die Bilder und die Kleider gesehen hatte, wusste ich, dass ich das einmal versuchen wollte. Für meinen Vater. Und für mich. Aber wo könnte ich spielen, auftreten? Als das Cosplay nach Karlsruhe kam, sah ich meine Chance. Ich wollte meinen Vater, ja, nennen wir es: rechtfertigen und meinen Traum wenigstens ein Mal Wahrheit werden lassen.«

Ich schwitzte. Zitterte. Meine Gedanken rasten. Davon hatte auch Yvonnes Freundin Roswitha Berger in Heidelberg gesprochen, ihren Vater zu rehabilitieren. Erinnerungsfetzen setzten sich wild zusammen, Puzzlestücke ergaben ein Bild. Licht und Fernsehtöne in Leonies Wohnung an den Abenden, an denen sie vermeintlich auf den Bällen gewesen war.

Kaum Bücher über Sissi in Leonies Wohnung. Stefan hatte das verstaubte Buch später selbst in die Wohnung geschmuggelt und auf das saubere Regal gestellt. Im Grunde ein Fehler. Sissis zu weites Kleid. Shakespeare hatte darüber geschrieben.

Stefan hatte die Kleider nach seinen Maßen machen lassen und nicht nach Leonies. Deshalb war das Kleid an den Schultern zu weit gewesen, als sie es in der Mordnacht trug. Leonie hatte aber die Selfies vom Abend ihres Todes zur Schneiderin geschickt, um jegliche Zweifel auszuräumen, falls welche aufkämen. Ein Mann in einer Frauenrolle war außerhalb des Theaters noch immer seltsam. Travestie aus Berlin – wie hatten die Kunden gelacht, hatte Romy gesagt, und wie glaubhaft war Tante Käthe. Es war alles da gewesen, vor meinen Augen.

»Wusste Ihre Schwester von Ihrem Tun?«

»Ja. Ohne sie wäre es nicht gegangen. Ich brauchte ja den Bus, denn darin lagen die Kleider. Ich wollte es einfach mal probieren. Ob ich damit durchkomme.«

Ich nickte. Alles, alles machte jetzt Sinn. Der ungarische Name. Die Buchmüllers kamen von da, hatten viele Zeugen immer wieder nebenher erwähnt. Und stets war die Rede davon gewesen, wie kräftig und sportlich die Karlsruher Sissi gewesen sei.

Ich sprach leise für ihn weiter. »Aber Leonie war nicht mit dieser Scharade einverstanden. Sie ging nur aus einem bestimmten Grund ein einziges Mal auf den Ball. Aber Sie haben das geschickt vertuscht. Sie haben im Gespräch mit mir einfach die Rollen getauscht und so getan, als seien *Sie* immer gegen die Convents gewesen.«

Ich sah Antje an. »Und du?«

»Ich?« Sie blickte ängstlich zu Stefan, ihrem Exmann, hinüber. »Ich habe nichts von allem gewusst. Wir leben seit Jahren getrennt. Meine Schwägerin, meine gestrenge verstorbene Schwägerin, hat niemals erzählt, dass Stefan zu diesen Bällen geht. Aber ich habe sie auch in dieser Zeit nicht mehr oft gesehen. Nur einmal an Lukas' Geburtstag und einmal im Laden, als ich ein Geschenk kaufte. Ich hatte keine Ahnung. Doch als wir beide zum Kaffee bei Stefan und Tante Judith waren, da fiel mir noch etwas auf.«

Ich wartete mit steigender Unruhe und hätte ihr zugleich am liebsten den Mund zugehalten. Je mehr sie mir erzählten, desto gefährlicher für mich.

»Es war bekannt, dass Tante Judiths einzige Lesebrille kaputt und seit Wochen in Reparatur war. Sie war ja so sparsam. Hätte sich doch eine billige Ersatzbrille kaufen können, hat sie aber nicht gemacht. Sie ging ja nur noch wenig aus. Dann fragte ich mich aber, wie sie zum Zeitpunkt des Mordes an Leonie mit Stefan diese Patiencen legen konnte, bei denen die Bilder so winzig sind. Das war das erste Mal, dass ich misstrauisch wurde. Was war das für ein Alibi? Ich habe an diesem Nachmittag ein langes Gespräch mit Stefan gehabt, ich habe das Tattoo gesehen, ich habe mit ihm gesprochen, und ich habe ihn verstanden. Er hat mir alles gesagt. Zuerst lief es ja gut, mit der Verhaftung von diesem Flori, aber sie konnten ihm nichts nachweisen. Zu dumm!«

»Und?«

»Stefan tat mir leid. Es spannte sich ein Netz um ihn. Mir ist klar geworden, dass wir zusammengehören. Deshalb gehe ich jetzt den ganzen Weg mit ihm. Wie es sich als Ehefrau gehört!«

Ich schüttelte den Kopf wie ein junger Hund. »Du hast den trägerlosen Büstenhalter in Leonies Wohnung platziert, als euch auffiel, dass es vielleicht ein Fehler war, dass es dort keinen gab. Leonie hätte für die schulterfreien Roben mehrere solcher BHs besessen. Stefan hatte vermutlich einen, der die Illusion eines weiblichen Dekolletés herstellen sollte. Alles ausgestopft.«

Ich konnte ein verzweifeltes Kichern kaum unterdrücken. »Vielleicht ist dem Fotografen bei nochmaligem Hinsehen aufgefallen, dass einmal auf der nackten Schulter ein Tattoo da war und ein anderes Mal nicht …«

Antje zuckte mit den Schultern. »Ich weiß nichts von dem Fotografen! Er war ein mieser Typ in meinen Augen. Mit ihm haben wir nichts zu tun.«

Ich sah den ehemaligen Lakai an, der jetzt die hässliche Fratze eines Mörders trug. »Warum haben Sie Ihre eigene Schwester umgebracht?«

»Nun, es macht wenig Spaß, das zu erzählen. Ich war schlau. Dieses eine Mal war ich schlauer als sie. Ja, ich hatte mich zuvor auf einem Ball fotografieren lassen, weil ich so stolz war auf mein Kostüm, auf meine Maske. War ich nicht schön? Das hatte sie mir aber streng verboten. Nicht nur wegen Elisabeth, die sich ja als alternde Frau auch nicht mehr sehen ließ; nein, Leonie hatte Angst, dass der Fotograf merken würde, dass ich ein Mann bin. Wenn man die Fotos genauer anschaut. Und dann hatte sie noch mehr Angst um unseren Ruf. Dieser verdammte gute Ruf war ihr so wichtig. Dabei bin ich alles andere als schwul.«

Antje nickte liebevoll. Ein scheußlicher Anblick. Sie war stolz auf die Männlichkeit dieses Mörders.

Stefan verdrehte die Augen. »Dieser Laden, er war ihr Werk. Ich wollte eigentlich eine Zauberlehrlingswerkstatt, wollte Kinderträume wahr werden lassen, was Verrücktes aufbauen. Und sie? Wie eine verdammte Lehrerin.« Jetzt äffte er, der begabte Schauspieler, die vermeintliche Stimme seiner Schwester nach, die aus dem Totenreich zu uns herüberhallte. »Wir arbeiten mit Kindern!«

Er seufzte. »Genauer gesagt mit Jungs. Der Verdacht, ich sei schwul, einer, der Jungs mag, könnte entstehen, wenn man mich hinter der Sissi erkannte, und dann wären unser Laden und unsere Angebote für Geburtstagspartys und Kinderfeste zerstört. Trotz aller Toleranz und obwohl Klaus und Hans heute heiraten dürfen: Die Leute denken anders. Sie würden es anstößig finden und uns ihre Kinder nicht mehr anvertrauen wollen. Leonie wollte immer nur dazugehören, ein ordentlicher Mensch sein. Anstößig! Das konnte sie nicht ertragen. Also wollte sie selbst auf den Ball gehen, als Sissi, mit meinem Kleid, sich aus der Nähe fotografieren lassen und versuchen, den Fotografen mit einem Vorwand davon zu überzeugen, ihr die Negative der Bilder auszuhändigen, die er von mir in der Woche davor gemacht hatte. Der lehnte aber ab. Nur gegen Geld, hat er zu Leonie gesagt. Jetzt war klar: Wenn der erst merkte, dass uns die Fotos aus irgendeinem Grund wichtig sind, dann würde er immer mehr Geld wollen.«

»Mein Gott, das war doch nur ein Scherz von ihm!«, murmelte ich tonlos. »Das hat er uns doch erklärt, Antje, als wir bei ihm waren. Hast du das nicht verstanden? Der Mann war einfach nur ein Spaßvogel, der es liebte, die Leute ein bisschen zu provozieren. Er war kein Erpresser. Womit auch? Selbst wenn jemand erfahren hätte, dass sich ein Mann hinter der schönen Kaiserin Sissi verbarg – wen hätte das gestört? Das Ganze war doch nur ein harmloses Maskenspiel und keinen Skandal wert.«

»Einen Scherz hat er sich mit ihr gemacht?«, schrie Stefan plötzlich schrill. Nichts mehr war von seinem hübschen Äußeren übrig. Unter der dunklen Farbe kam nach und nach ein verblendeter, kindischer Mann zum Vorschein. »Leonie starb doch nicht für einen Scherz!«

Ich zuckte die Achseln.

»Sie wurde wütend, weil der Plan nicht aufging und der Fotograf die Bilder nicht herausgeben wollte. Vielleicht jetzt sogar misstrauisch geworden war«, erklärte er wieder ruhiger und schwer atmend. Dann wurde er sachlich:

»Ich habe mich wie vereinbart im Park aufgehalten, weil ich sofort wissen wollte, wie die Sache ausgegangen war. Ich wartete dort auf sie. Als das blöde Badnerlied wie immer gespielt wurde, kam sie zu der Stelle im Park, dahinten an der Mauer, wo die Büsche so dicht sind. Und dann gab es schlimmen Streit.«

Jetzt brach seine Stimme. Er wischte sich zittrig über die verschwitzte Stirn. »Ich dürfe niemals mehr Sissi spielen, sie verbiete es mir. Es sei lächerlich und schade unserem Laden und unserem guten Ruf, den wir uns mühsam aufgebaut hätten. Kinder aus einer Sippe von Schmierenkomödianten. Und ich benähme mich zu auffallend auf den Bällen. Ich sagte, ich lasse mir das nicht verbieten, es macht mir Spaß, und unsere Eltern waren keine Schmierenkomödianten, sie hatten nur Pech. Sie sagte, sie wirft mich aus dem Laden oder lässt mich mit den monatlichen Kosten alleine. Alles, was schon lange zwischen uns stand, kam hoch … und dann … Erst habe ich gesagt, sie soll sich beruhigen, in zehn Minuten treffen wir uns noch mal, aber sie beharrte auf ihrem Standpunkt und wurde immer gemeiner, sagte, Sissi sei auch nur eine Zicke gewesen, und dann dachte ich, dass es besser wäre, sie lebt nicht mehr, damit sie solche Dinge nicht mehr sagen kann …«

Der Abend stand mir lebhaft vor Augen. Und die Blutstropfen, die aus seiner Schwester und aus Sissi rannen.

Er sagte jetzt ganz ruhig: »Ich hatte immer eine zugespitzte Feile, keine Ahle, bei mir. Sie ist eine Art Maskottchen, das mich an Sissi und ihren ungerechten Tod erinnert. Ich hab sie hinterher in den See hinten im Schlosspark geworfen. Es war ja dunkel, und die Polizei wusste am Anfang gar nicht, wo sie suchen sollte.«

Er ging auf und ab, biss sich auf die Fingernägel.

»Ich war immer stolz auf den Tropfen ungarisches Blut in uns. Und darauf, dass ich der Welt gezeigt habe, dass ein Buchmüller, ein armes spätes Kriegsüberbleibsel, eine Frau glaubhaft auf einer richtigen Bühne spielen kann. Ich wäre bestimmt ein wunderbarer Schauspieler geworden. Warum konnte Leonie mich nicht verstehen? Warum hat sie unser Erbe nicht verstanden, und warum konnte sie meine Leidenschaft nicht teilen?«

Weil sie eben nicht verrückt war, dachte ich.

Stefan fuhr fort und wiederholte sich wie im Fieberwahn, als mache er es dadurch besser: »Sie hat es als Kind natürlich besser gehabt als ich. Mama war viel mehr zu Hause, als sie klein war. Leonie hat das alles nicht erlebt, nicht gehört, was ich von Tante Judith weiß. Und dann sagt sie im Park, sie will die schönen Kleider vernichten und ich soll mit dem lächerlichen Sissi-Kitsch aufhören ... das sei ja abnormal. Aber ich bin nicht verrückt, nein, gar nicht, ich wollte sie auch nicht töten, nein, bestimmt nicht, ich habe meine Schwester geliebt, so wie Franz Joseph bei Sissis Tod gesagt hat, man wisse nicht, wie er sie geliebt habe. Aber sie sollte doch meinen Traum nicht kaputtmachen. Sissi war der Engel der Ungarn. Und die Feile, die hab ich ihr doch nur als Warnung gezeigt, doch dann ...«

Sein wirres Gerede endete abrupt. Er sah mich weinerlich an. Antje legte ihm eine Hand auf den Arm.

»Und warum haben Sie den Fotografen umgebracht?«

Antje und ihr Mann sahen einander an, mit einem kurzen erstaunten Blick.

Antje antwortete zögernd: »Swentja, wir sind keine Massenmörder. Wir haben diesen Fotografen nicht umgebracht. Um Himmels willen.«

Ich wandte mich an sie. »Aber du warst mit mir bei ihm. Du hast gesehen, dass er ins Grübeln kam, als von den Sissi-Fotos die Rede war.«

»Ach, das hätte man vielleicht mit einer kleinen Geldzuwendung erledigen können. Wir haben ihn nicht umgebracht. Es wäre zu auffällig gewesen. Man kann einmal davonkommen, aber nicht zweimal.«

Ich starrte die beiden an. Die ganze Szene wirkte surreal. Hier standen ein Mörder und die Frau, die ihn deckte. Und wir führten eine gepflegte Unterhaltung wie im Caféhaus.

Sie hatten den Fotografen vermutlich wirklich nicht getötet, denn warum sollten sie in diesem einen Punkt lügen, wenn sie schon alles andere so ruhig und gelassen zugaben?

Aber das war jetzt nicht mein Problem.

Dies hier waren keine Profis. Sie waren Laien, die aus der Not heraus gehandelt hatten. Das machte das Pärchen aber nicht weniger gefährlich.

Vermisste mich niemand draußen auf dem Ball? Kurz dachte ich an Shakespeare. Ich hätte mich gerne wieder mit ihm vergnügt. Aber vielleicht würde ich keine Gelegenheit mehr dazu haben, weil ich hier endete.

Sie sahen einander ratlos an.

Stefan wirkte unentschlossen. Mit flackerndem Blick musterte er mich. »Nur was machen wir mit dir, Swentja? Bestechlich bist du nicht. Wir können dir daher nicht erlauben, diesen Ball lebend zu verlassen.«

Antje schüttelte den Kopf. »Nein, Stefan, sei nicht dumm. Sie *muss* diesen Ball lebend verlassen. Sonst werden sie alles noch einmal untersuchen, und vielleicht meldet sich der Hotelportier dann doch bei der Polizei. Ich kann das nicht. Ich habe viel Zeit mit ihr verbracht.«

Welch undramatisches Ende einer tragischen Geschichte. Antje war jedenfalls das schwache Glied in dieser Tragödie.

»Dein Bruder ist auch auf dem Ball, Antje. Ihr kommt aus der Sache hier sowieso nicht mehr heraus. Selbst wenn ich schweigen würde.«

Ihre großen blauen Augen suchten flehentlich in meinem Gesicht: »Wirst du schweigen? Versprichst du es uns? Wir haben dir alles erklärt. Wie es dazu kam.«

Stefan öffnete die Tür. »Bleib du hier, Antje. Ich muss

schauen, wie es draußen aussieht und wo dieses verdammte Kind ist. Es war immer auf meinen, auf Sissis Spuren, brabbelte etwas von adelig. Nicht dass uns der kleine Idiot noch in die Quere kommt.«

Besorgt sah ich, wie er in seiner Tasche herumnestelte und etwas Kleines, Schwarzes herausholte. Eine Pistole. Er drückte sie Antje in die Hand. Sie sah die Waffe an, als sei sie eine hässliche fette Spinne, die man ihr auf die Hand gesetzt hat.

»Halt sie in Schach!« Rasch verschwand Stefan und zog die Tür des Schuppens leise hinter sich zu.

Allein mit mir mied Antje meinen Blick. Die Waffe lose in der Hand, lief sie unruhig auf und ab. Ich machte einen Schritt auf sie zu. »Halt, bleib stehen!« Sie richtete die Waffe auf mich.

»Antje, das ist eine echte Pistole und keine Attrappe. Die kann töten. Bist du dir darüber im Klaren? Würdest du es wirklich fertigbringen, einen Menschen zu erschießen? Nur um deine Ehe aufrechtzuerhalten? Mit einem Mörder? Ist das besser, als allein zu sein?«

Sie begann zu weinen. Es war, als breche sich jahrelanger Kummer, jahrelange Traurigkeit, versteckt hinter ihrer scheinbar so lustigen Art, Bahn.

»Ich liebe meinen Mann. Und ich will meine Familie wiederhaben. Allein zu leben ist für mich ein Alptraum. Mir ist einmal in meiner Straße so ein Typ nachgeschlichen. ›Lebst du allein? Lebst du allein?‹, hat er geflüstert. Dann komm ich dich heut Nacht besuchen … Swentja, ich kann das nicht. Deshalb bin ich wieder bei Geert im Haus. Mein Bruder ist Heimat. Aber was ist, wenn er sich wieder bindet …«

»Liebst du deinen Mann wirklich, oder hast du nur panische Angst davor, dein Leben in die eigenen Hände zu nehmen? Wie kannst du einen Mörder lieben? Was für ein Leben wäre das?«

Antje schwieg.

»Und du bist schon weit gegangen mit ihm und für ihn. Hast gelogen und dich dabei ganz schön raffiniert angestellt.«

Sie hob den Blick.

»Du hast den Anschein erweckt, als wüsstest du gar nicht,

dass ich wieder auf den Ball gehe. Also würdest du auch nicht in Verdacht geraten, hier aufzutauchen, um mich umzubringen. Geert musste annehmen, ich ginge wieder als Scarlett. Andere Informationen hatte er nicht, und er kam deshalb als Rhett Butler. Auch das wird dich aus dem Spiel nehmen. Nicht nur hattest du scheinbar keine Ahnung, dass ich als Miss Marple auf dem Ball auftrete, sondern du wusstest auch nicht, dass ich plante, überhaupt noch einmal zu der Tanzerei zu gehen. So bist du herrlich aus dem Schneider. Waaas?, wirst du fragen, sie wollte doch nicht mehr auf diese Bälle gehen. Ihr Tom war schließlich dagegen. So stehst du als das reine Unschuldslamm da, wenn mir etwas zustößt?«

Antje nickte und schwieg weiter. Vielleicht hatte sie das mit den Jahren als Schwester eines Staatsanwaltes gelernt. Sich nicht zu belasten mit Geplapper.

Dafür sprach ich umso mehr. Eigentlich mehr zu mir selbst. »Stefan und du, und vielleicht Judith, ihr werdet euch gegenseitig ein Alibi geben, vielleicht sogar über Skype euer Sohn Lukas. Ihr haut jetzt ab, nachdem ihr mich erledigt habt, fahrt nach Hause, und Tante Judith wird sagen, ihr seid im Garten und kommt gleich, wenn jemand anruft. Niemand wird euch verdächtigen. Ein Lakai mehr oder weniger fällt nicht auf. Und du, Antje, woher hast du das Kostüm von Johanna der Wahnsinnigen? Woher wusstest du überhaupt, wie sie aussah?«

Jetzt kam Leben in Antje. »Ich hab vor langer Zeit einen Museumskatalog aus dem Niederländischen über Johanna übersetzt. Die Kunden waren so dankbar, dass sie mir eine ausrangierte Johanna-Puppe aus dem Museum mitsamt Kostüm geschenkt haben. Ich habe es schon sehr lange. Jetzt musste ich es nur ein bisschen auslassen. Ich bin dicker als diese Puppe.«

Sie fing wieder an zu weinen. Ich ging zu ihr, nahm ihr die Pistole einfach ab und schloss sie in die Arme. Sie zuckte und schluchzte und krampfte. Ihr Haar war verschwitzt und warm.

»Antje, ich mache doch das Gleiche durch wie du. Ich bin

auch allein. Die Welt ist kalt, wenn man alleine ist. Die Sonntage können eine Herausforderung sein. Aber *das* hier ist keine Lösung.«

Eine halbe Stunde später war alles vorüber. Stefan hatte keine Gegenwehr geleistet. Der Ball war unterbrochen worden. Polizei war da, verhielt sich aber diskret. Doch es war noch mehr geschehen.

Höchst unerwartet, wie ein Partykracher, war auf dem Ball ein gewisser Mr. Stringer aufgetaucht. Besser gesagt, eine Figur, die aussah wie der Mr. Stringer aus den Filmen. Englisches Tweedjackett. Kappe. Pfeife. Da er mitnichten adelig war, hatte er es nur mit seinem Dienstausweis von der Mannheimer Kripo geschafft, in die Felsenhalle zu gelangen.

Zusammen mit Rhett Butler standen plötzlich viele Menschen um mich, die ich mit etwas wackeligen Knien auf einem Stuhl saß, herum. Im Hintergrund surrten empörte und aufgeregte Stimmen, Handykameras klickten. Irgendwo sah ich die kräftige Gestalt von Oberkommissarin Dietz umherstapfen. Sie schüttelte mehrfach den Kopf, als könnte sie nicht fassen, was für seltsame Morde es gab.

Stefan war ziemlich unauffällig verhaftet worden und bereits weggebracht; Antje wurde abgeschirmt in einem Nebenzimmer verhört. Sie würde vermutlich mit einem milden Richterspruch rechnen können.

An der Bar drängten sich die Teilnehmer. Mürrisch fast, dass ihnen ein zweites Mal das Tanzvergnügen geraubt worden war. Ich sah die hässliche Maultasch, wie sie glotzte, und ich sah die elegante Eugénie. Ich sah eine bezaubernd schöne Romy mit einer langen Zigarettenspitze und ihrem nachdenklichen und doch wissenden Blick. Und ich sah das Unheimliche Kind. Es hatte die Rassel offenbar abgelegt, winkte mir zu, bevor es durch die Menge ging, kurz mit einem Uniformierten sprach und dann verschwand. Und bevor es die Treppe nach oben ging, zeigte es mir anerkennend den erhobenen Daumen. Ich fragte mich, ob ich dieses seltsam intelligente, seltsam weise Wesen noch einmal wiedersehen würde. Und fürchtete, dass es so sein würde.

Da stellte sich ein Mann neben mich. Ich brauchte nicht zu schauen, wer es war. Ich spürte es. Es war Master Shakespeare!

»Weißt du, was Prospero im ›Sturm‹ sagt, am Ende des Maskenspiels? ›Das Fest ist jetzt zu Ende. Unsere Mimen hier, wie ich Euch sagte, waren Geister und sind aufgelöst in Luft, in dünne Luft. … Die hehren Tempel, selbst der Erdenball, ja was an ihm nur teilhat, wird zerfließen und, wie dies leere Schauspiel schwand, vergehen ohne Spur.‹«

»Schön, wie alles, was Sie gesagt haben! Und wie können Sie alle diese Sprüche behalten? Wer sind Sie in Wirklichkeit?«

»Diese Frage ist hier verboten. Wie sage ich: ›Der Rest ist Schweigen.‹«

»Was machen Sie beruflich?«

»Es würde Ihnen nicht gefallen.«

»Ich werde Sie finden.«

»Ich warte darauf.«

Ich sah, wie er davonging. Unbehelligt, gerade und elegant.

***

»Swentja!«, sagte Geert warm. Und dann zu Mr. Stringer: »Lieber Hagen, vorbildlich, wie Sie aus den Mails herausgelesen haben, dass Swentja in Gefahr ist. Dass sie dem Täter sehr nahe gekommen ist.«

»Wie so oft. Letzte Sekunde«, erwiderte Hagen trocken. »Ich kenne das bei ihr. Ich habe einfach ein ungarisches Wörterbuch befragt, was *veszély* heißt. Es heißt Gefahr. Da war mir klar, dass mit Stefan und seiner Tante etwas nicht stimmt.«

Wie immer konnte ich mich ihm nicht kampflos ergeben.

»Das war eben nicht letzte Sekunde. Sie hätten mir nichts getan. Aber es gab so viele Zeichen. Sissi trug Clips beim ersten Ball, denn er hatte keine Löcher in den Ohren. Doch die Ohrringe an der Leiche beim zweiten Ball hingen fest, sie wären sonst herabgefallen. Leonie aber hatte Ohrlöcher. Und dann die falschen Maße des Kleides. Er hatte mehr Muskeln als Leonie, deshalb musste es für ihn oben weiter geschnitten sein. Die Tatsache, dass er wusste, dass ein Cäsar auf dem Ball war. Der war aber nur die ersten Male im Winter dort gewesen, als Leonie im Skiurlaub war und ihn gar nicht gesehen haben konnte. Und das Pfeifen seines Hörgerätes, das ich beim ersten Mal hörte, als es von ihm als Sissi kam, und beim zweiten Mal, als er in den Büschen auf seine Schwester lauerte. Ich habe es auch in seinem Haus gehört …«

»Lass der Staatsanwaltschaft auch noch etwas Arbeit übrig«, meinte Geert. Er wirkte erschüttert. Seine Schwester hatte einen Mörder gedeckt, und er war plötzlich sehr nah dran am Verbrechen.

Leise sagte ich: »Es ist immer furchtbar, wenn ein ganz harmloser Bürger zum Mörder wird. In Stefans Fall hat tief in ihm das Gefühl des Versagens geschlummert, wachgehalten durch die Tante. Er litt offensichtlich unter dem lebenslangen Gefühl, dass schon seine Eltern nicht ernst genommen wurden. Der Vater eine lächerliche Gestalt. Und er damit auch! Und sein Traum, zur Bühne zu gehen, zerbrach an den Erinnerungen.«

Hagen lief wütend auf und ab. »Swentja, wer so etwas tut, ist eben kein harmloser Bürger. Mein Vater hatte eine Kneipe, in der alle anschrieben und nicht bezahlten, er war bald pleite und Alkoholiker und hat den Hund verprügelt, wenn ihm danach war. Stellvertretend für mich. Ich war nämlich zu schnell und zu zäh für ihn. Gehe ich deshalb hin und bringe Leute um, die nicht bezahlen? Für seine Kindheit ist jeder selbst verantwortlich!«

Ich wurde schon wieder böse. Mit niemandem konnte ich mich streiten wie mit Hagen. »Hagen, nicht jeder hat einen Panzer anstatt einer Seele! Und Antje? Sie fühlte sich schrecklich allein. Sie hat es nur niemanden spüren lassen. Ich hätte es merken sollen, denn ihr vollgestopfter bunter Kleiderschrank war im Grunde ein Schrei nach Liebe und Anerkennung.«

Hagen sah auf mich herunter. In seiner üblichen spöttischen

Art und mit seinem funkelnden Blick sagte er: »Nun, du bist nicht allein, meine Schöne, du hast ja deinen Tom.«

»Nein! Nicht mehr.«

Ich stand zwischen Geert und Hagen; mein Blick wanderte von einem zum anderen. Hagen sah schmal aus.

»Ich habe Tom nicht. Nicht mehr.«

Als ich das sagte, wunderte ich mich über mich selbst. Doch es war wahr. Antje und mich verband viel mehr, als sie ahnte.

Niemals mehr würde ich Tom vertrauen können, denn ich war der festen Überzeugung, dass er homosexuell war, dass er das nicht offen leben mochte, dass er mich zur Alibifrau erwählt hatte und dass er gemeint hatte, einer Erpressung durch den Fotografen ins Auge zu sehen.

Ja, ich musste befürchten, dass der Mann, den ich hatte heiraten wollen, ein Mörder war. Er war an dem betreffenden Abend nicht bei der Gruppe in Frankreich gewesen. Wie mir Geert gesagt hatte, war er angeblich wandern gegangen. Und in meiner Seele brannte der Eintrag vom Tag danach in der kleinen Kirche im Wieslautertal.

Ich würde schweigen. Ich hatte keine Beweise. Doch ich würde all dies hier nicht ganz vergessen können.

Das Spiel war vorbei. Ein neues Spiel würde beginnen.

Eva Klingler
TOD IM ALBTAL
Broschur, 304 Seiten
ISBN 978-3-89705-889-7

»Wie schon in ihren früheren Baden-Krimis präsentiert Klingler in munter-ironischer Schreibweise einen spannenden Plot, in dessen Verlauf sich die Protagonistin vom snobistischen Modepüppchen zur selbstkritisch reflektierenden Frau mausert. Empfohlen.« ekz

LChoice
Hier bestellen

Lust auf mehr? Laden Sie sich die »LChoice«-App runter, scannen Sie den QR-Code und bestellen Sie weitere Bücher direkt in Ihrer Buchhandlung.

www.emons-verlag.de

EVA KLINGLER
Rapunzels Ende
DER BADISCHE KRIMI
emons:

Eva Klingler
SCHWARZWALDRUH
Broschur, 288 Seiten
ISBN 978-3-95451-573-8

Die badische Luxuslady Swentja Tobler sitzt auf dem Trockenen. Weil Mann, Liebhaber und feine Freundinnen nichts mehr von ihr wissen wollen, heuert sie als Gesellschaftsdame in einem Seniorenstift für Adelige in Pforzheim an. Als sich dort merkwürdige Diebstähle und ungeklärte Todesfälle häufen, bleibt Swentja gar nichts anderes übrig: Sie beginnt wieder einmal zu ermitteln – und stößt dabei auf ein Geheimnis, dessen Enthüllung das britische Königshaus erschüttern könnte. Die Queen wäre ganz bestimmt »not amused« …

Eva Klingler
DAS GROSSE WEIHNACHTSBUCH BADEN
Gebunden, 192 Seiten
ISBN 978-3-95451-696-4

»Haptisch ein Vergnügen, wird die ganze Familie ihre Freude an dem Hausbuch haben.« Badische Zeitung

»Eva Klingler hat mit ›Das große Weihnachtsbuch Baden‹ ein Werk zusammengestellt, das allen ursprünglichen und auch hergezogenen Badenern die Weihnachtszeit versüßt.« Badische Neueste Nachrichten

»Wer glaubt, zum Fest der Liebe sei schon alles gesagt, darf sich eines Besseren belehren lassen. Wer noch nicht angesteckt ist, kommt vielleicht mit ihrem Buch mit vielen Geschichten, Bastelanleitungen und traditionellen Rezepten in festliche Stimmung.«
Badische Neueste Nachrichten